鱼霜

鱼爷 你不要害怕

也不要不安

我一直在

<霜

江鱼 2

jiang yu

鱼霜／著

陕西新华出版 三秦出版社

图书在版编目（CIP）数据
江鱼．2 / 鱼霜著．-- 西安：三秦出版社，2024.
12. -- ISBN 978-7-5518-3241-0
Ⅰ．I247.5
中国国家版本馆 CIP 数据核字第 20248AF397 号

江 鱼 2

鱼霜 著

出版发行	三秦出版社
社　　址	西安市雁塔区曲江新区登高路 1388 号
电　　话	（029）81205236
邮政编码	710061
印　　刷	长沙鸿发印务实业有限公司
开　　本	710mm × 1000mm　1/16
印　　张	21
字　　数	332 千字
版　　次	2024 年 12 月第 1 版
印　　次	2024 年 12 月第 1 次印刷
印　　数	1—50000
标准书号	ISBN 978-7-5518-3241-0
定　　价	45.80 元
网　　址	http://www.sqcbs.cn

目 录

Contents

Jiang Yu

目 录

Contents

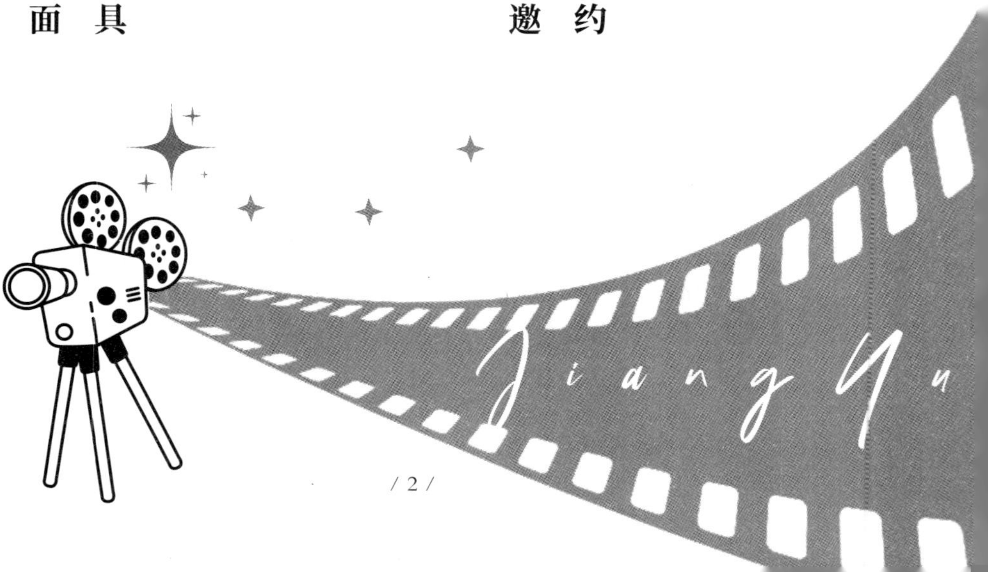

REC

16:9 AUTO RAW

Chapter 1
旧 年 事

ISO 300

00:03:20

翌日，剧组。

“Action！”

场记打了板子，鱼希抱着资料走进公司大厅，听到周围的人在窃窃私语。

“你知道小可的策划案为什么能通过吗？我听说是靠陈经理的关系。”

“不会吧，陈经理都四十多岁了！”

“什么不会，有人看到他们一起从酒店里出来。”

“真是人不可貌相。”

“嘘——她来了。”

鱼希咬咬嘴唇，低着头穿过大厅。她性格孤僻，又有些自卑，从上班开始就一直受到排挤，现在更是谣言满天飞，说她靠上了经理。

她想反驳，想斥责传谣言的人，但当她站在众人面前，看到他们嫌弃的目光时，却什么都说不出来。

她确实是托经理的关系才进入公司的，但他们不是那种关系，她想澄清。

鱼希穿过大厅，脚忽然顿住，双手捏紧了文件夹，回过头。

“大家都别出声，顾总来了。”

“顾总今天到？”

“废话，你没看通知吗？”

鱼希抬起头，看到一个男人走进大厅，他身材颀长，穿着蓝色西装和白衬衫，配着浅蓝色领带，金色的领带扣在阳光下闪着光。他身边的女人穿着和他同色系的半长裙，裙子是收腰的紧身款式，裙摆过膝，衬得她肤白如雪，窈窕身段一览无余。

鱼希眨眨眼，在看清楚来人后迅速低头。她听到有人介绍：“顾总……”

一别多年，原来他已经站在那么高的位置了。

“OK！下一场戏准备！”片场的人立刻放松下来。

李哥上去给鱼希补妆，补好妆后，又去给陶倚彤补妆。钟晨站在她身边，问：“希希，要休息吗？”

“不用。几点了？”

钟晨看了一眼时间，说：“四点半。怎么了？”

今天，卢老师有点儿私事，所以录制暂停，鱼希也就不能提前离开。她垂着眼，想到昨天盛闲给她发的消息——六点钟，朝阳酒店。

鱼希摇头道：“没事。”

旁边纪霖枫的助理说：“我和赵导说过了，下一场戏拍完就走，广告商那边已经在催了。”

纪霖枫喝了一口水，说：“好。”

他站起身活动胳膊，见鱼希看过来。他笑道：“希望等会儿不NG。”

鱼希也站起身，问：“你等会儿有事？要不我们提前拍？”

纪霖枫挠挠头，问：“希姐不累吗？”

鱼希摇头道：“不累。”累也挺好的，能让她忘掉那些烦心事。

下一场戏不知道纪霖枫是演技爆发还是临时发挥不错，居然一次就过了，导演喊OK的时候纪霖枫都蒙了。他的助理立刻道：“枫哥，走了。”

纪霖枫去和赵导打了招呼，折回来看到鱼希在看剧本。他摆手道：“希姐，我走了。”

鱼希点头道：“路上小心。”

纪霖枫摆了一个军姿，说：“收到！”

鱼希没忍住笑了，唇角刚扬起，身边就坐下一个人。陶倚彤看向鱼希，说道：“晚上你有空吗？”

鱼希觉得这两天自己很受欢迎，不是这个人约她就是那个人约她，但是她都不想赴约。她摇摇头，敛起笑容，声音里添了冷意：“没空。”

陶倚彤看向她的侧脸，说：“我想和你聊聊静白的事。”

鱼希看着她，说：“我为什么要和你聊？”

鱼希说完就站起身，陶倚彤看着她的背影，问：“你就不想知道这几年她是怎么过来的吗？”

鱼希轻笑着，笑意却不达眼底，冷冷地道：“我不想知道。”

陶倚彤看着她离开的身影，陷入沉思。

纪霖枫走后，赵导改拍其他几场戏。鱼希还有一场戏要拍，但是前面那场戏始终过不了。

“咔！你的眼神不对。”

“咔咔咔！你是木头人吗，怎么没有情绪？”被骂的演员可能刚出道，眼圈红红的，这样的妆容也没法拍。赵导无奈地扶额，每次他遇到新人都是这样，话说重了，对方就哭哭啼啼，但自己若是不说重话，对方压根不知道错在哪儿。

鱼希招手让钟晨过来，问：“几点了？”

钟晨看了看时间，回道：“五点半。”

钟晨刚说完，鱼希包里的手机就响了，钟晨看到她脸色微变，一时间不知道该不该把手机拿出来。

鱼希叹一口气，道：“你把手机给我。”她接过手机一看，果然是盛闲打来的电话，只好接通电话，道：“妈。”

盛闲那边很安静，与吵吵闹闹的片场仿佛是两个世界。

“你那边拍摄结束了吗？你爸爸已经到了。”

鱼希胸口闷闷的，她想说自己还要拍戏，没时间过去，话到嘴边又咽了回去，最后道：“我知道了，马上过去。”

挂断电话之后，鱼希便去和赵导请假。

一连两个演员请假，赵导的脸色不是很好看，他忍不住问道：“有事？”

鱼希点头道：“有点儿私事。”

赵导挥挥手，说：“去吧。”他说完，招来统筹：“今天就到这里吧。”

“啊？这就不拍了？”

赵导冲他吼道：“两个主演都不在，拍谁啊？拍你啊？”

统筹被骂了一通，转头看向鱼希，正对上鱼希带着歉意的目光，他尴尬地笑了笑。鱼希抿抿嘴唇，拎着包离开了剧组。钟晨看到这一幕，心里很不是滋味。

鱼希以前哪里受过被甩脸色、被撒气的待遇？钟晨上车后眼睛红红的，一直低着头，鱼希发现她不对劲，问道：“你怎么了？”

钟晨咬着嘴唇，道：“没事。”

她看到那一幕都难受成这样，鱼希心里该有多疼，尤其最近剧组里的人还因为劲鸥要撤资的事议论纷纷，都有意无意地说和鱼希有关，鱼希听到这些话得多难受啊！

钟晨吸了吸鼻子，从包里抽出一张纸。鱼希觉得莫名其妙，看着她说：“你到底怎么了？”

“我难受。”钟晨说着，擦了擦眼角，“我就是替你难受。都是我不好，你在节目上打那个电话的事本来都快翻篇了，结果记者采访时，我没有保护好你。希希，你要是难受，别憋着，我今晚不回去了，我陪你！”

鱼希被她严肃的表情逗笑了，笑着笑着眼角就冒出了泪花。鱼希见她认真地看着自己，伸出手指戳了戳她的脑门，拭去自己眼角的泪水，说：“得了吧，我现在也没有不高兴。等会儿你先回去吧，我自己进去。”

钟晨一脸讶异地问：“你一个人吗？”

鱼希正色道：“我一个人。”

钟晨不知道她约了谁，也不敢问，只好道：“那你回去的时候给我打电话？”

鱼希点头道：“好。”

两人在酒店门口分道扬镳。鱼希跟在服务员后面，走到包间门口，服务员恭敬地打开门，往后退了两步，然后弯下腰，她摘下口罩走进去。

盛闲和鱼京涛正坐在桌前说话，听到门被打开的声音，两人看过去，盛闲起身道：“希希来了，你爸爸还担心你不来呢。”

鱼京涛和蔼地笑道：“希希。”

鱼希笑了笑，说：“爸，妈。”

当她准备入座的时候，看到两人中间空了一个位置，应该是留给她的，她垂着眼，走到盛闲另一边落座。盛闲和鱼京涛相互看了一眼，盛闲又看向她，笑道：“最近你忙不忙？”

鱼希依旧笑着，说：“我再忙也没有你们忙。”

盛闲拉过她的手，说：“你是不是在生妈妈的气？还是生你爸爸的气？对不起，希希，是我们不好，冷落你了。”

鱼希抽回手，说：“我没有生气。”但是她也没有释怀。

从小别人都羡慕她有个好家世，父母很能干，她享受着同龄人享受不到的一切，但也失去了同龄人能享受到的一切。从小到大每次开家长会，她父母都不会出现，偶尔需要家长签字，都是两个人的助理代签。她像是拥有一切的公主，却失去了最平凡的幸福。

初中她第一次叛逆，没有去盛闲安排好的学校，反而去了一所普通的中学，她用行动抗议他们对自己的不重视。然而直到初一下学期，盛闲才发现她根本没去自己选的学校，两人连一次谈话都没有，盛闲就自作主张帮她转校。她拼命抗议，盛闲拗不过她，再加上那段时间盛闲频繁出差，几个月才回来一次，等到出差结束时，她都要上初三了。

盛闲和鱼京涛对视一眼，两人眼里都有歉意。

鱼希出生后没多久，公司出了点儿事，盛闲国内国外地奔波，等到她处理好公司的事情，鱼希都快过周岁了。那时候的她年轻气盛，想要干出一番事业，长时间不在鱼希身边，鱼希一看到她就哭闹，似乎害怕她。她本就神经衰弱，听不得吵闹声，所以陪鱼希的时间越来越少。

后来公司逐渐扩大规模，她越来越忙，每次见到鱼希都是匆匆一瞥。“孩子又长大了”“漂亮了”“下次我回来可以带她去游乐场了”这样的念头在她每次看到鱼希时都会冒出来，但是她工作太忙，一次都没实现。

鱼希也不是没有黏过她。鱼希上初中前那个暑假，鱼京涛赶上干部选拔，没空照顾孩子，就把她送到当时在国外的盛闲身边。她们一起度过了整个暑假，鱼希回国后经常给她发消息，还给她打电话。

盛闲眨眨眼，似乎一个“忙”字可以概括她的一生。

现在她想弥补，却不知该做什么。她恍然发现，自己对鱼希一无所知。

包间门被打开，服务员开始上菜，鱼希看着桌子上摆放的一道道精致佳肴，忽然就没了胃口。

“希希，吃菜吧，这是你小时候最爱吃的。”盛闲把一道菜转到鱼希面前。

鱼希看着那道菜沉默了片刻，说道：“我在减肥，不能吃油腻的食物。”

鱼京涛转动圆桌，说：“那你吃这个，素菜，不油腻。”

鱼希别过头看他，说：“我不爱吃这个菜。”

鱼京涛停下转动圆桌的手，气氛有片刻尴尬，盛闲笑道：“希希，你今天不开心吗？是不是工作上遇到了烦心事？”

当初她不顾家里人的劝说，执意要进入娱乐圈，老爷子气得病了一场，后来他发话谁都不能帮助她，也不允许她利用鱼家的资源。

盛闲曾偷偷帮过鱼希，后来被鱼希发现，那年两人唯一的见面机会被鱼希取消了。自此，他们就放任她一个人在外闯荡。

当鱼希成为圈内最年轻的三料视后时，助理恭喜盛闲，说鱼希真的很棒，很有她的风范。然而没过两天，关于鱼希的负面新闻就出来了。

盛闲按着微疼的头，说："希希，你有什么困难可以找我们。"

鱼希敛起不悦的神色，道："谢谢妈，也谢谢爸，不过我没有遇到困难。"

鱼京涛开口："希希啊……"

鱼希打断他："吃饭吧，我饿了。"

鱼京涛还想说话，盛闲按住他的手腕，两人对视几秒后，开始低头吃饭。

包间内气氛尴尬，鱼希看着面前一盘盘色香味俱全的佳肴，又看向身边两个最亲密的人，突然有些后悔——她不该来吃饭的。

她和盛闲、鱼京涛已经无话可说，也许她不来，他们俩还能好好吃一顿晚饭，现在却因为她，两人都不太自在。

鱼希垂着眼，吃了一口素菜。

盛闲不断给她夹菜，说："希希，你尝尝这个，我刚刚吃过，味道很好。你不是喜欢吃甜食吗，等会儿我让他们上两道甜点？"

鱼希摇头道："不用了，我吃完就走。"

盛闲很惊讶，道："这么快？"

鱼希说："嗯，我还有点儿事。"

盛闲只得说："那好吧。嗯，你们先吃，我去趟卫生间。"她说完，看了一眼鱼京涛，后者接收到她的眼神，点了点头。

盛闲离开后，鱼京涛放下筷子，双手交叉放在桌子上，一副要谈判的架势。他已经习惯了这种聊天方式，和自己女儿聊天也改不掉。

鱼希瞥了他一眼，没吭声。

鱼京涛注意到自己下意识的举动，轻咳一声，放下一只手，说道："希希啊，你的事情，你妈妈前两天告诉我了。你现在有什么打算？"

鱼希吃了一口菜，说："我没什么打算。怎么了？"

其实比起盛闲，鱼京涛与鱼希相处的时间更多，鱼希关于小时候的大部分记忆里都有鱼京涛。

他发号施令惯了，在家里也是说一不二，强制让鱼希做他认为应该做的事情，从来不会和鱼希解释，他只需要鱼希服从就可以了。在那样的环境下，鱼希叛逆是迟早的事。

有时候鱼希觉得自己挺厉害的，在这样的家庭里长大竟然没走入歧途。

鱼京涛被鱼希无所谓的态度刺激到。他已经有半年没听到鱼希的消息了，刚回来盛闲就告诉他鱼希的近况，他生气是必然的，但是生气解决不了问题。

"希希啊，我和你妈商量过了，你还是回来工作吧，去你妈妈的公司……"

鱼希放下筷子，打断他的话："你和妈别费心了，我的事情我会处理。"

鱼京涛把双手放在桌子上，说："你会处理什么？再把事情搞得一团糟吗？"

鱼希道："那也是我的事，和你们无关。"

鱼京涛沉下脸，说："你是我们的女儿，你的事怎么和我们无关？"

鱼希笑道："啊——对，你不说我都忘了，原来我是你们的女儿啊。"

"鱼希。"

鱼希抬头道："爸，我吃饱了，没什么事我就先走了。"

她说完站起身，鱼京涛紧跟着站起来，说："你站住！"

鱼希站定后，见鱼京涛迟迟不开口，笑了笑，道："我差点儿忘了，我还没和我妈打招呼呢，我去一下卫生间。"

她踩着高跟鞋走出包间，关上门的刹那鼻子一酸，来之前她还妄想得到一点儿安慰，哪怕是只言片语，现在想想，自己真可笑。

鱼希做了两个深呼吸后，往卫生间的方向走去。

盛闲正在打电话，说："什么事？四部项目出了问题？我知道了，半个小时后我就回去，让他们先做准备。"

"你通知一部，可以放了。"

"现在多少？不着急……"

当江静白走进卫生间时，见到镜子前站了一个人，待看清那人是盛闲后，她愣住了。盛闲也看到了她，两人的视线在镜子里交汇。盛闲对着手机那头的人说道："剩下的事交给你处理，挂了。"她挂断电话，对着镜子勾唇："江总，好巧。"

江静白点头道："盛总。"

卫生间显然不是谈话的地方，盛闲说："换个地方？"

江静白看向她，问道："盛总有话要说？"

"有几句。你还有饭局？"

江静白穿着晚礼服，"嗯"了一声。盛闲看了江静白几眼，开口道："走吧。"

江静白跟在她身后，走出卫生间。

刚走到卫生间门口的鱼希见到盛闲出来，正准备摘下口罩，就见到她身后还跟了一个人，是江静白。鱼希立刻转身往旁边的走廊走了几步，确定两人看不到自己时，停住了。

盛闲领着江静白往长廊尽头走去，那里有个休息室，平时没人，盛闲来过两次，对那儿很熟悉。她带着江静白走到休息室门口，打开门进去。鱼希站在原地想了想，还是跟了过去。

休息室的门并没有关严实，站在门口可以听到里面传出来的声音。

"你都告诉她了？"是盛闲在问话。

鱼希屏住呼吸，听到江静白回道："没有。"

盛闲冷笑道："你为什么不告诉她？你告诉她，不是刚好可以得到她的同情吗？"

江静白眉头蹙紧，她没想到盛闲说聊两句是聊这个话题，她不想聊，便保持沉默。

盛闲的手机嘀嘀响着，她没空再废话，直接切入主题："我上次说的话，希望江总没有忘记。"

她的声音里透着寒意，看向江静白的眼神很冰冷。她一向强势，尤其生气的时候，气势更足，让人招架不住。

江静白丝毫没有被盛闲的话吓住，她神色如常，看向盛闲的目光很平静："盛总，您上次说的话我记住了，我也希望您能记住我的话。"

盛闲被气笑了，说："好，很好，我拭目以待。对了，林氏的项目，你需要我帮忙吗？"

江静白咬牙道："不用。"

盛闲开口说："你需要的话，打电话给我。我的电话号码你还记得吗？我没换。"

江静白垂着眸子，下颌绷着，双手攥紧。盛闲脸上的怒气消失，重新恢复贵气之态。她慢步走到门口，转过头道："要去喝一杯吗？鱼希也在。"

她面带笑容，目光如刃，扎在江静白身上。江静白瞥了她一眼，说："不用了。"

盛闲冷着脸打开门，走了出去。几分钟后，江静白的手机响了，是她的助理肖知秋打来的："江总，您去哪儿了？"

江静白回过神，说："我马上回去。"

今天有个酒宴，原本江静白是不打算来的，但是她听说林总会过来，就来了。

没见到林总，反倒见到了盛闲，江静白的心情不是很好。回去的路上她都靠在椅背上，肖知秋提醒道："江总，您累了就先休息吧，到了地方我喊您。"

黑暗中，江静白"嗯"了一声。

车子不疾不徐地往公寓的方向驶去，江静白歪着头看向窗外，不由得想起第一次和盛闲见面的场景。彼时她送鱼希回了公寓，刚走出小区就被人拦住了："是江小姐吗？有人请你过去一趟。"

来人一副黑道人物的架势，她当时年轻，有些心慌，但见到他指着咖啡馆的方向，还是硬着头皮去了。

盛闲盛气凌人，态度傲慢，看着她时目光锐利，似乎要看到她心里去。

"你就是江小姐？你好，我是盛闲，鱼希的妈妈。"

江静白想到这里，换了一个坐姿。正在开车的肖知秋问道："江总，冷吗？"

车里的空调温度不高。

江静白摇头道："不冷。"

肖知秋听出她不想说话，识趣地闭上嘴，继续开车。到了公寓楼下，肖知秋打开后车门，等她下车后，才说道："那您今天早点儿休息吧。"

江静白点头道："嗯。"

进了电梯，江静白突然想到刚刚盛闲说鱼希也在那里。她从包里拿出手机，找到鱼希的名字，犹豫了好一会儿也没按下去。电梯到了，她还保持着要打电话的姿势。

出了电梯，江静白走到鱼希的公寓门口，想了几秒后才敲门。

没人应声。

江静白进了自己的公寓，走到阳台上，看到隔壁一片漆黑。

鱼希还没回来。

江静白按捺不住，还是给鱼希打了电话，却被提示电话关机。

她打了两遍，都是关机。她秀眉蹙起，意识到什么后，放下了手机。

她在客厅来回走了几分钟，最后拿着钥匙出了门。

鱼希坐在山坡上，一只手拎着啤酒，另一只手握着手机，她正在打电话。

“你干什么呢？大晚上给我打电话却一句话也不说。”韩宜司困得打了一个哈欠，刚打到一半就听到鱼希说：“我今天和他们见面了。”

韩宜司打完哈欠，问：“谁啊？”下一刻，她便了然，“时间不对啊，以前你们不都是年底见面吗，今年怎么提前了？他们爱心泛滥，想到你了？”

鱼希这时候还能听出韩宜司在打趣她。她扑哧一声笑出来，说：“是吧。”

韩宜司没心没肺地问：“你们聊了什么？”

鱼希也是一副无所谓的态度，说：“聊了什么？我不记得了。”

一句话说完，两人都嘻嘻哈哈地笑。

笑闹过后，韩宜司正色道：“鱼希，他们又让你回去？”想也知道，现在鱼希在娱乐圈的处境艰难，他们肯定会抓住这个机会，劝鱼希回去。

鱼希眨眨眼，躺在山坡上，枯草有些扎人。她拨开刺到脸上的草，说道：“嗯，让我回去。”

夜空中的月亮太明亮，鱼希没来由地笑了：“真好看。”

韩宜司听到她的话，握紧了手机，问：“你喝酒了？”

鱼希诚实地回道：“一点点。”

“你在外面？”

鱼希瞥了一眼四周，说：“在家。”

韩宜司放下心，嘱咐道：“你别喝太多了，伤身体。”

鱼希笑出声，说：“我知道了，啰唆。”

她笑着笑着，头上出现阴影。她坐起身，见到额头上布满细汗的江静白，愣了几秒，电话那端的韩宜司还在嘀咕："你还嫌我啰唆，也不知道是谁喝多了就打电话过来哭闹，一说就是两个小时，还有……"

鱼希打断她的话："司司，我的手机快没电了。挂了。"

韩宜司的声音像被掐断了一样戛然而止。她憋着一口气，说道："你别喝太多酒，知道吧？挂吧！"

鱼希挂了电话，见到江静白还站在一边。她不会喝醉产生了幻觉吧？

"你怎么来了？"

江静白已经平复了呼吸，说："猜的。"

这里靠近长德高中，以前鱼希每次和盛闲打完电话都会来这里，久而久之，江静白也知道这里了。

鱼希盯着她看了半晌，知道这不是幻觉，于是伸出手，问："喝一杯吗？"

江静白："……"

她接过鱼希递来的啤酒罐，挨着鱼希坐下。良久，鱼希说道："这里好看吗？"

微风习习，送来阵阵花香。江静白环视四周，记忆中的树木全部被砍了，现在只剩光秃秃的树桩，不远处有条石道，石道两边装了不少路灯。

她收回目光，看向鱼希道："很好看。"

鱼希闻言喝了一口啤酒，满舌尖的苦涩，她咽下去之后问道："你以前见过我妈？"

江静白不知道她怎么突然转到这个话题，但还是老实回答："见过两次。"

鱼希没追问，只"哦"了一声，片刻后又开口："挺好的。"

江静白说："你喝多了？"

"没有啊。"

"鱼希，别喝了，你醉了。"

"你才醉了。"

鱼希有些生气地看向江静白，江静白捏紧了手中的啤酒罐，发出"咔嚓"的响声。鱼希移开视线，又喝了一口啤酒，说道："我没喝多。"

江静白看着她隐隐露出的一丝醉态，只得语气平和道："好，你没喝多。"

鱼希仰起头，坐直身体，猛地往后倒去。她看向头顶的星空，还有皎洁的明月，混乱的思绪放空，她说是没醉，但双眼蒙胧。

鱼希眯了眯眼睛，转头喊道："江总。"

江静白回过神，别过头看向躺在枯草上的鱼希，低声回道："嗯？"

鱼希将一只手搭在额头上，说："你帮我拿一下手机。"

江静白说："在包里？"

鱼希想了一下，说："唔，应该是吧。"

江静白在她包里翻找了好一会儿都没有找到手机，她又看了看四周，也没有找到。她刚准备拿手机打电话，想起鱼希把她的号码拉黑了。

她没辙了，说："不在这里。"

鱼希坐起身道："刚刚还在。"这时，手机从她的风衣口袋里掉出来，她说道，"在这儿。"她笑得像个孩子。

江静白现在确定她喝醉了。

鱼希捡起手机看了两眼，嘟囔道："没电了。"

江静白别过头问："你要手机干什么？"

鱼希想了想，说："拍照。今晚的月色很美。"

江静白乖乖地递上自己的手机，说："用我的吧。"

鱼希看着她的手机，没说话。她沉默几秒，正准备握起手机，鱼希劈手就把手机拿过来。

屏幕锁已经解开了，鱼希重新躺在枯草上，抬头看着星空，她拿起手机拍了好几张照片。她看了一眼那些照片，很满意自己的杰作，当她把手机还给江静白时，手指碰到相机旁边的浏览器。

"道歉的一百种方式？"

"怎么创造偶遇的机会？"

听到身边传来的嘀咕声，江静白猛地僵住。

"咯咯……"江静白尴尬地咳了几声，喊道，"鱼希。"

鱼希对她翻了一个白眼，说："别吵。"

江静白把手握成拳抵在唇边，说："时间不早了，我们该回去了。"

鱼希抬头道："还早呢，等我看完。"

江静白听她念着，坐姿很不自然，身体也绷得紧紧的："鱼希。"

鱼希用脚踢她："你好烦。要勇敢……"

江静白听不下去了，她强硬地从鱼希手上夺过手机。鱼希看着空荡荡的手，转过头抱怨道：“我还没看完呢。”

江静白看到她醉意醺然，只得安抚她：“回家看，好不好？”

鱼希点头道：“嗯。”

江静白松了一口气，将地上的啤酒罐装进袋子里。她还没收拾好，鱼希就站起身，摇摇晃晃地往石道上走去。

“鱼希！”江静白喊她。

鱼希转过头，站住不动。江静白拎着罐子走到她身边，试探着问：“我扶你？”

鱼希闻言，伸出手搭在她的肩膀上，她没料到鱼希的举动，往后退了两步，奈何穿着高跟鞋，一时没站稳，跌坐在地上，鱼希也因为没有借力点一起倒下。

周围全是枯草，摔倒倒也不疼。鱼希晃了下头，端详着眼前的人道：“江静白，是你啊。”

周身酒气萦绕，江静白有些头晕，她还没开口就被扇了一巴掌。

“啪！”

江静白一脸愕然，听到鱼希撕心裂肺地吼道：“你告诉我，你为什么要突然离开？”

鱼希喝醉之后会断片，断片的严重程度取决于醉酒的程度。以前她在剧组外出吃饭的机会少，出通告更不需要她喝酒，所以饭局很少，就算在饭桌上，她也只是小酌两杯。在没有韩宜司和胡小静的地方，她决不允许自己喝醉。

昨天鱼希喝醉是例外，可能是因为她和盛闲、鱼京涛见面，也可能是因为盛闲和江静白的那段话，抑或是因为昨天她醉酒前遇到了江静白。

总而言之，她喝断片了，不太严重那种。

鱼希睁开眼，瞪着头顶的水晶灯，有瞬间恍惚。

她动了动身体，一阵酸疼，头还痛。她蹑手蹑脚地下了床，一只手按在突突直跳的太阳穴上，心中越发懊恼。她真是活该，昨天和韩宜司打完电话就回去的话什么事都没有，非要继续坐在那儿喝酒。

好了，现在这种尴尬的局面，她该怎么处理？

鱼希做了两个深呼吸才打开门。原本她想和江静白谈谈，没想到开门后却没见到人，江静白不在客厅。她有些诧异，喊道："江总？"

没人回应，她加大音量又喊了一声："江总？"

依旧没人回应她。

鱼希拎着包在客厅里环视一周，确定厨房和阳台都没人。

手机闹钟响起，鱼希只得离开江静白的公寓。

回到家后，鱼希泡在浴缸里，努力回想昨晚的细枝末节，却只觉得头更痛了。当钟晨敲门的时候，鱼希刚从浴缸里爬起来，她简单地裹了浴巾打开门。

"你刚起来？"

鱼希"嗯"了一声，头依旧有些疼："你去给我泡杯茶。"

她鲜少喝茶，钟晨把早点放在茶几上，别过头问："你怎么了？"

鱼希坐在沙发上，用白色干毛巾随意地擦拭湿发，头微偏，随意地道："没怎么，头疼。"

钟晨乖乖地去倒茶。

早饭鱼希只匆匆吃了两口，浓茶倒是喝了几杯，直到头没那么痛了她才起身："走吧。"钟晨拎着包跟在她身后，出了门。

等电梯的时候，鱼希别过头看向江静白家的大门，眨眼轻叹。很快，电梯到了，她走了进去。

两人到片场时，纪霖枫他们已经在准备了。赵导看到鱼希来轻轻点头，她勾唇笑笑，随后便去了休息室。陶倚彤正在打电话，说："嗯，有空的。"

"那我等会儿就去和赵导说一下，下午过去找你。"

"好的，再见白姐。"

她挂了电话之后见到鱼希，浅笑着打招呼："希希。"

鱼希不咸不淡地"嗯"了一声。

鱼希拿着衣服去更衣室时听到陶倚彤道："钟助理，下午两点半我要去拍广告，白姐让你和我一起去。"

钟晨下意识地看向鱼希，见到她挺直背脊，脚步微顿，点头道："我知道了。"

鱼希关上了更衣室的门。

陶倚彤去找赵导商量能不能调整拍戏场次时，见到纪霖枫也站在赵导身边。她走到两人身边，见到纪霖枫看过来，她笑着问：“怎么了？”

纪霖枫挠头说：“我下午有点儿事，想看看能不能调整一下拍戏场次。”

“你也有事？”陶倚彤说完，见赵导看过来，有些不好意思地道，“我下午也要去拍个广告。”

往常演员变更行程都是要提前通知的，但现在因为剧组都在传劲鸥撤资的事情，把宝押在这部戏上的纪霖枫经纪人坐不住了，开始频繁让他出通告。

他现在是偶像演员，必须经常刷存在感。纪霖枫知道经纪人的用心，所以非常配合，只是剧组这边不太好交代。

赵导看着一个两个人都来请假，一天的好心情都没有了，但是他也知道剧组现在的状况，有点儿能力的都已经开始找下家了。

赵导看着场次表，脸色阴沉。纪霖枫想说话，被陶倚彤拽住了。赵导沉默几秒，说道：“这样吧，上午先拍你和倚彤的戏份。”

纪霖枫忙不迭地点头，说：“那希姐那边……”

赵导瞪着他说：“我去说吧。”

纪霖枫尴尬地笑道：“谢谢赵导。”

鱼希刚化好妆就被赵导叫过去，钟晨跟在她身后，听到赵导解释上午要拍纪霖枫和陶倚彤的戏份，她可以先休息，她绷着脸点头，说：“好。”

赵导还想再说，但他看了一眼鱼希的脸色，忍住了，转身往片场走。

鱼希在一旁的棚子里坐下，钟晨憋着一口气站在她身边。

以往鱼希拍戏的时间都是精确到分钟数，去任何一个剧组都是享受优先拍摄的权利，因为她的通告太多，如果不卡着点拍，根本忙不过来。现在她却要坐冷板凳，而且一坐就是半天。

钟晨心里憋得慌，但她也不知道怎么安慰鱼希，干脆转移话题：“希希，我们是不是后天去录制节目？”

鱼希看了一眼手机上的时间，“嗯”了一声。

后天她们就要去录制《乐果》第一期。

钟晨问道：“白姐给你发录制内容了吗？”

鱼希摇头。

《乐果》和国内大部分综艺节目不一样，一季一个主题，节目录制前不会告知嘉宾是什么主题。鱼希看过前面三季，每一季的主题无规律可循。

两人又沉默下来，不远处的赵导拿着喇叭喊“开始”，鱼希垂着眼，将目光投向手机上。

钟晨看着她懒散的样子，心疼地道：“希希，要不然我们先回去，中午再过来？”

反正上午没戏拍，待在这里也没事做。

鱼希摇头道：“不用，你下午不是要陪陶倚彤去拍广告吗，别来回折腾了。”

钟晨撇着嘴，说：“哦。”

鱼希见她一副气闷的样子，收起手机，从她手上拿过剧本，指着不远处的藤椅说：“你把那把椅子搬过来。”

钟晨把藤椅搬过来放在鱼希身边，抬头问道：“希希，你是要看剧本吗？要不要我陪你对戏？”

鱼希躺在藤椅上，将剧本盖在自己脸上，说：“不看，睡觉。”

钟晨只好拿来浅灰色毯子，盖在鱼希身上。

鱼希这一觉直接睡到了下午一点多。赵导喊 OK 时，剧组的人都松了口气。纪霖枫来不及吃午饭就匆匆走了，陶倚彤是两点半拍广告，倒是不急。钟晨叫醒鱼希，让她起来吃午饭。

不知道是不是宿醉的缘故，鱼希醒来时头还是疼。她按着太阳穴，接过钟晨递来的水喝了几口，问：“几点了？”

钟晨看了一眼手机，说：“一点半。”

“戏拍完了？”鱼希眯起眼睛看向片场，场务正在收拾道具，演员们三三两两抱着盒饭走过来。钟晨点头道：“刚结束。我去拿饭。”

鱼希点点头，又将剧本盖在脸上，继续补眠。

远处传来一阵脚步声，鱼希刚准备拿下剧本，就听到一个女孩的声音。

“你们打算怎么办啊？”

“什么怎么办？”

“不是说劲鸥要撤资吗，你们不知道？”

“知道也没办法，我们也没那个本事让人家投资啊。”

“算了算了，吃饭吧。话说回来，如果不是这部剧不好找演员，也轮不到我们。”

“对啊，我前几天还听到纪霖枫的经纪人抱怨，说没选好戏呢。”

“他确实没选好……”

聊天声远去，鱼希拿开盖在脸上的剧本，睁开眼，见到几个女孩相携走到一个棚子里坐下。钟晨也在此时拿着盒饭回来了，说：“希希，吃饭吧。”

鱼希接过盒饭，神色自若地挑起米饭放在嘴里，她没吃两口就对钟晨道：“你把水递给我。”

钟晨拿了一瓶矿泉水递给她。她仰头喝了几口，咽不下去的米饭跟着水下去了。一顿午饭她喝了两瓶水，钟晨发现她不对劲，拉住她的手问：“希希，你怎么了？”

鱼希抬头道：“没事啊，我就是有点儿渴。”

钟晨不相信，说：“你真的没事？”

鱼希答道：“真的。你是不是该走了？”

钟晨看了一眼时间，说：“还早呢。”

她刚说完，手机铃声就响了，她看了一眼屏幕，对鱼希道：“希希，那我先走了，你别忘了下午四点去录歌，我要是结束得早就过来接你。”

鱼希道：“我自己去公司就好。”

钟晨还想唠叨，被鱼希赶走了。

吃完午饭没多久就开工了，没了纪霖枫和陶倚彤，下午几场都是鱼希和配角的戏，台词也不多，但就是过不了。几个新人的演技不过关，不是肢体语言不对，就是情绪没出来，赵导急得开始咆哮了。

“补妆！”赵导气愤地喊道，“化妆师补妆，快点儿！”

李哥迅速给鱼希补妆。和她演对手戏的女孩二十来岁，身材娇小，演技还很稚嫩，一场戏 NG 了七八次，赵导已经在崩溃的边缘了。

“开始！”

场记打了板子。

办公室里，女孩狠狠地将文件夹扔在鱼希的身上：“数字你核对了吗？金额为什么是错的？”

鱼希低着头准备翻开文件夹，女孩将双手撑在办公桌上，狠厉地道：“你知不知道这个策划案有多重要？就因为你，我们部门现在要召开紧急会议！”

“我……”鱼希咬着嘴唇，姿态卑微，手指甲扣着文件夹的边角，说：“对不起，我再核对一遍。”

“算了。”女孩一副高高在上的态度，“这个项目……”她看着鱼希头顶的发旋，忘记台词了，“这个项目……”

鱼希抬起头，女孩看到她的脸，没忍住笑场了。

“咔！”赵导把剧本扔到统筹身上，带着怒气往鱼希她们那边走去，他还没开口，就听到鱼希带着怒气的声音：“好笑吗？”

被问的女孩愣住了：“什么？”

鱼希定定地看着她，严肃地道：“我问你，好笑吗？”

她板着脸的时候特别有威严和气势，从骨子里散发出高傲来，其他人都看向这边。那个女孩忍不住往后退了一步，两人的角色瞬间调换，仿佛鱼希现在是刁难人的上司，而那个女孩变成了受气包女主。

鱼希的声音不大，却清晰地传到每个人的耳朵里：“因为劲鸥可能撤资，所以你们就不再认真对待，是这样吗？拍戏和其他工作难道有什么不同吗？出现变故不是很正常？每次发生意外，你们都这么消极？在一切尘埃落定之前，你们就这样否定自己？”

鱼希每说一句话，其他几个配角的头就低一点儿。鱼希的神色越发清冷，声音也越发清晰，带着力度：“我希望你们能明白，一个演员真正的价值不在于他拥有多少资源，也不在于他有多么辉煌的成绩，而在于他能不能认真地对待每一场戏。这是一个演员应该具备的素养！”

这一番话掷地有声，不远处听到这些话的几个女孩回想起自己说过的话，都很愧疚，鱼希面前的女孩更是红了眼睛。

赵导站在鱼希身后，听到她这番话，心中的阴郁一扫而空。

一个还不知道真假的传言就把剧组搅得一团糟，他这个导演也有责任。如果不是因为他这两天无缘无故发脾气，给众人施压，让他们觉得这部戏可能会打水漂，众人也不会用这么懒散的态度对待演戏。

他气的是劲鸥要撤资的决定，却把所有气都撒在这些演员身上，让他们也跟着惶恐。一开始就是他做错了。

刚刚鱼希那番话也点醒了他。

整个剧组静悄悄的，鱼希说完后身心舒畅，一转头，就看到赵导正定定地看着她。她抿了抿嘴唇，说："赵导……"

赵导点头道："说得好。"他带头鼓掌，"鱼希，你说得好！"

其他人也跟着鼓掌，整个剧组又热闹起来。赵导手心发热，面带微笑道："大家先休息五分钟。"

似乎是鱼希的那番话触动了众人，接下来的三场戏很容易就过了。鱼希赶在三点半前拍完了下午的戏份，去休息室换衣服时遇到了莫宁欢，对方一脸崇拜道："鱼老师，你刚刚说得太好了！"

帅气和优雅完美地融合在一起，鱼希如闪耀的星星，让人不敢直视。

鱼希逗她："有这么好？"

莫宁欢直点头。

鱼希笑了，几天来的郁闷心情消失无踪。这样的鱼希犹如加了滤镜，美到极致。莫宁欢看呆了，鱼希伸手敲她的额头，说："你想什么呢？"

莫宁欢立刻回神，说："没……没什么。希希，你好美。"

鱼希受不了她这么虔诚的眼神，挥挥手，说："我要换衣服了，你先出去吧。"

莫宁欢捧着手机，嘴唇动了动，她进来前想说什么来着？

莫宁欢拍了下头，见鱼希还看着自己，忙道："那我先出去了。"

鱼希点头，目送她离开。

换好衣服之后，鱼希接到钟晨的电话，她那边的事还没结束，赶不回来，鱼希应下后挂了电话。

当鱼希到公司时，白姐不在，卢老师正在调音，一见到她，立刻招手："希希过来，我昨天回去后把这段改了一下，你听听看？"

鱼希其实对音律不精通，只能分辨出好不好听，改了之后的旋律更加顺畅，朗朗上口。她点头道："挺好的。"

卢老师松了一口气，说："那你先去准备，我们马上开始录音。"

鱼希点头。

等到她准备好走到卢老师身边时，听到他问："你的脸色不太好，昨晚没休息好？"

听到“昨晚”两个字，鱼希愣了几秒，说：“挺好的。”

她既然到公司了，那等会儿就上楼去和江静白谈谈吧。她把江静白从黑名单里拉出来，编辑消息：江总，你在公司吗？我有事想问你。

江静白正在听肖知秋汇报工作，手机铃声冷不丁地响起，她低头看了一眼，发现是鱼希发来的消息。

“江总？江总，这个还要改吗？”

江静白回过神，摇头道：“不改了，就这样吧。你先出去，等会儿我叫你。”

肖知秋有些蒙，但还是点头说：“哦，好。”

待办公室的门合上，江静白将鱼希发来的信息翻来覆去地看了好几遍，确认无误后才回复她：好。

早上她原本想做早餐，试了几次都失败了。她想着鱼希还没醒，就下楼去买两份早饭，等她回到公寓时，鱼希已经走了。她一个人吃完早餐，想打电话给鱼希，又想起自己的号码被拉黑了，郁闷地把另一份早餐也吃了。

午休的时候她准备和肖知秋去剧组，没料到接了一个紧急电话，等到她处理好事情，午休时间已经结束了。她本想晚上和鱼希好好聊一聊，没想到鱼希先开口约她了。

她刚放下手机，铃声又响起，她瞥了一眼，接通电话：“胡总。”

胡总咳嗽几声，说：“静白啊，我听说星耀也对林氏感兴趣？”

江静白压低声音说：“是的，胡总。”

胡远的声音里添了威严：“你前阵子不是说已经定下了吗？”

江静白站起身，走到落地窗边往下看，说：“林总想再考虑几天。”

胡远道：“尽快定下，以免夜长梦多，星耀要是盯上了林氏，可就麻烦了。”

“好的。”

胡远又道：“你别忘了你答应我的事情，虽然现在劲鸥归你管，但是如果你让劲鸥遭受损失，我随时可以收回管理权，你明白吗？”

江静白垂着眼道：“我知道了。”

胡远又说了几句就挂了电话，江静白握紧手机，片刻后她给肖知秋打电话：“你进来一下。”

鱼希结束音乐录制时已经七点了，也不知道这个点江静白还在不在公司。她走出录音棚就给江静白打电话：“江总。”

江静白正在翻阅文件，发出哗哗的响声，鱼希问她："您在办公室？"

"是的。"江静白回道，"要我去接你吗？"

鱼希连忙说道："不用了，我上去。"

当她走到电梯口的时候，肖知秋已经站在那儿了。肖知秋恭敬地对她道："鱼小姐，江总在办公室里等您。"

鱼希尴尬地笑笑，说："好。"

她被肖知秋领着进了江静白的办公室，江静白正在工作，听到敲门声只道："进来。"

肖知秋做出请的姿势，鱼希点头，进入办公室。办公室里灯光明亮，江静白头也没抬，说："你先坐会儿，我马上就好。"

鱼希点头道："没事，我不着急。"

鱼希坐在棕色沙发上等待。半晌后，江静白落下最后一个签名，起身走到鱼希身边，问："录歌结束了？你累不累？"

鱼希干笑道："还好。"

江静白在她身边坐下，倒了一杯茶，说："喝茶？"

鱼希接过杯子，说："谢谢。"

"昨晚……"

"关于昨晚……"

两人同时开口，鱼希垂着眼说："你先说。"

江静白抿了一口茶，说道："你先说吧。"

鱼希不想绕圈子，直接问道："昨晚我有没有做什么过分的事情？"

江静白眼里闪过错愕，她的手指摸着杯子边缘，没吭声。

鱼希心里忐忑起来。江静白抬起头，看到她微微发白的脸，以及布满懊恼之色的瞳孔，握着杯子摇摇头，说："没有，你昨晚喝多了，回来后吐得满身都是，我就给你收拾了一下，然后你就睡了。"

鱼希松了口气，说："原来是这样。昨晚谢谢你，江总。"

江静白又抿了一口茶，许是泡得久了，茶的苦味全出来了，喝着有些苦涩。她把茶咽下去之后，说道："没关系。"

REC

16:9 AUTO RAW

Chapter 2
颠覆

ISO 300

00:03:20

鱼希和江静白交流后放下心，起身准备离开。江静白也跟着站起来，问：“晚饭你吃了吗？要不要一起吃？”

鱼希原想拒绝，又想到昨晚她照顾自己，请她吃一顿饭是应该的，便点点头，说：“我请你吧。”

江静白没犹豫，说：“好。”

两人离开时，肖知秋没跟着。因为附近都是酒店，所以她们就没开车，而是闲散地走在路上。鱼希没怎么伪装，只是戴着口罩。

“你想吃什么？”

“去哪家店吃饭？”

两人同时开口。鱼希尴尬地笑笑，她想到以前和江静白出去玩时，两人有时候半天没说话，然后冷不丁同时开口，她那时候总会笑着说：“看，我们多有默契。”

鱼希垂着眼，江静白没有发现她的异常，又问了一遍：“你想吃什么？”

鱼希回过神，说：“我都可以。”

江静白说：“那就这家吧。”

那是一家中式酒店，鱼希点头道：“好。”两人一同走进去。

包间不大，装修雅致，是现代简约风格。鱼希和江静白面对面坐在饭桌前，说：“江总点菜吧，我请客，你做主。”

江静白接过菜单，说：“好。”

鱼希想了想，又加了一句：“按照您的喜好点菜就行。”

江静白握着菜单的手紧了紧，轻声道：“我不挑食。”

鱼希没接话，这时她的手机响了，她接通电话。

“希希，你回家了吗？我这边的事情刚结束。”钟晨疲惫地道。

鱼希笑道："结束了，你回去休息吧。"

"好。"钟晨应下，"我明天一定要让白姐给陶倚彤另外配一个助理！她这是赤裸裸的报复！"

鱼希听到她咬牙切齿的语气，脸上的笑意加深："好了，明天再说吧，我还有点儿事，挂了。"

鱼希挂断电话时，江静白也点好菜了，服务员捧着菜单出去，江静白问道："朋友？"

"钟晨。"鱼希解释，"我助理。"

江静白点头道："今天她没跟着你？"

鱼希笑了笑，说："她陪陶小姐拍广告去了。"

包间门打开，服务员端着凉菜上来，鱼希在剧组就没吃几口饭，录歌的时候就饿了，所以她和江静白打了个招呼就开始吃饭。

饭桌上很安静，江静白好几次想说话，但见到鱼希闷头吃饭，只得把话咽了回去。半个小时后，两人都放下筷子。

江静白瞥到鱼希一脸还了债的轻松表情，脸白了几分。

结账后，鱼希就要回去，江静白拉住她说："一起走走？"

她见鱼希投来诧异的目光，解释道："刚吃完饭，走一走消消食比较好。"

鱼希看向她抓着自己的手，她把手收回来，说："抱歉。"

"没事。"鱼希踩着高跟鞋走出酒店，"那就走走吧。"

两人出了酒店后往公司的方向走去。因为鱼希是艺人，为了避免被人认出来，她们没走马路，而是沿着一条狭窄的小路往前走。

这条路上没什么人，偶尔有几个醉汉迎面走来，与她们擦肩而过，留下淡淡的酒气。

鱼希抬起头，雨丝落在她的脸颊上。她蹙着眉，对旁边的人说道："江总，我们快点儿走吧，下雨了。"

她的话刚说完，雨丝更密集了，她感觉到凉气化成水落在她身上，她忍不住打了个寒战。江静白朝周边看了两眼，见前面有建筑物，便道："我们去那里避一避？"

鱼希顺着她手指的方向看去，点了点头，说："好。"

就在这时，前方冲过来两个人，鱼希的视线被雨丝挡住，没来得及避闪，江静白看到后拉住她的手腕将她拽向自己。那两个人从她们旁边跑过去了。

雨势越来越大，顷刻间两人的衣服就湿了一大片。鱼希推开江静白，江静白也顺势放开她，抱歉地道："对不起，刚刚你……"

"我知道。"鱼希不咸不淡地回应，"谢谢。"

江静白垂着眼道："没关系。我们过去避一避？"

鱼希应下后，刚准备抬脚就"嘶"了一声。

江静白别过头，一脸紧张地问："怎么了？"

鱼希低头看向脚踝，真是屋漏偏逢连夜雨："我的脚崴了。"

江静白立马脱掉自己的高跟鞋，对鱼希道："你帮我拿着。"

"你……"鱼希一脸愕然，但她还是接过江静白递来的高跟鞋。

江静白背对鱼希，拉过她的双臂，腰略弯，身体压低，双手用力，她还没反应过来就稳稳地落在江静白的背上。

"我可以自己走。"鱼希反应过来后，扭了下身体，两人的身形都有些不稳。江静白的双手背在身后稳住她，低声道："你别乱动，马上就到了。"

鱼希看着她被雨水打湿的脸颊，一时无言，思绪乱飞。

"江静白，你背我好不好？我腿疼，真的疼，你看，就是这里。"

少女弯下腰，问："哪里？"

鱼希坐在台阶上，指着自己的腿，漂亮的眼睛里闪过一丝狡黠："这里。"

"鱼希？"江静白别过头，问，"还疼吗？"

鱼希回过神，她们已经到避雨的地方了，她从江静白的背上滑下来，坐在旁边的石阶上，说："没事，不疼了。"

"我帮你看看。"江静白说着，坐在她身边，去查看她的伤处。她刚想缩回脚，就不免痛呼："嘶——疼。"

"扭到了。"江静白抬头道，"我给你揉揉。"

鱼希有些尴尬地说："不用了。"

江静白垂着眼道："不揉一下，明天脚肯定会肿起来。"

鱼希沉默了，脚踝处传来细细密密的痛感，她别开眼，几秒后视线又落在江静白身上。

鱼希记忆中的江静白向来是干干净净的，从未像现在这样——湿透的长发张牙舞爪地贴在她的后背上，全身湿漉漉的，没穿鞋，脚背上还有些污渍。

这一点儿都不像江静白。

鱼希移开视线，眼眶一热，她抬头看了一眼漫天雨幕，眨眨眼。

“你好些没？”江静白揉了一刻钟后问道。

鱼希回道：“好多了。”

她的声音有些沙哑，江静白抬头看了她一眼。她穿着一条浅色长裙，裙子被雨淋湿后紧紧地贴着身体，她微微弯腰坐着，似乎怕走光。

江静白心中懊恼，立刻脱下自己的小西装外套披在鱼希身上。

鱼希皱眉想拒绝，江静白不容拒绝地道：“穿着。你是公众人物，要注意一点儿。”

她说完，还帮鱼希把领口拢了拢。鱼希披着外套问道：“肖助理什么时候来？”

“快到了吧。”

几分钟后，肖知秋就拎着雨伞匆匆赶到了。她见到两人狼狈的样子，愣了一下，随即将雨伞递给江静白，鱼希也勉强站起身。

“鱼小姐受伤了？”肖知秋说着，准备伸手扶她，“我扶您上车？”

江静白绕过她的手扶着鱼希，说：“你去开车吧。”

肖知秋看了两人一眼，说：“哦，好。”

鱼希的脚踝已经好多了，只是高跟鞋不敢再穿了，她学着江静白的样子脱掉高跟鞋，脚刚踩在地面上，眉头就蹙起。

地面不算光滑，上面有些细小的碎石，赤脚走在上面硌得疼。

江静白瞥见她皱眉，问道：“你是不是脚疼？我背你过去？”

鱼希拒绝道：“不用。”

她一瘸一拐地往车子走去，江静白看了几秒，上前搭着她的肩膀。她有些抗拒，但是江静白强硬起来她又拒绝不了，两人就这么走到了车边。

“先去公司吧。”上车后，江静白便说，“公司里有备用衣服，我们换好再回去，要不然你会感冒的。”

鱼希瞥了一眼自己身上的衣服，又看向江静白，她只穿着衬衫，看着很单薄，只得答应：“好。”

回公司之后，鱼希跟着江静白进了办公室。办公室里有个休息间，里面放着一张床和一个衣柜。江静白打开衣柜，说："你自己选？"

鱼希看了一眼，清一色的职业装。她随手拿了一件，说："就这件吧。"

江静白指着不远处的门说："那边可以换衣服。"

鱼希点头。待她离开后，江静白也从衣柜里拿了一件衣服放在床上。

鱼希换衣服的速度挺快，就是有些别扭，到底不是自己的衣服。她叹了一口气，把湿衣服放在包里，她还未打开卫生间的门，就听见休息室的门被敲响。江静白换好衣服后，说道："进来。"

肖知秋拿着手机走进来，说："江总，林总的电话。"

江静白点头后，接通电话，说："林总。"

电话那端的人说了很长一段话，她才开口："可是我们之前已经谈好了，您这么做是违约。"

"我听说您明天出差回来，我去机场接您。"

"当然。"

"您确定吗？"

"好，见面谈。"

江静白挂断电话后把手机递给肖知秋，说："明天上午九点，我们去机场接人。"

肖知秋站在她身边，说："江总，我听说楚总今天出国了，可能就是去见林总。林总不惜付违约金也要解约，我觉得……"

江静白抬起手，说："你先出去。"

肖知秋愣了几秒，说："好的。"

鱼希出来时，江静白已经在休息室里泡了两杯茶，说："过来喝点儿热的。"

她说着，举起杯子。鱼希接过杯子后说："谢谢。"

江静白点头道："你喝完我送你回去。"她说着，抿了一口茶，温热的感觉从嗓子眼蔓延到四肢百骸。

鱼希坐在沙发上，喝了几口茶就放下杯子，说："我听到你刚刚打电话了。抱歉，我不是有意偷听。"

"没关系。"江静白也放下杯子，"走吧，我送你回去。"

“是因为我吧？”鱼希抬头道，“是因为我不想退出圈子，你在帮我，我妈妈才针对你，介入公司的项目。”

“鱼希。”

鱼希继续道：“那天你们在酒店的谈话，我都听到了。如果以前我妈做了伤害你的事情，我替她向你道歉，向你家人道歉。”

江静白见她把话说开了，点点头，平静地道：“鱼希，我说过我可以。这些事情我会处理好，你不要担心。”

鱼希站起身，侧脸绷紧：“江总，我不是担心你，我只是想和你划清界限。”

江静白的面色顿时白了几分。

鱼希继续说道：“对不起。”

休息室里有片刻沉默，鱼希从包里拿出手机，拨出一个电话：“妈，是我。”

江静白看向鱼希，握住她的手腕。鱼希推开她的手，坚定地对手机那端的人说：“你收手吧。”

电话那端的盛闲挑眉问：“是她拜托你求我的？”

鱼希皱眉道：“不是。”

盛闲走到落地窗前，说：“希希，这是我和她之间的事情，你不要插手。”

“凭什么这只是你们之间的事？”鱼希听到这句话就奓毛了，“八年前你插手我的事情，我认，谁让你是我妈，你做什么都是有理由的！现在呢？你还想摆布我的人生？那我算什么？”

盛闲向来雷厉风行，不会安慰人，所以听了鱼希的斥责，她也只是沉默两秒，接着便说道：“希希，很多事情妈妈没办法向你解释，但是我想你知道，我这么做不是摆布你的人生，而是……”

“为我好是吗？”鱼希往后退了两步，说，“好，你为我好，八年前搅乱我的社交圈；现在你觉得不够，又来干涉我的生活，我在你眼里到底算什么？你说这些和我无关，那什么才和我有关？嫁给一个你们觉得好的人，继承你的事业，这就是你所谓的好吗？”

盛闲叹息一声，说：“希希……”

“够了！”鱼希发泄完，冷静了下来，她深吸一口气，说，“我受够了！我是一个人，不是你们的傀儡。”

盛闲沉默了，她一只手举着手机，另一只手撑着手肘，电话没挂断，两边在僵持，半晌后盛闲开口：“她在你身边吗？我有个问题想问她。”

鱼希的唇瓣被咬得艳红，上面牙齿印明显，她看了一眼江静白，说：“你要问她什么？”

江静白往前走了两步，从鱼希手上拿过手机，说：“您好，我是江静白。”

鱼希见手机被她夺走，面露愕然。

盛闲依旧一副高高在上的态度，说：“江总，考虑我之前的建议吗？放鱼希回到她该在的舒适圈里，我不仅让你和林氏签约，还会额外补偿你。”

江静白看向鱼希，见她的脸色不似刚才那般苍白，才道：“盛总，我拒绝。”

鱼希想夺回手机，江静白用空着的那只手抓住她的手腕，盯着她的眼睛说：“我拒绝。这个电话，您就当没接到。”

盛闲冷笑道：“江总，你这样有意思吗？”

江静白看着鱼希，道：“鱼希说得对，她是一个人，不是你们的傀儡，不需要你们替她做决定。我这样做有没有意思是她说了算，不是你们。”

手腕被她拽住，明明只要用力就能挣脱，鱼希却没有动作，她的话让鱼希眼眶一热，眼前蒙眬。

盛闲听到她这番话，脸彻底沉下来：“江总，我希望你能记住这几句话，以后不要来求饶。”

江静白挂断电话后，把手机递给鱼希。鱼希有些不悦，声音里带着愠怒：“你到底想做什么？你能不能不要再帮我了？你还想让我欠你多少？”

江静白说：“鱼希，你不欠我什么，是我欠你的。”

鱼希哧笑道：“你欠我什么？以前的事情我都知道了，不是你一个人的错，你没必要……”

“我欠你八年的开心。”江静白打断她的话，“我想把它还给你，好不好？”

鱼希头疼欲裂，刚刚做出的决定又开始动摇，她往后退了几步，摇摇头，说：“我不知道。”

江静白见她茫然无措，走到她身边，想安慰她。她猛地伸手推开江静白，说：“对不起。”

冷冰冰的三个字砸向江静白，让她的动作顿住。鱼希拎着包，一瘸一拐地走向门口，手刚放在门把手上，突然响起的铃声吓得鱼希差点儿把手机扔掉。鱼希看了一眼，见到屏幕上显示着白雨棠的名字。

“白姐。”

“希希，网上的新闻是怎么回事？”

鱼希头疼到脸发白，说：“什么？”她受伤的那只脚不敢用力，只能用另一只脚支撑着，整个人靠在门边，“网上？”

白雨棠问道：“你没上网吗？”

鱼希回她：“没有。什么事？”

白雨棠有些无奈，说：“你先看看，我回几个电话，等会儿再打给你。”她说完就挂了电话。

江静白见鱼希接了电话后神色不对，往前走了两步，问道：“怎么了？”

鱼希打开微博，一眼就看到热搜上挂着自己的大名：#视后鱼希骂哭新人##鱼希剧组发脾气#。

最初的那条微博是一个小时前发的，还有几张模糊的照片，新人演员在她面前低着头，缩起肩膀，一副泫然欲泣的样子。热搜下面，网友们已经吵翻天了。

“鱼希最近事业不顺，所以就骂人？”

“那人被骂得好惨啊，看着就可怜。”

“什么玩意儿，真当自己是视后呢！”

“楼上的给我把嘴巴放干净点儿，我们希希本来就是视后！”

“等希希出来，大家先不要吵！”

“对，等当事人出来解释，不要被无良媒体当棋子。”

营销号们也纷纷转发。鱼希看着营销号转发的微博，脸色微沉。

白雨棠给几家媒体打完电话后，又迅速给鱼希打过去，她听到铃声在办公室门口响起，她抬起头，见到鱼希正站在那儿，身后还跟着江静白。

“江总，希希……”

鱼希走路一瘸一拐的，她放开“人形拐杖”江静白后，挪到沙发边坐下：“我录完歌和江总吃了饭，刚回来。”

白雨棠看到她身上穿的是以前没穿过的职业装，眼底有几分茫然。

“白姐。”鱼希看她没动，便问道，“现在情况怎么样了？”

白雨棠坐在她身边，说：“那条新闻一出来我就接到通知了，但没压下来，背后有人在推波助澜。”

鱼希皱眉道：“是柳玉瑶？”

白雨棠一副若有所思的表情，道：“有可能，你们要参加同一个节目，柳玉瑶现在肯定不想你有任何翻身的机会。”

网上都在传她要接棒鱼希，要是鱼希东山再起，她就没机会了。她和鱼希斗了这么多年，现在好不容易占据了上风，怎么可能轻易收手。

白雨棠打开平板电脑，关于鱼希的话题已经从热搜榜第十二位上升到前三位，加入讨论的路人和“专业人士”越来越多。鱼希的粉丝都在帮忙澄清，但他们到底不是专业的，很快他们的评论就被压下去了，热评前三条都是攻击性的言论。

“上次鱼希摔话筒的事你们忘了？当时我就说她的清高人设迟早要崩，现在崩了吧！”

“过气艺人就不要再出来了好吗！真是看到就要吐了。”

“她这是没戏拍了，开始折磨新人演员了吗？那个新人真可怜！”

网友们纷纷附和这些评论，形势不是很乐观。

白雨棠把平板电脑递给鱼希，说道：“赵导那边我问了，当时没有在拍戏，所以没录制到这段画面，但是他们会出来解释情况。”

她说完，眉头依旧紧皱。鱼希知道她的担忧。赵导他们出来解释情况，也会被网友说成是她在粉饰太平。

白雨棠深吸一口气，说：“不管怎么样，我们不能坐以待毙。”

鱼希点头，问：“我联系赵导？”

“我已经联系过了。”白雨棠摇摇头，说，“那个新人我也联系过了。我打电话给你，是想让你做好心理准备。”

鱼希心里“咯噔”一下，点点头，说：“我明白。”

这时，手机铃声响了，她低头看了一眼手机，居然是莫宁欢打来的电话。想必是她看到网上的舆论，打电话来安慰自己。鱼希接通电话，说：“欢欢。”

江静白闻言，别过头看了她一眼。

这是江静白进办公室后做的第一个动作，之前她一直坐在沙发上保持沉默。白雨棠好几次想问什么，但对上她微垂的眼眸，愣是没敢吭声。

江静白听不到莫宁欢说的话，只能听到鱼希的回话。

“没事。”

“我没事，真的，你别担心。”

“好，明天见。”

“什么？”

鱼希“噌”地站起身，她忘了自己脚崴了，一个吃痛差点儿跌坐下来，江静白手疾眼快，扶住了她。

“你有？好，你发给我，对，现在。”

鱼希挂了电话，看向白雨棠，扬唇笑起来：“白姐，有视频了。”

白雨棠没被鱼希的话惊到，反而被江静白的举动惊到了，这是什么情况？她们和好了？

鱼希说完，见白雨棠盯着自己，喊道：“白姐。”

白雨棠回过神，说：“哦，你刚刚说什么？”

鱼希坐下后说道：“刚刚欢欢给我打电话，说有录到视频，她发给我了。”

她说完，点开莫宁欢发来的视频。莫宁欢真不愧是她的粉丝，她当时气势汹汹，莫宁欢还能找到最佳角度，把她拍得很漂亮，真是人才。

“……我希望你们能明白，一个演员真正的价值不在于他拥有多少资源，也不在于他有多么辉煌的成绩，而在于他能不能认真地对待每一场戏。”

白雨棠看完这段视频后大大地松了一口气，说：“这就好，有这个就好。”她看向江静白：“江总，那我现在就澄清？”

鱼希也顺着她的目光看过去。江静白见两人都看着自己，摇了摇头，说：“再等一等。”

白雨棠皱着眉，和鱼希对视了一眼，似乎有些不明白。

江静白抬眸看白雨棠，她只觉得一股压力袭来，迫人得很。她拿着平板电脑，问：“江总的意思是？”

“白小姐。”江静白道，“你觉得自己的业务能力如何？”

白雨棠被她问得愣了一下，心想怎么突然提到业务能力了。

江静白见她没抓到重点，直接问道：“如果让你撤一个热搜，需要多久？”

“半个小时。”

下一刻，她就明白江静白的意思了。她从得到消息起就开始操作，但是这件事依旧越闹越大，虽然鱼希现在事业受创，但是她在圈内的地位摆在那里，不会沦落至此。这说明，这件事一开始就有人在背后操纵。江静白问她业务能力，不是不相信她，而是表明在背后操纵这件事的除了柳玉瑶，还有其他人，而且这个人就藏在鱼希所在的剧组里。

江静白见她终于明白过来，点头道："所以你暂时不要把视频放出去。"

"鱼希，你给莫小姐打个电话，让她守口如瓶。白小姐联系赵导，按照原计划进行。"

她处理公事的时候十分认真，也很果决，好似一切都在她的掌握中。

鱼希想到她和盛闲打电话时也是这样，神色沉稳，目光平静。

江静白吩咐完，别过头看鱼希，问："回去吗？你的腿还疼不疼？"

在强势和温和之间迅速切换，鱼希都要怀疑江静白是不是偷偷磨炼过演技了。她愣了几秒，说："不疼。"说完，她又补充了一句，"回去。"

白雨棠忙道："那希希你和江总先回去，我在公司把剩下的事情处理掉。"

鱼希点头道："好。"

她站起身，江静白适时地伸出手："我扶你。"

鱼希还没来得及拒绝，江静白就已经扶住了她，力度刚刚好，让她走路不至于太吃力。

"对了，白小姐。"江静白扶着鱼希走到门口时转身说道，"麻烦你帮倚彤找个新助理。"

鱼希闻言停了下来，但没吭声。

白雨棠点头道："好的，江总。"

江静白这才扶着鱼希离开。

上车之后，鱼希给莫宁欢打电话，让她暂时不要告诉他人视频的事情。她虽然不解，但还是一口应下："好。"说完，她憨笑道，"其实我本来就没打算给别人看，鱼老师，你不要担心。"

她本来打算拍下来给江静白分享鱼希的威武时刻，鱼希收工后，她还去休息室想问能不能发，结果见到鱼希就忘了要说什么。等晚上回到家她才想起来，但这时相关消息已经上热搜了。

她看到那些不实言论，着实生气，但是那段视频毕竟是拍的鱼希，她不敢直接发出去，这才给鱼希打电话。

“那就好。”鱼希笑道，“那我先挂了，晚安。”

莫宁欢傻笑道：“鱼老师晚安。”

挂了电话的鱼希一脸轻松。江静白正在开车，车里飘着淡淡的香水味，放着轻缓的音乐。鱼希攥紧手机靠在座椅上，手机坚硬的外壳硌得她手疼。

“江总。”车在疾驰，鱼希的声音格外清晰，“你父亲过世……和我妈妈有关吗？”

江静白没有立刻回答鱼希，她将车开到公寓附近，停在一棵大树下。昏暗的路灯的光洒进来，两人的五官显得影影绰绰。她把双手放在方向盘上，别过头说：“鱼希，你希望有关，还是无关？”

鱼希听到她的话，抬头对上她的目光，张了张嘴，却发不出声音。

有关和无关，对她们而言意味着两个结果。

江静白看到她一脸怔然，说：“到了，下车吧。”

鱼希点点头，下了车。进电梯后，她站在角落里，江静白见到她的举动并没有说什么，只是站在她身边。

到公寓时，江静白帮她打开门，问道：“需要我帮你吗？”

“不用。”鱼希拒绝了，她刚准备进门，就听江静白喊道：“鱼希，晚安。”

鱼希咬咬嘴唇，回了一句：“晚安。”

晚上十点，剧组发了一条微博，解释了事情的经过，还呼吁大家看戏需谨慎。网友们看到这条微博没什么表示，抹黑鱼希的人却不肯松口，一个劲儿地说剧组肯定是迫于鱼希家的压力，才不得不发了这条微博。半个小时后，那个新人演员也发了微博，称鱼希当时只是在教自己怎么演戏。

两条微博接连发出来，鱼希的粉丝开始为她正名。

“我就说希希不是那种人，某些人只会造谣！”

“希希那么好，怎么可能骂哭新人？”

当然，也有人挑事。

“来了来了，我就知道会说鱼希在教人演戏。就你们家鱼希会演戏啊？要不要给她鼓掌啊？”

“欲盖弥彰，只怕剧组得罪不起人吧？”

“反正看照片，不像是在教对方演戏，教演戏能把人教哭？”

白雨棠见网友们争吵得厉害，按着微疼的头，靠在座椅上。赵导给她发消息，问还需要他做什么，她回复说不用了。

直到第二天鱼希去剧组，喜欢抹黑鱼希的人和她的粉丝还吵得不可开交。钟晨担心她受到影响，到剧组之后都没敢让她看手机。

“鱼老师，你没事吧？”在莫宁欢的影响下，其他几个新人演员都叫她鱼老师了。

鱼希坐在凳子上看剧本，闻言抬起头，道：“没事啊。”她一副云淡风轻的样子，似乎没有被网上的争论影响，几个女孩面面相觑。

“鱼老师你别担心，我们昨天都转发微博了，我们觉得你那番话说得很对。”

其他人纷纷点头，像小鸡啄米似的。鱼希被逗笑了，说：“谢谢。”

“鱼老师！”这时，莫宁欢的声音插进来。鱼希侧过身看去，见莫宁欢抱着一个盒子走过来，众人让开一条道。莫宁欢抱着盒子走到鱼希身边，笑得灿烂，说：“鱼老师，这是我去外面淘的，都是很好玩的东西，你要不要看看？”

鱼希点点头，放下剧本，说：“好。”

盒子里都是一些小巧可爱的玩意儿，也不知道她是从哪里淘来的。那几个女孩见鱼希玩着那些小玩意儿，就离开了。

过了一会儿，纪霖枫小跑过来。

“干什么呢，希姐？”他西装革履，理着平头，上了妆，看起来马上要出镜。

鱼希看了他一眼，说：“没什么。你有事？”

纪霖枫坐在她身边，说：“没事，就昨天微博上那件事我看到了，抱歉啊，我想帮你转发的，但是我经纪人……”他经纪人怕惹上麻烦，所以不让他转发。

鱼希淡笑道：“没关系。”

纪霖枫俊秀的脸上带着歉意，他说：“真对不起，希姐。”

这时，不远处有人喊道：“下一场戏准备了！”

鱼希抬头道：“去吧。”

纪霖枫离开后，莫宁欢坐在她身边，眉头紧紧皱着，似乎很困惑。鱼希不由得笑问：“怎么了？”

莫宁欢瞥了一眼四周，见没人，才压低声音问道：“鱼老师，我不懂你为什么不直接放出视频。”

鱼希垂着眼，江静白想在放出那段视频之前把内鬼找出来。这池水现在已经很脏了，如果真的有内鬼，那对方肯定坐不住，想把鱼希按死在里面，所以现在她们只能等。

鱼希没说话，莫宁欢也就不再问了。

当钟晨接完电话回到棚子里时，就看到两人捧着小玩具玩得不亦乐乎，鱼希侧脸柔和，带着浅笑，不时点头说：“就这个。”

莫宁欢拿起一个小玩具，说：“这个呢？”

钟晨走过去，喊道：“希希。”

莫宁欢乖巧地打招呼：“钟晨姐。”

钟晨有些尴尬。

其实莫宁欢对谁都这么赤忱，尤其是鱼希身边的人。有段时间钟晨怕她们被媒体拿来做文章，刻意不让她接近鱼希，但是她丝毫不介意，依旧对钟晨很热情。

钟晨也不是铁石心肠，没几天态度就软化了，真诚的人谁不喜欢呢？

莫宁欢不仅真诚，还可爱，面对这样的人，谁能狠下心？反正钟晨做不到。

她对莫宁欢笑笑，接着说道：“希希，白姐有事找你。”

鱼希放下小玩意，接过她递来的手机，说：“白姐。”

“找到了。”白雨棠的声音里带着浓浓的疲惫，“是剧组里的人。”

她从昨晚起就等着这个人冒头，结果直到今天早上都没有动静，她都快怀疑江静白是不是判断失误，而就在刚刚，周刊那边传来了消息。

鱼希心里已经有答案了，所以没有表现出诧异，只说：“嗯。白姐你看着办吧。”

白雨棠松了一口气，说：“我等会儿就把那段视频放出去。”

鱼希道：“好。”

挂了电话后，鱼希把手机还给钟晨，说：“你去买两杯奶茶。”

她转头问莫宁欢：“欢欢，你喜欢什么口味的？”

莫宁欢愣住了，问：“鱼老师你给我买奶茶吗？”

鱼希淡笑道："我请你喝。"

莫宁欢捂着胸口说道："鱼老师喜欢喝什么口味？"

鱼希想了想，她没有特别喜欢的口味，是甜的就好。莫宁欢紧接着说道："我和鱼老师喝一样的。"

鱼希看向钟晨，说："你去买吧。"

钟晨点头道："哦。"

鱼希打开手机，想看看那段视频发出来后网友们的反应。白雨棠肯定不会用自己的号放出那段视频，这样的事情要借路人之口说出来才会达到最好的效果。然而，她翻看了好一会儿都没有见到视频。她放下手机，见到莫宁欢正盯着手机笑。

"你在看什么呢？"鱼希好奇地问道。

莫宁欢听到问话，急忙收起手机，笑了笑，说："没什么，我就是在和别人聊天。"

鱼希问道："朋友？"

莫宁欢摇头，又点头，末了道："鱼老师，我说之前你要保证不生气。"

鱼希看她一副小心翼翼的样子，笑道："好，我不生气，你说吧。"

莫宁欢说道："其实她是你的粉丝，和我一样特别喜欢你，她有时候会问我一些关于你的事情。昨天那个视频，其实我是想分享给她的。"

鱼希微微点头，莫宁欢小心翼翼地道："鱼老师，你没生气吧？"

"没有。"

当钟晨拎着两杯奶茶回到棚子里时，莫宁欢已经不在了。鱼希接过一杯奶茶，抿了一口，甜丝丝的。她满足地眯了眯眼，活像一只慵懒、高贵的猫。

"莫宁欢走了？"

鱼希点头道："你把奶茶放这儿吧，她去补妆了。"

钟晨应下，把奶茶放在一侧，坐在鱼希身边，问："希希，白姐那边有消息了吗？"

"还没有。"鱼希放下奶茶，重新拿起手机，点进热门微博里，看到一条十分钟前发的微博。

"搬运：鱼希骂哭新人演员视频曝光！"后面带了一个视频链接。

鱼希点开话题楼，之前那些抹黑她的人都没有发表意见，网友们则热热闹闹地讨论起来。

“我看完视频了，只想说造谣成本真低啊，那些人昨晚把鱼希骂成那样，现在屁都不敢放一个。”

“昨天那些骂人的评论我都截图了，请道歉。”

“我看完这段视频居然哭了，鱼希的感染力真的太强了！她确实是实力派演员，当之无愧的三料视后！”

“我也哭了，鱼希那段话说得实在太好了。拍戏和工作不一样吗？演员和我们有什么不同？在一切尘埃落定之前就否定自己是最愚蠢的。她真的太厉害了！”

“对对对，还有最后一段话，‘一个演员真正的价值不在于他拥有多少资源，也不在于他有多么辉煌的成绩，而在于他能不能认真地对待每一场戏。这是一个演员应该具备的素养！’我看到这一段话斗志就燃起来了！”

网友们原本是在讨论她骂人的视频，后来话题逐渐变成如何才能做一个真正的演员，大家还点评起那些实力派演员来。与此同时，不少博主开始发表意见，他们认为不应该因为一点儿问题就指责艺人，这种言论立刻在网上掀起风浪，支持鱼希的话题楼顺势而出，且热度迅速升高。

鱼希看了几眼就放下手机，不远处的赵导正招手让她过去补妆。

“你别被网上的事情影响了心情。”赵导拍拍她的肩膀安慰她，他还不知道网上的舆论已经出现了反转。她点头道：“嗯。”

赵导对她更加赞赏了：“开始吧。”

钟晨见鱼希认真拍戏，便拿出手机点开微博看，见舆论已经反转了，顿时松了一口气。她见到莫宁欢过来，便把奶茶递给对方。莫宁欢怀着激动的心情接过奶茶，立刻和自己的“好友”分享这份喜悦。

莫宁欢：江总，女神请我喝奶茶了！

江静白坐在办公室里，听到手机的嘀嘀声，别过头一看，见到照片上的奶茶杯子和莫宁欢的话。她拿起手机，半晌后又放下。

肖知秋进办公室时见到她神色不悦地盯着手机，不由得道：“江总？资料都准备好了。”

江静白回过神，应道：“好。”

肖知秋垂眸道：“那没事的话，我先出去了。”

江静白想了想，叫住她："等会儿。"

肖知秋转过身，说："江总还有什么吩咐吗？"

江静白捏着手机说："你帮我去买杯奶茶。"

肖知秋蒙了，说："啊？"她反应过来后立即点头，"好，您想要什么口味？"

江静白轻咳一声，瞥了一眼手机，盯着"草莓味"三个字看了半晌，低声道："算了，你出去吧。"

肖知秋一脸茫然，眨了眨眼，说："哦。"

下午三点半，鱼希结束拍摄。她拿起手机看了两眼，见到网上已经没什么人讨论她骂哭新人的事情了，都在争论演技好坏的问题，不少营销号甚至发起投票，支持她的人居然占了一大半。

她的路人缘本来就好，这次事件她又丝毫不理亏，虽然姿态是高傲了点，但是她有资本，再者她说的那几句话并无不妥，甚至有粉丝把那几句话设置成自己的个性签名。

热搜标题从指责她到支持她，只需要一天一夜。

鱼希换完衣服就接到白雨棠的电话。

"事情总算解决了。"白雨棠松了一口气，说，"不枉我一夜没睡。"

鱼希知道她忙起来就会熬夜，这几次的事件都让她忙前忙后，鱼希有些抱歉地道："对不起啊，白姐。"

白雨棠笑道："得了，咱俩就别客气了。你来公司了吗？"

鱼希走出休息室，说："还要一会儿。"

白雨棠道："那我先去睡一觉，你到了叫我。"

今天，鱼希最后一天录制那首片尾曲，她得陪着。

鱼希应下："好。"

挂了电话后，她上了车，钟晨在她身边碎碎念："希希，我刚刚看微博了，没什么问题。"

鱼希点头道："我知道。"她打了一个哈欠，说，"走吧。"

钟晨给她递上毯子，问："睡会儿？"

鱼希披上毯子，拢了拢边角，猛地想到昨天淋雨后的经历，不自觉地勾起唇角。钟晨疑惑地盯着她，挠头问："希希你笑什么？"下一刻，她反应过来，"是因为网上的事情解决了吗？"

鱼希慢慢地敛起笑容，说："没什么。到了叫我。"

钟晨讷讷地道："好。"

当鱼希闭上眼睛快睡着的时候，恍惚听到有人在耳边说话。

"你为什么回来？你凭什么回来？当初你说走就走，现在你说回来就回来！江静白，你真是世界上最讨厌的人！"

"我恨死你了！对，我恨你，我一点儿也不想再见到你！"

"鱼希，别哭……"

"我就哭，我非要哭，你管我啊！我喜欢哭，关你什么事啊！你别跟着我！"

"鱼希……"

"你别叫我！"

"江静白，你现在是不是很得意啊？"

鱼希猛地坐直身体，耳边的声音顷刻间消失。车里静悄悄的，钟晨被吓了一跳，一双大眼睛直直地盯着她，小声喊道："希希，你怎么了？"

鱼希回过神，说："你把水给我。"

钟晨从旁边拿了水递给鱼希，看她仰头喝了几口，问："你做噩梦了？"

鱼希点头道："嗯。"

头有些疼，也不想再睡了，鱼希干脆刷微博。

私信已经被挤爆了，都是粉丝安慰她的话。

"希希别怕，我们支持你！"

"希希，你永远是我心里的女王！"

"希希不怕，我们陪你重新站起来。"

"你是山也是水，是火也是光，是永远的星星，是永恒的太阳。"

鱼希看到这条私信，没来由地想到以前她让江静白念书，当江静白读到这类字眼或者诗句时，就会停下，然后她就会把书拿过来，边念边看着神色不自然的江静白，笑对方只是听着这些话就红了脸。

鱼希看着这条私信，点开对方的头像，发现这个账号的注册时间是在四五年前，ID 是"WDYX"，挺奇怪的名字，最近参与的超话只有一个：

支持鱼希演戏。

WDYX 的主页里有四五条微博都是和她有关的，看起来像是专门用来关注她的账号。

她笑笑，回复：谢谢。

她刚发出去，就收到了回复：不客气，我希望你能开心。

此人没有像一般粉丝收到偶像的私信那样哇哇大叫，给她发来一大段的文字，这个简短的回复让她觉得此人很像某个人。她按了按太阳穴，觉得自己想太多了，江静白那样的人怎么可能玩微博。

“希希，到了。”

钟晨率先下车，打开车门，鱼希也跟着下车，两人一起往公司里面走。还没到录音棚，鱼希就收到白雨棠发来的信息：希希，节目组那边把行程表发过来了，你上来拿一下，我要参加一个紧急会议。

鱼希停下脚步，回复：好。

钟晨站在她身后问：“怎么了，希希？”

“去白姐的办公室。”

钟晨“哦”了一声，按下电梯。身后传来高跟鞋踢踢踏踏的声音，钟晨缓缓地转头，生怕又是江总。还好不是，不过是个更麻烦的人——罗千茹。

她戴着墨镜昂着头，一副不将任何人放在眼里的架势，她的经纪人林木森站在她身后直喘气。

“千千，我知道你不喜欢，但是这个投资方我们得罪不起，你就委屈点儿……”

“委屈？”罗千茹拔高声音，姿态跋扈，“我为什么要委屈自己？我说了不去就是不去，剩下的事交给你处理。”

“不是，千千，你这样我没法和那边交代。”

罗千茹撩了撩头发，一脸无所谓道：“那我可不管，反正我不去。”

林木森看她完全不配合，不禁叹了一口气，说：“那我请示一下江总。”

他说着拿出手机，罗千茹一把抢过去，问：“你打电话给她干什么？”

林木森满脸无奈道：“千千……”

罗千茹气哼哼地道：“行行行，我去还不行吗！真烦！”

林木森松了一口气。

这一招是他前两天学会的。之前罗千茹不肯配合或者耍脾气，他都是打电话给胡总，刚开始还有效果，后来就完全不管用了，罗千茹总能找到各种理由，比如身体不舒服、刚刚唱完歌嗓子难受等，胡总也由着她，他不知道给她收拾了多少烂摊子。

现在好了，只要他一说打电话给江总，罗千茹就乖乖地配合了。

罗千茹应该是怕江静白。

她能不怕吗？那天她在录音棚和江静白说话时，腿都软了。

罗千茹有些憋闷，电梯门打开后，她愤愤地走进去，鱼希和钟晨相互看了一眼，也走了进去。罗千茹睨了鱼希一眼，唇角扬起，笑道："哟，这不是鱼小姐吗，怎么，今天不去唱歌啦？"

鱼希听到她的话没回应，她唱独角戏很不高兴，刻薄地道："鱼小姐，你说你现在还赖在公司干什么呢，又没有资源，又没有戏拍。我听说前几天公司还打算撤资，你不觉得很丢人吗？"

她拨弄长发，抬头挺胸，说："我要是你，现在都不好意思出现在公司。"

鱼希闻言轻笑道："你不好意思，和我有什么关系？"

罗千茹对她翻了一个白眼，说："我看你能嘴硬到什么时候，等到公司撤资，你就哭吧。"

鱼希不语，一脸云淡风轻。

罗千茹最受不了鱼希这副明明什么都没有，却依旧高高在上的样子，那种从骨子里透出来的优雅和高傲，她怎么看都觉得碍眼。

林木森担心两人吵起来，立刻说道："千千啊，刚刚我和那边联系了，饭局改到明天中午，今天我们就早点儿回去休息吧。"

"明天中午？"罗千茹将目光从鱼希身上收回来，"那就是说，我今晚没有饭局了？"

林木森点头道："对。"

罗千茹笑了笑，说："挺好。"她说着取消原先的楼层，重新按了一层。林木森有些不解道："我们不去宣传部吗？"

"等会儿再去。"罗千茹笑道，"我要先去个地方。"

林木森看着她扬唇浅笑的样子，皱起眉："你要去哪儿？"

电梯到了白雨棠的办公室所在的楼层，鱼希和钟晨出了电梯，罗千茹的声音在她们身后响起："去找人吃饭。"

"谁啊？要我提前安排吗？"

"江……"

电梯门合上后，鱼希转头看去。钟晨以为她是被气着了，急忙安慰她："希希，你别把她的话放在心上，就当她放了个屁。"

鱼希没吭声，依旧盯着电梯显示屏。最后，电梯在总裁办所在的楼层停下了。

"她那人就是嘴欠，以前不敢招惹你，现在……"

钟晨的话说到一半，就见到鱼希往白雨棠的办公室走。她闭了嘴，挠挠头，跟在鱼希身后。

鱼希的心情不是很好，不，是很不好。她生气的时候不会表现出来的，也不会乱发脾气，但是她会和自己较劲。

"差不多了，鱼希，可以休息下了。"

鱼希低头看歌词，说："我再练练。"

卢老师不解道："你已经唱得很好了，最后录制一遍就可以过了。"

鱼希不同意："我觉得还不行。"

钟晨看着她绷着的侧脸和严肃的神情，就知道她不高兴，至于原因，钟晨想八成是在电梯里碰到罗千茹的事情。

当白雨棠来到录音棚时，鱼希刚结束录制，声音有些沙哑，卢老师在一旁念叨："行了，你含两片润喉片，要不然明早起来嗓子就废了。"

鱼希点头后，接过钟晨递来的润喉片，说："谢谢卢老师。"

白雨棠走过去，喊了一声："希希。"

她刚开完会，手上还拿着文件夹。鱼希转头看着她，说："白姐。"卢老师也和白雨棠打了招呼。

"录歌结束了？"

鱼希点头道："刚结束。"

白雨棠轻松下来，对卢老师又是几句感谢，最后她对鱼希道："走吧，去我办公室，我有事和你说。"

三人一道离开了。

鱼希坐在办公室的沙发上，姿态慵懒，薄荷味的含片让她的嗓子清清凉凉的，很舒服。鱼希没说话，还是白雨棠先开口，她似乎有些犹豫："希希，有个消息我要告诉你。"

鱼希抬眸看她，见她表情纠结，一副欲言又止的样子，心想肯定不是好消息。鱼希在心里做好准备，开口说："白姐你说吧。"

白雨棠递了一个剧本给鱼希，她接过后看了一眼，说："拍戏？"肯定不是这么简单，要不然白雨棠不至于这么纠结。

白雨棠点头道："是拍戏，不过不是女主，是女配。"

鱼希的神色冷了下来。

虽然角色没有高低之分，但她从没想过有一天会演配角，真是风水轮流转。

白雨棠用余光观察着她的神色，见到她紧绷着脸，轻声道："我还没应下。不着急，你可以先考虑一下。"

鱼希捏着剧本，嘴里的薄荷味含片变得辛辣无比，刺激得她眼角微红，心脏也不由得抽痛起来。她垂着眼道："我回去看看。"

白雨棠点头道："行。另外，节目组发来的行程你看了吗？节目录制两天一夜，但是要提前过去。"

鱼希说："我看过了。"

白雨棠吩咐："你在网上的热度要继续保持，你等会儿回去就发条微博，后天录制节目的时候我再做其他安排。至于剧本，你先带回去看看。"

三个月来收到的唯一剧本，错过这次机会，鱼希不知道得等到什么时候。鱼希知道白雨棠不想放过任何机会，她也不想，所以她没反驳，只是道："我明白。"

谈话结束，电话响起，白雨棠起身走到办公桌前接通："肖助理？"

肖知秋举着电话说："现在你方便上来一下吗？江总找你。"

白雨棠应下："方便，我马上过去。"

肖知秋挂了电话，走进办公室说："江总，白小姐马上就到。"

江静白抬头看了她一眼，说："好。晚上都安排好了？"

肖知秋道："安排好了。江总，我不明白您为什么要在那里和林总见面。"

江静白低头看文件，漫不经心地解释："那个老板娘是林总的故人。"

"那合同……"

“重新拟一份。”

肖知秋会意，说：“我明白了。”她回到办公桌旁坐下，不远处的电梯“叮”的一声打开，她抬头看去，见白雨棠匆匆走过来。

“肖助理。”白雨棠几步走到她的办公桌前，“江总找我什么事？”

她想先探个口风。

肖知秋笑道：“你进去就知道了。”

白雨棠只好点头说：“那我进去了。”

她说完就往总裁办公室走去，身后的肖知秋又喊道：“白小姐。”

白雨棠转身道：“嗯？”

肖知秋认真地看着她说：“鱼小姐后天是去 A 市录制节目吗？”

“对，在 A 市。”白雨棠不解道，“怎么了？”

肖知秋摇头道：“没什么，江总后天也要去 A 市出差。”

白雨棠一脸了然，道：“那我等会儿把鱼希的行程表发给你。”

肖知秋笑道：“好。”

两人聊完，白雨棠就敲门进了办公室。江静白站在落地窗前，一只手背在身后。她正在打电话，用眼神示意白雨棠先坐。她听着电话那边传来的声音：“给我配新助理了？挺好啊，谢谢了。”

江静白垂眼道：“不用谢。”

陶倚彤说：“怎么，你怕我抢了鱼希的助理，所以迫不及待地给我配一个新助理？”

“倚彤，你多虑了。”江静白的声音淡淡的。

陶倚彤道：“行了，你那点儿心思，谁还看不明白。你确定要和鱼希重新做朋友吗？静白，想清楚再回答我，你确定吗？”

江静白看着楼下车水马龙的街道，坚定地道：“如果她愿意，我确定。”

电话那端没有声音，过了良久，陶倚彤才深深叹息，说：“我挂了。”

电话挂断后，江静白拿着手机朝沙发走去。白雨棠立刻站起来，喊道：“江总。”

“坐。

REC

16:9 AUTO RAW

Chapter 3
释　怀

ISO 300

00:03:20

当肖知秋进办公室时，两人已经讨论得差不多了，她给两人递上咖啡，说道："江总，时间快到了。"

白雨棠抿了一口咖啡，顺势说道："那江总，我就不打扰您了。您吩咐的事情，我都记住了。"

江静白点头道："劳白小姐费心了。"

白雨棠笑笑道："江总言重了。"

肖知秋送走白雨棠之后，见江静白坐在沙发上慢条斯理地喝着咖啡，优雅贵气。她喝了半杯咖啡后，说道："以后你多加点儿糖。"

肖知秋立即应下："好。"

两人一起出了公司。

饭局不是定在星级酒店，而是在一所大学附近的美食街。林总已经很久没有去小饭馆吃过饭了，他虽然不是成功的商业人士，但谈生意讲究格调，似乎饭局定在高级酒店已经成了圈内的规矩，所以当他站在美食街时，有种陌生的感觉，不对，是陌生又熟悉。

公司刚成立时，一群人下了班就浩浩荡荡地来到美食街，点上六七个菜、两三箱啤酒，大家边吃边聊，说着对未来的憧憬、对公司的展望。饭局结束时，众人满脸红润，眼里盛满兴奋。

后来，那些人一个接一个地离开，有被撬墙脚的，有背叛公司的，更多的是貌合神离，早就不是一条心了。

没钱时，他们相聚在一起；有钱了，大家却各奔东西。

如今他身体不好，已经无力再管理公司了，所以当江静白接触他时，他才一口应下，没想到星耀也找到他，还开出了双倍的价格，并且愿意承担给劲鸥的违约金。

谁会和钱过不去呢，至少他不会，但他在良心上又过不去，所以才两边都拖着。

“林总。”他的助理提醒道，“就是这里。”

林校银点头道：“进去吧。”

两人走进饭馆，他们穿着修身的西服，显得光鲜亮丽，和小饭馆格格不入。

“林总。”江静白起身道，“这边。”

林校银走过去，看到江静白穿着休闲装，看起来轻松又惬意，混在一群吃饭的人里，丝毫不突兀。

江静白招呼林校银坐下后，说：“我之前来这里吃过两次饭，觉得味道很好，就想着介绍给林总。”

林校银点头道：“江总有心了。”

江静白招手，肖知秋把菜单递给林校银，说：“林总您点菜吧。”

“女士优先。”林校银把菜单给江静白，后者没接，只道：“那就上几道招牌菜吧，林总可以吗？”

林校银道：“可以。”

饭馆里的人不算多，但很热闹，林校银很久没有在这样的环境里谈生意了，他盯着不远处一桌正在划拳的少年，眼底晦暗不明。

“林总。”江静白起身给他斟茶，“我知道您身体不好，今天我们就不喝酒，品茶。”

林校银看着江静白的动作。

有句老话叫茶七酒八，倒茶能体现这个人平时喝不喝茶。林校银看到江静白熟练的斟茶动作时笑了笑，说：“江总也喜欢品茶？”

江静白放下茶壶，抬头道：“偶尔。”

林校银抿了一口茶，说：“你谦虚了。”

两人相视而笑。

很快菜端上来了，肖知秋在旁边给两人做介绍，林校银听到这些菜名，觉得有些熟悉，随即面色微变。

江静白放下杯子，说：“希望林总会喜欢这些菜。”

林校银用筷子夹起菜，放在嘴里细嚼慢咽，然后点头说：“味道很好。

我想见见老板娘。”

江静白看着他。他放下筷子，说：“行了，我们就别藏着掖着了，你的意思我明白了，让我见见她。”

肖知秋看向江静白，刚准备提醒她合同的事，她抬手制止了。她往后厨走去，没几分钟就出来了，身后跟着一个风韵犹存的女人。

两人从饭馆出来，已经是两个小时之后的事情了，肖知秋拿着新合同笑得开心：“这次不用担心林总毁约了。”

江静白轻轻地“嗯”了一声。

肖知秋问道：“您还回公司吗？或者我直接送您回去？”

“几点了？”

肖知秋看了一眼手机，恭敬地回道：“九点半。”

江静白启唇：“送我回去。”

江静白回到公寓刚好十点钟。江静白习惯性走到阳台，别过头见到隔壁有灯光洒出来，她拿出手机准备给鱼希道晚安时，想到了莫宁欢的话。

“脸皮厚点儿，心思细点儿，不要怕失败……想好理由先进门，中午蹭饭，晚上蹭水洗澡，电视剧里都是这么演的，特别有效。”

江静白收起手机，走进卧室，拿了一件睡衣就准备出门，她想了想觉得不妥，又将长发散开，对着镜子看了看，确认没问题了才出门。

她没有直接去敲鱼希公寓的门，而是站在走廊上，歪头看向水阀。

鱼希边敷面膜边玩手机，从微博逛到论坛，再转向新闻焦点，最后刷小视频。茶几上的剧本她还没看，满脑子都是罗千茹的话。

她要约的是江静白吧？

她都听到“江”字了，四舍五入就是江静白了。

鱼希在心里鄙视自己，罗千茹约江静白和她有什么关系啊？就算是罗千茹代表胡总给江静白施压，难道江静白还处理不了吗？

鱼希在沙发上翻了个身，做了两个深呼吸。

手机闹钟响起，十点了，她该睡觉了。

鱼希捏着手机去洗手间，准备洗掉脸上的清洁面膜，还没洗好就听到门铃响了。她胡乱地擦了两下脸，走到门口，问：“谁呀？”

“是我。”

江静白的声音从门外传来，鱼希道：“有事？”

“嗯，有事。”

鱼希打开门，见到江静白抱着衣服站在门口，长发散乱，捏着衣服说：“我家里停水了，方便借你家浴室洗个澡吗？”

“停水？”鱼希满眼狐疑。

江静白点头，侧过身说：“你不相信可以去确认。”

她一脸坦然，信誓旦旦，鱼希突然想到之前她说把钥匙落在车上了。鱼希垂眼想了几秒，越过她走进她的家，打开水龙头，确实没水。

鱼希只得道：“走吧。”

江静白跟在她身后，偷偷勾起唇角。

两人走到客厅后，鱼希指着浴室说：“那边。”

“好。”江静白低头准备过去，身后的鱼希又出声：“江总。”

江静白转过身说：“嗯？”

鱼希往前走了两步，盯着她问：“今晚你是不是有个饭局？”

江静白不明白她怎么突然提到这个话题，但还是诚实地点头：“有。”

鱼希沉下脸道：“那江总还是回去吧，我突然想起来我家也停水了。”

江静白抱着睡衣被轰出去了。

鱼希发了一条微博，没多久微博上就出现了两条新的热搜，一条是鱼希自己发的，另一条是网友支持她拍戏。次日早上，这两条热搜都被一条突然升上来的热搜压下去了。

那条热搜的主角是一个美妆博主，原本他是想蹭鱼希的热度，谁料手一抖，发出去的微博打错了一个字：敬业的人都很帅！今天鱼希两米八！加我！

如果只是普通的美妆博主也就算了，偏偏这人是一个大美妆博主，粉丝有三百多万，当时她发了微博后也没立刻发现问题，等到点赞和私信爆了才发现不对劲，回头一看，很尴尬地补充了一句：错字，是教我。

粉丝早就在博主的这条微博下面嗷嗷直叫唤了。

“你也喜欢鱼希吗？啊啊啊，今天鱼希两米八没跑了！”

“你太可爱了吧，还想让鱼希主动加你？”

“对不起，我脱粉三分钟，我爱鱼希女神！”

“你死心吧，鱼希这样的女神你是驾驭不了的，让给我吧！”

这条微博瞬间被顶成热门，不少营销号也争相转发蹭热度：鱼希，加我！

白雨棠一觉醒来看到热搜时，都傻眼了。

她揉揉眼睛，以为自己出现了幻觉，在确认了好几次后才颤抖着手点开了热搜第一。标题是：鱼希，加我！

这个话题连带昨晚白雨棠的那两条霸占着热搜前五的位置，真是盛况。

白雨棠深吸两口气，立刻联系公关处理第一条热搜，奈何它已经在榜上待了小半夜，热度早就起来了。好在那个美妆博主是因为手误，很多网友去评论都是抱着看笑话的心理，并没有人较真，所以造成的影响其实并不严重，至少在可以掌控的范围。

白雨棠安排人处理热搜时收到鱼希的消息，问她有没有看微博，她让鱼希不用担心。鱼希见到她的回复，松了一口气。

钟晨在一边干着急：“白姐怎么说啊？”

“没事。”鱼希收起手机，坐在饭桌上，说，“来吃早饭。”

吃过早饭后，鱼希和钟晨去影视城。上车后，鱼希还是不放心，又打开微博看了一眼，第一的热搜话题已经不见了，但是依旧有不少人在议论此事，她的私信也被挤满了，大多是安慰她的，还有胆大的粉丝给她发她和美妆博主的剪辑视频，让她哭笑不得。

很快，她就看到一个熟悉的ID。那串数字ID太显眼了，她不自觉地点进去，看到最近的一条微博是早上发的：微博上的事情别太担心。

鱼希忍不住弯起了嘴角，继而板着脸，回复：谢谢。

江静白瞥了一眼手机，眼角染上喜色。正在汇报工作的肖知秋见状，不由得笑道：“江总，是鱼小姐吗？那条热搜已经不见了，并没有对鱼小姐造成太大影响。”

江静白点点头，恢复淡然的神色，说：“继续吧。”

肖知秋接着道：“您去A市的行程已经安排好了，您看一下。”

江静白看了一眼她递过来的表单，说：“盛凯酒店？”

肖知秋笑着解释：“鱼小姐这次去A市录制节目也住在盛凯酒店。”

江静白抬起头，深深地看她一眼，没有反对：“就这样安排吧。”

"好的。"肖知秋垂着眼道，"那没什么事，我先出去了。"

江静白微微点头，见到她往外走，突然道："肖助理，昨天下午有没有人找我？"

肖知秋顿了几秒，说："找您？"

江静白始终觉得昨晚鱼希的那番话和举动不对劲，回家后她坐在床上苦思冥想了一个多小时，也没想明白到底哪里出了问题。

她见肖知秋没有反应过来，又提了一句："下班之前。"

肖知秋恍然大悟道："啊，有！"她看向江静白，"昨天下午罗小姐来过，说想请您吃晚饭，我和她说了您有饭局，她便走了。"

江静白掀起眼皮，道："几点？"

肖知秋想了想，道："四点左右。"

四点，不正是鱼希来公司录制片尾曲的时间吗？两人应该是碰见了。

江静白了悟，眉眼又染上轻松。

肖知秋有些茫然道："江总？"

江静白抬头道："嗯，你先出去吧。"

肖知秋走出办公室，并合上了门。

江静白想给鱼希发消息解释昨晚的情况，捏着手机犹豫了半天，最后只是在微博上回复她：不客气。

鱼希收到这条私信时已经到剧组了，她看着那中规中矩的三个字，眼神深邃，随后把手机交给钟晨便去换衣服、化妆了。今天她的戏份很重，明后天要去 A 市录制节目，所以今天她要把后面的戏份拍了。

当鱼希换好衣服走到拍摄场地时，见到好几个新人正抱着剧本研究，那些人看到她，纷纷笑着打招呼："鱼老师！"她也点头笑笑。

自打那天她说出那番话之后，剧组的气氛就发生了微妙的变化。众人不再猜疑劲鸥是否会撤资，也不再议论这部剧能不能顺利播出，他们把更多的精力放在表演上。赵导这两天也镇定下来了。

鱼希没想到自己那番话有这么大的作用，早知道她就早点儿说出来了。

此时，纪霖枫和陶倚彤正在对戏。

"我最后警告你一遍，别靠近她！"

"不对不对，我总感觉差了点儿什么。"

纪霖枫暗自嘀咕，陶倚彤则皱起秀眉，两人正思考着，就见鱼希走了过来。

“希姐。”纪霖枫率先打招呼，“早。”

鱼希抬眸，神色如常，云淡风轻道：“早。”

纪霖枫瞥了一眼她的脸色，小声道：“希姐，我的经纪人想让我帮她跟你道个歉。”

昨天剧组的主演和配角都转发了微博，证明鱼希是在指导新人，就他没有。原本他的经纪人是不想他蹚浑水，谁知道下午事情就出现了反转，现在网友们一边倒地支持鱼希，甚至已经有不少网友去他微博下说他不仗义，毕竟他的人设就是耿直。

昨晚他和经纪人都在粉丝群里给网上的粉丝解释，好不容易才安抚好。他的经纪人又担心鱼希会生气，所以才托他道个歉。

鱼希并没有将这件事放在心上，锦上添花易，雪中送炭难，她不会因为别人不送炭就怀恨在心：“没关系，我能理解。”

纪霖枫闻言松了一口气，尴尬地笑道：“希姐你人真好。”

一边的陶倚彤听着两人说话，定定地看着鱼希。她身后跟着新助理，很年轻，看起来大学刚毕业，充满朝气。鱼希的目光从她们身上扫过去，没说话。

统筹走到他们身边，问：“准备好了吗？”

鱼希点头，纪霖枫抱着剧本去找赵导寻找感觉了。

一个长镜头拍下来，众人都累了，正好到了午休时间，鱼希走到棚子里坐下，陶倚彤跟在她身后，明显是有话要跟她说。鱼希瞥了一眼钟晨，说：“你去外面待会儿。”

钟晨看着陶倚彤，有些不放心让两人独处，鱼希瞪着她道：“快去！”

“好吧。”

钟晨垂头丧气地往棚子外走，陶倚彤在鱼希身边坐下。一阵微风吹来，鱼希的长发被吹乱，她用夹子随意地固定住，转头道：“你有话就直说。”

她素来不喜欢拐弯抹角，更别说还是面对陶倚彤。

陶倚彤点头，开口道：“你们和好了？”

鱼希愣住了，虽然她不喜欢拐弯抹角，但陶倚彤也太直接了。她没回话，只是看着陶倚彤。

两人自打说开之后，就几乎没有交流了，偶尔眼神撞上，也很有默契地移开，绝不多看两秒。鱼希还以为陶倚彤已经放弃从自己这里打探江静白的消息，看来是她想多了。

陶倚彤见她不说话，又问了一遍："你和静白和好了？"

鱼希挑眉道："没有。陶小姐不必担忧。"

陶倚彤闻言轻笑，一只手托着下巴："担忧？我有什么可担忧的。"

鱼希别过头看她，目光狐疑。陶倚彤继续道："我知道有些话不应该由我来说，但是我相信以静白的性子，她也说不出口。"

"鱼希，你知道这八年来她为什么不敢见你吗？"她的声音很轻，带着悠远的味道，"因为她害怕。"

陶倚彤看向鱼希，她的瞳孔漆黑，眼神明亮："她怕你们见面后她一直坚守的信念就会崩塌。你是不是觉得很好笑，她那样的人也会有放弃底线的一天？"

鱼希垂眸不语，风从耳边刮过，她的耳根微疼。

陶倚彤继续说道："前年她妈妈和我爸爸再婚，我一时接受不了，就去国外找她。吃饭的时候，她突然对我说，她坚持不下去了，她想回来……"

"你为什么要和我说这些？"鱼希打断她的话，目光灼灼地看向她，"为什么要告诉我？"

陶倚彤直视她的眼睛，平静地道："因为我了解她，而且我知道你也是一样的想法。"

鱼希冷着脸道："我……"

"别狡辩了。"陶倚彤笑道，"鱼希，我确实心疼静白。"她耸耸肩道，"但昨晚我突然想通了，也许我认为的痛在别人眼里却是糖。"

陶倚彤站起身，说："鱼希，你与其恨她，不如恨你妈妈。八年前，你妈妈编织了一个谎言，静白……也不过刚走出来而已。"

鱼希的双手拧在一起，面色发白，耳边轰鸣。陶倚彤说完转身就走，鱼希看着她离开的背影，一时无言。

陶倚彤走到钟晨身边，说道："钟助理，麻烦帮我泡杯咖啡。"

钟晨压下怒气，问道："你不是有助理吗？"

陶倚彤笑了笑，说："她泡的咖啡太甜，我还是喜欢你泡的苦咖啡。"

钟晨在心里骂了一句“有病”，没好气地道：“我知道了。”

待陶倚彤离开后，钟晨迅速回到棚子里。见鱼希兀自发呆，看不出喜怒，她小声喊道：“希希？”

鱼希抬眸，眼角泛红，眼里有水光，钟晨瞬间拔高声音：“你怎么哭了？是不是她欺负你了？”

“没有。”鱼希的声音有些沙哑，她靠在躺椅上，“我休息一会儿，你先出去吧。”

钟晨依旧不放心道：“我陪着你吧？”

鱼希闭上眼，心尖泛起细微的疼。她难受得不想说话，只是摇头。

钟晨见状也不知该说什么，只得转身出去。她帮陶倚彤泡了一杯咖啡，见对方正在看剧本，她犹豫了一下，问道：“陶小姐，你和希希说什么了？”

陶倚彤喝了一口咖啡，还是熟悉的味道。她从包里拿出糖放在里面，摇晃两下，才道：“没什么，我就是告诉了她一些事。”

钟晨紧张起来，说：“什么事啊？”

陶倚彤晃了晃咖啡，一股香甜的气息飘来。她抿了一口，说：“我只是告诉她一些旁观者看到的真相。”

她说完看向钟晨，笑了笑。

钟晨更茫然了。

鱼希是被棚子外面的动静吵醒的。她起身走出去，见钟晨正坐在棚子口，不远处场务正在忙碌。她低头问：“几点了？”

她的声音很沙哑，眼角更红了。钟晨有些担忧：“一点半。希希，你是不是哪里不舒服？要不然下午你请假吧？”

鱼希摇头。

有些事情确实需要确认，但不是现在。明天就要在 A 市录制节目，她要在今天把明后两天的戏份拍完，晚上还要赶去 A 市，时间很紧迫。至于陶倚彤说的那些话……

鱼希说：“走吧。”

下午都是她的戏份，和男主角的对手戏，和女配角的对手戏，和群演的戏份。鱼希拍戏时会忘掉其他事情，全身心投入，但是今天出现了意外。

一场戏，她拍了四遍都没过。

赵导看到她妆容都掩盖不了的苍白脸色，担忧地道：“鱼希，你没事吧？”

鱼希摇头道：“没事。赵导，麻烦您等会儿，我去补个妆。”

赵导道：“休息五分钟再拍。”

鱼希有些担心进度，嘴硬地道：“不用。”

赵导拍拍她的肩膀，说：“身体要紧。”

鱼希只得点头，坐在藤椅上休息，但她一坐下，耳边就回荡着好几个人的声音。

“鱼希，你与其恨她，不如恨你妈妈。”

“你父亲过世……和我妈妈有关吗？”

“你希望有关，还是无关？”

鱼希闭了闭眼，眼角微凉。她用指腹拭去泪水，对钟晨道：“你让李哥进来补妆。”

收工时已经过凌晨四点了，钟晨拉着鱼希直奔机场。

鱼希稍作了伪装，戴上墨镜和帽子，饶是如此，她在机场仍被记者认出来了。今天出发去A市录制节目的不止她，还有柳玉瑶和其他几个艺人，所以记者一直蹲守在机场。柳玉瑶刚走过去，鱼希就出现了，记者们想到昨晚的事情，争先恐后地挤到鱼希身边。

“鱼小姐，请问您对昨晚微博上的热搜事件怎么看？”

“鱼小姐，您最近没有消息，是因为没有资源吗？”

“鱼小姐，有传言说您要退出娱乐圈，是真的吗？”

“鱼小姐……”

记者的问话声此起彼伏，闪光灯不断，鱼希穿着蓝色长裙，戴着墨镜，神情高傲，没有回答任何一个记者的问题。很快就有工作人员来接她，她和钟晨被护着往里面走，周围的人推推搡搡，拥挤不堪。

“鱼小姐，请您说句话。”

“鱼小姐，您这段时间一直没出现，是在接受心理治疗吗？”

鱼希听到这句话微微蹙眉。钟晨生怕哪个不长眼的人又触她霉头，一个劲儿地喊道：“让让，让让！麻烦让一让！”

面对递到嘴边的话筒，鱼希只道："对不起，无可奉告！"

很快，鱼希和钟晨就上了飞机。钟晨看她脸色不好，让她先休息，到了目的地再叫她。她没逞强，靠在椅背上，戴上耳塞，就闭眼休息了。

钟晨正准备关掉手机，肩膀被人碰了一下，她没在意，然后又被碰了一下，她转过头，看到来人，诧异地道："肖助理？"

肖知秋对她笑道："钟助理，方便和你换个位置吗？"

钟晨有些茫然，说："换位置？"

肖知秋笑着侧过身，钟晨见到她身后的江总，把到嘴边的拒绝的话咽了回去，点头道："好，好啊，我和希希说一声。"

肖知秋轻声道："不用，我看鱼小姐似乎累了，就别打扰她了。"

钟晨没辙，在两人的注视下只得点头。

江静白和肖知秋的座位就在她们后面，这个舱位有四小排，其中两个座位没人，钟晨坐下后有些尴尬地问："江总也去A市？"

肖知秋正低头看文件，听到她的问话，笑着点头："嗯，去出差，刚好遇到你们。"

钟晨挠挠头，说："真巧。"

肖知秋弯弯唇角，没说话。

钟晨看了看前排，却只能看到江静白的肩膀。

鱼希闭上眼没多久就睡着了，她平躺在椅子上，江静白别过头就能看到她紧蹙的眉头。

飞机起飞时，鱼希没醒，只是动了动身体，原本是平躺着的，现在成了侧过身面对江静白。她没披毯子，穿得又比较单薄，这样下去是会感冒的。江静白看了几眼后，脱下自己的职业装外套披在她身上。

之后，江静白将公文包放在双腿上，从里面拿出文件看，神情严肃而认真。钟晨见状，放下心来，也别过头闭上眼休息了。

鱼希一觉睡到飞机快降落。有人轻轻地触碰她的手臂，耳塞还戴着，她依稀听到有人唤她："鱼希。"

不是钟晨的声音，倒像是……

鱼希的眼皮动了动，眼睛缓缓睁开，映入眼帘的果然是江静白。

“江总？”鱼希声音微哑，带着疑惑，“你怎么在这儿？”

江静白神色如常地道：“我来A市出差，刚上飞机就看到你们了。”

鱼希刚醒过来，脑子还不灵光，没反应过来为什么只是上飞机看到她们，现在却坐在一起。

“钟晨呢？”两分钟后，鱼希才反应过来。江静白指指后面，鱼希顺着她的手指看过去，钟晨睡得正香，她默默地收回视线。身上披着的衣服往下滑了一些，鱼希低下头，见到胸口盖着一件职业小西装，看颜色和款式应该是江静白的，她伸手把衣服递给江静白，说：“谢谢。”

江静白没接衣服，要她继续盖在身上，语气不容置喙：“下飞机了你再把它给我。”

鱼希靠在椅子上，一只手撑着头，闻言没吭声，只是用另一只手按着头部。

“头疼？”江静白看到她的动作连忙问道。

鱼希垂眼道：“没……”

她还没说完，江静白就伸出双手道：“我帮你按一下。”

鱼希下意识地往后缩，说：“谢谢，我自己来。”

江静白却一反常态，坚持道：“没关系，你把眼睛闭上。”

鱼希还想开口，抬眸对上她认真的眼神时又抿抿嘴唇，沉默几秒后，鱼希听话地闭上眼睛。

没了视觉，她的触觉和嗅觉就变得格外敏感。她忍不住蹙了蹙眉。

“你疼得厉害吗？”

耳边传来江静白的声音，鱼希吸了一口气，说：“没有。”

她展开眉头，神色慢慢趋于平静。

“你的脚踝好了没？”不知过了多久，江静白又问。

鱼希下意识地动了一下崴到的脚踝，说：“没事了。”

江静白道：“没事就好。”

她的语气里难得添了一丝轻松。鱼希睁开眼，见她盯着自己，放在小西装下面的手不自觉地攥紧衣服，触手的柔软让她有几分恍惚。

想要求证的人就在眼前，想要求证的话已经到了嘴边，她却不知道该怎么开口。

江静白见她看向自己却不说话，便问：“怎么了？”

鱼希移开视线，说：“没事。”

她将头转向另一边，江静白只能看到她的后脑勺，刚想问话，飞机降落了，后排的钟晨也醒了，揉着眼睛走过来，喊道：“希希，到了。”

鱼希将身上披着的衣服递给江静白，说：“谢谢江总。我先走了。”

江静白还没回话，鱼希就带着钟晨下了飞机。

节目组派来了接机人员，他们见到鱼希后立刻围上去，防止粉丝和记者的推搡，鱼希跟在他们身后，走到一辆保姆车旁。

保姆车后面停了一辆灰色轿车，鱼希上车前看了一眼，见江静白正和从车里下来的人握手。她正想收回视线，就和江静白的目光撞个正着。

四周吵吵嚷嚷，很快鱼希就移开视线。

有些事，问之前她可以假装什么都不知道，可一旦问了，就好像打破了某种平衡，她很难再像以前那样对待江静白了。

鱼希上车之后，节目组的接机人员便向她作自我介绍：“鱼小姐您好，我姓陈，叫陈明，是水哥让我过来接您的。”

陈明年纪不大，很有活力，笑起来很阳光。鱼希点头，露出一抹淡笑，说：“你好，陈先生。”

陈明立刻说：“您叫我小陈就好。”

钟晨适时地开口：“你好，我是鱼希的助理，钟晨。”

陈明和她握手，道：“陈明。”

钟晨瞥了一眼车窗外，问：“其他人都到了吗？”

陈明点头道：“大家都刚到，我们直接去酒店。”

鱼希想到剧本上列出的项目，开口问道：“今晚就开始录制节目吗？”

陈明依旧面带微笑，说：“您到了就知道了。”

鱼希点头，没再说话。钟晨倒是和陈明聊了起来。助理一般都是艺人的眼睛和耳朵，观六路听八方。快下车时，钟晨已经套到了不少消息。

“希希，听说这次节目的主题是冒险。”

冒险？鱼希在心里琢磨着，面上并没有表现出来。陈明领着两人进了酒店。

盛凯酒店在A市算是比较有名气，格调高雅，装修气派，来A市的艺人和商人都喜欢住在这里。鱼希以前来A市拍戏，白雨棠也会把她安顿在盛凯，所以她对这里不算陌生。这次节目组包下了一层楼，看来是动真格了。

陈明领着鱼希和钟晨往大堂后面走，鱼希眼底闪过一丝狐疑，但并没有开口问，只是安静地跟在陈明后面。钟晨拖着行李箱走在她身侧。

陈明在一个大包间门口停下，弯着腰道："鱼小姐，请。"

鱼希走进去后，发现里面已经坐了好几个人，正在低头交流。鱼希出现在门口的时候，姚青戴着耳麦，笑着说道："最后一名队员也到了！"

姚青就是《乐果》的主持人。

其他人听到姚青的话，纷纷看过去，就见鱼希穿着长裙站在门口，长发披肩，有风扬起她的秀发和裙摆，显得她气质出尘，仙气飘飘。她面带微笑，面对众人看过来的目光，微微点头算是打招呼，优雅之气从内而外散发出来，愣是没人敢上前和她说话，还是柳玉瑶走过去，笑着道："鱼希。"

柳玉瑶也穿着素雅的裙子，耳朵上戴了豆大的金色耳钉，在水晶灯下闪闪发光。鱼希勾唇一笑，说："玉瑶，你们来得好早。"

鱼希明显看到柳玉瑶神色一僵，她挑了挑眉，转而和其他人打招呼："乐乐是吧？我看过你拍的广告。您是赵清平老师？王语春，周晓。"

"希姐看过我拍的广告啊？"张乐乐一脸陶醉道，"我好幸福！"

她傻笑的样子被摄像机拍了下来。

姚青看着正在聊天的众人，目光落在鱼希身上。

鱼希被众人围住，刚刚还稍显尴尬的气氛此刻明显好了很多，整个包间热闹起来。有的人天生长得好看，有的人天生会演戏，也有的人天生综艺感好。这样的人走在哪里都是焦点，鱼希就是这样的存在。

她进来之前，包间里的气氛有些僵硬。柳玉瑶不会主动开口和别人说话，周晓有心活跃气氛也不敢搭讪，赵清平和他们年纪相差太大，没什么共同话题，至于王语春和张乐乐，两个刚出道的新人，只能在旁边小声聊天。

鱼希的到来打破了尴尬的气氛，几个人迅速攀谈起来。

"乐乐，你这身衣服是JG的新款吗？"

"周晓，你最近是不是接了新戏？"

"希姐，你觉得这个颜色好看吗？"

鱼希站在他们中间，点点头，说："还不错。"

她话音刚落，就听"啪啪啪"几声响，几人看过去，见到姚青站在包间中间。鱼希四下看看，这个包间里没有摆放圆桌和其他设施，只有门口放着一张长方形桌子。姚青对站在桌子旁的工作人员道："各位刚赶到这里，肯定都累了。我们话不多说，今晚就早点儿休息，但是在休息之前，需要玩个小游戏。"

她说到"小游戏"时，声音稍扬，众人的目光落在她身上。

"节目组这次给大家订了四个房间。"

鱼希听到她的话皱了皱眉，他们一共六个人，却只有四个房间，就是说有人需要和他人同住。

其他几个人立即窃窃私语起来："四个房间？那怎么住？"

"我也不知道，之前节目组没说啊。"

"你知道吗？"

"我没听到消息啊。"

看来这是节目组的临时安排了。《乐果》向来不按常理出牌，不提前告知嘉宾录制内容就算了，现在还突然减少房间数量。不过众人来之前就已经做好准备，所以在摄像机转过来的时候，他们都露出期待的表情，仿佛对这个游戏很感兴趣。鱼希站在柳玉瑶身边，都听到她磨牙的声音了。

姚青继续道："我先说一下分房规则。四个房间，赵老师和周晓住一间，这是早就定下的。其他人抽签，抽到的数字偏小的两位要住同一间。"

众人点头。周晓举手问道："我和赵老师住一间房吗？"

姚青点头道："今晚抽的签只代表今晚，明天要重新抽哦。"

周晓又发问："那我可以参与抽签吗？"

他话音刚落，其他人纷纷笑起来，他自己也笑了，一副人畜无害的模样。姚青靠在桌边笑道："你要参与抽签？除了赵老师，你想和谁住一间房啊？"

周晓立刻道："当然是和小姐姐啦！多几个我也不介意。"

众人再一次捧腹大笑，鱼希也配合地弯起眉眼。周晓这么说，只是为了节目效果而已，说不定他已经收到其他剧本了。

姚青直起身道："提议驳回，你和赵老师住一间房。其他人来抽签吧。"

另外两个女孩齐齐看向鱼希和柳玉瑶，这两个大腕在这里，谁敢先上去。鱼希慵懒地笑笑，走过去道："那我先抽。"

她说着把手伸进盒子里，摸到一个捏好的团子，拿出来。

柳玉瑶随后也抽了签。她抽完看着鱼希，说道："我还挺期待的。"

谁都不是傻子，她当然知道节目组这次邀请两人的原因，说不定节目组还会暗箱操作，让她们今晚睡一间房，从而制造看点，所以她才会说期待。

鱼希不置可否。

很快，张乐乐和王语春也抽好了签。

四个人站成一排，姚青走到张乐乐身边，说："在打开纸团之前，我有个问题想问各位。如果要选择一个人同住，你们最想和谁住一间？"

张乐乐不假思索地道："当然是希姐啊！"说完，她有些腼腆地笑笑。

很快到了王语春，她左思右想，看了半天，最后道："我也选希姐吧。"

两个人都选择鱼希，周晓意味深长地"哦"一声。轮到柳玉瑶时，她冷着脸，浑身散发着寒意。真要论起来，现场够格和她睡一间房的，除了鱼希，没有第二人。所以她只是迟疑两秒，便开口："鱼希。"

一连被三个人提名，轮到鱼希时，几人都目光灼灼地看着她，现场弥漫着看不见的硝烟。话筒抵在鱼希的唇边，她想了想，说道："我当然是……和抽到相应签的人住一间。"

此刻的鱼希褪去清冷高傲，话语间有几分调皮，就连姚青都忍俊不禁。节目组以前向鱼希发出过邀请，但是都被鱼希以没有档期婉拒了，这次鱼希接受邀请，姚青其实松了一口气。

她不是不喜欢鱼希，只是不喜欢太火的艺人。在她心里，鱼希一直是高高在上的、特别难搞的艺人，而综艺节目讲究的是配合，要会玩梗接梗，让观众跟着发笑。因此，在录制节目之前，她是有些担心的。

然而事实告诉她，她想多了。

鱼希的气势收敛自如，不会让人觉得她是高高在上的女神。她就是简简单单的艺人，配合他们做节目，会跟着笑闹。这样的她，姚青是喜欢的。

笑闹过后，姚青重新控场："好了，接下来我们要打开字条，抽到的数字偏小的两位，今晚要住一间房。"

她说着把目光放在鱼希身上，说："鱼希先来吧。"

鱼希点头，打开纸团，摄像机靠近，姚青屏息看过去。

"六——十六！六十六！下一个。"

鱼希松了一口气，六十六应该不是最小的数字了。

果然，她抽到的数字是最大的，其次是四十二、三十八，还有二十一。抽到三十八和二十一的分别是王语春和张乐乐，两人看向彼此的眼神都带着庆幸。

她们真怕和柳玉瑶分到一间房啊。

房间分配好后，陈明带着众人去各自的房间。钟晨和其他助理住在一间屋子里，在鱼希房间的下面一层，她把行李箱交给鱼希后问道：“行李箱真的不需要我送上去吗？”

鱼希摆摆手，说：“没事，我自己拎上去。”

钟晨见她态度坚决，只得点头。

鱼希住在九楼，九零三房间，九零四就是柳玉瑶的房间，对面是王语春和张乐乐，斜对面就是周晓和赵清平。

姚青把他们拉到一个微信群里。整季节目毕竟要录制六期，而且他们刚见面，还需要培养默契，这样交流起来才不会尴尬。

鱼希一进群，就看到满屏的鲜花。

张乐乐：希姐来了。

王语春：希姐好。

周晓：你们矜持一点儿好吗，向我学习，希姐，晚上有空吗？

张乐乐：呵呵！

群里只有他们三个人在闹，赵清平偶尔会冒出来发表意见，鱼希看着他们聊天也会附和几句，只有柳玉瑶被拉进群里后就没有出声。

王语春：希姐，晚饭有安排吗？

周晓：你们去哪儿吃啊？

张乐乐：我听说酒店对面有家拉面店特别有名，我和春春准备去看看，你们呢？

周晓：等赵老师洗完澡出来，我问问他。希姐呢？

话题回到鱼希身上，她想了一会儿，回复：你们去吧。

王语春：收到！

鱼希关掉手机躺在床上，看着头顶的水晶灯，阳台的门没关，不时有寒风吹进来，凉飕飕的。她爬起来去关了阳台的门，就听到手机的消息提示音响起，她还以为是钟晨不放心她发消息给她，没想到是江静白。

江静白：你还在录制节目吗？

鱼希回复她：结束了。

江静白刚谈完生意，一下车就收到鱼希回复的消息，她打字问道：你吃晚饭了吗？

鱼希：还没。

江静白编辑了好几条消息，又删掉，最后问道：要不要一起吃顿饭？

鱼希毫不犹豫地回复：不要。

江静白：那你想吃什么？我给你带上去。

鱼希猛地坐起身，回复：你在哪儿？

江静白一个电话打过来："我在酒店楼下。"

鱼希蹙眉道："你也住在盛凯？"

"合作公司就在附近。"江静白说完，肖知秋默默地看了她一眼。

"所以是你下来，还是我上去？"她一副不达目的不罢休的样子。

鱼希今天确实很累，也不想动。她拒绝道："不用了，我不饿。"

"不饿也要吃一点儿，况且我还有事想和你说。"江静白没给她拒绝的机会，"我买两份晚饭，你那边我可能过不去，你直接来我房间吧，在你上面一层，一零零二。"

江静的房间确实在她的上面一层。她应下后挂断电话，起身时才想起来，江静白怎么知道她住在九层？

脑海里浮现出一个念头，她眨眨眼，扔掉手机去洗澡。

洗完澡后，她穿着浴袍，从行李箱里拿出长袖衬衫和牛仔裤换上。她放下长发，见到手机屏幕亮起，这次是钟晨发来的消息。

钟晨：希希，晚饭我给你送过去？

鱼希顿了几秒，回复她：不用。

她想听听江静白到底要说什么事。

十分钟后，她拿着手机和房卡走出房间，爬楼梯来到十层。肖知秋站在一零零二房间门口，见到鱼希，笑道："鱼小姐晚上好，江总在里面等您。"

鱼希微微点头，从她身边走过，进了房间。门在身后合上，鱼希左右看看，没见到江静白，倒是看到茶几上放了两份外卖，是谨记的。

"江总？"鱼希没有乱走动，喊了两声，"江总？"

没有人回应她，她刚蹙起眉，就见卧室的门被拉开，江静白穿着深蓝色的浴袍站在门口。

“坐。”江静白开了口，鱼希便走到沙发边坐下。两人面对面坐着，江静白打开外卖盒子,鱼希本想说自己来,江静白已经迅速地给她递了一双筷子。

“明天几点录制节目？”

吃饭的时候，江静白问，鱼希顿了几秒才抬头，说：“什么？”

江静白看着她，眸色渐深：“我问你，明天几点录制节目？”

“七点。”

江静白点点头，又问：“几点结束？”

鱼希刚准备回答她，猛地意识到不对，自己为什么要这么配合回答她的问题?

“有事？”鱼希不答反问。

江静白点头：“想找你。”

鱼希轻咳几声，说道：“我没空。”

“没关系。”江静白挑了米饭塞进嘴里细嚼慢咽，“我等你有空。”

鱼希放下筷子和盒饭，问道：“江总，你在电话里说有事，到底是什么事？”

江静白表情不变，吃饭的动作优雅，握着筷子的右手五指纤细，骨节分明。她抬头看向不耐烦的鱼希：“先吃饭。”

鱼希没动：“我吃饱了。”

她确实没什么食欲。

江静白也没勉强,她放下筷子,看着鱼希道:“昨天晚上我是和林总吃饭,不是和罗小姐。”

鱼希眨眼：“就这事？”

江静白见她一副无所谓的样子，秀眉蹙起：“就这事。”

鱼希扯了扯嘴角，站起身，嘀咕：“毛病。”江静白拽住她，但并没有用力。鱼希也没挣脱，她启唇：“还有事？”

“有。”江静白站起身，直视着鱼希，“鱼希，我想问问你，我们可以重新成为挚友吗？”

REC

16:9 AUTO RAW

Chapter 4
重 启

ISO 300

00:03:20

重新成为挚友，鱼希之前完全没设想过这种情况，纵然她已经猜到当年发生的事情，但是她真的没有勇气从容地接洽过去。

这八年，她遇到过形形色色的人，在没有把握时，她绝不会再迈出一步，因为她不想看到别人因为自己受伤。

那道看不见的伤口有多疼，她再清楚不过。她宁愿自我封闭，也不愿抱着试试的态度去交朋友。

她的世界并不是非黑即白，但有些东西她向来分得清清楚楚。可她真的可以坚持原则吗？

鱼希勾唇，嘲笑自己。

手机“叮”的一声响，鱼希垂着眼，发现是张乐乐发给她的消息：希姐，你在房间吗？我和春春出去吃了拉面，给你带了一碗回来。

鱼希回复她：谢谢，我已经睡下了。

张乐乐立刻发消息过来：对不起啊，希姐，我看你没吃晚饭，估计会饿，那您休息吧。

鱼希把手指放在手机上，发出简短的一个字：好。

看看，她对旁人总是能做到亲疏有别，客气有礼，也不会贪恋别人的好意，怎么就会有例外呢？

鱼希想到半个小时前两人面对面站着，那人问她，她没有义正词严地反驳，也没有理直气壮地说不可以。她想了很久，才顺从本心对江静白说，不知道。

她是真的不知道。

鱼希坐在床边，心里乱糟糟的。她做了两个深呼吸，身体往后倒，整个人躺在床上。头顶的水晶灯依旧耀眼，她微微眯眼，灯光忽明忽暗，就像她摇摆不定的心。

几分钟后，她坐起身，给韩宜司打电话。

电话没人接，现在连个骂醒她的人都没有了。

鱼希很心酸，把手机放在床头柜上，没换睡衣就抱着被子入眠。床头柜上的手机“叮”的一声响，有消息进来，她只是翻个身继续睡觉。

楼上，江静白还站在阳台上。她低头看手机，发出去的消息石沉大海。

鱼希是没看见，还是又把她拉黑了？

她很想打个电话过去确认，但手指放在那个名字上好几次都没有按下去。最后她把手机熄屏，目光落在客厅里。手机铃声突兀地响起，她还以为是鱼希打来的，看向手机屏幕时目光温和，当看清楚来电显示时才敛起表情。

“江总。”肖知秋说道，“合同已经修改好了，现在我给您送去吗？”

江静白低声道：“嗯，现在送来。”

隔着手机，肖知秋感觉有冰碴子砸向她。江总不开心？她也不敢问，琢磨几秒后，道：“好的，江总。”

电话挂断后，肖知秋将茶几上的文件收拾好，刚准备出房间就听到手机响了，是一个陌生号码。她微微皱眉，接通电话，电话那端的人说道：“您好，我是盛总的助理。”

肖知秋抱着两份文件站在江静白的门前，低头把衣摆整理好才敲门。

门打开了，江静白让开半个身体，肖知秋进去后对她道：“江总，这两份是刚修改好的合同，请您过目一下。”

江静白微微点头，神色漠然，语气冰冷：“搁着吧。”

肖知秋把文件放在茶几上后别过头看她。她刚洗了澡，没了妆容的掩饰，黑眼圈看起来有些明显。肖知秋欲言又止，她抬眸道：“还有事？”

肖知秋低下头，说：“没事，您看完合同早点儿休息。”

江静白坐在沙发上，拿起她送来的文件，漫不经心地回道：“嗯。没什么事，你就回去休息吧。”

肖知秋踌躇两秒，还是转身离开了。

这一夜对有些人来说是漫长的，譬如江静白；对另一些人来说则是短暂的，譬如鱼希。

她一夜好梦，闹钟响了才迷迷糊糊地坐起身，从床头柜上拿起手机关掉闹钟，她还看到一个未接电话和两条未读消息。

一条消息是韩宜司在凌晨三点多发来的：你找姐什么事？我刚从里面出来，累死我了。你是不是睡觉了？电话没人接，有事你明晚给我打电话，我先睡一觉。

鱼希伸了个懒腰，看下一条消息，是江静白发来的：我等你想明白。

鱼希把手机放在床上，起身去洗漱。

早饭是节目组安排的，就在酒店一楼食用。鱼希换好衣服出门时，正巧旁边的门开了，柳玉瑶穿着休闲装站在门口。长廊上只有她俩，柳玉瑶一脸高傲，看着鱼希道："我听说鱼小姐最近到处找戏拍呢，好歹我也是你的前辈，是不是应该照顾照顾你？"

说到这里，她笑了笑，又说："我怎么又忘了，现在也没人找鱼小姐拍戏了。抱歉抱歉，我嘴拙，不会说话，还请鱼小姐别放在心上。"

鱼希神色如常，淡然笑道："柳小姐多心了，我当然不会把这些话放在心上，毕竟被狗咬了，我还能咬回去不成？"

"你！"柳玉瑶面色微变，刚想发火，就见对面的门打开了，张乐乐走了出来，她还回头催促："你快点儿，要迟到了。"

王语春忙着穿鞋子，说："来了。"

柳玉瑶见状，冷哼一声，姿态高傲地往电梯走去。张乐乐等王语春收拾好，转头就看到鱼希站在门口，笑着打招呼："希姐，早啊。"

王语春也立刻小声道："希姐。"

鱼希点头道："一起走吧。"两人立刻跟在她身后。

当三人到达餐厅时，周晓和赵清平正坐在饭桌前，柳玉瑶坐在另外一边，正低头拨弄手机，神色冷淡。

当鱼希走过去时，周晓站起身打招呼："希姐，来这儿坐！"

张乐乐立刻不满了，说："你偏心，你就看到希姐吗？"

周晓笑道："那当然是谁漂亮先看到谁了。"

张乐乐立刻做出张牙舞爪的样子。

昨晚，群里几个人已经熟悉了。张乐乐和周晓是同辈，话题更多，也聊得来；王语春有点儿腼腆，话不多，但是她唱歌不错，人气也还行，一直是乖乖女人设，所以话很少，也能理解。

鱼希落座后，姚青就过来了，她招呼大家吃早饭，饭后要化妆。

“希姐，你和我们一起化妆吗？”张乐乐坐在鱼希身边，小声询问。

上节目是可以带私人化妆师的，鱼希以前接受采访都带着专门的造型师，但是这次她沉寂几个月，公司没再给她安排造型师，所以她点头道：“和你们一起。”

张乐乐道：“那好，我们吃完早饭一起过去。”

饭后，柳玉瑶就上楼化妆了，她带了私人造型师，其他人都是听节目组的安排。此时，姚青说：“八点半在正厅集合，大家做好准备。”

张乐乐忍不住问：“青姐，我们还不知道这次节目的主题是什么呢。”

姚青笑眯眯地看着她说：“你猜。”

周晓立刻插话：“我猜和 A 市有关。”

赵清平想了几秒，说：“有道理。”

张乐乐问道：“难道是民族文化？”

王语春闷声闷气地道：“我觉得和玩的有关。”

鱼希猛地想起来，昨天钟晨告诉她，这季节目的主题是冒险。现在的综艺节目涉及冒险的多半是爬山涉水之类，A 市有水没山，不符合冒险的条件，况且没道理钟晨能打听到的消息他们会不知道。那就只有一种可能，钟晨被忽悠了。

鱼希想到钟晨告诉自己这季节目的主题时一脸兴奋的样子，摇头笑笑。

“希姐，你笑什么？你是不是猜到了什么？”

鱼希听到问话，别过头看张乐乐，笑容加深：“当然没有。”

众人到了化妆室，鱼希被安排坐下，造型师询问她的意见后就开始给她上妆。张乐乐和王语春还在小声议论，直到化妆结束，也没讨论出结果。

姚青站在门口等着众人出来，柳玉瑶已经先一步上车了。那是一辆小型公交车，上面贴了《乐果》的标志，还有六个人的照片。姚青把鱼希安顿在柳玉瑶身边，鱼希闻到柳玉瑶身上的香水味，往旁边挪了一点儿。

“大家看这边！”摄像机摆在车厢前方，姚青做着手势，“这边这边，看这边。”

众人看过去，闪光灯亮起，节目录制正式开始。

车子摇摇晃晃，绕了半个城区，鱼希被晃得头都晕了。王语春靠在椅背上，小声问："我们这是到哪里去啊？"

张乐乐更小声地回她："不知道。"

两人刚说完，姚青就举起旗子，说："到目的地了，大家来领装备了。"

她说着，给每个人发了帽子和胸牌。

鱼希歪头看着车窗外，发现是一个游乐园。

"长乐园？"周晓率先提出疑惑，其他几个人也面带不解。

姚青听到他的话，点头笑道："对，这季节目的主题是'探险之旅'，长乐园是第一站。刚刚我发给你们的胸牌一定要拿好，等会儿谁先将牌子放在指定地方，谁就在第一轮游戏中获胜，他（她）将会收到一份神秘礼物，并且可以提出一个要求。大家都明白规则了吧？"

她笑容灿烂，穿着运动服、举着旗子，颇有几分导游的架势。

周晓举起手道："只需要放牌子？这么简单？"

姚青笑道："第一轮是放牌子，就这么简单。"

众人一副不相信的样子，但还没到场地，他们也不知道到底是什么情况，所以都没再发声。姚青笑道："没问题的话，我现在带你们去第一个场地。"

王语春别过头说："第一个场地会是哪儿？"

张乐乐也不知道，只说："到了就知道了吧。"

一行人在工作人员的带领下往游乐园的深处走去。

这个游乐园出了名的大，项目也多，节目组显然没有财力整个包下来，所以里面还是有不少游客，鱼希一行人没有作伪装，轻而易举就被人认了出来。

"那不是鱼希吗？"

"哪个？"

两个中年妇女嗓门颇大："哎呀，就是那个演间谍的女的！"

"哦，我想起来了。"

"她旁边那个人是谁啊？瞧着怪眼熟的。"

"不认识。"

柳玉瑶听到这些人的议论，脸色僵住。她走的是流量路线，十个年轻人里有六个认识她，但是要说拿得出手的电视剧，还真没有。

鱼希不同，鱼希的国民度高，演的大多是古装偶像剧和民国剧，播出一部爆一部，不怎么上网的大妈大爷都认识她。

心里知道是一回事，不爽是另一回事，这个节目是她经纪人接下的，听说何木水和她经纪人有交情，谁知道她签了合同没两天，就听到鱼希也要参加节目录制的消息。

解约已经来不及，因为消息已经放出去了，如果她在节目组宣布鱼希也参加节目录制的时候宣布解约，还不知道被外界怎么编派呢。

她心里很不爽，所以才一直冷着脸。

周围聚集的路人越来越多，不少人拿起手机开始拍照，柳玉瑶的粉丝也混在里面，喊道："瑶瑶！瑶瑶看这边！"

柳玉瑶看过去，面带笑意。

粉丝们更激动了，有的想上前要签名，工作人员适时地挡住众人，将鱼希他们圈在中间。

姚青带着他们一直往里面走，身后的人越来越少，到目的地时，只有两三个女孩还跟在后面，她们一边举着手机一边捂着嘴巴，满眼难以置信。

"是鱼希啊！"

"我女神希希也太美了吧！"

"你快掐我，看我是不是在做梦？"

鱼希冲她们笑笑，几个女孩更是一脸梦幻的表情。姚青让工作人员清场，四周顿时只剩下他们几个录制节目的人了。

"第一轮游戏的场地就是这里。规则就是我刚刚和大家说的那样，把胸牌放在指定的地方就可以。"

鱼希往左右看看，四周没什么特别的建筑物，只有一栋大房子，所以姚青说的场地应该就是那栋房子。

她抱着这样的怀疑，瞥向几米外的一扇门。门是用布帘子做的，不大，两边站着三个工作人员。张乐乐已经先一步将注意力放在那扇门上了："青姐，我们该不会要把胸牌放在那里面吧？"

姚青笑了笑，说："聪明！"她夸奖之后继续说道，"从这扇门进去，要过十二个房间，谁先过去，谁就赢了。友情提示，在房间里，你们可以'偷'别人的胸牌。还有，这个是紧急联络电话，防止有人走错房间，遇到紧急情况按'1'就行。"

那栋房子的面积实在太大，走错也是有可能的，而他们的手机在节目录制之前就被收走了，节目组另外给他们准备了手机，只能打电话，连照明灯都没有。

张乐乐接过手机后把玩了两下，发现是很老旧的手机。

她收好手机后，满脸期待。

王语春小声道：“青姐，这是不是鬼屋啊？”

她以前来过这儿一次，由于排队的人特别多，就没进去玩，她只是知道有这么个地方，现在门上的牌子被遮住了，所以她才一时没反应过来。

姚青见王语春说出来了，便点头道：“对，鬼屋。”

鱼希听到她的话，脸色一下就白了。

“大家都准备好了吗？”姚青一一跟他们确认。

张乐乐跃跃欲试，说：“准备好了！”

王语春、周晓和赵清平也回道：“好了。”

柳玉瑶勉强笑道：“可以。”

鱼希握着手，察觉众人的视线都落在她身上，微微点头，说：“好了。”

“OK！”姚青拍拍手，说，“那就让我们冲吧！”

她说着招来工作人员：“前三个房间不互通，给你们时间适应，从第四个房间开始就是互通的，我在第四个房间等你们哦！”

工作人员带着六个人走到门口，鱼希这才发现里面有个很大的旋转木马，上面有六个位置，他们站在上面转一圈，然后木马停下的时候，面前会出现一扇门。

鱼希站在门前，心跳陡然加快，身后只有木马吱嘎吱嘎转动的声音，张乐乐兴奋的尖叫声逐渐远去，她吸了一口气，打开门，门里一片漆黑。

吓人的音乐响起，绿莹莹的光投射过来，鱼希明知道这些都是人假扮的，但她控制不了心里的恐惧，脸色已经惨白，后背也冒出冷汗。她刚刚往前走了一步，又缩回来，靠在门口轻轻颤抖，手紧紧地抓着门框，不愿意进去。

音乐还在继续，偶尔有人影晃过，门没关严，透进来一丝光，她不敢想象要是门完全关上会是什么场景。

只是想一想，鱼希就腿软了。但是不进去，就代表她弃权。

第一轮就弃权，她觉得对不起给自己争取资源的白雨棠，想到这里，她做了两个深呼吸，抬步走进去。

身后的门合上，耳边充斥着令人毛骨悚然的音乐，不知从哪里吹过来一阵寒风，她的身体抖得厉害，双手堵着耳朵径直往前跑。

脚下不知道什么东西绊了她一下，她趴在地上，身边立刻伸出一双手抓住她的手腕。

“啊——”鱼希终于忍不住大声喊出来，她双手使劲地推开那些东西，双脚乱蹬，没敢从地上站起来，就一直坐着往后缩。

那些恐怖的场景和眼前的重合，让鱼希脸上的冷汗簌簌地往下落，她的眼底有深深的恐惧，她想跑到门那边，想弃权，但是她现在连挪动脚步的力气都没有。四周漆黑，那种只剩下她一个人的孤独感瞬间袭来，她坐在地上，背靠在墙上。

墙？鱼希下意识地转头，只见一双幽幽的红眼睛正盯着自己，她根本不是靠在墙上，而是靠在一个人身上，她跳起来用力一推，接着径直往前跑，穿过一条过道，进了第二个房间。

第二个房间的光线比刚刚那个亮一些，没有恐怖的音乐，只是张牙舞爪的“鬼”越来越多。鱼希只是怕黑，有一点儿亮光她就会心安，所以她推开伸过来的手，循着微弱的光穿过了第二个房间。

连着过了两个房间，鱼希悄悄地松了一口气。

这里的灯光应该是越往前会越亮。想也知道，四周漆黑，节目录制也不方便，况且玩游戏最重要的不是场景，而是参加节目的嘉宾的表现。想到这里，鱼希仿佛吃了一颗定心丸，稳住乱跳的心。

在进入第三个房间之前，她已经做好了准备，果然和她猜想的样，房间里的灯光更亮，雾气缭绕，隐隐约约能看到一些模糊的形状。

鱼希沿着墙边往前走，走到一半的时候房间里响起诡异的音乐，就和她小时候看的惊悚片里的音乐相差无几，她立刻僵住了。音乐是从身后响起的，她站定后慢慢地转头，双手捏紧，脸依旧惨白。

身后没人。

鱼希拍了一下胸口，还没拍第二下，房间里突然黑了，只剩下诡异的音乐飘在耳边，忽远忽近。

鱼希双腿发抖，身体贴在墙壁上，两只手捂着耳朵，她不想听那些声音，想离开，想往前冲，但是脚步根本挪不动。

她急得满眼猩红，身体紧绷着，人几乎无法呼吸。

“嘿嘿哈哈……”耳边响起笑声，鱼希更紧地捂住耳朵，靠着墙壁慢慢滑坐在地上，把头埋在膝盖上。似有似无的声音越来越近，鱼希察觉有人要凑到自己耳边说话，她挥舞双手，不敢睁开眼睛，口袋里有坚硬的东西硌在肌肤上。

鱼希想起来，那是姚青给她的手机。

她立刻拿出手机，按了一下，屏幕亮起微弱的光。她现在完全不记得姚青说的按“1”是给节目组打电话，她满脑子只剩下一个人的电话号码。

然而鱼希把号码输进去之后却没拨出去，她崩溃了一般蜷缩着靠在墙上，肩膀轻轻颤抖，声音哽咽。

承认吧，鱼希，你怕黑，你根本就没有克服。

就在鱼希快要崩溃之际，房间里的灯重新亮起，她缓缓抬起头，看到门口站着一个人，那人戴着耳麦，穿着运动服，手上还拿着一面旗子。

“鱼希？”姚青见到缩在墙角的人，立刻走上前，“你怎么了？”

姚青在第四个房间等了很久，其他人已经陆续到达了，只有鱼希没到，她生怕鱼希走错了房间，所以问了工作人员鱼希进的哪扇门后便跟了过来。

姚青一进门就看到鱼希这副模样，还以为鱼希身体不舒服，吓了一跳。

鱼希见到有光照过来，脸色缓和了不少，只是依旧苍白，眼角还有泪光。

“鱼希，你身体不舒服？”姚青走到她身侧问。

鱼希摇摇头，轻声开口：“没有。”

“那你……”

鱼希接话：“怕黑。”

姚青“扑哧”一声笑了，笑了几秒后她道：“对不起，对不起。”

她把手电筒抬高一点儿，声音里依旧带着笑意：“要我扶你吗？”

有了亮光，鱼希就没有那么惧怕了，她稍稍敛起惊慌之色，扶着墙壁站起来。手电筒的光越过她照在四周，那些恐怖至极的事物露出真实面目，不过是一件件物品，她只是自己吓自己罢了。

鱼希抬起手道：“谢谢。”

姚青顺势扶起她，有些抱歉地道："对不起，我之前不知道你怕黑。"

"没关系。"鱼希的脸上恢复了几分血色，说，"是我的问题。"

两人一边说着话一边往前走，姚青看了一眼四周的摄像头，问道："这一段需要剪掉吗？"

她的声音里带着可惜。

站在综艺节目的角度，以及主持人的立场，鱼希怕黑被吓哭这一段足以作为第一期节目的看点。原本节目组是想炒鱼希和柳玉瑶不和这一点，奈何两人都很有分寸，偶尔碰到一起也风平浪静，所以节目组一直在寻找另外的看点。

现在有了一个现成的看点，姚青却犹豫了。

经过短暂的相处，她挺喜欢鱼希这个人的，所以要不要剪掉这段视频，她交给鱼希做主。

鱼希闻言愣怔几秒。她当然知道每个房间里都装了夜视摄像头，但是她没想到姚青居然问她需不需要剪掉这段视频。她又不是傻子，自然知道这段视频播出来会是什么效果，所以听了姚青的话，她没说剪不剪，而是说："谢谢。"

姚青笑道："别客气。"

鱼希想了几秒，又道："青姐，这段视频就别剪了吧，怕黑又不是什么见不得人的缺点。"

姚青别过头看了她一眼，她的脸依旧泛白，嘴唇没什么血色，但眼神坚定，声音也平静下来了。姚青点头道："好。那刚刚你哭……"

鱼希眨眨眼，说："你就说，我突然想不起来节目组的电话了。"

姚青被她的话逗笑，说："我明白了，回头把这句话重拍一下剪进去。"

两人说话间已经穿过第三个房间，第四个房间已经没人了，前面依稀传来尖叫声。从第四个房间开始，全部是相通的，房间里也更亮了。姚青对鱼希道："他们已经到第六个房间了。我先过去，你没问题吧？"

"对了，每隔五分钟会关闭一次电源，一分钟后恢复，需要我把手电筒给你吗？"

鱼希摇头道："不用，我很快就会过去。"

姚青离开之前还是不放心，但鱼希已经稳定了心神。她记着姚青说的话，在节目组第二次关闭电源时有了心理准备。张乐乐的尖叫声自不远处传来，鱼希靠在墙壁上，身体微抖，但没哭，她紧闭双眼，捂住耳朵。

一分钟很漫长，等到鱼希睁开眼的时候，四周已经有了亮光。她趁着第二个五分钟一鼓作气冲到第六个房间，一进去就听到周晓的声音："希姐来了！抢她的胸牌！"

鱼希站在门口，看到里面乱糟糟的，摄像大哥正在跟拍，周晓被张乐乐和王语春围住，他们不像是在偷胸牌，反倒像是在抢。柳玉瑶没有参与，她把胸牌捏在手里，神色紧张。赵清平没拿胸牌。鱼希看到周晓手上有两个胸牌，难怪张乐乐和王语春要对他下手。

原本吵闹的房间因为鱼希的突然出现有片刻的安静，周晓趁机推开张乐乐和王语春，迅速溜走。张乐乐回过神，一把抓住他的衣摆，但是没抓牢，被他溜走了。

周晓冲到最前面，几个人立刻跟上，鱼希也不例外，她迅速跟在王语春身后，进了下一间屋子。

每个屋子的设计都不同，唯一相同的是都很大。

鱼希进入第七间屋子后，听到张乐乐说："我找找看他躲哪儿了。"

王语春回道："会不会在佛像后面？"

两人说着，就准备往佛像后面走。鱼希从第三个房间到第六个房间都畅通无阻，因为门被他们打开了，现在会合了，她才知道原来他们还要在每个房间里待两分钟。

也就是在这两分钟里，他们可以偷胸牌，或者说抢胸牌。

张乐乐和王语春搜寻无果。鱼希看了看四周，屋子里的摆设已经能看清楚了，墙壁上偶尔有影子晃过，音乐还在，但是已经没有恐怖的效果了。

鱼希身边擦过亮光，她迅速转身，没有人，倒是两步外站着柳玉瑶，她的目光和鱼希的对上，然后往下移，落在鱼希的胸牌上，虎视眈眈。

鱼希立刻捏紧胸牌，往旁边走了两步，状似在找周晓，实则在防备柳玉瑶突袭。

两人不动声色地较量着。刚刚在外面柳玉瑶就憋了一肚子的火，进房间后，鱼希一直没出现，她也懒得和周晓他们争夺，她想赢的人只有一个，就是鱼希。只要把鱼希的胸牌夺过来，她就赢了。

柳玉瑶盯着鱼希看了几秒，猛地往前走两步，鱼希侧过身，前面的张乐乐喊了一声："在那儿！"她说着就和王语春朝周晓跑去。

柳玉瑶趁机冲到鱼希身边，哪料鱼希早就有所察觉，当柳玉瑶走到自己身边时，脚步往旁边动了动，侧过身躲过柳玉瑶的袭击。柳玉瑶见没抓到鱼希，不由得蹙眉，另一只手又迅速伸过去，鱼希侧身从其肩膀处溜走。

两人第一个回合，没有输赢。

周晓见张乐乐和王语春快冲到自己身边，便用力拉门，在张乐乐快要摸到他的衣服时，原本锁着的门开了，他回过头调皮地笑笑，迅速闪身进了下一个房间，张乐乐和王语春也立刻跟上去。鱼希刚准备跑过去，衣服却被人扯住，她转头见到柳玉瑶正抓着她。

两人没有说话，却很有默契地都对彼此的胸牌下手。鱼希是侧着身，一只手握紧自己的胸牌，另一只手抓着柳玉瑶的胸牌。柳玉瑶也不遑多让，两人姿势相同，只是一个侧身一个正面。

柳玉瑶话不多，直接上手，并且很用力，一副不抢胸牌过来不罢休的架势。鱼希一面护着自己的胸牌，一面状似夺柳玉瑶的。论体力，她比柳玉瑶强了不止一星半点儿，再加上她从小习武，更能轻而易举地从柳玉瑶手上夺过胸牌，但是为了节目效果，她只得和柳玉瑶僵持。

正当两人僵持不下的时候，房间里的光一下子灭了。

鱼希一个激灵，她忘了还有断电一分钟的事情。

柳玉瑶察觉鱼希没有刚刚那么强硬了，她紧紧拽着鱼希的胸牌，反被抓住了手。

抓住她的手？

黑暗中，柳玉瑶看不清面前的人，但是站在她身边的除了鱼希，没有其他人，所以现在是鱼希抓住了她？

"你松手！"

鱼希像抓住了救命稻草一样，咬着牙，没说话。

柳玉瑶察觉到自己的手被握得更紧了，她还没来得及发火，四周便亮了，鱼希不知道在什么时候换了姿势，两人面对着彼此，靠得很近，她清楚地看到鱼希红透的眼角，还有眼底的水光，一张俏脸惨白。

柳玉瑶从没见过鱼希这个样子，饶是嚣张惯了的她也有些不适应，说：

"你……"

鱼希低下头，说道："谢了。"

她说完，就趁着柳玉瑶不注意，从柳玉瑶手上抢过胸牌，身形一闪进了下一个房间。柳玉瑶愣了好几秒才反应过来，自己的胸牌被抢了！

她发出一声咆哮："鱼希！"

气氛瞬间燃了起来，柳玉瑶气势汹汹地推开下一扇门寻找鱼希，现场立刻玩起你追我赶的游戏。姚青看到这个场景，兴奋不已，恨不得她们争抢得再激烈一些。

当然，两人怎么可能打起来，不过比起进节目组后一直做背景板，柳玉瑶现在才算是真正融入进来，姚青自然高兴。就连周晓和张乐乐他们也不由得放慢步子，看着两人针锋相对。

鬼屋这个活动结束，已经是一个半小时之后的事情了。越到后面，胸牌抢夺战就越激烈，鱼希两次被抢了胸牌，最后还是抢了回来。柳玉瑶的胸牌从鱼希手上落到张乐乐手上，最后又到了周晓手上。

最后获胜的人，是周晓。

众人看着他对奖品一脸期待的样子，也不由得伸长脖子，等到奖品被打开时，张乐乐直接笑趴在桌子上。

奖品是一支口红。

周晓苦着脸问："青姐，奖品可以换吗？"

姚青摇头道："奖品一经发放，概不退换！"

周晓的脸色更难看了。

赵清平安慰他："送人吧。"

周晓环视四周，觉得送谁都不好，说："我把它带回家，给我妈！"

现场笑声不断，鱼希也弯起眉眼。第一轮游戏结束，才十点钟，距离中午还有两个小时，估计还有第二轮，果然，姚青带着众人往下一个场地走去。

姚青一脸笑容，第一轮游戏算是收获满满，晚上就可以放出一部分预告了。

第二个场地在湖边，湖面上有六艘小船，湖中央漂浮着很多球。

"捡球。"

第一轮获得胜利的周晓满怀信心，立刻问道："可以下去捞吗？"

张乐乐笑他是一个野蛮人。姚青摇头道：“不可以，不仅不可以，而且你们还要注意不能落水，落水直接出局。十分钟内，谁捡的球最多，谁就获胜。”

鱼希以前没有参加过综艺节目，更没有玩过类似的游戏，她听了两遍规则才弄明白怎么玩。

周晓率先上了船，他在工作人员的帮助下，很快就到了湖中央。

接下来是张乐乐，工作人员给她递上捡球用的装备后，就送她到周晓对面了。

鱼希是第四个去湖中央的，柳玉瑶跟在她后面。

六个人都到了湖中央，两两之间的距离差不多。姚青站在湖边吹响口哨，泡在湖中的工作人员立刻松开束缚，无数小球顺着波浪荡漾开来。

有浪就有风，有风就能吹动球。鱼希不太幸运，她处在顺风位置，所以只能眼睁睁地看着球往另一边漂去。旁边的柳玉瑶根本没把注意力放在球上，她还在想着怎么赢鱼希呢。

靠过去撞鱼希？可是她怕自己乘坐的船被撞翻。

用捡球装备？这玩意太小，而且她和鱼希相距不近，压根碰不到鱼希的船。

正当她胡乱思想的时候，鱼希划桨离开了刚刚的位置，她也紧跟上去。周晓和张乐乐已经在战斗了，旁边的赵清平趁着他们战斗时迅速捡球，王语春也认真地捡着球。周晓和张乐乐的船时不时撞在一起，然后撞到赵清平的船，船很小，一个人坐刚刚好，被撞到就要努力维持平衡。放球的盒子就摆在船边，一被撞就摇摇欲坠，随时有掉下去的可能。

赵清平的船被撞了两次，他喊道：“别伤及无辜！”

周晓立刻回他：“赵老师，你都下水了，别想脱身！”

张乐乐也附和道：“撞赵老师的船去！”

周晓和张乐乐立刻掉转船头，直接往赵清平的船撞过去。赵清平勉强维持平衡，一边打趣一边想用手扶住盒子，结果没握住，盒子掉在水面上，里面的球倾泻而出。

被这么一弄，他也加入战斗阵营，开始往鱼希和柳玉瑶的船撞去。

湖面上不时传来尖叫声和笑闹声，四周虽然清过场了，但围着的人依旧不少。江静白和肖知秋走到湖边，听到不远处传来吵闹声，肖知秋看了一眼，说道：“江总，鱼小姐在那里。”

原本肖知秋还想等谈完生意再查一下鱼希在哪里录制节目，谁知节目组上午来游乐园的照片已经发在微博上了，还挂在热搜上，她便问江静白要不要过来。江静白自然没意见，两人便过来了。

肖知秋看着不远处戴着帽子、穿着救生衣的鱼希，笑道：“鱼小姐玩得挺开心。”

江静白也看过去，鱼希的旁边是一个年轻女孩，正在阻止别人靠近，另一边的柳玉瑶不停撞击鱼希的船，鱼希和他们玩闹着，脸上笑容明媚，有几分高中时的样子。那时候她的笑容也是这么灿烂，有感染力，让人见到就忍不住跟着笑起来。

江静白盯着她看了几秒，肖知秋问道：“江总，这边的事情提前结束，我们是不是也要提前回去？”

今天项目谈得格外顺利，原本定了两天的行程，没想到双方见面之后，对方公司的负责人和江静白很快就签了合同，肖知秋也不知道该不该调整行程：“要不您在这里休息一天，我们按照原计划，明天回去？”

江静白听到她的话沉默几秒，点头道：“按原计划回去吧。”

肖知秋应下：“好的。”

两人又站着看了几分钟，直到湖边传来哨声。

第二轮游戏周晓和张乐乐都出局了，王语春和赵清平被殃及，也没捡到多少球，柳玉瑶一心想着让鱼希出局，根本没心思捡球，最后胜出者是鱼希。

不过她没周晓那么幸运可以提出一个要求，她只得到胜出的奖品——赞助商赞助的一盒面膜。

第二轮游戏结束，就到中午了。姚青告诉他们，节目组在酒店给他们准备了午饭，不过也可以自由活动，毕竟都出来玩了，不在外面吃点儿特色食物，也对不起这次行程。

张乐乐连连点头，说：“我觉得青姐说得对，我们去昨天吃的面馆旁边那家店吃吧？”

王语春没什么意见，说：“好。”她说完，看向鱼希和柳玉瑶，“希姐呢？”

鱼希摇头道：“我回去吃吧。”

她在鬼屋的时候出了不少冷汗，现在身上黏腻腻的，很不舒服。

姚青看向柳玉瑶，说："玉瑶呢？"

柳玉瑶在镜头下笑得温柔，说："我也回去吃。"

姚青只好道："那行。"

节目组的车将鱼希和柳玉瑶直接送到酒店，两人全程没有交流，下车时柳玉瑶狠狠地瞪了鱼希一眼，才扭着腰走进酒店。

鱼希一下车就看到钟晨站在门口，她说："希希，你回来了。他们不让我跟着。"

鱼希点头，助理是不能跟着录制节目的。她对钟晨道："你订一份午餐送到我的房间。我先上去。"

钟晨点头："好。"

鱼希回房后，拿着浴袍进了卫生间，花洒里的水不断落在她的背部。她把手放在额头上，闭着眼，想到在鬼屋里第二次断电她靠在墙边时，脑海里冒出的一些画面，是关于她和江静白的。

破碎的记忆一点儿一点儿回笼，鱼希站在花洒下，脸上温热，一时分不清是水，还是泪。

门铃响起，鱼希冲干净身上的泡沫，随手将浴袍裹在身上。她打开门，见门外站了一个人，正推着推车，推车上放了好几样菜，她以为是钟晨给她订的午饭，便道："进来吧。"

她说完转身往房里走，长发湿漉漉地散在身后。她从沙发上拿起白色毛巾，把长发裹好，说道："你把饭菜放饭桌上就行了。"

她刚说完，身后就传来一道熟悉的声音："鱼希。"

鱼希听到声音蹙眉，难以置信地转身，身后站着的人果然是江静白。

"你……"鱼希打量她几眼，又看向她推着的车，说，"你怎么来了？"

还伪装成服务员的样子。

江静白垂着眼，将饭菜放在桌子上，给鱼希盛了一碗汤，才道："刚刚我碰到你的助理了。"

鱼希闻言，只是点头，说："还真巧。"

江静白神色自若，淡定如常："确实挺巧。你来吃饭吧。"

鱼希走过去坐在椅子上，江静白给她递了一双筷子，菜是荤素搭配的，色香味俱全。她低头吃了两口菜，听到江静白问道：“下午的节目录制是几点结束？”

“五点。”鱼希道，“我不出去。”

江静白抬眸，温和道：“那就不出去，吃饭吧。”

一顿饭鱼希吃得心不在焉，频频看向江静白，似是有话要说，但她又不知道怎么开口。江静白见状，开口问：“怎么了？”

鱼希放下筷子，严肃地道：“那晚我们在学校附近的山坡上聊的事情，我想起来了。”

江静白愣住了，敛起笑容，道：“你……”

鱼希点头，看向江静白，认认真真地重复了一遍：“我都想起来了。”

江静白下颌绷紧，垂着眼，捏紧筷子，指腹发疼。

良久，鱼希才开口说：“对不起。”

鱼希的这句“对不起”是为她妈妈说的，她以为自己已经了解了当年的真相，万万没想到她所知道的只是冰山一角。

刚刚洗澡的时候她一直在想，如果自己是江静白，会怎么做？

会同归于尽吧。

自己这个和父母没什么感情的人尚能如此想，她完全不敢想象江静白是如何挺过来的。江静白当初还是太隐忍了，只说了一句“我想我们还是不适合做朋友，我喜欢安静，你太吵了”，为什么不说更过分的话？

如果她骂得再狠一点儿，态度再决绝一点儿，自己现在也不会这么难受和内疚。

鱼希的眼角渗出泪水，轻声道：“对不起。我妈……”

江静白放下筷子，脸色恢复如常，打断鱼希的话：“都过去了。”她抬眼看向鱼希，用沙哑的声音道，“鱼希，这些事都过去了。而且我已经查清楚了，那件事和你家、你父母，并没有关系。”

鱼希咬着嘴唇，心想怎么会没有关系，因为她妈妈，江静白煎熬了八年，没日没夜地奋斗了八年，然后一句查清楚了，就将这八年的时光抹掉，那些过往的恨都如同笑话一般。

这本该是美好的八年啊，怎么会没有关系！

鱼希心里疼得难受，脸色发白，泪水簌簌地往下落，除了“对不起”，她什么话都说不出口。

江静白起身走到鱼希身边，什么都没说。

此刻，语言反而成了累赘。

她能理解鱼希，那种既有的认知顷刻间被颠覆的感觉，她也体会过一次。她父母生意失败，她没有倒下；她父亲过世，她也没有倒下；当她得知真相，她八年的努力都是一个笑话时，她茫然了，不知道该如何面对现实。

那段时间，她甚至以为自己会坚持不下去。

盛闲说得没错，她就是带着目的回国的，也是故意找上胡远的，但她没想做什么。然而，她高估了自己的定力。

尚在国外时，她就忍不住想回来，哪怕那时候她以为她父亲过世和盛闲有关，她也没控制住这个念头，她甚至想过，就做个不肖女吧。

可她做不到。

当她看到那份轻飘飘的八年前她父亲做生意借资失败的调查报告时，不知道是痛多一点儿，还是释然多一点儿。

她花了三个月的时间才走出来，她不想鱼希也经历这样的痛苦，所以她压下了告诉鱼希真相的念头。当鱼希撕心裂肺地问她为什么要离开时，她除了告诉鱼希真相，不知道自己还能做什么。

第二天鱼希醒来说忘了醉酒的事情，江静白其实是庆幸的，因为她也后悔告诉鱼希真相，鱼希能忘了，再好不过。可她没想到，鱼希还会想起来。

鱼希已经很久没有恸哭过了，她似乎想借机发泄所有的情绪，好的不好的，痛苦的悲伤的，连同那份遗憾，通通发泄出来。她哭得上气不接下气，泪水落在江静白的脖子上，炙热，滚烫，令江静白连最简单的安慰话都说不出口。

鱼希哭了半个小时，江静白没辙，只得说道："你再哭，下午就没法录制节目了。"

一句话，让鱼希的泪水止住。

她从茶几上拿了两张面纸随意擦拭脸颊，低头说道："我去趟卫生间。"

她沙哑的声音落进江静白的耳朵里，江静白微微点头，轻轻地"嗯"了一声。

鱼希进卫生间之后就背靠在门上，身体慢慢下滑，眼角的泪水又渗了出来。她紧紧地闭上眼，为了避免发出声音，她死死地咬着嘴唇。

几秒后，她趴在马桶上干呕几声。江静白在外面听到动静，叫了一声：“鱼希？”

“我没事。”鱼希忍着难受回道，“中午我吃多了。”

江静白：“……”

这么蹩脚的理由，鱼希用起来倒很顺手。

等到鱼希收拾妥当从卫生间出来时，已经是十分钟之后了，她的脸上已经看不到泪痕，只是眼睛肿着。江静白见状，抬脚就往卫生间走。

鱼希以为她要上厕所，没想到她进去后拿了毛巾出来，然后走到冰箱旁，从冷冻柜里拿了冰块包裹好，对自己道：“过来。”

她的语气不算强硬，却不容拒绝。

鱼希沉默了，走过去坐在沙发上，江静白坐在她身边，说道：“你躺下吧，把眼睛闭上。”

鱼希乖乖照做。她察觉眼角冰冰凉凉，忍不住开口：“你为什么不告诉我？如果你……”

如果以前江静白就说出那些事情，她也不会因为误会说那些伤人的话，做出伤人的举动。江静白低下头，看向她的目光温和：“我不知道该怎么说。鱼希，如果可以，我希望你永远不知道这些事。”

鱼希咬咬嘴唇，眼角冰凉又温热。

江静白认真地替鱼希做着消肿工作，整个房间安静下来。良久，鱼希开口：“你说说你在国外的事情吧。”

“你想听什么？”

鱼希想了想，道：“什么都可以。”她想到江静白的性格，又补充了一句，“还是我问，你答吧。”

江静白说：“好。”

REC

16:9 AUTO RAW

Chapter 5
和 好

ISO 300

00:03:20

客厅里气氛静谧，当钟晨过来敲门的时候，鱼希都快要睡着了。她坐起身，眨眨眼，眼角已经没有那种胀痛的感觉了，很清凉。这一个多小时，她和江静白聊了很多，情绪也慢慢平复。

鱼希打开门，钟晨探进脑袋，说："希希啊，节目录制的时间快到了，你准备好没有？还有十分钟就要上车了。对了，你见到江总了吗？"

鱼希淡淡地回她："见到了。"

钟晨挠挠头，说："希希，你是不是不高兴啊？对不起，下次我一定拦住她，绝不会再让她仗着公司……"她还没说完，就见到坐在沙发上的江静白，不禁咽了咽口水，"江……江总好。"

江静白点头，起身对鱼希道："你是不是要去录制节目了？"

鱼希回她："还有十分钟，你回去休息吧。"

"好。"

待江静白离开后，钟晨才眨眨眼，拍拍胸口，刚准备开口，就听鱼希说道："你别问，别说话。"

钟晨一口气憋在胸口，脸都要涨红了。

鱼希准备好之后就跟着钟晨出门了。对面的门被打开，柳玉瑶也准时出现，她见到鱼希，冷哼一声，扭头就走。钟晨冲她的背影做手势，一副咬牙切齿的模样。鱼希说道："等会儿你把我的行李收拾一下，晚上可能要重新分配房间。"

钟晨跟在她身后问："为什么呀？"

鱼希耸耸肩，说："我怎么知道。"

钟晨点头道："好。对了，希希，白姐让我问你，之前给你的剧本你看了没有。"

鱼希想起放在家里的剧本，摇头道："还没有，怎么了？"

"白姐好像是想问你要不要接下那部剧。"白雨棠打电话过来时正是中午，估摸是想着鱼希在休息，所以才打给她。鱼希点头道："我等会儿给她回个电话。"

钟晨送她上车。她上车之后就准备给白雨棠打电话，打开通话记录时见到白雨棠上面的一个号码，备注是骗子。

她顿了几秒，指尖点在名字上，修改备注，输入江静白。名字改好后，她给白雨棠打了电话。

"你考虑好了吗？"白雨棠那端传来敲击键盘的声音，"中午姚青和我联系过，说你的表现特别好。希希，你很棒。"

鱼希听到她的称赞，垂着眼道："剧本我还没看，等我明天回去看过再回复你。"

白雨棠说："好，最迟明晚，我要给那边的人答复。"

"我知道了。"

鱼希挂断电话后，捏着手机看向窗外。她从出道开始就一直饰演女主角，现在却要演女配角，人生还真是充满了意外和惊喜。

她神色冷清，看向窗外的眼神深邃。柳玉瑶与她隔了两个位置，不时打量她。

柳玉瑶还在记恨早上被鱼希抢了胸牌的事，再加上第二轮游戏是鱼希获胜，这口气她咽不下去，午饭都没吃，一直在想下午要怎么扳回一局。奈何节目组根本不会提前告知他们录制节目的内容，所以她有意提前准备，也不知道该做什么。现在她看到鱼希一副清风霁月的样子，就更来气。

柳玉瑶一直期待着鱼希被拉下神坛痛哭流涕，但始终不能如愿。从第一次被鱼希抢了资源之后，她就诸事不顺，好在她没有倒下，反而越挫越勇，年轻和漂亮就是她的资本，豁得出去，资源自然就多，这两年她连着主演两部偶像剧，播出后都大爆了，这让她坐稳了流量女王的位置，但她仍旧不甘心。

她怎么可能甘心。如果不是鱼希抢了她的资源，那凭那部戏一炮而红的就是她。

这几年她和鱼希明争暗斗，各有输赢，现在鱼希明明站在泥潭里，却依旧高傲得像只孔雀，走到哪儿都受人欢迎，凭什么？

柳玉瑶握紧拳头，看向鱼希的眼神仿佛要把她戳出一个洞来。鱼希别过头，对上她的视线，随即平静地移开了。

她还不看自己？

柳玉瑶仿佛受到轻视，怒火烧得更旺了。

车子摇摇晃晃大半个小时后，两人到了长乐园。姚青正带着其他四个人站在外面等她们，张乐乐戴着帽子，一个劲儿地挥舞旗子，喊道："希姐希姐！"

鱼希的座位靠近后车门，她率先下车，柳玉瑶紧跟在她身后。阳光洒在鱼希身上，添了一层光晕，她看向众人，抿唇一笑，比骄阳还耀目。

"我要被迷住了。"张乐乐的话逗笑了众人，鱼希快步走过去，站在姚青面前，和其他几个人点头打招呼。

姚青给她们发了帽子和小旗子，六个人加上节目组的工作人员浩浩荡荡地往园子里走去。

园子里，不少人去吃饭了，少有的几个游乐项目还排着长长的队伍，鱼希跟在姚青的身后，听她说第三轮游戏的规则。

这轮的游戏挺简单的，是双人跳绳。在规定时间内，跳得多的一组赢。

鱼希听到"双人"二字时，头皮一麻，不用想也知道节目组这么安排的用意。果然，她和柳玉瑶被分到了一组，然后是周晓和赵清平一组，张乐乐和王语春一组。

论体力，她们比不上周晓和赵清平；论默契，她们比不上张乐乐和王语春，但是摄像机几乎没从两人身上挪开过，因为柳玉瑶压根不会跳绳。

鱼希看着她，无奈地道："我们认输吧。"

"你做梦！"柳玉瑶咬牙道，"早上你赢过了，下午轮到我了。"

鱼希实在没办法，又甩动绳子，但是跳绳到柳玉瑶脚下的时候，她的反应总是慢半拍。

"你上学的时候没有跳过绳吗？"鱼希实在难以想象一个人的身体协调性可以差成这样，就算上学时没有跳过绳，看看别人怎么跳的都学会了好吗，她怀疑柳玉瑶是故意的。

柳玉瑶还真不是故意的，她咬牙道："我没跳过绳，行了吧！你倒是动啊！”

鱼希好脾气，又挥舞起绳子，跳绳到柳玉瑶脚下的时候，她的双腿蹦起来，跳过来了，鱼希也顺势跳起来。两人跳过第一个，计数器上多了一个一。

柳玉瑶没忍住笑出来，说：“我跳过来了！我跳过来了！你看……”她说着看向鱼希，然后笑容僵在脸上，余下的话没说出来。摄像机还对着两人，她的脸上迅速换上假笑，说：“继续吧。”

鱼希点头。

柳玉瑶跳过一次后似乎找到了诀窍，顺畅多了，两人一连跳了十几下。

“十九！二十！二十一！二十二！”张乐乐不知道什么时候停下了，和王语春一起站在两人旁边数数，“二十三！二十四！二十五……”

柳玉瑶的小腿疼得要死，但是她咬牙坚持着，鱼希没说停，她就坚决不喊停。当数到四十四的时候，她快要崩溃了，两条腿仿佛灌了铅，又胀又疼，还发酸。

“四十九！五十！五十一……”

当数到五十一时，柳玉瑶没跳起来，绳子绕过她一只脚，另一只脚被绊到，她直接扑向鱼希。

鱼希往后退了两步，稳住身形，一只手还扶着柳玉瑶，问：“你没事吧？”

柳玉瑶香汗淋漓，热得一张俏颜红透，嗓子眼快冒出火来了。张乐乐及时给两人递上矿泉水，柳玉瑶喝了几口之后忍不住想打电话给经纪人。

这是什么节目，她不想录了！

奈何她只是想想，当姚青过来询问情况时，她笑着摇头，说：“没事。还行，我撑得住。”

姚青见状，只好道：“那我们休息半个小时，准备玩下一轮游戏。”

下一轮游戏是坐过山车，更加惊险刺激，然后是贴图纸、比臂力，一圈游戏玩下来，六个人都累得不行。当节目组的车将他们送回酒店的时候，好几个人都在车上睡着了，就连周晓这个活宝都没力气说话了。

鱼希也挺累的，但是她没有睡觉。上车后她靠在车窗边，头跟着车摇晃，手机屏幕亮了又黑掉，最后她把手机关掉，歪头看向窗外。

车厢里很安静。当车子到达酒店时，姚青吹响口哨，众人惊醒，张乐乐茫然地坐起身，说：“到酒店了？”

她的声音里夹杂着疲惫，鱼希觉得她今晚绝对不会出去吃晚饭了。

姚青拍拍手，说："到了。这是今天的最后一站！"

王语春睁开眼，说："还没结束？"

姚青对她笑道："昨晚你睡得舒服吗？"

王语春不明所以地点头，说："舒服。"

姚青问道："你想不想更舒服一点儿，一个人睡？"

王语春立刻会意，说："分房间吗？"

张乐乐举起手，道："分分分！她晚上睡觉会打我！"

车上的人都笑起来，下车时大家的精神都恢复了不少。

还是昨天的那个场地，桌子也没变化，甚至抓阄的盒子都还方方正正地摆在原地。众人按顺序抓阄，鱼希依旧是第一个，柳玉瑶紧随其后。

当张乐乐把手伸进盒子里时，鱼希瞥到姚青放在盒子边的手指动了一下。她垂着眼。若是没有意外，今晚她要和柳玉瑶住一间房了。

节目组为了把两人凑到一起，还真是无所不用其极。饶是如此，鱼希在打开字条之前还是心存侥幸。

"十三。"

"啊，十三，看来鱼希今晚要和一位佳人共度春宵了。"

张乐乐立刻举手，说："我可以！"

周晓附和："我也可以！"

姚青笑道："别闹别闹。乐乐，你是多少？"

张乐乐紧张地打开字条，说："七十八。"

接下来是王语春，她抽到四十三。

最后众人把目光放在柳玉瑶身上。她累了一天，已经懒得伪装了，见到众人看过来，她直接打开字条——十八。

鱼希站在她身边，听到了她磨牙的声音。

上楼后，钟晨满脸不放心，说："希希，你真的和柳玉瑶一个房间吗？要不我给你重新开一间房吧？"

鱼希摇头道："被节目组知道就不好了。"

钟晨满脸担忧，这话虽然没错，但是她一想到鱼希和柳玉瑶待在一个房间里，心里还是别扭得紧。鱼希从她手上接过行李，说："行了，你回去吧，我没事。”

柳玉瑶只怕比她更别扭。

当鱼希拎着行李进房间时，听到柳玉瑶正在打电话。她见到鱼希也只是睨了一眼，丝毫不避讳地从鱼希身边走过去，继续说道：“我不录节目了，明天就要走。”

“余下的五期节目随便你找谁来录。”

“我不管，反正我不录了！”

鱼希听到柳玉瑶的话轻笑出声，她听到笑声愤怒地转头，凶狠地说道：“你笑什么？”

鱼希道：“我没笑什么。柳小姐不想录制节目，是觉得赢不了我，自动退出吗？”

柳玉瑶恨得牙痒痒，做了几个深呼吸才说道：“鱼希，你别以为我不知道你在想什么。你以为激将法对我有用？你现在能上这个节目，不都是因为我吗？你怕我走了，节目组也把你换掉，对不对？”

鱼希微微点头，说：“对啊。”说完，她走到柳玉瑶身边，“可是你今天没能赢我，柳小姐，你还是输家。”

柳玉瑶闻言，气愤地握紧手机，咆哮一声：“鱼希！”

鱼希神色自若地收拾东西，柳玉瑶气恼地站在她面前，电话那边的人小心翼翼地问：“瑶瑶，你那边什么情况？”

柳玉瑶深吸一口气，说：“没情况！”

电话那端的人继续问：“那你还退出这个节目吗？”

柳玉瑶咬牙道：“不退！”

鱼希听到她的话，挑了挑眉。柳玉瑶说得没错，自己能上这个节目，都是因为她，如果她现在退出，节目组极有可能会换掉自己，所以自己不能让她走。她俩斗了这么多年，鱼希对她的软肋一清二楚，要想留下她，还是不难的。

柳玉瑶坐在沙发上，见鱼希还在忙碌，就气不打一处来，干脆从行李箱里拿出衣服，冲进卫生间。手机铃声突兀地响起，鱼希看了一眼来电显示，是江静白，她思忖片刻便接通电话。

“下午你录制节目累不累？晚饭吃了吗？要不要我给你送一份过去？”

江静白一连三个问题砸向鱼希。

她愣怔了几秒，回道："不用。我等会儿下楼吃饭，节目组安排的。"

江静白的声音低了下去，说："好吧。"

鱼希挂断电话后，盯着手机上的名字看了半晌，眸光幽深。

她们真的还能像当初那样吗？

鱼希正胡思乱想着，突然听到身后有动静，她别过头，见柳玉瑶已经洗完澡出来了，穿着清凉的无袖短裙，卸了妆，少了几分艳丽。这让她一时之间有点儿不习惯，她记忆中的柳玉瑶一直是妖艳型的。

柳玉瑶见鱼希盯着自己，立刻冷下脸，呵斥道："你不许看我！"

鱼希走到柳玉瑶身边，神色自然，表情轻松，道："我看你？你这样的身材，哪点值得我看？"

柳玉瑶闻言，恼恨地瞪着她说："你的身材也没多好。"

鱼希垂着眼，说："要比比吗？"

她说着，掀开运动衫的下摆，一副准备脱衣服的架势。柳玉瑶被吓了一跳，立刻推开她："谁要和你比，神经病！"

鱼希闻言，拎着衣服走进卫生间。柳玉瑶气得差点儿咬碎一口银牙，在听到卫生间里传来水流声时，她忍不住给姚青打电话。

姚青正在楼下等她们。今天录制了一天节目，她估摸大家都不想出去吃，就想着在酒店小聚，顺便剪辑几个素材出来。接到柳玉瑶的电话她是很诧异的，因为她完全没想过柳玉瑶会联系自己。

"玉瑶，有事？"姚青起身往外走。

柳玉瑶站在窗前，说："青姐，我想换个房间。"

姚青一脸疑惑地问："怎么了？有什么问题吗？"

柳玉瑶张张嘴，恼怒地道："没什么问题，我不习惯和别人住一间房。"

姚青安抚她："没关系，人活着就是要不停地接触新事物，尝试一次看看。"

说来说去就是不让她换房，她完全可以仗着自己的身价要求换房，但前提是她要做好被全网骂的准备。她当然不会让这种事情发生，所以憋着一口气说道："好，我知道了。谢谢青姐。"

挂断电话后，柳玉瑶转头瞪着卫生间的方向，满脸怨气。

鱼希走出卫生间时已经穿戴妥当，她换了身宽松的衣服，长发扎成马尾，刘海拨至耳边，露出白净的额头，化了淡妆，眉眼越发精致。

柳玉瑶看到她走出来，冷哼一声，抱着衣服从她身侧走过去，还故意想撞她。她身体微偏，柳玉瑶撞了个空，身体差点儿没稳住。

身后又响起磨牙声，鱼希走到沙发旁坐下。过了一会儿，鱼希接到姚青的电话，对方问她们准备好了没。她看向卫生间，问："柳小姐，好了没？"

很快里面的人回道："要你管！"

鱼希闻言站起身，心想她还懒得管。

当她到达餐厅时，姚青正站在饭桌边，招呼道："鱼希，这边！"

姚青解释说订饭订得迟了，包间已经满了。鱼希对吃饭的场地没什么要求，听到解释只是点头。另一边的张乐乐站起身，说："希姐，这边！"

鱼希闻言走过去，姚青跟在她身后问："玉瑶呢？"

"她还在换衣服，让我先下来。"

众人闻言，都心照不宣地笑了笑。

鱼希刚坐下，柳玉瑶就款款地走了过来，她刻意打扮了一番，穿着红色长裙，十厘米的高跟鞋踩在大理石上，显得她容貌艳丽，摇曳生姿。姚青让她坐在鱼希身边。

服务员见人到齐了，便开始上菜。

"来来来，难得满员，我们干一杯！"姚青举着果酒道，"这个酒的度数不高，不会耽误大家明天录制节目。"

众人听到她这么说，也就放下心了。集体碰了一杯酒后，张乐乐举着杯子示意鱼希："希姐，我敬你，另外我能不能提个小小的要求？"

鱼希和她碰杯，杯子发出清脆的声响。

"什么？"她的声音清脆，如珠落玉盘。张乐乐小声道："我可以要个签名吗？我妹妹特别喜欢你演的剧。"

鱼希闻言笑道："当然可以，吃完饭后我给你写。"

张乐乐顿时高兴起来，说："谢谢希姐！我先干为敬，你随意！"

她的喜悦感染了鱼希，眨眼间鱼希就喝了两杯酒。

果酒的度数确实不高，喝下去除了有点儿甜丝丝的感觉，没有其他异样。鱼希连着被敬了三杯酒，随后她起身向节目组的制作方敬了两杯酒，又向姚青敬了一杯，都是一口闷。

很快，饭桌上就热闹起来，就连柳玉瑶也没再端着架子，而是恭恭敬敬地向何木水敬了两杯酒。这个节目播出来后会是什么样的效果，主要取决于节目组，她既然来了，肯定不想背一身黑料回去，纵然心里万般不爽，场面上还是要过得去。说是聚餐，其实就是给他们一个机会和节目组套近乎，谁都不傻，不会放过这个机会。

她敬了酒之后，张乐乐和王语春也纷纷起身。何木水喝的不是果酒，被接二连三地敬酒也吃不消，所以提前溜了。

余下的人包括姚青在内，都是喝的果酒，他们在何木水离开之后玩了两局游戏。周晓握着筷子，抬头看着鱼希，说："希姐，我听说你早上在鬼屋哭了？"

一句话让整个饭桌有片刻安静。鱼希垂眼想了几秒，之前她一直猜想周晓是有单独剧本的，现在猜想得到印证，她早上哭的那段视频还没剪出来，他已经知道了，现在问她想必是为了节目效果。她瞥向一边，果然，摄像大哥正架着机子对准她。

柳玉瑶扫了鱼希一眼。她在鬼屋里抓着自己手的时候真的哭了？柳玉瑶被勾起了好奇心，死死地盯着身边的人。

鱼希抬眸，微微一笑，说："怎么了？"她说话慢悠悠的，"还不许我怕黑啊？"

周晓愣了几秒，很配合地道："我也怕黑！"

张乐乐紧跟着道："我也怕黑啊，我进去的时候腿都打战了。"

谁不知道她进去后一脸兴奋，众人笑了。

赵清平开口："我记得鱼希有次在剧组哭，也是因为怕黑？"

那是很久远的事情了。鱼希拍第二部电视剧的时候，有个深夜剧组突然停电，四周一片漆黑，又是拍的内景，她身边的人吵吵嚷嚷，唯有她害怕到哭了出来。媒体说她是因为失恋，没忍住在剧组哭了。

后来谣言越传越邪乎，有人说她被某个大人物看上了，也有人说她和同剧组的男演员发生绯闻，千奇百怪的猜测纷纷冒出来。

最后，事情是她父母摆平的。虽然她并不需要，但是盛闲还是插手了。

正因如此，她取消了那年两人见面的机会。在那之后，盛闲才完全放任她在外面闯荡。

许是鱼希思考的时间太长，众人看看她，又看看赵清平，饭桌上的气氛有几分诡异。周晓轻咳一声，她回过神，看向赵清平说：“赵老师的记性真好，那次是因为剧组停电。”

“哪次啊？啊我知道了！是不是希姐拍《景秀年华》的时候？”

“那时候我好像还在上大学。”王语春附和。

鱼希点头道：“嗯，就是那部剧。”

“《景秀年华》是真的好看，我看了好几遍，里面有个游戏你们会玩吗？就是拍手的那个……”周晓主动转移话题，饭桌上重新热闹起来。柳玉瑶瞥了一眼鱼希，勾起唇角。

热热闹闹的气氛持续了半个小时，众人吃饱喝足。本来今天录制节目就够累的，现在玩闹了一会儿，大家都有了困意。鱼希靠在椅子上，正等着姚青宣布解散，袖子冷不丁被身边的人扯了扯。

“希姐，那个人是你们公司的老板吗？”

鱼希别过头看过去，江静白正坐在桌边吃饭，肖知秋坐在她对面，桌子上还放了几份文件，江静白神色严肃，肖知秋一直在说话，态度毕恭毕敬，江静白不时点头说几句话。

“哪个啊？”王语春凑到张乐乐身边。

张乐乐指着江静白所在的方向说：“那边那个。”

“啊！我知道！”王语春的声音有点儿大，众人都看过来，她有些尴尬地笑笑。周晓问：“你们聊什么呢？”

张乐乐转过身说：“没什么，就是见到一个大美女。”

赵清平呵呵笑道：“江总是吧？她确实是一个大美女。”

张乐乐来了兴致，说：“赵老师认识她？”

“不认识。”赵清平摇头道，“我只是听说过她。”

王语春接话：“我也知道一点儿，听说她在国外混得特别好，怎么回国了？”

周晓看向她，说：“国外？”

王语春点头道：“是啊，国外有个特别难进的机构，还排斥 H 国人，我哥花了差不多十年才进去，你们猜江总花了几年进去的？”

她说完，伸出四根手指："四年。"

众人惊叹连连。王语春继续道："进了那个机构，后半生就无忧了，所以我想不通她为什么要回国。她在国外应该是很多公司抢着要的人才，回来不就等于重新开始吗？"

张乐乐回她："重新开始也比我们强啊，她现在不也管着劲鸥吗？"

王语春点头道："那倒也是。"

"她有男朋友吗？"周晓一句话引得众人都看向他，他憋不住笑了，"不是，我是说真的，难道你们对她不心动吗？"

张乐乐怼他："只有你心动！"

周晓不服气道："赵老师，你不心动吗？"

赵清平笑道："我要是年轻十岁，就会心动了。"

"好了好了，你们一说起八卦就不累了。"姚青拍拍手，冲大家说道，"差不多该回去休息了。"

众人附和着站起身，鱼希也顺势站起来，对姚青道："青姐，我过去一趟，有事找江总。"

姚青愣了几秒，随即道："哦，好。那你去吧，今晚早点儿休息。"

鱼希笑着点头，说："好。"她说完就朝江静白走去。

柳玉瑶抬头看了一眼鱼希，心想：你怕黑是吗？

她勾唇笑笑。

鱼希走到江静白身边，垂眼道："江总。"

江静白抬眸道："你吃完饭了？坐吧。"

肖知秋为她挪开椅子，她便坐下了。

"鱼小姐要喝点儿什么吗？"肖知秋的态度很恭敬。

鱼希摇头道："不用。我有几句话想和江总说。"

肖知秋会意，说："江总，那我先把文件送上去，您和鱼小姐慢慢聊。"

江静白点头道："好。"

肖知秋收拾好桌上的文件，抱着它们离开了。江静白看向鱼希，询问道："你喝酒了？"

鱼希的脸上有明显的红晕，双眸还算清明，她笑道："一点点。"

江静白提议道："出去走走？"

餐厅里人来人往，两人长时间坐在这边也不太好，鱼希应下："好。"

两人一道出了酒店，江静白问道："你需要戴帽子吗？"

鱼希别过头，说："你有？"

江静白从包里拿出帽子和口罩，口罩还没拆封。鱼希心里漫过暖流。

鱼希戴上帽子和口罩后，两人沿着酒店外的马路散步。鱼希以前来过这里，知道附近有条河，夜晚的河边很安静，比较适合聊天。

一阵寒风吹来，鱼希打了一个喷嚏，很快她身上就多了一件咖啡色小西装，上面的胸针在黑暗里闪着光。她没拒绝，拢了拢衣领便继续往前走。

两人很快就走到河边。天冷，来河边散步的人寥寥无几，只有路灯散发着微弱的光。鱼希坐在椅子上，寒风吹动她的发丝，在空气中扬起弧度。

江静白坐在她身边，两人都没说话，气氛很静谧。

鱼希垂眼道："江总……"

"你喝奶茶吗？"江静白突然来了一句。鱼希抬眸，见她看向不远处的奶茶店，讷讷道："好。"

鱼希看着她的背影，她走到奶茶店，开口说了两句话，半晌后她拎着两杯奶茶往回走。

"谢谢。"鱼希接过奶茶后喝了一口，依旧是甜滋滋的味道，香气从舌尖蔓延到心里。

江静白也喝了一口奶茶，说："好像更甜了？"

鱼希捧着奶茶杯子说："糖精放多了。你以前不是不喜欢喝奶茶吗？"

以前鱼希让江静白买奶茶，但是每次她都只买一杯，或者她喝果汁，因为她嫌弃奶茶的味道太浓太甜，喝不习惯，现在她却捧着奶茶慢慢地喝着。

江静白摩挲着杯子上的标志，笑道："我也换口味了。"

鱼希靠在椅背上，歪头问："什么时候换的？"

江静白喝了一口奶茶，说："出国之后。"

那时候，她每每想到以前，就泡一杯咖啡，越喝越苦，后来同校的一个学长知道了她的这个习惯，便每天早中晚给她送奶茶，她才改掉习惯。

鱼希一只手撑着下巴，她突然想到刚刚饭桌上的那一幕。她低声道："江总还真是随时随地都在散发魅力。"

鱼希的声音太低，江静白没听清，问：“什么？”

鱼希抿唇说：“没什么。”

江静白见她突然又不高兴了，一时有些茫然。

过了半晌，江静白开口：“你说有话要和我说。”

鱼希点头道：“对。我……”

她才说了两个字，手机铃声便响起，她看了一眼屏幕，是韩宜司打来的电话。

韩宜司一觉睡到晚上，吃完晚饭也没接到鱼希的电话，她猜想鱼希这个点应该不忙了，才打电话过来，果然——“吹风？这个点？你疯了吗？”

鱼希听着她的声音笑道：“没有啊，我就是出来走走。”

韩宜司一边咬着苹果一边说：“你心情不好？你不是去录制什么节目了吗？哦，碰到柳玉瑶了？”

全世界都知道她和柳玉瑶不和。

鱼希道：“嗯。”说完，她咬了咬唇，“司司，有件事我想和你说。”

韩宜司听出她声音里的不对劲，说：“和江静白有关吧？”

“你怎么知道？”鱼希诧异地道。

韩宜司没好气地说：“除了她，我想不到别人。你们和好了？”

韩宜司还是有点恼火的，所以把苹果咬得咔嚓响。

鱼希小声道：“以前的事情，我都知道了，不怪她。”

韩宜司把苹果核扔到垃圾桶里，说：“我还没说什么呢，你就解释起来了？鱼希，你叛变得挺快啊。”

鱼希喝了酒，此刻脸上灼热，眼眸也泛着水光：“嗯，我叛变了，对不起啊，司司。”

韩宜司吐出一口气，说：“算了，我和小静早就猜到了。你真的考虑清楚了？”

鱼希垂着眼，其实她也不知道自己是不是一时头昏才做出这个决定。

韩宜司见她不说话，又道：“江静白在你身边吗？我想和她说两句话。”

鱼希看了一眼江静白，咬了咬嘴唇，说：“你……”

韩宜司开口：“行了，我不骂她。”

鱼希这才把手机交给江静白。

“喂。”听到那道清冷的声音，说好不骂人的韩宜司一开口就咆哮，她足足骂了十分钟，江静白平静地听着。电话那端的声音透过喇叭传来，即使没开扩音，鱼希也听得一清二楚，她尴尬地喝了口奶茶。

江静白认真地将韩宜司的每句话听进耳朵里，虽然对方在骂她，但她越听眉梢扬得越高，还淡淡地应着：“嗯，我在听。”

韩宜司发泄一通后又说：“舒服了，可憋死我了。江静白，你给我听好了，这次你要是再故技重施，我就到你公司去闹！”

江静白勾起唇角，说：“好。”

她如此好说话，韩宜司也不知道该说什么了，只得道：“算了，你们聊吧，我挂了。”

江静白将手机递给鱼希，见她已经喝完了奶茶，便问道：“还喝吗？”

鱼希被呛了一下，说：“不喝了。”她说完站起身，“回去吧，我累了。”

回去的路上，鱼希接到了胡小静的电话，应该是韩宜司把事情告诉她了。她劈头盖脸就是一顿骂，鱼希面对外人时十分强势，但是对上这两个闺密就蔫了，任由对方教育自己。江静白听到鱼希不停地低声道：“知道，我知道。”

“没有啊，等我回去找你。”

“你胡说什么！”

鱼希原本就因为喝了酒头晕晕的，接连被两个人教训，已经有些头昏了。江静白见状，伸出手说：“给我吧。”

“嗯？”鱼希抬眸，一脸茫然。江静白用沙哑的声音道：“你把手机给我吧，我来说。”

鱼希正犹豫着，江静白已经从她手上拿过手机了。

“鱼希，你是真的好了伤疤忘了疼，要是江静白再……”

“我不会。”江静白打断她的话，掷地有声地道，“谢谢你，小静。”

胡小静冷不丁听到这句道谢，被噎了一下，一长串还没说出口的斥责话也不知道该怎么说了。她咬牙道：“算了，我不管了！”

江静白听到她带着怒气的话，低下头，靠在耳边的手机微烫。江静白知道她是好意，自己现在空有一张嘴，做一万个保证也没用。所以江静白没再说什么，只在她挂断电话后把手机还给鱼希。

一晚上接连让江静白被骂，鱼希也有些不好意思。她小声道：“你别介意，小静和司司……”

“我知道。”江静白别过头，眉眼温和，“她们是关心你，我不会介意。”

鱼希听到她这么说，点了点头。

两人走回酒店，在电梯里江静白问她：“上去坐坐吗？”

“不用了。”鱼希拿掉口罩和帽子，说，“今天节目录制了一天，我有点儿累，我先回去休息了。”

江静白点头道：“好。”

她说完，电梯就到了九楼，门缓缓打开。鱼希刚准备走出去，她又道：“我明天在飞机上等你。”

鱼希不轻不重地“嗯”了一声，待电梯门合上，她才抬步往房间走去。

门打开后，里面一片漆黑，鱼希站在门口，伸手按电灯开关，按了两次，灯都没有亮。

没电？这怎么可能！难道是线路被烧坏了？

鱼希拿出手机打开手电筒，灯光扫到沙发上有个黑影动了时，她往后退了一步，喊道：“柳小姐？”

柳玉瑶按亮手机，听到声音转过头，手机屏幕发出的光照在她脸上，有种阴森的感觉。鱼希捏紧手机，说：“这灯……”

柳玉瑶关掉手机，在一片黑暗中开口：“我忘了和你说，我怕光。房间里要是有光，我就睡不着。刚刚我联系酒店的人，给我们这个房间切断了电源，你不会介意吧？”

鱼希刚想说话，猛地想到什么，又点了点头：“当然不介意，只要柳小姐不介意就好。”

柳玉瑶笑道：“我当然不介意。”

她还等着鱼希求着自己把电源接回去呢，谁料鱼希道：“柳小姐不介意的话，我们就休息吧。”

黑暗中，柳玉瑶被口水呛到，她咳嗽了好几声才说：“我还要玩会儿手机，你自己去休息吧。”

鱼希用很正经的语气道：“可是我害怕。”

柳玉瑶勾起唇角，说：“你害怕关我什么事？”

鱼希往客厅走了一步，手机发出的光落在柳玉瑶身上。她说：“当然和柳小姐有关系，因为柳小姐不能见光，所以我不能开灯。”

柳玉瑶拔高声音，说：“你才不能见光！反正我不去房间！”

鱼希又往里面走了几步，她压下心里陡然生出的恐惧，回过头关上门，攥着手机的手抖了一下，差点儿没抓稳。她做了一个深呼吸后转过头，平静地道：“那好吧，我们就在外面吧。柳小姐，我忘了和你说，我害怕的时候特别黏人。”

柳玉瑶从沙发上跳起来，说：“你干什么？你别过来！”

鱼希面色平静，平静到显得有些无辜：“柳小姐刚刚还说不介意，我这是身体的自然反应，就像你怕光一样，柳小姐别多心。”

别多心？柳玉瑶看着鱼希越走越近，怎么可能不多心。她站在沙发上，低头看着鱼希，鱼希很镇定，眼里没有惊惧，一副落落大方的姿态。

鱼希又朝柳玉瑶走近一步，柳玉瑶闻到她身上散发出来的淡淡清香，又好像奶茶的那种浓郁香气。

臭死了！柳玉瑶在心里暗道，她可不会和鱼希同处一室待上一晚。

她会疯的！

现实却不如她所愿，鱼希步步紧逼，说：“柳小姐，你能理解吧？”

理解什么啊！

柳玉瑶立刻拿起手机给酒店前台打电话：“恢复供电，现在！”

客厅的灯在几分钟后亮起，鱼希点头笑笑，说：“柳小姐不怕光了？”

柳玉瑶扯扯嘴角，说：“我懒得理你！”

她说完从沙发上跳下来，踩着拖鞋走向房间，“砰”的一声甩上门，鱼希长长地松了一口气。

两人没有睡在一个房间，鱼希抱了床被子睡在沙发上，翻来覆去睡不着。突然，手机振动了一下，她拿起手机看了一眼，有一条新消息。

江静白：晚安。

鱼希盯着那两个字看了半晌，给江静白回了两个字：晚安。

一夜没怎么睡好，次日天刚蒙蒙亮，鱼希就醒了，她是被手机铃声吵醒的。她从沙发上坐起身，低头看手机，屏幕正亮着，上面闪烁着两个字。

“白姐。”刚醒来的鱼希声音慵懒而沙哑，不复平时的清脆，“怎么了？”

白雨棠看了一眼时间，问："你刚醒？"

鱼希眨眨眼，拍了拍脸颊，说："嗯。"

"那你先去洗漱，等会儿上微博看看吧。"

一句话让鱼希没了去洗漱的念头，她打开微博，见到推送的消息：鱼希上节目失态痛哭？

她点进去，见到博主分析她因为最近没有戏拍，压力过大，所以才在录节目的时候失声痛哭，并且将她目前的处境分析了一番。她扯了扯嘴角，心想全是胡说八道。

很快，她就明白事情的起因了。

节目组放了片花出来，她哭的那段视频被剪得没头没尾的，还配了好几个大大的问号，姚青站在门口，一脸不敢靠近她的样子。这个片花放出来之后，官博下面立刻就热闹了。

鱼希的粉丝闻风而至，在官博下面评论讨说法。

"希希怎么哭了？发生了什么事？没个负责人出来解释一下吗？"

"我们希希怎么了？"

"我有个朋友在节目组，听说她跟柳玉瑶好像吵架了。"

鱼希看到这条评论时"啧"了一声，每次她上热搜，都少不了这种人推波助澜。果然这条评论一出来，网友们的关注点立刻就跑偏了。

"柳玉瑶啊，她以前不是抱着鱼希的大腿吗？"

"请不要靠近我们瑶瑶，谢谢，我们不约。"

当然，理智的粉丝永远不会缺席。

"在官方表态之前，请大家不要散播这种谣言，瑶瑶和鱼希是很好的朋友，请不要恶意揣测。"

"就是！我们希希粉希望两位小姐姐一起好好录制节目，请不明人士不要带节奏！"

"谁带节奏了？鱼希都哭了，你看不见？"

很快，双方就吵了起来。鱼希知道这是节目组惯用的套路，她以前拍杂志都用过，不过看到微博上这么多粉丝支持自己，她心里还是暖暖的。

争吵是永远不会有结果的，只会让话题的热度越来越高。官博放出的片花一路被送上热搜，#鱼希怎么哭了##鱼希哭了#这样的话题楼立刻冒出来好几个。等到鱼希下楼吃早饭时，众人都默默地看着她。

她笑着问：“怎么了？”

张乐乐招呼她：“希姐，过来吃早饭。”

众人对她关怀备至。姚青本想和她说话，但对上她的双眼后，两人相视一笑，一切尽在不言中。

节目录制时间只剩下半天，游戏内容也远没有之前那么变态。一上午，鱼希不是跑来跑去找东西，就是骑着自行车满园子逛。十点多，第一期节目录制结束，每个人接受一个小采访。鱼希被问到为什么在节目上哭，她很平静地道：“怕黑。”

摄像大哥听到后忍不住笑起来，姚青已经能猜到观众看到这段采访时的反应了。

热度是需要保持的，所以节目组自发了那段片花后就没有再露过面，哪怕鱼希的粉丝和柳玉瑶的粉丝在那条微博下吵得不可开交。

全部录制结束已经是十二点多。柳玉瑶直接被车接走，赶下一个通告。王语春和周晓也要拍戏，收拾收拾就走了。姚青问鱼希要不要跟着节目组一起回去，鱼希婉拒了，推托说还有事，自己回去就好。

姚青也没勉强鱼希。当鱼希回到酒店的时候，张乐乐跟在她身后，挠挠头，喊了一声：“希姐。”

鱼希转过身，伸出手，说：“笔呢？”

张乐乐立刻从包里拿出纸和笔递给鱼希，还说了一句话，鱼希写好之后递给她。她笑道：“谢谢希姐。啊，还有，微博上的事情你别放在心上，都是为了节目效果。”

鱼希点头道：“谢谢。”

两人聊了几句之后，张乐乐就抱着特签离开了。鱼希回到房间的时候，钟晨正站在门边。她见到鱼希回来，迎上去，说：“希希，累不累？”

鱼希打开门进去，坐在沙发上，道：“还好。”

钟晨跟进去，说：“那我先收拾行李，还是先给你订午饭？”

鱼希想了想，道：“等会儿吧。”

她说完，拿出手机给江静白发消息：节目录制结束了。

江静白很快回复消息：机票订好了，我过去接你？

鱼希咬唇回复：我们直接在机场会合吧。

江静白回了一个“好”字。

鱼希没吃午饭，让钟晨把东西收拾好就直接赶往机场。钟晨不知道她怎么突然着急回去，直到上了飞机，看到突然出现的江总和肖知秋，这才明白过来。

钟晨乖乖地坐在位子上，目光只在旁边的肖知秋身上打转。

肖知秋察觉到她的目光，别过头笑道：“钟助理，好巧啊。”

钟晨扯了扯嘴角，心想是真巧啊。

奈何这是鱼希的私事，她也不好过问，只是偷偷瞄着鱼希。她冷不丁碰到江静白看过来的目光，立刻收回视线，坐得笔直。

“午饭你吃了吗？”江静白收回目光，开口询问。

鱼希忙了半天，没什么胃口，说：“我不想吃。”

江静白看到她眼下的黑眼圈，问：“你要不要睡一会儿？”

“好。”鱼希盖好薄毯，将帽子往下压了压，遮住半张俏脸。江静白看了她几眼，伸手替她把毯子往上提了提。

鱼希觉得靠在椅子上不舒服，她动了动身体，头一偏，占到江静白那边的地方。

江静白感觉鱼希睡着了，一动也不敢动，默默地保持着这个姿势。半晌后，鱼希问道：“你太僵硬了，这样不会不舒服吗？”

江静白别过头，见鱼希红唇轻启：“放松。”

她慢慢地放松下来。

鱼希昨天太累了，而且晚上也没睡好。她生怕柳玉瑶半夜又把灯关掉，所以每半个小时就醒来一次，手更是一直紧紧地握着手机。谁知柳玉瑶压根没出房间，第二天早上她准备下楼时，房间里才有了动静。

一夜几乎无眠，上午又参加节目录制，说不困是假的，所以鱼希没多久就沉沉地睡去。江静白想着她这个姿势保持久了会不舒服，便将两个位置中间的挡板放平，让她躺着。

鱼希这一觉睡得很香，到下飞机时才被叫醒。她醒来后很自然地问道：“几点了？”

此时还不到下午两点，江静白说完之后又问：“你要去剧组吗？我送你去。”

鱼希摇头道：“下午没戏拍，我直接回家吧。”

江静白见她起身，也跟着站起来，说：“那正好，我们一起回吧。”

鱼希沉默了一瞬，道：“你也回去？”

江静白垂眼道：“我回去拿份资料。”

鱼希：“……”

两人一前一后走出机场，鱼希的粉丝不知道她是几点的飞机，但是知道她快回来了，所以接机的粉丝还是有一些。

虽然鱼希穿着长款风衣，戴着口罩和宽大的帽子，但她一走出去就被粉丝认出来了。粉丝不断尖叫：“鱼希！”

“希希！啊啊啊，是希希！”

“鱼希！鱼希！”

举着各种牌子的粉丝围了上来，几个脖子上挂着相机的粉丝问道：“希希，你没事吧？”

“希希，你还好吗？”

“希希，你在节目上怎么哭了？”

在工作人员的保护下，鱼希始终和他们保持着距离。粉丝们真诚的话语和关切的眼神感动了她，她一下想到了在微博上看到的他们维护她的言论。她停下脚步，拿掉帽子和口罩，长发顷刻散落在身后，阳光洒在她精致的脸上，显得立体又明艳。她扬唇笑笑，安抚道：“我没事，我很好。你们不要影响正常秩序，注意安全。”

她仿若踏光而来，气质出尘，让人不敢直视。

“啊啊啊！”

“鱼希！”

“希希！呜呜呜！”

粉丝的尖叫声此起彼伏，鱼希走到保姆车边，转身对跟在身后的粉丝们说道：“回去的路上大家小心。”

她的语气温软，姿态大方，一举一动都透着清冷，粉丝们早就被迷得七荤八素，压根没注意她在说什么，只是一个劲儿地点头。

鱼希见状，笑了笑，转身上了保姆车。

保姆车在机场附近绕了一圈，最后停在一个巷子口，鱼希下车，上了另外一辆黑色轿车。江静白坐在后排，她见鱼希上车，往旁边挪了点儿，目光没从平板电脑上移开，直到鱼希坐下，她才问道：“昨天你哭了？”

鱼希轻咳一声，没说话，江静白升起挡板，眼下没人能听到她们的谈话。

“你怎么没和我说？”她的声音稍低，语气如常，但鱼希还是听出她有些不高兴。

鱼希抬眸道：“我忘了。”说完，她又加了一句，“也不是什么大事。”

江静白依旧盯着平板电脑。上午鱼希录制节目时，她就在房间里处理工作，刚刚听到粉丝说鱼希哭的事情，她才让肖知秋去了解具体情况。

这是昨天上午发生的事，中午她们吃饭时她没说，晚上见面时她也没说。江静白捏紧平板电脑，侧脸绷着，小心翼翼地道：“下次……下次你可以和我说吗？”

鱼希别过头看她，想了想，道：“下次再说吧。”

江静白点头，没再吭声。

车很快就开到了公寓楼下，鱼希和江静白一道下车。钟晨原本想跟着，却被肖知秋叫住，她眼睁睁地看着两个人走进电梯里。

鱼希在飞机上睡了一觉，精神恢复了不少，但是体力还没恢复，她乘坐电梯没两分钟就饿得肚子咕噜叫，她有些不好意思，捂着肚子。江静白只道：“你跟我来。”

出了电梯后，两人进了江静白家。江静白走到冰箱旁，打开冰箱门，问：“你想吃什么？”

鱼希看到冰箱里满是速冻食物，忍不住笑起来，说：“随便吧。”

鱼希怕江静白这个厨艺小白乱折腾，说道：“水饺就可以。”

江静白放下公文包，说：“那你等会儿。”

江静白的动作很快，一刻钟后，鱼希面前就放了一碗水饺，汤是墨色的，闻着有股淡淡的醋味。鱼希接过她递来的筷子，戳了戳饺子，金黄色的油霎时从饺皮边缘冒出来，空气中弥漫着肉馅的香味。

鱼希低头吃了一口饺子，觉得味道还不错。

江静白坐在她对面的沙发上，目光沉沉。她小口吃着水饺，客厅里很安静，但突然响起的手机铃声打破了这份安静，江静白接通电话：“喂。”

电话那端的人是肖知秋。

江静白听到她提到一个人名时，垂眼道："我知道了，马上过去。"

鱼希听到她的话，手上的动作顿了顿，继而若无其事地吃饺子，很快她就吃饱了，连汤都喝了一半。

"还要吗？"江静白看着空碗问她。

鱼希摇头道："够了。刚刚给你打电话的是肖助理？"

江静白没瞒着她，点头道："嗯。"

鱼希又问："她和你说什么了？"

江静白神色自若，收起她面前的碗和筷子，将它们放到厨房后又折回来，说："没什么，她说公司有个客户在等我。"

鱼希若有所思，说："是我妈吧？"

江静白没料到鱼希仅凭短短几句话就猜到来人是盛闲。她也没瞒着，点头道："是。"

鱼希起身说："我和你一起去。"

"不用。"江静白看着她说，"你录节目已经很累了，在家休息吧。公司的事情，我会处理好的。"

鱼希见她眼神坚定，自信满满，道："你真的不需要我跟你一起去吗？"

江静白缓缓地摇了摇头，说："公司的事情，你不用操心。我们的事情……鱼希，我可以问一下，我们现在算是和好了吗？"

鱼希听到这个问题眼露讶异，见江静白紧张得悄悄攥紧了手，她道："如果我说不算呢？"

江静白绷紧下颌，开口时声音很低，却十分坚定："那我会继续努力。"

直白的话让鱼希心情愉悦，她主动示好，伸出手拍了拍江静白的背脊，声音很轻，却如雷声般在江静白的耳边响起："你知道我的意思吧？"

REC

16:9 AUTO RAW

Chapter 6

相　依

ISO 300

00:03:20

江静白到楼下时，钟晨还没离开。钟晨见到她，喊道："江总。"

"嗯。"

虽然尽力掩饰，但江静白看人的眼神不像以往那么冰冷了。钟晨突然想到第一次在电梯口和江静白撞到的时候，彼时的她和现在截然不同。钟晨挠挠头，说："希希她……"

"她在休息。"江静白打断她的话，"肖助理，你送钟助理回去。"

肖知秋一脸愕然，道："那您呢？"

"我直接去公司。"

肖知秋点点头，说："好。"

三个人分道扬镳。半个小时后，江静白到了公司，秘书们站在办公室门口，其中一位恭敬地道："江总，盛总等您半个小时了。"

江静白轻轻地"嗯"了一声，随后神情漠然地进了办公室。等她踏入办公室后，几个秘书在外面窃窃私语起来。

"盛总怎么来了？"

"哪个盛总？"

"当然是全球金融的老总，你居然不认识？"

"全……全球那个老总？她怎么到我们公司来了？"

"说是找江总。"

"她们之间有什么过节吗？"

"没有吧，我听说以前江总和盛总是一个圈子的，盛总又是鱼希的妈妈，估计她是拜托江总照顾鱼希？"

"有可能。"

站在他们身后的罗千茹听到这些话，心想：原来江静白照顾鱼希是因为盛闲。她一直觉得江静白对鱼希不一样，好几次都竭力护着鱼希，原来都是因为盛闲啊，这就能理解了。

是她疏忽了，居然忘了鱼希是盛闲的女儿。还是江静白想得周到，她也该改改对待鱼希的态度了。

罗千茹转念一想，不对啊，她为什么要改变对鱼希的态度？这和她有什么关系？

想到这里，她轻咳一声，说："你们不上班？"

秘书室的众人被她的声音吓了一跳，有人转头看到她，立刻打招呼："罗小姐。"

罗千茹点头道："你泡两杯咖啡送进去，要手磨的。"

那人愣了几秒，然后应道："好。"

罗千茹说完就离开了，那几个人又凑在一起窃窃私语。

"要送咖啡进去吗？"

"可是江总没交代。"

"你要不打个电话问一下？"

"我不敢……"

这时，电梯口传来高跟鞋踩在大理石上的声音，众人转过头，看到了肖知秋，犹如看到了救星。肖知秋被他们看得汗毛竖起。几分钟后，肖知秋敲响了办公室的门。

"进来。"江静白的声音随之响起，肖知秋端着两杯咖啡走进去，毕恭毕敬地道："江总，咖啡。"

江静白点头道："放那儿吧。"

肖知秋将咖啡放在茶几上，对盛闲道："盛总请用。"

坐在沙发上的盛闲神色凛然，双手交叉放在膝盖上，身体靠着沙发背，道："谢谢。"

肖知秋低头道："两位慢聊，我先出去了。"

办公室的门合上后，盛闲换了一个坐姿。她别过头看向江静白，说："江总怎么说？"

江静白面色平静，仿佛没有察觉到盛闲周身的低气压，她从茶几上拿起咖啡，浅浅地抿了一口，说："无话可说。您随意，反正您干涉别人的事情也不是第一次了。”

盛闲闻言垂下眸子，从茶几上端起咖啡，用银色小勺子搅了两下，说：“江总这是在埋怨我？”

江静白放下咖啡，看向盛闲道：“不敢。”

盛闲冷笑道：“不敢？我倒是不知道还有江总不敢做的事情。看来这八年，江总是一点儿记性都没长。”

她的声音不轻不重，将江静白这八年的痛苦轻描淡写地抹去，那些痛到失眠的夜晚，那些濒临崩溃的瞬间，在她眼里似乎不值一提。

江静白勾起唇角，露出一个淡笑，说：“让盛总失望了，这八年，我还是长了一点儿记性的。”她看着盛闲，目光灼灼，坚定地道，“这八年告诉我，不能听信他人的话，尤其是位高权重之人的话。”

盛闲冷下脸，说：“你决定一条道走到黑？”

江静白的脸上依旧带着淡笑。她平静地道：“对。盛总有什么话就直说吧，我们俩之间也不需要客套。”

盛闲捏紧杯子，脸色彻底沉下来：“也没什么事，我来只是告诉江总，你的提案没通过。”她从包里拿出一个文件袋，放在桌子上，“你什么时候想清楚了，再来和我说提案的事情。”

江静白看着那个文件袋，脸上不见一丝愠怒：“有劳盛总亲自送文件过来了。”

盛闲瞥了她一眼，站起身，似是想到什么，又道：“对了，星耀的楚总让我帮他问一下，你是怎么和林总签约的。”

江静白微微点头，启唇：“盛总，不是每个人都只看重钱的。”

盛闲红唇勾起，说：“那江总，我也告诉你一句话，没有钱，你想做个人都难。”她说完就离开了，办公室的门被打开，吹进来一阵寒风。

当肖知秋进入办公室的时候，江静白正在喝咖啡，动作优雅，慢条斯理。喝完咖啡后，她道：“肖助理，下次再多放一点儿糖。”

肖知秋张张嘴，最后只道：“好的。”

她看到茶几上的文件袋，问道：“这个是劲鸥的提案？”

江静白点头道：“嗯。”

肖知秋瞥了一眼她的神色，问：“我让他们重新做？”

“不用了。”江静白站起身说，“他们已经用星耀的提案了。”

他们忙活了这么久，还是没成功，肖知秋有些气馁，无奈地道：“胡总那边可能不好交代。”

之前江静白和林总签约之后，胡总就特别提到提案的事，如果现在他知道提案没通过，肯定会生气。

江静白自然知道她想说什么，道：“胡总那边我去解释，你先出去吧。”

肖知秋看着她，突然想到在A市出差的时候接到的那通电话。

“肖助理，我是盛总的助理，你有兴趣做笔交易吗？”

她独自在外打拼，一人吃饱，全家不饿，所以义正词严地拒绝了：“没兴趣。”

肖知秋想到刚刚盛闲看向自己的眼神，叹了一口气，说：“那江总，我先出去了。”

手机铃声响起，江静白接通，说：“鱼希，怎么了？”

鱼希坐在沙发上问：“我妈呢？”

江静白看了一眼办公室门的方向，说：“刚走。”

“她说什么了？”鱼希道，“是不是又威胁你了？”

江静白笑道：“没有，你别多心，她只是过来和我谈一个项目的。”

鱼希自打知道了真相，还没和盛闲联系过。她不知道怎么面对盛闲，那明明是她最亲近的人，却做出伤害她的事情。八年前她生病住院，是盛闲衣不解带地照顾她、开导她，告诉她人生还很长，她还会遇到更多志同道合的朋友，而自己和鱼京涛会一直支持她。

这就是他们所谓的支持，永远是他们说了算。

鱼希昨天就想给盛闲打电话了，但是她怕自己在电话里就忍不住质问对方，她也没有做好见盛闲的准备。

江静白的声音拉回了她的思绪：“鱼希，八年前，我因为你妈妈和你决裂。我希望你能给我一个弥补的机会。这次让我来面对她，好吗？”

鱼希紧紧地捏着手机，手指都发白了，才说道：“你可以吗？”

江静白垂着眼道：“你觉得我可以吗？”

鱼希听到江静白这句话，心里的焦躁慢慢散去，她低声道：“我觉得你可以。”

江静白的语气充满自信："那我就可以。"

鱼希挂断电话后，盯着手机上江静白的名字看了几秒，然后将手机放在茶几上，拿起剧本翻看了两页。这是一部古装剧，这两年古装剧已经大不如前，所以鱼希看到是古装剧时眉头蹙了蹙。

她给白雨棠发消息：能火吗？

白雨棠刚陪陶倚彤拍完广告回来，收到消息后想了几秒，问：剧本？

鱼希回她：嗯，我刚看了，是古装剧。

白雨棠回她：没事，是朱导的剧。

鱼希盯着"朱导"两个字沉默了一瞬，问：朱梓铭？

导演那栏的名字确实是朱梓铭，鱼希一脸了然，难怪白雨棠说没事。

朱梓铭是拍正统古装剧出身的，在圈内圈外都很有名气，之前有人戏言，历史不好的人去把朱梓铭拍的电视剧看完，就知道什么是历史了。

他的剧鲜少有夸大其词的成分，大多是根据史书改编，可信度极高，也是圈子里少有的过审极快的。如果他的古装剧不能播，那恐怕就没有古装剧能播了。

鱼希放下心来，这才将目光重新转到剧本上。

这部剧讲的是赵后的故事。

鱼希对这段历史的印象不是很深刻。现在的电视剧大多是讲廖后和钱后，尤其是廖后，前前后后拍了十来个版本。鱼希去年还接到一个讲廖后的剧本，不过被她推了，经典已经塑造，要想超越，谈何容易。

那部电视剧播出后果然没有大爆，反而她后来接下的《春暖花开》成为热点。

白雨棠选剧本的能力还是可以的，前提是有得挑。而现在，白雨棠能为她争取到女二的剧本就已经很难得了。

鱼希回过神，又将目光放在剧本上。历史上关于赵后的传闻有很多，有人说她是前朝遗民，也有人说她只是一名普通百姓，更有甚者说她是敌国奸细。因为她太神秘，史料上的记载又寥寥无几，只能从一些片段里拼凑起来，所以关于她的故事才会有很多个版本。

朱梓铭的剧本是将三则传言糅杂在一起。女主角赵后和男主角刚相识时只是普通百姓，两人一路携手，相知相爱。男主角将她接到宫中后，她便开始慢慢培养自己的势力，首先就推荐了她所谓的哥哥出来当官。有了女主角和男主角撑腰，她哥哥平步青云，官场得意，一路坐上大将军的位置。

直到此时，赵后才露出野心。

她开始对朝中重臣下手，而她所谓的哥哥其实是她的恋人，也是敌国奸细，两个人进宫就是为了杀男主角，但是她在和男主角相处的过程中慢慢地爱上了对方，就在她决定叛国时，得知了自己的真实身份，原来她是前朝遗民。

鱼希抱着剧本看了半天，只得出一个结论：人物关系真乱啊。除了所谓的哥哥和男主角，赵后还与另一个男人有关系，就是当朝丞相。当朝丞相也是前朝遗民，就是他告诉了赵后她的真实身份。

鱼希按着微疼的头，心里实在佩服编剧，这样的剧情都能编出来，她除了目瞪口呆，不知道露出什么表情好。

朱梓铭不愧是朱梓铭。

鱼希感慨完，开始看自己的戏份。

她在这部剧里的戏份并不多，饰演的也是赵后，不过是和皇帝相识之前的赵后，她的剧情多半是和情人有关，后来与皇帝相识，就换了一张脸。

有人说历史上后来和皇帝在一起的赵后才是真的，之前一直是易容的。也有人说赵后用惯了易容的脸，一辈子没卸下伪装……

单独的剧本并不多，鱼希翻看几眼后便给白雨棠回消息：白姐，我觉得可以接。

白雨棠：你看过剧本了？

鱼希：嗯，我看过了。

白雨棠松了一口气，说：那好，我让钟晨去接你，我们直接去见朱导。

鱼希看到消息后拢起秀眉：今天就去？

白雨棠：要不是你去录制节目了，我们前两天就去了。其他演员已经定下了，你这个角色还是我争取了好久，朱导才说愿意给个机会看看。没问题的话，我们等会儿就去。

鱼希当然没问题，在飞机上她也休息过了，现在精神饱满。她回复：我让钟晨来接我。

白雨棠：行。

白雨棠收好手机后走进办公室，打开电脑，屏幕上还显示着之前的热搜，# 鱼希怎么哭了 # 这个话题依旧高高挂着，微博下面的评价也很统一。

“支持鱼希拍戏！为什么敬业的人没有资源？”

“剧荒！我家希希什么时候拍新戏啊？”

“纯路人，宁愿看鱼希的剧，也不想看流量明星的剧。”

白雨棠很满意目前的形势，网友们更多关注的是鱼希的作品和演技，也是鱼希争气，每部作品的反响都不错，所以现在舆论才有扭转的迹象。

白雨棠忙碌了一天，终于放松下来。她坐在办公椅上对助理道：“鱼希来了你叫我。”

助理点头道：“好的，白姐。”

钟晨刚到家就接到鱼希的电话，她立马打车去了公寓，到楼下时，鱼希已经全副武装地站在那里了。

“什么事啊，希希？”

鱼希看了她一眼，说：“试镜。”

钟晨顿了两秒才反应过来，一脸惊喜道：“试镜？是白姐推荐的那部剧吗？我好久没听到这两个字了，太激动了！”

钟晨夸张的表情逗笑了鱼希。鱼希伸出手指点点她的额头，说：“你走不走？”

“走走走！”钟晨嘚瑟地跟在鱼希身后，道，“对了希希，你和江总……”

鱼希垂眼道：“我们和好了。”

“噗！”

鱼希来得比白雨棠预想的还要快，二十分钟后她就到了公司。鱼希踩着高跟鞋，走进白雨棠的办公室，见她还在休息，眼下有淡淡的黑眼圈。助理在一旁忙碌，鱼希问道：“白姐又没睡吗？”

助理笑道：“昨晚白姐忙了半夜。我去叫她。”

鱼希虽然想让白雨棠休息，但是朱导那边她不知道白雨棠约了几点，难得争取到一次试镜的机会，当然是越早去越好，所以她默许了助理去叫醒白雨棠。

“来了。”白雨棠声音喑哑，她按了按太阳穴，道，“我去洗漱，你等我几分钟。”

鱼希点头道：“好。”

几分钟后，三个人一道进了电梯。

“等会儿到了地方，你先不要说话，我和朱导说。还有，可能要试戏，剧本你看了吗？”

“看了一点儿。”

钟晨站在两人身后，看着电梯上的数字慢慢变小，憋着一口气从公寓到公司，眼看又要从公司到试镜的地方，脸都涨红了。

白雨棠说完话，才发现向来话多的钟晨没出声，她不由得好奇地看了一眼，扯了扯嘴角，道：“你怎么了？”

钟晨强忍住说话的欲望，电梯门打开，她一张口：“江总……”

江静白和肖知秋站在电梯外，两人正在说话，肖知秋低着头面色凝重，江静白也神色凛然。

白雨棠率先回过神，说：“江总。”她说完用手臂碰了碰鱼希，鱼希垂眼道：“江总好。”

江静白的目光落在鱼希身上，轻轻“嗯”了一声。接着，她和肖知秋进了电梯。

八楼是策划部，鱼希她们要到一楼。江静白进电梯后，白雨棠恭敬地问道：“江总去哪一层？”

江静白看着已经亮起灯的楼层，说：“一楼吧。”

鱼希站在最后面，钟晨原本是站在她身边的，江静白进来之后，肖知秋对钟晨道：“你可以让一点儿吗？”

那必须可以啊！

钟晨立刻缩在角落里，肖知秋站在她原先的位置，江静白则站在鱼希身边。鱼希看向身边的江静白，似乎有话要说，但是周边都是人，她不便开口。

很快，一楼到了。

江静白神色淡然，白雨棠转过身恭敬地道：“那江总，我们先走了。”

“嗯。”她的声音清冽，透着威严。当鱼希抬眸看她的时候，她抿唇笑笑，目光平和。

鱼希试镜的地方是在朱导家里——一栋两层新式小洋楼。鱼希到的时候，朱导正在花圃里修剪树枝。白雨棠领着鱼希走过去，喊道：“朱导。”

朱导戴着眼镜，看向白雨棠时眯了眯眼，说：“小棠啊，今天有空了？”

白雨棠看了一眼鱼希，笑道：“对，鱼希刚下飞机，我们就过来了，耽误了您两天时间，不好意思。这是我们来之前买的水果，听说特别甜，您尝尝？”

那是一袋紫葡萄，颗粒饱满，光看包装就知道是精心准备的，不是随便买的。朱导没说什么，只是点头道：“好，我等会儿尝尝。”

他嘴上这么说，但没接水果。

白雨棠笑道：“好。”

两人站在朱导身边，看着他用剪子将多余的枝条剪掉，鱼希的目光从朱导身边移到四周的景色上——花草繁茂，绿树成荫，这个天气，园子里还能一派欣欣向荣，也不容易。显然朱导极其喜欢这些花草，一直精心照料着。

鱼希见朱导扶了扶眼镜，眯着眼，夕阳的余晖打在他身上，他有些驼背。

朱导似乎是弯腰弯久了，站起来的时候身体晃了一下，鱼希立刻扶住他，说道：“朱导，我来帮您。”

朱导歪头看她，说：“你也会修剪花草？”

鱼希笑道：“以前我在家跟爷爷学过一点儿，谈不上会。”

朱导听到她这么说，若有所思地看着她，几秒后点头道：“你试试。”

鱼希接过他手中的大剪刀，站在原地看了半晌，先将旁边的小碎枝剪掉，然后观察整体造型，接着她又将最上面的一根树枝剪断，也就是之前朱导精心剪了半天才剪掉碎枝的那根。

白雨棠脸色微变，虽然她不懂修剪花草的方法，但是这根树枝明显是很重要的，鱼希就这么剪断了？

她一时觉得手上拎着的葡萄有千斤重。

鱼希剪完树枝转过头，黄昏下，她面带微笑，姿态落落大方，她将剪刀递给朱导，说：“剪好了。”

白雨棠紧张地等着狂风暴雨来袭。

朱导接过剪刀，说：“鱼小姐，这就是你所谓的懂点儿皮毛？”

鱼希依旧淡笑，定定地看着朱导，从容淡定地道：“对，这就是我会的皮毛。”

白雨棠说：“朱导，希希她可能不太懂这些，您别介意，我……”

“你为什么要剪掉这根树枝？”朱导没理会白雨棠的话，兀自向鱼希问道。

鱼希想了几秒，回道：“月盈则亏，水满则溢，这根枝条太过强势，现在不修剪，这棵树上其他的枝条就吸收不到营养，整棵树也会长不好。”

朱导闻言点头，说：“那依照鱼小姐的意思，应该怎么做？”

鱼希笑道：“树是死的，人是活的，树做不到的，人可以帮忙。”

白雨棠听着两人的对话，往后退了一步，下一刻她便听到朱导的声音：“进来吧。小棠，你去把葡萄洗一洗。”

鱼希看了一眼白雨棠，两人相视一笑，随后鱼希便跟在朱梓铭身后进了屋子。

客厅里的摆设很简单，没有过多的装饰，墙上挂的画却都是珍藏品。鱼希盯着其中一幅画看了片刻，笑道：“这幅万青图，我父亲寻了好几年，没想到在朱导这里。”

朱导也不客气，倒了一杯茶递给鱼希，说：“这是模仿的，我要是有真迹，可不敢挂出来。”

鱼希点点头，抿了一口茶。

“你过来坐。”朱梓铭对鱼希道，“我们谈谈剧本的事情。”

鱼希闻言，立刻走到他身边坐下，白雨棠恰好送来葡萄，他招手道：“小棠也来坐。剧本你们都看了？有什么想法吗？”

剧本两人都看过。白雨棠眨眨眼，说：“挺好的。”

鱼希垂着眼道：“除了人物关系有点儿乱，其他挺好的。”

朱梓铭被鱼希直白的话逗笑了，说：“你还是头一个敢说我的剧本乱的。我之前看过你的电视剧和采访，你的形象更符合后期的赵后。”

不管是气质、形态，还是神韵，鱼希都符合。但是目前的情况大家都清楚，鱼希要是出演女主角，网友的目光肯定都会放在她身上，这不是他乐于见到的。要不是白雨棠一直请他给鱼希一个试镜机会，他也不会考虑鱼希。

“现在的情况你们应该都了解，你要是想接这个剧本，就需要试戏。”

鱼希抬眸，展颜说：“朱导说得对。”

试戏的地方就在二楼。白雨棠对鱼希很放心，只要是她想争取的角色，就没有得不到的。半个小时后，鱼希和朱导从楼上下来。

朱导一脸惋惜。这样的好苗子只能演配角，也不知是幸还是不幸。

鱼希神色轻松，见白雨棠看过来，扬唇笑笑。

“那朱导，我们就不打扰您了，先走了。”

朱梓铭难得留人，说：“你们吃了晚饭再走？”

白雨棠看向鱼希，笑道：“朱导太客气了，希希等会儿还要拍夜戏，我们就不打扰您了。”

朱导点头道：“那好吧，我送你们。”

朱导将她们送到门口，鱼希别过头，看向她修剪树枝的地方，细嫩的枝丫从旁边伸出来，充满朝气和活力。

上车后，钟晨立刻问道：“怎么样怎么样？试镜通过了吗，希希？”

鱼希见她一脸紧张，摇摇头，说：“没过。”

钟晨耷拉着脑袋，听到鱼希又说了一句：“怎么可能没过。”

“哎？”钟晨瞬间燃起斗志，“试镜通过了？我就说希希是最棒的！这种试镜就是小菜一碟！晚上我们庆祝一下吧！”

鱼希看她从垂头丧气到瞬间满血复活，忍不住发笑，说：“庆祝什么？”

钟晨一脸兴奋，说：“当然是庆祝你通过了试镜啊！”

鱼希看向白雨棠，这几个月发生的事情在两人的脑海里掠过，那些无法入眠的日夜，寻找资源时多少次被拒门外，现在枯木逢春，又是新的开始。

白雨棠点头道：“好，我们庆祝一下。”

她的话刚说完，手机铃声就响了，钟晨和鱼希看着她，她看了一眼来电显示便接通电话：“倚彤，怎么了？”

“你在哪儿？”她看着腕表说，“行，等我五分钟，我们就在附近。”

她说完就挂了电话，钟晨扯了扯嘴角，说：“陶倚彤？”

白雨棠点头道：“她在附近拍摄杂志封面，刚刚结束拍摄，车出了点儿问题，我们去接她吧。”

她说完，看向鱼希。鱼希耸耸肩，说：“没问题。”

她现在对陶倚彤已经没有多少敌意了，但也不可能毫无芥蒂，所以接到陶倚彤之后，她并没有开口，而是坐在靠窗的位置，歪头看着外面。

陶倚彤上车之后，便道谢："白姐，幸好你在这边。"

她打电话给白雨棠，原本是想说车坏了，哪料白雨棠就在附近，就来接她了。

"希希你也在啊。"她的语气和从前无异，鱼希最佩服她这一点，不管两人是撕破脸还是说开了，她都是这种态度。

鱼希自认做不到，她微微点头"嗯"了一声，语气不咸不淡，勉强算是附和。

陶倚彤并不介意，别过头看着坐在身边的钟晨，说："钟助理，晚上好。"

钟晨扯唇笑笑。

车里的气氛有些尴尬，陶倚彤似乎没察觉，她低头看了一眼手机，问："时间不早了，白姐你们吃晚饭了吗？"

"我们……"钟晨想说话，鱼希瞥了她一眼，她的声音便戛然而止。

"还没有。"白雨棠笑道，"你吃了吗？一起吧。"

陶倚彤道："好啊。希希，你不介意吧？"

鱼希侧头，似笑非笑地道："当然不介意。"

陶倚彤垂着眼道："那就好。"

到公司附近的时候，陶倚彤说："就在这儿吃吧，我知道有家店的特色菜很不错。"

白雨棠看向鱼希，后者点头，她应下："好。"

四人下车，往饭店走去。路上，白雨棠问了陶倚彤一些拍摄封面的事情，她今天因为要陪鱼希去试镜，所以没法陪同陶倚彤。陶倚彤并不在意，点头道："我能理解。希希的试镜通过了吗？"

白雨棠笑道："通过了。"白雨棠仿佛看到了鱼希东山再起的样子，满脸愉悦，鱼希绷着的侧脸也柔和了一些。

到包间之后，她们点了几道招牌菜。陶倚彤看了一眼手机，说："八点多了。"她放下手机，看向白雨棠，"白姐，我能多叫一个人过来吗？"

白雨棠给她们倒了茶，说："谁啊？"

陶倚彤扬起嘴唇，还没开口就听到鱼希的声音："是江总吗？"

陶倚彤点点头，说：“嗯。”

鱼希抬眸看着她，说：“那陶小姐不用打电话了，我已经给她发了消息，她马上就到。”

陶倚彤一脸错愕，道：“你……发消息？”

鱼希神态自然，说：“我们和好了，有问题吗？”她话音刚落，白雨棠手上的筷子砸在碗上，发出清脆的声响。

“白姐，我怎么这么惨啊，呜呜呜！”

“我这么好看，这么优秀，居然还被人嫌弃！”

“她最好这辈子都别让我见到，否则我见一次打一次！”

白雨棠脑海里出现一张愤怒的俏脸，满面通红，眼角湿润，一边喝着酒一边骂人，与现在她身边规矩坐着的鱼希截然不同。

“白姐，你还好吗？”钟晨见她一副被雷劈了的样子，悄悄问道。

白雨棠闻言，吸了口气，说：“还好。”

钟晨从包里找出一个瓶子，拽了拽白雨棠的袖子，说：“白姐，给你。”

白雨棠低下头，见到她递过来的瓶子上面赫然写着“舒乐安定”。

白雨棠：“……”

江静白收到鱼希的消息时刚开完会，肖知秋跟在她身后，匆匆往办公室的方向走：“江总，这边的关系可能打不通，盛总打过招呼了。”

“我知道。”江静白神色自若，说，“你联系一下这个提案的审核成员之一闽起公司的总裁那边，最快明天他们会给答复。”

肖知秋面色凝重，说：“好。另外，提案的事情胡总已经知道了，他让您给他回个电话。”

江静白的脚步慢了下来，她思忖片刻后点头道：“好。”

两人边说话边往办公室的方向走去，肖知秋跟着她进入办公室，放下文件，问道：“晚饭需要我给您准备吗？”

江静白“嗯”了一声，拿出手机给胡总打电话，肖知秋立即退出了办公室。

电话响了几声才接通，胡总的声音依旧带着沧桑感：“静白啊，我听说提案没过，到底是怎么回事？”

江静白站在落地窗前，天边擦黑，整个城市暗了下来，隐约可见远处璀璨的霓虹灯。

“提案出了一点儿小问题。”

胡总的声音透着威严：“小问题就好，我还等着提案通过了，为你庆祝呢。”

江静白一只手举着手机，另一只手插在裤子口袋里，神色平静，嗓音清冽：“胡总放心，我会尽快解决的。”

“能解决就好。”胡总说道，“对了，我听说你和盛总是旧识，之前你怎么没和我说？”

江静白垂着眼，突然想到楚长远大寿那天，盛闲在人前装作和她亲昵的样子。原来是这样。

江静白说：“我们只是见过几次面而已，不熟。”

“那也好。”胡总爽快地道，“见过面，总比陌生人强，这次的提案你就托盛总帮帮忙吧。我希望你下次给我打电话，是告诉我好消息。”

电话挂断后，江静白看着落地窗外的夜景，眸色沉沉。

突然，手机发出“叮”的响声，有消息进来，她低头看了一眼，见到鱼希的名字。

鱼希：你吃饭了吗？没有就过来，我给你发地址。

江静白眉梢间的疲倦和冷意一扫而空，回复道：好。

她发完消息就让肖知秋备车，肖知秋有些惊讶，问：“江总，您晚上有事？”

江静白点头道：“有点儿事。”

肖知秋说：“需要我跟着您吗？”

江静白盯着她看了几秒，说：“还是不了，我自己开车去。”

她说完就往外面走，出门时她又转身往休息室走去。肖知秋看着她的举动，更茫然了。十分钟后，她已经换上修身的裙子走过来。

“江总是去见鱼小姐吗？”

江静白轻咳一声，说：“肖助理，你走之前帮我把休息室收拾一下。”

肖知秋笑了笑，说：“好。您慢走。”

江静白神色如常，只是进包间时脸上挂着浅淡的笑。

白雨棠率先站起身打招呼：“江总。”

钟晨随后也喊道：“江总好。”

陶倚彤浅笑着冲她挥手，说：“静白，你来了。”

至于鱼希，她坐在凳子上，抬眸看着江静白，侧脸绷着。江静白眨眨眼，瞬间敛起笑意，微微点头，说：“都在呢。”她走到鱼希身边，低声道：“倚彤，你往旁边坐一点儿。”

陶倚彤看了她一眼，又看了鱼希一眼，默默地让了一个位子出来，她在鱼希的身边坐下。鱼希启唇：“吃饭吧。”

白雨棠立刻附议：“对对对，吃饭。”

饭桌上的气氛有些压抑，偶尔响起筷子与碟子的碰撞声。鱼希边吃菜边问，语气随意：“工作结束了吗？”

江静白吃了一口素菜，回道：“刚结束。你试镜怎么样？”

“通过了。”

两人轻声交谈着，余下三人像是背景板。白雨棠放下筷子，道：“我去趟卫生间。”

“我也去！”钟晨生怕被丢下，立刻挽着白雨棠的手，憨笑道，“一起一起。”

包间里瞬间只剩下三个人。陶倚彤咬着筷子，看向身边两人，半晌后问道：“你们真的和好了？”

鱼希还没回话，江静白就抢先开了口，嗓音清冽：“嗯。”

陶倚彤看了她好几眼才说：“恭喜啊。我以茶代酒吧。”

她说着举起杯子，鱼希先江静白一步端起杯子，和陶倚彤的杯子碰了一下，道：“谢了。”

白雨棠和钟晨回到包间的时候，陶倚彤正准备离开。鱼希说道：“钟晨，你送她回去吧。”

钟晨站在门口，说：“我送她？”随后她点头，“哦，好。”

白雨棠顺势道：“那我也回去了。”

鱼希看向江静白，说：“你吃饱了吗？”

江静白“嗯”了一声，跟在鱼希身后走出了包间。

上车后，鱼希一句话都没说。江静白频频看向鱼希，虽然刚刚在包间里两人的交流很正常，但是直觉告诉她，鱼希在生气。至于鱼希为什么生气……

“鱼希……”

“开车不要说话。”鱼希的嗓音低沉，她歪头看着窗外。十月末，天气转凉，飘飞的落叶打在车窗上，又匆匆飘走。

江静白很听话，一路上都没再说话。车停下时，鱼希依旧冷着脸，低头准备解开安全带，却被人按住手，刚刚解开的安全带扣子又被塞了回去。车里有点儿暗，路灯的光洒进来，鱼希垂着眼。

“你在生气？”江静白歪头看着她，“因为倚彤吗？”

鱼希想抽回手，反倒被按得更紧，她只得放弃挣扎。

一片昏暗中，江静白说道：“我妈身体不好，这几年一直是倚彤和她爸爸帮我照顾着她，所以对于他们，我心中有愧。我知道倚彤之前做过不好的事情，也说过让你介意的话，鱼希，以后不会了。”

鱼希听到江静白这番话，想到这几年江静白独自在外打拼，而这一切还和她妈妈有关，她心里的火气就消散了。

江静白察觉到鱼希的情绪变化，便凑近一点儿，小声道：“你别生气了，好吗？”

在昏暗的车厢里，鱼希咬咬嘴唇，没说话。

江静白将声音放低了一点儿：“鱼希？”

这时，一辆车迎面开过来，刺眼的灯光照进车里，鱼希下意识用手挡着眼睛，江静白看到她没那么生气了，按着她的力道才减轻了一点儿。

车里安静了几秒，鱼希开口问道：“你不下车吗？”

江静白回了一个字：“下。”

她嘴上这么说，身体却没动，鱼希无奈地抬头，对上她的双眼。难得看到她要一个回复的执拗样子，鱼希好笑地道：“我不生气了。”

鱼希深呼吸几口气，还是没忍住笑出了声。

江静白觉得莫名其妙，但是鱼希心情好就行。下车时，两人的心情都很愉悦。

出了电梯，江静白问：“你要不要去我家坐一会儿？”

鱼希咬着唇瓣，摇头道：“不了，我还要回去看剧本呢。”开机时间已经定下了，就在半个月后，正巧她正在拍的这部剧还有十来天就杀青了。

江静白点头道：“那好，明天见。”

鱼希背对着她道："嗯。"

第二天早上，钟晨出了电梯后就犹豫了，她想着到底应该敲哪扇门。希希昨天应该睡在自己家吧？她要不要先给希希打个电话？

钟晨一脸纠结，最后她从口袋里拿出手机，给鱼希发消息：你昨晚睡哪儿的？

鱼希正在刷牙，听到消息提示音歪头看了一眼手机，结果牙刷差点儿戳进嗓子眼，呛得她咳嗽了好几声，满嘴的泡沫。

钟晨见鱼希没回消息，撇撇嘴。

就在这时，鱼希公寓的门开了，从里面探出一个头，鱼希没好气地瞥了一眼钟晨，说："进来。"

"希希你在家啊。"钟晨笑眯眯地举起手上的早点，"我还以为你在隔壁呢。"

鱼希很无语，道："我是那么随便进别人家门的人吗？"

钟晨："……"

鱼希吃完早点就给江静白发消息，问她是否出门了，几分钟后鱼希才收到回复：我已经在公司了。

她看起来挺忙的，鱼希点点头，回复：那好，你先工作吧。

江静白看了她的回复后，将手机放在桌上，旁边的肖知秋还在汇报工作："闽起那边我已经联系过了，说是他们公司的顾总出差了，可能要半个月后才回来。"

看来对方是不想蹚这趟浑水。

也是，现在不管是哪个公司，都不敢明着和全球金融作对。

全球金融名义上是投资理财公司，实际上其分公司已经涉足各行各业，且还在持续扩张中。这次他们公司便负责一项新兴环保科技产品的提案竞标事宜。不过，除开全球金融总裁盛闲进行审核工作，另外还有两位业内成功人士也被投资商邀请参与审核，即闽起的顾总和远在A国的一位名叫Carl的大拿。江静白虽然收购了林氏，但要想林氏获得这个提案，也不是一件容易的事情，原本他们就遭到竞争者星耀的阻挠，现在又有盛闲的打压，所以提案才会一直被压着报不上去，无法被投资商看到。

江静白回国的时候就知道盛闲因为对自己根深蒂固的偏见不会善罢甘休，只是她没料到盛闲会这么快出手。

当然，她也没料到自己能和鱼希冰释前嫌。

江静白歪着头说道："联系不上顾总就算了。"

肖知秋皱起眉头，说："那提案？"

"放这儿吧。"江静白淡淡开口。肖知秋点头道："好。"

办公室的门打开又合上，肖知秋走向自己的办公室，不远处的罗千茹盯着她的身影看了几秒。肖知秋常年一身黑色正装，头发一丝不苟地盘着，妆容几年如一日。

罗千茹以前就不喜欢肖知秋，觉得她太古板了，现在还是不喜欢，但是不喜欢也要打交道啊。罗千茹走过去，笑着喊道："肖助理好。"

肖知秋抬起头,看向说话的人:"罗小姐,您好。"她脸上挂着礼貌的笑容。

罗千茹提了提手上的文件，说："这个是我的行程表，需要江总签名。"

她说话时神情高傲，姿态跋扈。肖知秋问："林先生呢？"

林木森是罗千茹的经纪人，平时都是他送文件上来。

罗千茹睨她一眼，说："他有事出去了。怎么，我不能送文件过来？"

肖知秋低下头，说："当然不是。您稍等片刻，我送文件进去给江总。"

她说着就准备伸手拿文件。罗千茹没松手，说："我自己送进去。"

肖知秋抬眸看了她一眼，不知道她又在打什么主意。肖知秋想到江总正为提案的事情烦恼，现在她又去找麻烦，沉下脸说："罗小姐，还是我送文件进去吧。"

"你听不懂人话？"罗千茹没耐心和她纠缠，"我自己送进去。"

肖知秋见她执意要进去，没辙，只好道："那好，您稍等，我进去通报一声。"

罗千茹这才点头，说："去吧。"

办公室的门被敲响，江静白抬头道："进来。"

肖知秋站在门口道："罗小姐来了。"

罗小姐？江静白听到这三个字蹙了蹙眉，说："让她进来。"

罗千茹冷哼一声，绕过肖知秋往办公室里面走。她走到江静白的办公桌前，递上文件，喊道："江总。"

江静白合上面前的文件夹，拿过她递过来的文件，认真地看了起来。

罗千茹静静地打量着她。

“好了。”江静白在文件上签了字，“就这么安排吧。”

罗千茹点头道：“好的。”

江静白将文件合上递给罗千茹，她接过之后没有立刻离开，似乎想说什么。

“还有事？”江静白抬眸看向她。她被江静白的气势镇住，咽了咽口水，说：“没……没什么事。”

江静白点头道：“罗小姐慢走。”

罗千茹咬咬嘴唇，离开了办公室。

肖知秋看到罗千茹出来，有些不放心，但是江静白没让她进去，她也不敢随意敲门，只得等到中午订饭的时候才走进去。

“江总，午饭还是叫外卖吗？”

江静白看了一眼腕表，说：“出去吃吧。”

肖知秋点头：“刚刚罗小姐……”

“没事。”江静白放下笔，合上文件，“走吧。”

她站起身往外走，肖知秋立刻跟在她身后。两人进了电梯后，她迟疑几秒，还是给鱼希打了电话。

“你吃饭了吗？”肖知秋听到她打电话，立刻识趣地往旁边挪了挪。

鱼希刚拍完一场戏，说：“没呢，等会儿还要拍戏。”

她的声音里带着疲倦，江静白问道：“我可以过去吗？”

鱼希愣了一下，说：“你过来干什么？”随后她又笑道，“你不用过来探班了。”

江静白压低声音说：“我不是探班，只是过去看看。”

鱼希听到这话，轻咳一声，说：“嗯，哦。”她顿了一下，又道，“随便你吧。”

江静白闻言，放心地挂断了电话。

两人出了电梯后，肖知秋主动问道：“江总，去哪家店吃饭？”

江静白直接道：“去剧组吧。”

肖知秋没问去哪个剧组，只是点头说：“好的。”

两人边说话边往外面走，到门口时，肖知秋先去开车，江静白站在原地等待。

“那不是江总吗？”林木森问身边的罗千茹，“千千，你的行程表给江总签字了吗？”

罗千茹顺着他的目光看过去，见江静白站在门口，阳光洒在她身上，平添了一层光晕，让她身上的米色套装显得色彩斑斓。

林木森没听到罗千茹的回应，转过头，却发现人不见了。

罗千茹已经走到江静白身后，喊道：“江总。”

江静白转过头，表情温和，与刚才在办公室里盛气凌人的样子判若两人。

罗千茹有一瞬间的呆愣。

江静白见她盯着自己，敛起笑意，道：“罗小姐有事吗？”

罗千茹愣愣地道：“没……没事，我就是看到您了，过来打个招呼。”

江静白点点头。肖知秋将车开到门口，她下了车就小跑到江静白身边，小声道：“江总，上车吧。”

“嗯。”江静白轻声应下，别过头看向罗千茹，“罗小姐，我先走了。”

罗千茹立刻点头如捣蒜：“好的，您忙。”

江静白踩着高跟鞋上了车，肖知秋向罗千茹微微点头，算是打招呼，然后开车绝尘而去。

林木森走到罗千茹身边，问道：“千千，你怎么了？”

她以前不是最怕江静白吗，怎么突然去搭讪了？

罗千茹挑眉道：“没什么，走吧。”

离开前，罗千茹又看了一眼江静白离开的方向。

江静白靠在椅背上，微微合眼，神情严肃。肖知秋通过后视镜看了她一眼，开口道：“江总，罗小姐似乎还没打消对您的敌意。”

以前胡总在的时候，罗千茹半年都不会来一次总裁办，现在她却频频到访，上次还因为鱼希在董事会上找江静白的麻烦。

她这样的大小姐要是善罢甘休，反而不像她了。

江静白不咸不淡地“嗯”了一声，说：“我知道。你专心开车吧。”

肖知秋很识趣地不再开口。

两人到剧组的时候，鱼希还没收工。统筹看到江静白就呆住了，还是肖知秋主动和他打招呼，他才反应过来。

“江总怎么来了？”

虽然这部电视剧是劲鸥出资，但是江静白来的次数还真不多，之前拍校园戏时她倒是来过两次。江静白回道：“我听说戏快拍完了，过来看看。”

统筹笑道：“还有一周多，确实快结束了。”

制片走过来和江静白打招呼，只有赵导神情严肃地看着面前的镜头。

肖知秋挡住过来“请安”的众人，江静白便往赵导那边走去。赵导见到她，正准备打招呼，她抬起手，赵导点头，两人都看向镜头里的鱼希。

镜头里的鱼希已经完全不是刚入职场时的样子，现在的她坐在办公桌前，仿佛是能主宰公司命运的人。

“赵经理，刚刚物流公司打电话来，说取消合作了。”

鱼希歪头看了她一眼，说：“为什么？”

她的声音和平时完全不同，她本人的声音偏清脆，在戏里则稍低，虽然后期都会配音，但是在现场，她仍旧要尽可能做到完美。

在她的强大气场下，饰演助理的新人演员很快被她带入戏中。

“咔！表情不对，补妆。”

化妆师很快走到镜头前，赵导转身对江静白道：“江总，您吃午饭了吗？”

江静白启唇：“不急。我先看看。”

她一副公事公办的表情，赵导顿觉压力很大，他点头道：“好的。”

他招来助理，准备让助理去订酒店。江静白道：“不用麻烦了，我就在剧组吃饭。”

赵导应道：“那好。”

让江静白在剧组吃盒饭？赵导觉得自己的导演生涯又刷新了一项纪录。

奈何投资人都这么吩咐了，他也只有照做。

“准备好，我们再拍一次。”

“注意你的表情。”赵导对新人演员说道。新人演员连连点头。

这次倒是没有意外地拍摄成功了，赵导很满意，说：“OK！大家休息吧，准备吃午饭。”他又转头看向江静白：“江总……”

江静白点头道：“不用招呼我，你随意。”

她在这里，他怎么可能随意？赵导还想说什么，鱼希走过来，喊道：“江总，关于参加节目的事情，我想和您聊聊，可以吗？”

江静白点头道：“当然可以。”

赵导立马道：“好，我给你们准备休息室。”

“麻烦赵导了。”

赵导一脸轻松道：“不麻烦。”江静白站在这里才叫麻烦。

他看了一眼助理，助理心领神会，立即去准备休息室。肖知秋说道：“江总，我们先过去。”

江静白看了鱼希一眼，鱼希道：“您先过去吧，我换身衣服。”

江静白被领到休息室。赵导想给她安排午饭，肖知秋笑道：“不用了，江总不挑食，盒饭就行。”

赵导有些尴尬，拉着肖知秋小声道：“这样行吗？我单独去给江总买一份饭吧。”

“真不用。”肖知秋看着小心翼翼的赵导说，“江总只是过来看看，您不用太放在心上。您去用餐吧，这里有我。”

赵导闻言只好道：“那你有什么事尽管找我。”

肖知秋道：“好的。”

赵导说完，和江静白打了招呼就出去了，江静白则坐在沙发上等鱼希。

鱼希回到更衣室去换衣服，钟晨守在门外，几次想开口，最后只是道：“希希，江总怎么来了？”

“她想来看看啊。”鱼希的语气很坦然，“有问题吗？”

休息室的门被打开，陶倚彤走进来，钟晨轻咳一声，说：“当然没问题，你换好衣服就出来吧。”

鱼希听出她的声音不对劲，没再吭声，换好衣服走出去，就见到陶倚彤坐在镜子前卸妆。陶倚彤见鱼希出来，道：“希希，我听说静白来了。”

刚刚她一直在棚子里休息，没去拍摄现场，还是听到其他人说才知道的。

鱼希点头道：“嗯，她来了。”

陶倚彤又道：“那等会儿我们要不要一起出去吃个饭？”

鱼希开始卸妆，平静地道：“免了吧，”她别过头说，“你跟朋友一起玩的时候喜欢带‘不熟’的人吗？”

陶倚彤轻启嘴唇，还没出声，鱼希就继续说道：“陶小姐，我是真的不知道你想干什么，也不想知道，但是大家抬头不见低头见的，我就把话说清楚吧。

“之前你说的话，我不知道真假，姑且当作是真的，你不想我和她和好，觉得我伤害了她，但是现在我们和好了，结果如何，是我和她之间的事情。

“还有，静白对你心有愧疚不假，想弥补你也不假，但是我没有，所以请你搞清楚自己的位置。以后你在我面前少拐弯抹角地试探，我会不高兴。”

鱼希说完就站起身，对着镜子左右看了看，满意之后才抬步离开。钟晨犹豫片刻后还是决定跟上去，却被陶倚彤叫住了。

“钟助理，”陶倚彤边卸妆边道，“去给我领份盒饭。”

钟晨皱眉道：“你的助理呢？”

陶倚彤卸掉眼妆，说道：“去处理车了。”

钟晨心里憋着一口气，她想到早上确实没看到陶倚彤的助理，便点点头，说：“好吧。”说完，她又忍不住多嘴问了一句，“你为什么还要气希希？”

“嗬。”陶倚彤轻笑一声，“钟助理，有没有人告诉过你一件事？”

钟晨皱眉道：“什么事？”

陶倚彤卸完妆站起身，走向钟晨，陶倚彤比钟晨高一点儿，钟晨感到一股压迫感袭来，不自觉地往后退了一步。明明眼前的人还是面带浅笑的陶倚彤，态度也很和蔼，但是给她的感觉和平时完全不同。

“有没有人告诉你，”陶倚彤说，“我是一个坏人？”

钟晨蒙了。

陶倚彤拍拍她的肩膀，说：“去拿盒饭吧。”

钟晨回过神，忍不住腹诽：神经病！

陶倚彤看着钟晨想还嘴又不敢说话的样子，勾了勾嘴唇。

她是一个坏人，充当调和剂的坏人。

REC

16:9 AUTO RAW

Chapter 7

赌　注

ISO 300

00:03:20

肖知秋拿着两份盒饭敲响江静白所在的休息室的门，进去送完盒饭后便出去了。

门合上后，休息室里又安静下来。鱼希打开饭盒，她忙了一上午，有点儿饿。江静白看着她的动作，帮她把一次性筷子掰开，汤碗也放在她的饭盒旁边。

鱼希舀了一勺汤喝，发出了细微的声音："我刚刚和陶倚彤说清楚了。"

江静白一边掰开自己的筷子一边道："说清楚也好。"

鱼希瞥了她一眼，又道："昨晚我不应该生你的气，下次我会注意。"

江静白别过头，垂眸道："没关系。"

她在心里补充了一句：偶尔也可以生气。

鱼希显然听不到她的心里话，沉默几秒后继续吃饭。

"我妈真的没找你麻烦？"过了半晌，鱼希又开口，"别说谎。"

江静白挑起几粒米，点头道："找了麻烦。"

江静白见鱼希蹙眉，又道："不过我会处理的。"

鱼希的秀眉拢得更紧，她咬着筷子道："你能处理好吗？"

不是她不相信江静白，她妈妈的势力、全球金融的实力她还是清楚的，劲鸥和其对抗无异于以卵击石。

江静白点头道："不一定。"

她用面纸擦拭唇角，看向鱼希，平静地道："鱼希，我不想骗你，我确实不能保证解决你妈妈给出的难题。"她顿了一下，又道，"但是这次，我说什么都不会像八年前那样了。"

鱼希道："她做了什么？威胁你了？"

江静白摇头道："还没有。"但是以后会不会有，她就不确定了。

江静白见鱼希一脸担忧，宽慰道：“目前的情况，我还能处理，你不要担心。等到我真的处理不了……”

鱼希盯着她说：“你会怎么样？”

她的声音透着紧张，脸也绷了起来。江静白笑了笑，道：“真的处理不了，我就不管了，去外面发展，你也可以跟我一起去。”

鱼希被她不正经的话逗笑，说：“我可不和你去。”

江静白说：“那不行，你答应了我的。”

鱼希一脸茫然，说：“我什么时候答应你了？”

江静白一本正经地道：“现在。鱼希，你答应吗？”

鱼希的鼻子一酸，她多希望八年前的江静白也会这样，可是八年前让江静白站在自己这边，无异于置其于不孝的境地。

这一刻，鱼希忽然明白了江静白当初的选择。江静白见她良久没开口，轻声道：“怎么了？”

“没怎么。”鱼希回道，“我想哭。”

她说着抬头看向江静白，红着眼睛道：“我想哭，怎么办？”

江静白愣住了，说：“你怎么突然想哭了？”

“难受。”鱼希拍拍胸口，“心里闷。”

江静白闻言，凑到鱼希跟前，轻轻地拍拍她，说：“好些了吗？”

鱼希咬着嘴唇，想板着脸推开她，但是又做不出来，只得低声道：“还有点儿。”

过了半晌，鱼希道：“你现在怎么这么会安慰人？”

江静白点了点头，说：“因为我每天都在练习。”

鱼希：“……”

江静白被赶出了休息室。

江静白和肖知秋离开的时候遇到了莫宁欢，她一看到江静白就激动地挥手：“江总！”

肖知秋刚想拦住她，江静白就道：“没事。”

莫宁欢小跑到江静白面前，说：“江总下午好！”

江静白笑道：“你好。”

莫宁欢一副傻里傻气的样子，说：“你要走啦？”

“这几天我收集了好多希希的旧照，过一会儿我发给你啊。”她一脸坦然，天真无邪，提到鱼希时双眼亮晶晶的，满是对偶像的崇拜。

江静白很喜欢她的赤诚，点头道：“好，谢谢你，欢欢。”

莫宁欢摆手道：“不客气，好朋友嘛，就是要互相分享！”说完，她咬着舌尖，有些尴尬，“我们是不是好朋友？”

江静白的脸上露出轻松的笑容：“当然是。”

“Nice！”莫宁欢的脸上重新挂上笑容，整个人显得朝气蓬勃。

上车后，江静白的手机一阵振动，她点开群，看到莫宁欢发给她的照片。她琢磨了一下，也给莫宁欢发了一张鱼希的照片。

照片中，鱼希站在阳台上，微微合眼，长发扬起，阳光落在她身上，给人无限遐想。莫宁欢一看到这张照片，顿时觉得自己发给江静白的那些照片都毫无生气。

一分钟后，江静白又撤回了那张照片，莫宁欢发了几个感叹号过去。

江静白：不好意思，我发错了。

莫宁欢：我还没保存呢，你可以再发一次吗？

江静白：没保存吗？

莫宁欢：嗯嗯！

江静白：那最好。

莫宁欢：……

江静白收起手机，肖知秋见状说道：“江总，我觉得林氏的提案，我们不妨放放？”

江静白顿了一下，才说道：“你帮我订一张去A国的机票。”

肖知秋一脸愕然，说：“订机票？是胡总让您过去吗？”

江静白神色淡然，眼神锐利，说：“差不多。”

肖知秋似懂非懂地点头：“订哪天的？”

江静白开口：“明天。”

肖知秋道：“好的，我回公司就给您安排。”

车子在马路上疾驰，到公司后，江静白给鱼希发了条消息：我到了。

鱼希正靠在沙发上，手机屏幕亮起，她拿过来看了一眼，江静白的消息一如既往地简短，她回道：知道了。

下午的戏份有点儿多，鱼希收工时已经八点多了。众人收拾一番后准备回酒店休息。钟晨扶着鱼希上了车，问道："我们先去吃饭还是……"

鱼希打断她的话，说："去公司吧。"

钟晨蒙了一秒，说："公司？"随后她一脸了然，"好。"

鱼希看着她的表情，忍不住笑道："去全球。"

"啊？"这次钟晨是真的蒙了。

鱼希出道几年，从没来过全球金融的总公司，她和盛闲、鱼京涛都是约在外面吃饭，有时一年两次，有时一年一次。

鱼京涛是孝子，老爷子说什么就是什么，他从不敢忤逆。每次他和鱼希见面都偷偷摸摸，生怕老爷子知道又闹起来。

其实鱼希还有个大伯，但是她大伯天生喜欢自由，他去部队还是被老爷子押着去的，退伍之后他就坚持要开公司。

有了这个前车之鉴，老爷子对鱼京涛的管束就更加上心。小时候鱼希经常被人灌输不要向妈妈学习，要多学习爸爸。那时候盛闲很少回家，她半年都不见得能见到盛闲一次，久而久之，她就形成了妈妈不好的观念。

鱼希小学毕业后，盛闲陪了她一个暑假，就是那次，她对盛闲的看法发生了变化，她的观念也在那个暑假被重塑。

人各有志，她妈妈喜欢公司，她爸爸喜欢权力，谈不上谁更好。后来她执意进娱乐圈，为此不惜和老爷子闹翻。她想做自己喜欢的事情，而不是做他人的傀儡，一辈子都得不到自由。

想到这里，鱼希做了一个深呼吸。钟晨见她的脸色不是很好，有些担心地道："希希，你怎么了？怎么突然想到来这里了？"

她跟着鱼希这几年，还是第一次跟着鱼希来全球金融。难道鱼希真的打算回来继承家产？

鱼希要是回来继承家产，会不会做个总裁？那她当秘书肯定不够格啊！

"停止胡思乱想。"鱼希清冷的声音打断她的思绪，"我只是来拿件东西。"

钟晨松了一口气，问道："什么东西啊？"

鱼希神色清冷，侧脸绷着，却没答钟晨的问题。

什么东西？当然是她年少时扔掉的东西。

盛闲正在开会，助理走到她身边小声道："盛总，您的电话。"

什么电话居然要打断会议？盛闲隐隐有些不高兴，等看到屏幕上的名字时，她眉间的阴郁一扫而空。她接通电话，说："希希，你怎么突然给我打电话了？"

她和鱼希素来不是很亲近，很大原因是她太忙。想到这里，她的声音里添了一丝歉意："是不是有事？"

"妈，我在你公司楼下。"鱼希很平静地道，"是我上去，还是你下来？"

会议室里很安静，盛闲按了按微疼的头，说："你上来吧，我正在开会，还有十分钟结束。"

鱼希点头道："好。"

她挂断电话后下了车，钟晨跟在她身后往公司里面走。前台认出她，难以置信地叫了一声："鱼小姐？"

虽然公司里没有人不知道鱼希和盛闲的关系，但是这还是鱼希第一次来公司。她立刻上前询问："鱼小姐是找盛总吗？"

鱼希神色清冷，声音里透着寒意，姿态高傲："嗯。"

前台顿时感觉一股压力袭来，她低头道："您稍等，我联系……"

前台还没说完，电梯门就打开了，盛闲的助理站在电梯里道："鱼小姐，盛总让我下来接您。"

前台弯下腰，说："鱼小姐，请。"

鱼希"嗯"了一声，踩着高跟鞋进了电梯。到达总裁办所在的楼层后，助理才说道："鱼小姐，盛总还在开会，请您跟我去休息室等一会儿。"

"好。"原本她也没想一来就能见到盛闲，毕竟盛闲忙。

助理领着鱼希去休息室，钟晨屁颠屁颠地跟在她们后面，这里的一切都显得高端大气，她都不敢大声喘气。

"这边请。"

助理说着，打开一道门。这时，身后传来一道声音："鱼希？"

鱼希转过头，见不远处站着两个男人。她喊道："哥。"

来人是她堂哥，她大伯的儿子。她大伯母去世后，大伯怕儿子触景生情，就把他送到了国外，毕业后他才回来。鱼希对他并不熟悉，只知道他回国后就进入了全球金融。

鱼怀远见真的是鱼希，不由得有些诧异："你怎么过来了？"

他回国后，鱼希就因为执意进娱乐圈被爷爷赶出了鱼家，自此他就没有见过她，只是偶尔在电视上看到。不过最近在电视上也看不到她了，至于原因，他还是知晓一点儿的。想到这里，他又问："你是不是有事？"

鱼希点头道："我找我妈有点儿事。"

鱼怀远一脸了然，道："需要我陪你一会儿吗？盛总应该还在开会。"

"不用。"鱼希拒绝道，"我进去等就好。"

她说着，看向鱼怀远身后的楚淮："你忙吧。"

鱼怀远顺着她的目光看向楚淮，道："这位是楚总。这位是我妹妹，鱼希。"

楚淮笑着伸出手，说："我和鱼小姐算是旧识，鱼小姐还是这么漂亮。"

鱼希笑道："楚总太客气了。那我不打扰你们谈公事了，先进去了。"

鱼怀远笑了笑，道："好，等有空了，我们一起吃顿饭。"

鱼希顿了几秒，道："再说吧。"

她进了休息室，门在身后合上，助理走到茶几旁，帮她倒了一杯咖啡："鱼小姐请慢用，我去看一下盛总那边有没有结束。"

"麻烦了。"鱼希的声音里透着严肃，助理看了她好几眼才移开视线。

待助理走后，钟晨才挠头道："希希，刚刚那个人不是星耀的少东家吗？"

鱼希岂会不认识他，她点点头，抿了一口咖啡，味道有些苦涩。

会议还是拖延了几分钟，等到盛闲最后敲定方案时，已经是一刻钟后了。

"如果你们有其他问题，明天来我办公室再说。"

其他人纷纷应下，助理见状，立刻走上前，在盛闲耳边说了几句话，盛闲站起身，宣布："散会。"

压抑的气氛慢慢散去，众人长长地呼出一口气，沉默地走出会议室。盛闲整理好面前的文件，说道："在哪个休息室？"

助理恭敬地道："六号休息室。半个小时后的远程会议，需要调整一下时间吗？"

盛闲看了一眼腕表，说："推了吧。"

助理点头，应道："好的。"

当盛闲到休息室的时候，鱼希刚喝完一杯咖啡，正眉头紧蹙。鱼希见到她进来，放下杯子，喊道："妈。"

鱼希语气清冷，听不出情绪。盛闲别过头，看了一眼助理，助理立刻识趣地退出去。鱼希见状，也对钟晨道："你出去等我。"

钟晨有些担心，但也不敢说什么，只得跟在助理身后出了门。

休息室里安静下来，盛闲在鱼希身边坐下，问："你怎么突然来找我了？也不事先打个电话。晚饭吃了没？我们先出去吃饭。"

鱼希抬眸看向身边的人，和盛闲有三分相似的面庞沉下来："你和她说什么了？"

盛闲顿了几秒，挑眉道："她和你诉苦了？"

鱼希定定地看着她说："你知道她不是那种人。"

"我不知道。"盛闲的语气很强硬，"说不定她是装的呢。"

鱼希被气笑了，说："这就是你骗了她八年的原因？你知道她这些年是怎么过来的吗？你知道你欠她一句对不起吗？"

盛闲没被鱼希的怒气攻击到，她依旧面色沉静："是吗？你不恨她八年前和你决裂，反而恨我？"

鱼希愤怒不已，说："那这一切是因为谁呢？不是因为你吗！"

盛闲冷笑道："她骨子里就是这样的人。希希，她能背叛你一次，就会有第二次。"

鱼希咬牙道："不可能！"

盛闲表情放松，说："那我们就赌一把。如果这次我赢了，你就退圈回来，如果我输了……"她看向鱼希，"就不再插手你的事。"

鱼希轻笑一声，说："赌？你女儿在你眼里就是一个赌注？"

她双眼微红，声音暗哑："凭什么？你凭什么干涉我的生活？"

盛闲站起身，冷声道："就凭我是你妈，就凭你是鱼家人。"

鱼希眼里浮现出水光。她缓缓地点头，说："你是我妈？"

她轻笑一声，痛苦地道："鱼家人，嗬。"

"鱼希，你先冷静一下。"

鱼希冲她吼道："我怎么冷静？一个把我生下来就没有管过我的妈妈，

现在要插手我的生活！一个看着我痛苦了八年的人，却绝口不提她做错的事情！你让我怎么冷静？”

鱼希歇斯底里地咆哮：“你知道你现在像什么吗？”

盛闲没说话，只是咬着牙根，下颌绷着，眉目覆上寒霜。

鱼希冷着脸，两人的表情如出一辙，她启唇：“你像个魔鬼。”

盛闲伸出手说：“希希。”

鱼希挥开她的手，扯了扯嘴角：“你别碰我！你也不配！”

她发泄完，眼角依旧泛红，声音也慢慢恢复正常，心中的怒气散去不少，明明她来之前想着好好谈谈，可她还是没控制住自己的情绪。

鱼希别过头，说：“你想管就管吧。我知道自己没办法和你抗衡，她更没有。你想让我变成傀儡，想让帮我的她也被毁掉，比捏死一只蚂蚁还容易，但是这次我不会放弃。”

盛闲点点头，冷声道：“如果她放弃呢？”

鱼希看着她说：“那是我眼瞎，和你无关。”

她眼底一片冰凉，像看陌生人一样看着盛闲。

她说完转过身，盛闲喊道：“希希。”

“你别再叫我了。”鱼希背对着她，低声道，“我怕晚上做噩梦。”

鱼希打开门走了出去，钟晨立刻关切地迎上去。盛闲的助理走进休息室，站在她身边轻声道：“盛总？”

盛闲坐在沙发上，脸色微白，助理担忧地道：“您还好吗？”

她摇头道：“没事。”

助理看了一眼鱼希离开的方向，欲言又止。盛闲别过头问：“什么事？”

“是江总。”她看了盛闲一眼，见盛闲的脸色更难看了，她咬着牙小声道，“是江静白。她订了明天去A国的机票。我们要提前跟A国的那位审核官打招呼吗？”

盛闲看向鱼希离开的方向，目光沉沉：“先让她过去再说。”

助理点头道：“好。您和鱼小姐……”

盛闲按着微疼的头，说：“你出去吧。”

助理立刻退了出去。盛闲走到落地窗前，定定地看着下面。鱼希似乎有所察觉，在车快开的时候仰头看了一眼。只是大厦高耸，彼此之间谁也看不清谁。她收回视线，低头说道：“开车。”

钟晨坐在她身边，不知该说什么，送她回到公寓楼下时，才想起她还没吃晚饭，便说：“我帮你去买吃的吧。”

“不用了。”

鱼希的心情已经平复了。她下车时，看到旁边停了一辆黑色轿车，江静白从车上下来。肖知秋看到鱼希便笑道：“鱼小姐，好巧，我也是刚送江总回来。”

鱼希点头道：“巧。”

肖知秋看了江静白一眼，接到她的眼神指示后便道：“那我先回去了。”

鱼希“嗯”了一声，对钟晨道：“你也回去吧。”

钟晨站在鱼希身后，一脸纠结。她见鱼希已经踩着高跟鞋进了公寓楼，便走到江静白身边喊道：“江总。”

江静白别过头说：“嗯？”

钟晨小声道：“希希还没吃晚饭。”

江静白问：“发生什么事了？”

这时鱼希的声音随风飘过来：“不走吗？”

江静白看了一眼钟晨，说：“来了。”

两个人一同进了电梯。鱼希闷不吭声，江静白站在她身边，见她始终低着头，眼角泛红。

“你哭了？”江静白忙问，“发生什么事了？”

鱼希抬头道：“没事，今天我拍了哭戏。”

江静白微微点头，说：“那晚饭呢？”

鱼希张张嘴，江静白直接道：“你去见你妈了？”

过了半晌，鱼希才“嗯”了一声。

电梯门打开，鱼希率先走出去，江静白紧随其后。江静白见她拿出钥匙，一把夺过来。她歪头看去，只见江静白拿出自己的钥匙打开了门：“你心情不好就要吃我做的饭。”

鱼希跟着她进门，不解地问：“为什么？”

江静白道：“以毒攻毒。”

鱼希被逗笑了。

江静白打开灯，鱼希跟在她身后，两人走到沙发前。江静白放下公文包，问道："你想吃什么？"见她一副要大展厨艺的架势，鱼希忍不住道："水饺？还是不放盐的面条？"

江静白知道她在打趣自己，也顺着她的话道："偶尔尝试不同口味也是好事。"

鱼希瞥她一眼，坐在沙发上，说："点外卖吧。"

江静白坐在她身边，拿起手机，说："吃什么？"

鱼希并没有什么想吃的，想了一会儿才道："点几瓶啤酒吧，我不想吃饭。"

江静白蹙眉道："空腹喝酒不好。"

鱼希瞥她一眼，心想：真古板！她只好说道："那你买酒，我煮面条。"

江静白看向她，说："你会做饭？"

鱼希一脸坦然道："当然不会，但是我觉得你说得对，偶尔尝试不同的口味是好事。"

江静白没辙，说："冰箱里有啤酒。"

鱼希站起身，快走几步到冰箱前，打开一看，里面有两排啤酒。她咋舌："你还喝酒？"

江静白道："尝试不同口味而已。"

鱼希："……"

她拿了几罐啤酒出来放在茶几上，对江静白说："我去煮面条。"

江静白拉住她说："还是我去吧。"

鱼希点头说："好。"

等到江静白煮好面条端出来的时候，鱼希已经喝了三罐啤酒。她是真的郁闷，盛闲的态度强硬，一副要管到底的样子。

可是凭什么？她有什么资格管着自己？盛闲从来没有尽到母亲的责任，现在却非要横插一手，在盛闲眼里她到底是什么？

鱼希越想心情越不愉快，一只手拎着啤酒轻轻摇晃，手腕纤细白皙，长发扬起，侧脸绷着。

江静白放下面条后走过去，见她仰头又喝了一口啤酒，便上前两步。

"面条煮好了？"她别过头问。

江静白沉声道："对不起。"

鱼希被她突如其来的道歉弄蒙了："什么？"

江静白垂眼道："我不想造成这种局面的。"

鱼希苦笑道："你道什么歉，该道歉的人是她，毁了你八年时间的人也是她，你不恨她吗？"

江静白闻言静默几秒，诚实地点头，说："恨，我也恨自己，恨我没和你说清楚，让你也跟着痛苦了八年。"

当初鱼希问她"是不是跟陶倚彤更适合做挚友"这句话的时候，她明明可以反驳，但是她没有。她当时恨极了盛闲，连带迁怒了鱼希。如果她当初没有以那么决绝的方式离开，也许这八年鱼希就不会过得如此痛苦了。

鱼希将啤酒罐放在旁边的桌子上，侧过身拍了拍江静白。

鱼希是恨过江静白，在知道真相的时候也怨过她，毕竟两人之间隔着八年的长河，无法马上做到心无芥蒂。但是她愿意尝试。

江静白平复了心情，拉着鱼希去吃面条，搭配上啤酒。鱼希不再提盛闲的事情，反而说了些以前拍戏的趣事。

"你知道我第一次获奖之后，在后台哭成什么样子吗？白姐说我浪费了两包面纸。"

江静白想到她第一次站在领奖台上时神情高傲，面对颁奖嘉宾递过来的奖杯，她也只是淡淡地说："谢谢。谢谢导演和整个剧组，也谢谢支持我的粉丝，我会继续努力的。"她穿着一袭曳地长裙，站在台上耀眼夺目，这个画面自己翻来覆去看过很多遍，没想到下了台，她就哭鼻子了。

似是想到那样的场景，江静白的眉梢染上笑意。

"还有一次，我要拍绑架的戏，导演……"

断断续续的聊天声在客厅里响起，阳台门半开，偶有寒风吹进来，鱼希一边喝啤酒、吃面条，一边说以前的趣事，江静白偶尔附和她。

"我看过。"

"你真的看过？那部电视剧太难看了！"

江静白晃了晃手中的啤酒，笑道："不会，很好看。"

鱼希因她突如其来的赞扬呛了一口啤酒，咳嗽了好几声，脸上浮上红晕。

"我先回去了。"鱼希站起身。

江静白挽留道："你再陪我一会儿吧，我明天就要去A国出差了。"

鱼希的心猛地一跳，说："你什么时候回来？"

江静白回道："还没定，等事情处理好了就回来。"

鱼希知道她说的处理是指什么，转过身，往后坐在地毯上，道："我再陪你半个小时。"

江静白笑道："好。"

半个小时后，鱼希说："再陪十分钟！"

半夜，鱼希趴在茶几上睡着了，江静白坐在她身边，后背抵在沙发上，手上还拎着一罐啤酒。江静白仰头喝掉最后一口啤酒，将罐子放在茶几上，随后趴在她身边，和她面对面。

以前上晚自习的时候，鱼希就喜欢这样趴在课桌上，塞着耳机听歌。她有时候也会学着鱼希那样趴在课桌上，鱼希看到后就会给她塞一个耳机，悠扬的音乐钻进两人的耳朵里。

过了半晌，她将鱼希安顿到卧室。走出房间后，她去冲了澡，看了一眼时间，快到深夜了，去A国的航班应该是上午的。她迟疑几秒，还是拨了一个电话出去。

次日，天刚蒙蒙亮鱼希就醒了，她先是眨眼，然后一骨碌爬起来，房间里的格局和她的房间完全不一样，但又有些熟悉。

她可不会忘了第一次在这里醒来的场景。那次她喝醉了，忘了醉酒前的事情。这次她可没忘，可能是因为喝得不多，她不仅没忘，而且记忆犹新。

鱼希抚着额头，想到自己昨夜的行为，可以用两个词来形容：惨不忍睹，不忍回忆。

她原本因为宿醉而微疼的头更疼了。

房门被敲响，江静白的声音随之响起："鱼希，醒了吗？"

鱼希咳嗽一声，说："嗯，我刚醒。等会儿我就出去。"

她的话音刚落，江静白就打开门进来了："我给你煮了醒酒汤……"

她的声音戛然而止，下意识地抿紧了嘴唇。

鱼希见到来人，记忆顿时回笼——她半夜起来喝完水，硬是要拉着江静白陪自己胡闹，江静白不陪她，她就一边哭一边骂人，最后她被江静白推进浴室里，匆匆地冲了个澡。

回忆起昨夜的事情，鱼希的脸色瞬间涨红，眼底都有了水光：“你别看我！”

江静白听出她声音里的急躁，安抚道：“没事，我近视，什么都没看到。”

江静白的视力有多好，鱼希又不是不知道。不过现在气氛尴尬，也不适合讨论这样的话题。江静白转过身道：“我先出去了。”

等到鱼希平复了心情走出房间的时候，江静白已经做好早点了，还盛来了醒酒汤，道：“尝尝？”

鱼希捧着醒酒汤喝了几口，味道还可以。

“你喝完就吃早饭。”

她每说一句，鱼希就照做。饭桌上，两人都没有说话。鱼希吃完早点，小声道：“我昨晚有没有做什么过分的事情？”

江静白没戳穿她，摇头道：“没有。你昨晚洗了澡就睡了。”

鱼希捏着筷子的手慢慢放松，说：“那就好。你知道的，我一喝酒就断片，要是我做了什么过分的事情，你别介意。”

江静白扬唇笑了，道：“我当然不会介意，我又不是不知道。”

手机铃声突然响了，鱼希看了一眼屏幕，是钟晨打来的电话，她没有接，起身道：“我先走了。”说完，她又问道，“你今天几点的飞机？”

虽然她知道自己没办法去送机，但是问一下，心里舒服一点儿。

江静白站起身，说：“九点。你先去工作吧。”

鱼希点头道：“好。”

她抿了抿嘴唇，似乎还想说什么，就听江静白道：“鱼希，你想做什么，我都会支持你。”

鱼希眨眨眼，听懂了她的话：“我知道了。”

钟晨正准备再给鱼希打个电话，还没拨出去，就见隔壁的门打开，鱼希从里面走出来。

钟晨惊呆了。待跟着鱼希进了屋，想到鱼希之前说的话，她嘟囔：“希希，你的脸疼吗？”

鱼希：“……”

很快鱼希就投入工作中了，一连三天连轴转。眼看这部戏就要杀青，白雨棠想再给鱼希拉一点儿资源，便开始频繁联系广告商，但是得到的回复寥寥无几，有些广告商听到鱼希的名字就摆手说暂时不考虑合作。

白雨棠心里着急，但是她怕鱼希伤心，还是什么也没说。

《乐果》第二期的录制时间定在周四，鱼希把第二期录完，回来后再拍几场戏，这部偶像剧就杀青了。

赵导对此没什么意见，他现在对鱼希非常满意。自打上次鱼希在片场发过火之后，大家拍戏时就格外投入，就连一直和他闹矛盾的监制也是不说二话，陪着他干。

鱼希收工的时候见到钟晨小跑过来，手上还拿着手机，她接过来，听到电话那端传来白雨棠的声音："明天录制《乐果》第二期，你别忘了。"

"我知道。"鱼希说，"放心。"

白雨棠问道："要我送你过去吗？"

鱼希摇头道："不用，你明天不是要陪陶倚彤去参加时装秀吗？"

白雨棠道："你知道？"

剧组里的人都知道。劲鸥的资源还是不错的，再加上陶倚彤没有黑点，所以稍加运作就能提高人气，白雨棠也为她争取了不少资源。

当然，鱼希不会幼稚到吃这种醋。毕竟如果有一丝机会，白雨棠也会帮她争取的。

想到这里，鱼希笑道："当然知道，我又不是小孩子，你不用瞒着我。"

"我只是怕你不高兴。"她和鱼希相处的时间更久，也更偏爱鱼希，但是陶倚彤毕竟是她手里的另一张牌，她也不想搞砸了。

鱼希一脸了然，道："行了，我还能有戏拍就满足了，什么高兴不高兴的。"

白雨棠点头道："对了，你等会儿别忘了发条微博，宣传一下《乐果》第二期。"

鱼希应下："好。"

挂断电话之后，她打开微博，点进《乐果》综艺的官博。第二期的消息刚放出来，其他几个艺人还没转发，鱼希就看了看评论。

"希希上次哭了的事情怎么没消息了？"

"管她有没有消息，她黑料那么多还出来拍戏，硌硬谁呢？"

"楼上，这和你有什么关系？咸吃萝卜淡操心！"

“好了好了，希希粉都理智一点儿，我们不给希希招黑。”

“对对对，我们只需等着节目出来就好，做个理智粉，不和人吵架。”

评论都是围绕她展开的，其中肯定有节目组找的人，看来《乐果》第一期的看点是她在鬼屋哭的那段了。

张乐乐率先转发了这条微博。

张乐乐：一个星期一度的小聚，我来啦！你们想我了吗？

很快周晓和王语春就与张乐乐进行了互动。柳玉瑶那边还没动静，鱼希在她之前转发了微博。

鱼希：想你们了。

热评前几名很快就被一同参加节目的几个艺人霸占了。

王语春：女神，我们也想你！

张乐乐：骗子！说好的我带你吃面条，你就爱我呢？都是骗我的！

周晓：我也来报到！

赵清平：年轻啊，真好。

鱼希看到这里忍不住笑了，没过两分钟，柳玉瑶也转发了她的微博。仿佛是在比咖位，咖位最大的就要最后出场一样。

柳玉瑶：期待第二期。

她转发微博的时候还不忘留言，鱼希的微博下面立刻冒出来一批她的粉丝，在她那层楼点赞加评论。鱼希看着粉丝高涨的热情，关掉手机。

钟晨看她收了手机，问道：“希希，赵导问你今晚有没有事，要加场夜戏。”

鱼希别过头说：“没有，加吧。”

钟晨又小跑出去。

鱼希在棚子里坐了一会儿，便站起身四处溜达。这部剧快要杀青，很多演员的戏份都拍完了，剧组里的人也没剩多少了，主要演员只剩下她和纪霖枫，陶倚彤这两天开始频繁跑通告，另一个男配角也是忙到见不到人。

纪霖枫也忙，不过他是主演，戏份重，再忙也得来拍戏。

至于鱼希，她应该是这个剧组里最悠闲的人了。

这部电视剧杀青后，她手上就只剩下一个综艺节目和一部古装剧，刚刚她还安慰白雨棠，实际上她心里难受得厉害。

人的情绪真是说来就来。鱼希走了几步就忍不住躲到角落里，给江静白打电话。

远在A国的江静白刚睡了两个小时就被手机铃声吵醒了，她按着眼皮道：“鱼希，收工了？”

江静白出国后，鱼希就没怎么给她打电话，似乎是知道她比较忙，两人大多是信息交流。鱼希压下心头的悲伤，听到她有些沙哑的声音，问道：“你又熬夜了？”

江静白没瞒着她：“嗯，有点儿小问题，昨晚我加了个班。”

鱼希心里的那点儿悲伤瞬间转变成担忧：“你几点睡的？”

江静白看了看腕表，说：“有几个小时了。你别担心，我会照顾好自己的。”

鱼希嘴硬：“我才不担心。好了，我挂了。”

江静白忙问：“你是不是有事？”

鱼希抠着手指道：“没什么。”

江静白已经没了睡意，干脆坐起身，问道：“你是在担心工作上的事情？”

鱼希低低地“嗯”了一声。

江静白安抚她：“没事的。鱼希，你知道你像什么吗？”

鱼希设想过几个答案，最后回她：“不知道。”

江静白的声音温和，透着浅淡的暖意：“像夜明珠。”

鱼希扑哧一声笑了出来，说：“你是想说，我照亮了你的黑暗人生？”

江静白却道：“不是。”

“鱼希，你照亮的不是我的人生，而是你自己的。你会点亮整个娱乐圈。”

鱼希敛起笑容，心里涌上复杂的情绪，她想说什么，却发现怎么都发不出声音。电话那端传来闹铃声，鱼希眨眨眼，深呼吸后说道：“我先挂了，要拍戏了。”

江静白“嗯”了一声。

挂断电话后，鱼希想到刚刚江静白说的那句话，眼眶微热。钟晨找过来时，有些诧异地道：“希希，你在这里干什么？”

鱼希看向她说：“没干什么。要开始拍了吗？”

钟晨摇头道：“还没呢。赵导让我过来问你，要不要先吃晚饭。”

鱼希“嗯”了一声，说：“走吧，我们先过去。”

两人往拍摄现场走，鱼希的手机发出“叮”的响声，是白姐发来的信息。

白雨棠：我刚刚和节目组联系了，第二期节目应该是去 A 国录制。

虽然是去 A 国录制节目，但是和江静白不在一个地方，两地相隔大概四个小时的车程，而且录制的时间只有一天一夜，所以鱼希打消了去找她的念头。

在飞机上，众人都睡了长长的一觉。下飞机后，鱼希还有点儿不习惯，因为 A 国太热了。国内都快进入冬天了，这里却像炎夏，热得让人头晕。

节目组带着众人坐上车。姚青站在车里给大家讲述当地的一些习俗和趣事，然后道："还有半个小时我们就到目的地了，大家可以猜猜是哪里。"

鱼希的手机发出"叮"的响声，有新消息进来。

江静白：你来 A 国了？

鱼希回复：嗯，刚到。

接着，她又加了一句：离你那里很远，我就不过去了。

半晌后，江静白回复：好，我知道了。

鱼希熄了屏，就听到众人在猜测目的地。

"第一站必须是酒店！"

"这么早不可能去酒店，我猜是去游乐场。"

"A 国有个植树林特别有名，我猜是去那里！猜错不给钱！"

周晓一句话逗笑了众人，姚青看向坐在后面没开口的两个人。

"玉瑶，鱼希，你们觉得呢？"

柳玉瑶和鱼希对视了一眼，都从彼此眼里看到了不解。柳玉瑶摇头道："不知道。"

鱼希也道："每次录制节目都这么神秘，我还真猜不到。"

姚青听了她们的回复似乎很满意，脸上挂上笑容："我提前剧透一点儿，你们都猜错了。"

前面四个人立刻热火朝天地讨论起来，鱼希微微蹙眉。

刚刚张乐乐把 A 国有名的景点猜了一遍，鱼希联想到这次节目的主题——探险之旅，心想难道是去冒险？

她还没想出个所以然，车子就开到了一个码头。

"手机、助理和行李留下。"姚青说完，率先上了船。

众人照做，钟晨在鱼希身后嘀咕：“这是做什么？”

鱼希也不明白，她摇摇头，把手机关机后递给钟晨，然后上了船。

等到人齐之后，节目组的其他人上了另一艘船。船不大，几个人坐在船上摇摇晃晃。鱼希看着钟晨越来越小的身影，收回了视线。

“青姐。”张乐乐凑上去说，“你该不会要把我们卖了吧？”

姚青扑哧一声笑出来，说：“我不敢。”

周晓插话：“我越来越好奇了！”

王语春也不再像上次那么羞涩，话多了起来：“我也挺好奇的。难道这一期节目是在水上录制吗？”

姚青摇头道：“当然不是，等会儿你们就知道了。”她看了一眼时间，说，“还有十分钟才到，我们来玩游戏吧。玉瑶，你也一起来玩。”

柳玉瑶听到她叫自己的名字，扬唇笑道：“好。”

游戏很简单，猜字谜，每人有三次机会，猜错的人回答问题。

首先猜字谜的是周晓。姚青亮出第一个字谜，周晓回答：“钱？”

姚青摇头道：“不对。”

“多？”

“也不对。”

“侈？”

“三次机会用完了。第一个问题，你在大学时谈过多少个对象？”姚青一脸好奇。

一句话把周晓问蒙了，他反应过来后，笑哈哈地道：“换个问题！”

他是走流量路线的，怎么可能自曝大学时谈过多少个对象。

姚青点头道：“你第一次谈恋爱是多少岁？”

周晓心里一惊，面上依旧笑嘻嘻的：“我选择回答上一个问题。”他说着伸出一根手指，“一个。”

众人都不相信，周晓急得脸都红了：“真的，你们信我！相信我！”

众人纷纷笑起来，鱼希也跟着笑。

下一个猜字谜的是张乐乐，她居然猜对了，一脸得意道：“姐可是高才生！”

赵清平和王语春没猜对，被问了生活方面的问题。

最后剩下柳玉瑶和鱼希没猜字谜，姚青先问柳玉瑶。柳玉瑶思考了好几秒，然后摇头道：“我猜不到。”

“愿赌服输！”周晓喊道，“玉瑶受罚吧！”

柳玉瑶脸上带笑，点了点头。

周晓和姚青对视了一眼，他问：“玉瑶，有件事我很好奇，听说希姐主演的第一部电视剧原本定的女主角是你，为什么会换啊？”

一句话让船上的气氛变得十分微妙。

鱼希没料到节目组居然还没放弃挑拨她和柳玉瑶的关系。看来第二期节目，他们准备故技重施，要制造自己和柳玉瑶的爆点。

柳玉瑶的眼底闪过一丝错愕，显然她也没料到周晓会问这个问题。

那是她第一次被抢了拿到手的资源。当时导演对她十分满意，她那时候年轻气盛，刚出道就红了，演了一部偶像剧就有点儿飘飘然，所以拿到剧本看完女主角的事迹后，多嘴说了一句：“圣母女主。”

来试镜女配角的鱼希就站在一旁，听到这句话后问：“你说什么？”

被一个毫无名气的新人问话，柳玉瑶觉得很没面子，反驳道：“我说这是一个圣母女主，你有意见？”

鱼希轻笑道：“你知道什么是圣母吗？你知道如果没有你嘴里的所谓圣母，就根本不会有你吗？你知道什么是气节和风骨吗？”

许是受家庭教育的影响，鱼希对这方面很敏感，她不顾自己还是新人，教育了柳玉瑶三分钟，直到对方憋不住吼道：“够了！”

柳玉瑶没料到，当时导演就站在两人身后。后来，她就被换下来了。

这成了柳玉瑶心中的一根刺，身边的人都不敢提。

现在不仅有人提了，还主动问她。她轻笑一声，刚准备发火就听到鱼希轻飘飘地道：“当然是因为玉瑶当时身体不好。我去试镜女配角的时候，玉瑶就在旁边看着，是她向导演力荐的我。”

柳玉瑶看向鱼希，见到对方淡然的神色，她咬了咬嘴唇，道：“对，是我推荐的希希。”推荐她才怪！她当时恨死鱼希了！

鱼希和柳玉瑶一唱一和，还相视一笑，船上的气氛缓和了一些，周晓又看了一眼姚青，两人笑着岔开话题：“下一个！”

“下一个是希姐。”

鱼希对采访驾轻就熟，回答问题这样的小事更是不在话下。她轻松地猜出谜底，这时船也开到了目的地。

“小岛？这是要玩荒野求生吗？”

姚青闻言笑道：“从理论上来说，没错，就是荒野求生。你别忘了这期节目的主题是探险之旅。”

鱼希跟着众人下了船。小岛上满是绿色，看不到建筑物，也看不到人迹。姚青站在众人面前，笑着道：“剪刀石头布。”

众人看向她，说：“什么？”

姚青勾唇道：“选队友啊，你们会被分成三个小队。”

鱼希和柳玉瑶对视一眼，两人很有默契地面对面站着，张乐乐和王语春对着站，周晓对上赵清平。

当姚青说“开始”的时候，鱼希出了剪刀，柳玉瑶也出了剪刀。两人刚准备收回手重新出，就听到姚青说：“这说明你们很有默契啊，第一队就玉瑶和鱼希吧。”

柳玉瑶：“……”

鱼希：“……”

剩下两队是周晓和张乐乐一队，赵清平和王语春一队。

姚青拿出三份地图，三份地图是根据不同的路线绘制的：第一条路是近道，嘉宾在途中可以享受冷饮和午餐，还有可短暂休息的场所；第二条路的路程远一些，途中可以享受面包和水，没有休息场所；第三条路上什么都没有，午饭也没有。

三个队分别派一个人去抽地图，鱼希站在前面，她刚准备走出去，柳玉瑶“噌”地就冲到姚青身边，说：“我抽。”

她迅速拿了一张地图，回到鱼希身边，别过头道：“你的手气不好。”

她说完就打开了地图，只见上面写着：第三条路线图。

身边传来一声轻笑，柳玉瑶咬着牙捏着地图，心里憋着一口气。

张乐乐那支队伍是第一条路线，她冲着四人摇手：“走了，我去享受大餐了！”

接着是赵清平，他感叹道：“我们虽然没有大餐，但有面包！”

镜头移到鱼希和柳玉瑶身上，两人深吸一口气，柳玉瑶皮笑肉不笑地道：

“来，跟我一起减肥。”

摄像大哥被逗笑，肩膀一抖一抖的。

“什么鬼节目，这是人能想出来的节目吗？这……”柳玉瑶一直碎碎念。鱼希忍不住说了一句：“有摄像机的。”

柳玉瑶立即住嘴，朝左右看看，说：“你吓唬谁呢？”

她参加过很多综艺节目，最了解这种节目组的操作，是有很多固定机位拍摄不假，但没人会蠢到把这些话剪进去。不过经过鱼希提醒，她也不再抱怨了，只是时不时看向手上的地图。

第三条路线相当于绕着整个岛转半圈，再深入岛内。这个岛看着不大，真的要绕半圈会累死，更别提路上没有吃的，连口水都没有。想到这里，柳玉瑶就盯着自己的手看，真倒霉！一碰到鱼希，准没好事！

她还想抱怨两句，忍住了，冷哼一声，说：“快走吧。”

鱼希神色平静，一脸轻松。柳玉瑶最讨厌看到她这副云淡风轻的样子，磨着牙道：“你别拖我的后腿！”

鱼希闻言点头，说：“是是是，我不拖你的后腿。”

柳玉瑶听到她慢悠悠的声音更来气，头一扭就往里面走。

虽然岛上很热，但他们来之前就知道天气，所以穿着都很清凉，再加上周围草木繁盛，偶尔有风吹来，也能吹散热意。走了半个小时，鱼希并不累，只是周围都是杂草，虽然节目组发了驱蚊虫的物件，但作用不大，她的小腿上还是时不时传来被蚊虫叮咬的痒意。

她还好，柳玉瑶就不好了。柳玉瑶穿着红裙子和坡跟鞋，瞧着好看，走路特别累，要不是路面不平，鱼希都想建议她光脚走了。

“哎！”柳玉瑶一个不留神，差点儿摔跤，她立刻扶住身边的树，两只手撑在上面，模样说不出的滑稽，哪里还有一点儿高傲女神的样子。

她扶着树，咬牙道：“我不走了！不录节目了！”

鱼希站在她身边，捡起地上的地图，说：“那你回去吧，我自己走。失败者。”

柳玉瑶登时双眼冒火，她原本就满腹怨气，现在又被鱼希刺激，火气登时冲上头：“你说谁呢！我是失败者？那也比你这个没资源的强！”

她见已经走出去的鱼希转过头，目光灼灼地盯着自己，咽了咽口水，说：“你干什么？”

鱼希往回走了两步，紧紧地盯着柳玉瑶，冷冷地道：“柳小姐一直都是这样吗？”

柳玉瑶看着她说：“哪样？”

鱼希哧笑道：“没脑子。”鱼希扫了柳玉瑶一眼，转身就走。她的脸涨红，又急又说不过对方，好气人！奈何节目还要继续录制，她这个人面对其他人可以不在乎输赢，但是碰上鱼希，她是不会轻易认输的！

鱼希仿若没看到身后追上来的人，柳玉瑶伸手从她手上抢过地图，冷哼一声，大步往前走，只是身形不稳。

越往里面，树木越繁茂，路越不好走。树枝重叠在一起，密不透风，刚刚还能感受到阵阵暖风，现在是一点儿都没了，天气闷热得可怕。

以鱼希对综艺节目的浅薄了解，在这样的情况下，节目组是会伸出援助之手的，但是《乐果》完全不按常理出牌，她不敢确定。

鱼希往前走着，身后冷不丁传来吃痛声。她和柳玉瑶已经离着好几米了，但柳玉瑶到底是自己的队友，她咬咬牙又折回去，见柳玉瑶靠在树上。

“脚崴了？”

柳玉瑶看向她说：“不关你的事。”

鱼希低下头说：“两个人同时到达终点才算赢，这是规则。”

柳玉瑶憋着一口气，动了动脚，一阵钻心的疼。鱼希把手放在她的脚上，只听她倒吸一口气：“疼！你别动！我知道你恨我，但没必要在这里对我下手吧？”柳玉瑶一脸戒备，双手抱着树，腿也收了回来。

鱼希听到她的话，没好气地道：“你把手给我。”

“你想干什么？”

鱼希满脸不想和她说话的表情：“我扶你坐下，行了吗，柳大小姐？你的脚扭了，不能走了，放弃吧，等节目组的人来。”

柳玉瑶的脚疼得厉害，但是她不想在鱼希面前示弱，咬牙道：“我可以。”

她松开双手，一条腿用力，身形趔趄，鱼希立刻把她往旁边的树上一推，她又双手抱住树。

五分钟后，两人坐在树下。柳大小姐犟着不去求助，鱼希也不知道这种情况下节目组的工作人员什么时候会主动救援。

柳玉瑶见陪着自己坐在树下的鱼希一脸不高兴，但鱼希不高兴，她就高兴了。两人都没主动开口，时间一分一秒地流逝，鱼希手上的腕表嘀嘀嗒嗒地响着，她看了一眼时间，快到中午了。

柳玉瑶靠着树干坐了一会儿，动了动腿。嗯？好像不那么疼了？

她又动了一下，还真是。

看来她刚刚不是崴到脚，只是扭到筋了，休息一阵后就好多了。

她想到鱼希不高兴肯定是因为不能按时完成任务，所以她现在即使脚不疼了，也不想遂鱼希的愿。

林子里太闷热，鱼希和柳玉瑶脸上都布满了细汗。鱼希看了一眼四周，说："我扶着你走，我们换个地方休息。"

柳玉瑶看到她伸过来的手，冷哼一声，说："我走不了，脚疼。"

鱼希不想和她啰唆，在这样闷热的环境里，她们身体里的水分在慢慢流失，所以需要换一处阴凉的地方。可是柳玉瑶不配合。

"我说了我走不到，哎哎哎哎哎，你干什么？"

鱼希没好气地蹲下身，说："上来。"

柳玉瑶愣了几秒，说："你……"随后她点头，"好啊。"

她说不过鱼希，就折磨对方！

鱼希出道之前经常锻炼身体，背一个人完全没有问题，但是出道后她的运动量减少，所以现在背一个人走得很慢，尤其身上的人还在瞎指挥。

"走右边。"

"对对对，就是这里。"

"哦，我看错了，不好意思啊，刚刚应该走左边。"

鱼希咬牙道："闭嘴！"

她说着往左右看看，见到不远处有处阴凉地，最重要的是有小溪。这样的地方还能有水，简直就是意外之喜。鱼希立刻背着柳玉瑶往那边走。

柳玉瑶收起路线图，低头看了一眼鱼希，见汗珠顺着她的脸颊滑落，侧脸绯红，一双明眸发亮，定定地看向前面。

瞧着她很疲惫，却还要背着自己的样子，柳玉瑶突然没了折磨她的心思，开口道："你放我下来吧。"

“前面就到了。”鱼希喘着气道。柳玉瑶想到上次录制节目，她跳了那么多次绳都不带喘的，看来现在是真累了。

“我的脚好像不疼了。”

鱼希听到这话便放下她，转过头问：“什么时候好的？”

鱼希的目光锋利得仿佛要把柳玉瑶扎出两个洞，柳玉瑶毫不怀疑自己要是说半个小时前，鱼希能把她撕碎了。她顿了几秒，道：“刚刚。”

鱼希点头道：“走吧，前面有水。”

她说完就往前面走，柳玉瑶跟在她身后。两人走到溪边洗了把脸，洗去不少热意。她让柳玉瑶把地图拿出来，指着中间靠上面的位置，说：“我们现在在这里，而终点在这里，估计还要走二十分钟，你能行吗？”

柳玉瑶点头道：“可以。”说完，她又加了一句，“刚刚可不是我求着你背我的，你别想让我还你人情。”

鱼希轻笑道：“柳小姐，你不仅没脑子，还想得多。”

柳玉瑶心里涌上一万句骂人的话，她恶狠狠地看着鱼希。鱼希的神色已经恢复如常。

短暂的休息后，两人继续上路。

这次她们没再遇到任何问题，很顺利地到了目的地，不过她们是最后到的，张乐乐和赵清平他们两队已经坐在边上吃冷饮休息了。

柳玉瑶被姚青叫走，鱼希坐在张乐乐身边休息。张乐乐递给鱼希冷饮，她摆手说：“矿泉水就好。”

她喝了几口水，又吃了点儿干粮，柳玉瑶就回来了，不知道她和姚青聊了什么，脸上的愤怒之色已经消失了。

下午节目的录制基本是在岛中间，有各种项目。与第一期的刺激性项目不同，这一期明显是在比体力。鱼希连赢两次，周晓直呼不可思议，她从第三条路过来，明明应该很累，没想到体力还是好得不行，都把他这个男的比下去了。他不服不行。

一下午，鱼希拿了好几张“金牌”。柳玉瑶作为搭档也分享了荣誉，虽然她根本不需要，但在镜头面前，她还得笑眯眯地道：“鱼希厉害！加油！”

柳玉瑶从未想过自己会说出这么恶心的话。

晚上回到酒店休息时，鱼希作为赢家，可以提出一个要求。她立刻提出要一个单独的房间，不参与抽签。余下三个人抽签，柳玉瑶和张乐乐一间屋。

鱼希看到张乐乐那张扭曲的脸，忍不住笑了。

回到房间已经是晚上九点多了，鱼希冲完澡就像软泥一样瘫在床上，累得连手都不想动，钟晨贴心地帮她整理好东西就出去了。手机嘀嘀响起，鱼希拿起来看了一眼，是江静白发来了消息。

江静白：你休息了吗？

鱼希坐起身回复：还没，准备休息了。你那边怎么样？还顺利吗？

江静白盯着这条消息看了几秒，然后回复：还算顺利，不出意外的话，后天上午我就可以回去。你现在有空吗？

鱼希回复：没空。

江静白一个电话打了过来，鱼希问道："干吗？"

"开门。"

鱼希顿了几秒，随即从床上跳起来跑到门口，打开门，就见到江静白站在门外。

江静白问："现在你有空了吗？"

门内伸出一只手，把江静白拉进去，随后门"砰"地被关上。

"你怎么来了？"两人坐在沙发上，鱼希问，"你那边的事情结束了？"

江静白回答："还没有。"

"你累不累？"江静白将双手放在鱼希的肩上，轻轻按摩起来。

"去房间吧。"鱼希打了一个哈欠，转过头道，"我想睡觉。"

江静白点头道："好。那我一会儿再走。"

鱼希一脸疑惑，说："你要走？什么时候？"

江静白看了一眼腕表，说："还有二十分钟。肖助理在楼下等我呢。"

她一开完会就赶过来了，四个多小时的车程，只能待这么久，五个小时后她还有个远程会议要开。

鱼希点头道："那我们就坐在这儿聊聊吧。我妈后来找过你吗？"

江静白摇头道："没有。你别多想，工作要紧。"

鱼希笑道："我知道。"

江静白离开之前，鱼希睡着了。

REC

16:9 AUTO RAW

Chapter 8
暗　涌

ISO 300

00:03:20

一夜好梦。

翌日早上，鱼希是被闹钟吵醒的，她伸手按掉，手还是软的。昨天的项目是真耗费体力，她到现在都没有恢复过来。节目组也体恤众人，在群里发了通知，原本定的八点集合，改成了九点，鱼希又睡了个回笼觉。

当闹钟第二次响起时，她才起床，体力终于恢复了一点儿。钟晨敲门进来，喊她下去吃早点。她换好衣服化了淡妆，对着镜子里的人看了好儿眼才走出门。

进电梯后，她给江静白发消息：你醒了吗？

江静白压根没睡，她捏着鼻梁看向屏幕里的人，说："其他的事等我回来再说，这个项目暂时就这样，你签字。"

屏幕里的人点头道："好的。"

江静白结束通话，肖知秋适时地送上咖啡："休息一会儿吧，江总。"

江静白眼睛干涩，她别过头问："几点去见 Peter 先生？"

"一个小时后。"

见完 Peter，她们还要赶去下一个城市见其他人，江静白恨不得将时间掰开用。

江静白点头道："我知道了。我休息半个小时，到时间了你叫我。"

肖知秋道："好的，您休息吧。"

她说完走到窗边拉上窗帘，房间里顿时暗了下来。江静白走到床边后突然说道："别拉上窗帘。"

肖知秋虽然不解，但还是照做了。待肖知秋走出房间后，江静白坐在床边，刚躺下就收到鱼希的消息：你醒了吗？

江静白顿时心情颇好，回复：还没有。

鱼希立刻发来两个表情包。

鱼希：懒。

鱼希：我去录制节目了，回头再说。

江静白简短地回复：好。

鱼希把手机交给钟晨，跟在她身后去了餐厅。餐厅里面已经坐着张乐乐和王语春，两人正在小声说话，鱼希走过去时脚步很轻，没惊到两人。

“真的假的？你看到了？”

“我昨天不是回去拿睡衣吗，就看到了。”

“我还以为只是传言呢，没想到是真的。”

“什么传言啊，你没听说柳玉瑶接了梅导的戏吗？听说就是因为星耀。”

“也是，不过她也太大胆了，居然直接把人带到房间里。”

“节目组就算知道这件事，肯定也会装作不知道，谁敢去惹星耀的少当家？”

鱼希轻咳一声，张乐乐和王语春都是一惊，她们转头见到不远处的鱼希，立刻笑着打招呼：“希姐。”

鱼希点头道：“你们聊什么呢？我好困，你们都不累吗？”

张乐乐不知道鱼希听到没有，她试探着道：“我们没聊什么，就说说八卦。”

“八卦？”鱼希轻笑道，“你们也真够闲的。”

两人听她语气如常，一副对她们刚才聊的话题丝毫不感兴趣的样子，才放下了心。张乐乐笑道：“确实闲，今天青姐也要迟到了。”

鱼希看了一眼时间，还有十分钟就到九点了。这个点，姚青不可能不在，除非她有更重要的事情。鱼希联想到刚刚张乐乐和王语春聊的事情，估摸着事情和柳玉瑶有关。

事实上还真是和柳玉瑶有关。

节目组打算突袭，所以早上八点多通知众人可以多睡一个小时，然后节目组的人就蹲守在柳玉瑶的房间门口，他们满心以为打开门会看到柳玉瑶和张乐乐，谁也没料到里面居然有个男人。那人他们还认识，是星耀的少当家楚淮。

楚淮的脸色非常难看，姚青立刻让众人出去，然后边道歉边咬牙。昨天她都和柳玉瑶说了今早有惊喜，她还以为柳玉瑶把事情放在心上了，没想到竟然发生这种事情，好在这一段视频可以剪掉。想到这里，她对两人道：“抱歉，是我们没提前通知，对不起，楚先生。”

楚淮冷着脸，瞪着她。一旁的柳玉瑶道：“算了。”

她看向楚淮说：“你先走吧，等录制完节目我给你打电话。”

楚淮没看她，冷哼一声就离开了。她看了一眼他的背影，转头对姚青道：“青姐……”

姚青很识趣，说：“玉瑶，你收拾一下就出来吧。刚刚我们的摄像机坏了，什么都没有拍到。”

柳玉瑶点头：“好。”

姚青走出房间就忍不住骂人。旁边的摄像大哥也不知如何是好，说：“青姐，这……”

“删了。”姚青道，“刚刚的事情，谁都不许说出去！”

节目组的人纷纷点头，说：“青姐，你放心吧，我们知道轻重。”

鱼希几人等到九点半，姚青才带着柳玉瑶姗姗来迟。她笑着解释：“昨天玉瑶的脚扭伤了，我早上带她去医院了。”

周晓立刻起身，一脸关心地问：“玉瑶姐没事吧？青姐，我就说昨天的项目对体力的消耗太大了。”

姚青笑道：“你行了吧，昨天你也没说和玉瑶换地图。”

周晓一脸诧异地说：“还可以换地图啊？”

张乐乐紧跟着道：“居然可以换地图！早知道我就跟我女神换了！”

气氛顿时活跃起来，大家纷纷落座。吃了早点后，众人陆续上车了。今天录制节目的场地还是在小岛上，不过他们不用选路线了，而是直接坐车进岛。

十点半，节目录制正式开始。

今天的项目和昨天一样，都是比拼体力的，但是内容不同。许是考虑到嘉宾大多是女孩子，节目组把强度降低了。鱼希很轻松就过了关，但是搭档是柳玉瑶，所以免不了要等她。鱼希看她慢吞吞地走着，恨不得在她脚上装个风火轮。

各个项目都尝试了一遍之后，节目录制也差不多结束了。

每期节目录制结束之后都有采访环节。

鱼希依旧答得滴水不漏，她知道节目组专门找她和柳玉瑶的爆点，也四两拨千斤地应付过去，最后问话的人什么都没问出来，反而被绕进去了。

柳玉瑶行程繁忙，这边的节目录制结束就要赶下一场，所以出岛后她就被接走了。节目组问其他人，张乐乐和王语春决定跟着节目组回去，周晓和赵清平推托说有事，直接飞去其他地方。

至于鱼希，她想了几秒，说道："我也有事。青姐，你们先回去吧。"

姚青点头道："那好，我们先走了。"

鱼希回到酒店收拾行李。钟晨准备给她订飞机票，她阻止了："你别忙活了，我明天回去。"

钟晨"啊"了一声，说："明天？希希你有事啊？"

鱼希点头道："嗯。"

她和白雨棠打了招呼，就直接坐车去了江静白那里。她来之前，江静白就告诉了她酒店的地址，虽然这个点去酒店找人不太现实，但是试一试又没什么。

鱼希让钟晨开了一间房，等她把行李都放好才给江静白打电话。

"你在哪儿？"

电话那端的人恭敬地道："鱼小姐。"

是肖知秋。

鱼希问："肖助理，江总呢？"

肖知秋站在走廊上，说："江总正在谈生意，不方便接电话，我等会儿让她给您回过去？"

说话间，鱼希已经走到江静白所住的那层楼了，想到她不在，鱼希沉默几秒，道："好吧。"

她刚准备转身离开，就瞥到走廊上有个人，她又问："你们在哪儿谈生意？"

肖知秋正准备回复，又听鱼希道："我看到你了。"

两分钟后，鱼希走到肖知秋面前，问："她在里面？"

肖知秋点头道："在。"

鱼希盯着她，神色冷了下来："什么生意需要在房间里谈？"

肖知秋张嘴想解释："其实……其实……"

鱼希的眼神落在肖知秋身上，她从不知道鱼希的气势也可以这么强，完全不输江总，她低下头，回道："其实是盛总。"

鱼希冷冷道："开门。"

肖知秋吐出一口气，打开了门。

鱼希进门后，两个正在谈话的人都看了过来，表情如出一辙，神色漠然，显然她们不是在谈论什么令人开心的话题。

"妈？"鱼希走过去喊了一声，她压下已经蔓延到胸口的愤怒，双手紧紧握着。

盛闲淡淡地看了她一眼，问："希希？你怎么来了？"

她说着，用狐疑的目光看向江静白。

鱼希见状，开口道："我来找人。"她说着坐在江静白身边，然后看向盛闲，"不知道妈过来是因为什么事？"

江静白拍拍她的手背，问："你刚录制完节目？"

鱼希点头道："嗯。"

盛闲冷着脸道："希希，你先出去，我有话要和她说。"

"什么话是我不能听的？"鱼希看着盛闲，身形没动，嘴唇轻启，"你是我妈，她是我好友，你们都是我最亲近的人，有什么话是我不能听的？"

"鱼希！"盛闲没时间和她耍嘴皮子，冷冷地说，"出去。"

鱼希不卑不亢地道："盛总，该出去的人是你。"

鱼希连称谓都省了，看向盛闲，一脸平静，她用实际行动告诉对方，上次她说的话是认真的。

盛闲见说不动鱼希，又不好用强硬手段，便转而攻击江静白："江总还真是让我刮目相看，我以为八年过去，你会变得成熟，原来还是这么幼稚。"

鱼希刚想发火，江静白便平静地道："盛总，我不说话，只是不想让你太难堪。谢谢你不远千里来A国给我忠告，我收下了，但是抱歉，我不会听。"

盛闲冷哼一声，说："江总，我想你八年前就该知道，凭你的实力，在全球的面前算什么。"

江静白对上盛闲的目光，镇定地道："我从未低估过。"

盛闲紧紧地抿唇，下颌绷紧，一张脸沉着。她盯着两人看了片刻，然后站起身说：“行，江总，这次的提案就让我看看，江总会怎么通过。”

她说着冷哼一声，没再看鱼希，直接往门口走去。

房间的门打开又合上，一室安静。

鱼希问：“你为什么不告诉我？”

要不是她听到张乐乐的话，知道星耀的楚淮来了，她也不会联想到全球金融可能也会来人，更不会想到是她妈妈。

江静白见她有些不高兴，开口解释：“你在录制节目，我不想让你分心。再说了，她暂时还拿我没办法。鱼希，别担心了，好吗？”

鱼希闻言，又问：“她刚刚说的提案是什么？”

江静白见她神情严肃，大有自己不说清楚她就不罢休的样子，便三言两语说了提案的事情。

鱼希点头道：“所以，现在你打算怎么做？”

江静白已经将利弊都和她说了，现在也只能诚实地道：“曲线救国吧。”

在国内完不成，她就来A国寻求帮助，毕竟她之前的人脉都在A国，谁料盛闲也跟了过来，生生打乱了她的计划。

不过，她还留了一手。

不到万不得已，她是不会亮出底牌的。

鱼希闻言问道：“你有把握吗？”

“嗯。”

江静白的底牌，就是以前金融圈子里GRYT机构的领头人，叫Carl。

她那时候年轻气盛，刚踏入这个圈子，逮着机会就想往上爬。当时圈子里有些动荡，她趁机迅速吸收知识。她的第一个单子就抢了Carl的资源，Carl当然不会因为这点儿事情就记恨她，反而对她很赏识。后来两人也交过几次手，各有输赢。在她回国之前，Carl找到她，想要她手上的一个资源，代价就是答应她一个条件，她当时忙着回国，并没有提出具体的条件。

Carl不仅在A国有权有势，在H国也很有地位，虽然他不及盛闲站得那么高，但也受邀成为这次新兴环保科技产品竞标提案审核的成员。

江静白之前没有去找Carl，是因为她觉得时机还没到，她和盛闲不过刚交锋，若是这时候她就亮出底牌，只怕以后无法压制对方。但是现在的情况是，如果她不打出这张底牌，那么连和盛闲交锋的资格都没有。

盛闲的势力实在太大，大到可以轻易摧毁她努力建起来的堡垒。

鱼希听完她的话，点了点头，说：“你暂时不要去找 Carl 先生，我可以推荐一个人给你。”

江静白歪头看着她，说：“你？你怎么会……”

鱼希笑了笑，说：“她不是说我是鱼家人吗，我不利用鱼家的势力，岂不是浪费了这个身份。”

“鱼希。”江静白安抚她，“你别意气用事。”

鱼希点头道：“我有分寸。等会儿我们收拾一下，带些礼物就去找他。”

江静白道：“那个人在 A 国？”

鱼希点头道：“对。”

半个小时后，两人换了衣服便准备出门。肖知秋看着她们出来，松了一口气，她真怕她们在里面吵起来。钟晨立刻走到鱼希身边，眼睛红红的：“希希。”

她已经知道盛闲来了，急得都要哭了。

鱼希别过头，说：“肖助理，帮我照顾钟晨，我和江总出去一趟。”

肖知秋立刻看向江静白，见后者颔首，她才道：“好的，需要我给你们备车吗？”

江静白伸出手说：“你把车钥匙给我。”

肖知秋把车钥匙交给江静白，听到她对鱼希说：“我开车吧。”

鱼希轻声道：“嗯。”

两个人进了电梯。到车库后，江静白问道：“去哪儿？”

到现在她都不知道鱼希说的那个人是谁。鱼希难得调皮地道：“走吧，我指路。”

江静白默了默，道：“好。”

车子开出酒店后，两人先去买了东西，经鱼希一路指挥，最后她们来到一栋别墅前。鱼希说道：“到了，下车吧。”

江静白道：“等会儿。”

鱼希不解道：“怎么了？”

江静白垂着眼，从自己的手腕上取下墨绿色手镯，在鱼希诧异的目光中将它戴在她的手上。

“你……”

江静白抬起头，郑重其事地说：“鱼希，你不要害怕，我会站在你这边。”

鱼希垂着眼，她没想到江静白居然看透她的心思。

车里有片刻安静，随后鱼希扬唇笑笑，摸了摸那个镯子，触感微凉。

鱼希带着江静白来到了一栋别墅前，门口的女人看到她们，惊奇地喊道：“小希？”

鱼希笑着打招呼：“陈阿姨。”她说着，把手上的礼品递过去。

陈阿姨放下手中洒水的工具，走到鱼希身边，接过礼品后笑道：“你这孩子怎么又买这些？我和你陈叔叔都用不上。”

鱼希亲昵地道：“那我也不能空手来啊，多没规矩。”

陈阿姨笑道：“好好好，我说不过你。今天你怎么想起过来了？你都好久没来了。”

鱼希扬起嘴角，问：“陈叔叔在吗？”

“在在在，他不在家还能在哪儿。你也是的，来这儿也不提前说一声，我们也好做准备啊。”

鱼希闻言，眉眼都添了温柔，说：“好，下次我注意。”

陈阿姨点头，看向她身后的江静白，问：“这位是？”

鱼希笑笑，说：“这是我朋友，姓江，叫江静白，您叫她小江就好。”她又给江静白介绍：“这位是陈阿姨。”

江静白落落大方地打招呼：“陈阿姨。”

“小江啊。”陈阿姨盯着她看了好几秒，“名字好听，人也好看。”

江静白低下头浅笑，说：“谢谢陈阿姨。”

陈阿姨看了她好一会儿才道：“走走走，我们别站在门口说话，进去聊。我去喊老陈，你们先坐。”

说话间，她已经往里面走了，鱼希边走边和江静白解释。

陈叔叔叫陈涯，以前供职于盛闲的公司。鱼希小学毕业后的那个暑假，盛闲不能陪她的时候，她就待在陈家。陈阿姨身体不好，不能生育，两人无儿无女，便把鱼希当成自己的孩子照顾。鱼希很喜欢他们家的氛围，和鱼家完全不同，后来鱼希即使和盛闲关系不好，也经常和他们来往。

陈涯是因为某个项目和盛闲闹翻的，两人各持己见，互不相让，后来陈涯就辞职了，再后来他就搬到了 A 国。鱼希每次来 A 国拍戏，都会过来看望两位长辈，陈阿姨每每看到她就像看到亲闺女，疼惜得不行。

江静白并不知道鱼希还有这段过去。高中的时候，她除了提到盛闲，鲜少说自己的事情，江静白看得出来她并不愿意提鱼家，所以江静白并不知道陈涯的存在。

两人坐下没多久，就看到一个中年男人从二楼走下来，他穿着家居服，看起来和蔼可亲。他走到鱼希和江静白面前，笑道："小希真的来了，我还以为你陈阿姨在哄我开心呢。"

鱼希垂眼道："抱歉，陈叔叔，这半年我有点儿忙，一直没能来看你们。"

"我知道。"陈涯抬手道，"你的事情，我们都知道。你也真是倔强，怎么都不肯接受别人的帮助，和你妈一样倔。"

鱼希听到"你妈"两个字脸色微变，陈阿姨推了下陈涯，他后知后觉反应过来，说："好了好了，不提她。今天，你可得好好陪我吃顿饭。"

"好。"鱼希语气轻松，笑了笑，"今晚我不仅陪您吃饭，还要陪您喝两杯。"

"看来你是有事找我啊。"陈涯笑道，"那得先说好，我若是帮不上忙，你可别怨我。"

鱼希嘟囔："您若是帮不上忙，我以后就不来看您了，还把陈阿姨接走！"

客厅里瞬间响起爽朗的笑声。江静白看着鱼希，自己头一次看到她在长辈面前撒娇。

鱼希又正式介绍了一遍江静白："这是我最在乎的朋友。"

陈阿姨笑道："江小姐一看就是人中之凤。"

鱼希听到这话，别过头看着江静白，说："你听到了吗，陈阿姨的夸奖？"

江静白垂眼笑道："听到了。"

陈阿姨看到她们聊起来，便起身说道："我去做饭。"

鱼希看了江静白一眼，说："我去帮忙，你和陈叔叔聊天？"

江静白点头道："好。"

鱼希起身道："陈阿姨，我来帮您吧。"

陈涯给江静白倒了一杯茶，开门见山道："你说吧，什么事情竟让小希来求我。这还是我认识小希以来，她头一回求我办事呢。”

江静白开口：“是有点儿事……”

“你会下棋吗？”陈涯打断她的话，“我早就听说B组的江小姐棋艺出众，一直没机会领教，现在终于得了机会。”

B组是以前江静白所在的小组。GRYT机构分A、B、C三组，A组只有五个人，他们都在圈子里有举足轻重的地位；B组有大约十个人；C组的人就比较多了，刚进去的人都在C组。江静白花了四年时间获得进入机构的资格，进去之后只用四年时间就进入B组，刷新了纪录。不少人都等着看她用多少年进入A组，会不会再一次刷新纪录，谁料她突然离开了，说要回国。

GRYT机构是很多人挤破脑袋都想进去的，她却义无反顾地走了，也是随性。不过也因为她走了，她的事迹反而更引人瞩目，就好像一段故事在最精彩的地方戛然而止，让人不由得浮想联翩。她之前做过那么多项目，哪个不是被当成经典案例，所以陈涯知道她也不奇怪。

他之前也好奇江静白回国是因为什么，现在看到鱼希，他便明白了。

江静白抬眼道：“您认识我？”

陈涯的脸上依旧带着温和的笑容，说：“江小姐的事迹，我听过不少。”

江静白微微点头，笑道：“您是A组的前辈？”

陈涯看着她，没回答。

鱼希在厨房里看着闲谈的两个人，江静白依旧是落落大方的姿态，面上瞧不出喜怒。江静白说得对，Carl是底牌，不能轻易亮出来，而她既然有人脉，为什么不用起来呢？

“别看了。”陈阿姨的声音里带着笑意，“你陈叔叔不会吃了她的。”

——最多刁难一下。

毕竟上门头一件事就是求人，老陈不刁难一下说不过去。

鱼希听到她打趣，转头道：“陈叔叔也吃不了她，她很厉害。”

她的语气里满是自信和笃定，陈阿姨被逗笑了，说：“哟，小希都不帮着你陈叔叔说话吗？这我可要告状。”

鱼希嘀咕：“我哪有。”

陈阿姨彻底笑开，说：“是是是，阿姨说错了。”

鱼希不会做饭，只能帮忙择菜和洗菜。她低头洗菜时，有水溅到脸上，陈阿姨立刻擦干净手帮她擦掉，她冲着陈阿姨笑，笑脸映在厨房的窗户上。

别墅外面站着两个人，是盛闲和她的助理。

助理小声道："盛总，还进去吗？"

盛闲这次来A国主要是和老陈谈事的，只是约的是晚上，她和江静白谈完，时间空了出来，就提前过来了，谁料看到了这一幕。

盛闲拎着包的手发紧，目光沉沉，盯着厨房里的两人看。

这样撒娇嗔笑的鱼希是她从没有见过的，她一时有些恍惚，鱼希已经很久没有在她面前开怀地笑了。每次吃饭，鱼希都是一副冷漠的姿态，或者对她避之不及，开口也是三句话不离工作。她只在电视剧里或者广告里才能看到鱼希开怀大笑的样子。

助理见她盯着厨房看，识趣地闭了嘴。

盛闲垂着眼，说："走吧。"

"盛总。"助理跟在她身后，道，"您别怪我多嘴，您也要适当服软。鱼小姐是您的女儿，她的性格和您一样，都是不肯服输的，再这样下去，我怕会……"

"够了。"盛闲打断她的话，扫了她一眼，目光锐利，她立刻低下头。

两个身影很快就从院子里消失，风一吹，没留下任何痕迹。

鱼希和陈阿姨做好饭后便去客厅找江静白，见到她正手执棋子看着棋盘。鱼希不懂下棋，坐在一旁道："棋局结束了就吃饭吧。"

江静白转过头冲鱼希笑道："好。"她放下棋子："结束了，陈叔叔。"

陈涯脸带微笑，听到她的话后低头一看，一子定生死。

他输了。

"静白啊，你这样不行啊，都不让让我，你说我还怎么帮你呢？"

江静白闻言笑道："陈叔叔，让您就是对您的不尊重。"

陈阿姨走过来，笑盈盈地道："你瞧着不喜欢说话，嘴还挺甜。吃饭吃饭。"

陈阿姨一声令下，鱼希便拉着江静白起身，两人坐在桌前。陈涯道："等会儿吃完饭再下一盘。”他想了一下，又道，“再下两盘。”

陈阿姨推他，说：“你是上瘾了还是怎么了？”

吃饭时，鱼希想陪陈涯喝两杯，江静白拿过她的杯子，说：“我来吧。陈叔叔，我敬您。”

“行啊。”陈涯看向她道，“喝完酒我们再下几盘棋。”

江静白点头道：“好。”

陈阿姨和鱼希就看着两人你来我往地敬酒。吃完午饭，两人又坐在棋盘边。陈涯道：“这局你若赢了，我就把提案留下。”

江静白低下头，执着棋子说：“好。”

江静白和鱼希离开时是下午三点多。回去是鱼希开的车，江静白坐在副驾驶座上。

目送车子远去后，陈阿姨站在园子里，对身边的人道：“闲闲说要来，也不知道几点过来。”

陈涯把双手背在身后，说：“该来的总会来，避也避不了。”

陈阿姨看着他，问：“那个孩子的事情，你打算怎么办？”

“还能怎么办，”陈涯的话掷地有声，“答应了的事情，我肯定会做到。”

“我就怕闲闲那边……”

“行了，你别乱想。”

两人说着，就见一辆银色轿车开到门口，接着从上面下来一个身材高挑的女人。盛闲对两人笑道：“你们怎么都站在门口，是算好了我会在这个时间点过来吗？”

陈涯和陈阿姨对视一眼，笑道：“我们当然是知道你要来，所以出来看看。”

盛闲没戳破两人，说：“进去聊。”

陈阿姨看了一眼鱼希离开的方向，又看了一眼盛闲，叹了一口气，也跟着进屋了。

鱼希开着车，打了一个喷嚏。她揉揉鼻尖，对江静白道：“包里有面纸，你帮我拿一下。”

江静白转头问：“哪里？”

“包里啊。”鱼希别过头，没看到自己的包，她立刻靠边停车，往后排看了几眼。

“你是不是把包放在陈阿姨家了？”

鱼希拍了一下脑袋，有些懊恼道：“肯定是。我先送你去酒店休息，然后回去拿包。”

江静白摇头道：“不用，我陪你去。”

鱼希蹙眉道：“可你喝了不少酒。”

江静白笑道：“我还能下棋呢，你别担心。”

鱼希见她执意陪自己去，只好道：“那行吧。”

车在路上转了一个弯，又折回去。快到别墅时，鱼希看到门口停了一辆车，她将车子停在那辆车后面，本想让江静白在车上等她，谁知江静白已经先一步下车了，两人一起往别墅里走去。

大门是开着的，鱼希转头对江静白道：“肯定是忘了关……”

她的声音还没落下，就听到里面传来的谈话声。

“老陈，希希来找过你了？”

“来过了。”

“你答应她了？”

“没有。我答应的是江小姐。”

“老陈！”

“盛总，”鱼希走进去，面带微笑道，“你有什么问题可以直接来问我，不要找别人麻烦。”

盛闲转过头，见到鱼希，错愕几秒，很快便回过神，说：“希希。”

“你别叫我。”鱼希没有空闲和她吵架，只道，“我不配做你的女儿。”

陈涯站起身，问：“小希，你怎么回来了？”

鱼希没回话。

江静白道：“她的包落在这儿了。”她说着从沙发上拎起包，“那陈叔叔，我们先走了。”

她去拉鱼希，鱼希一动不动，直勾勾地看着盛闲：“盛总要聊聊吗？”

盛闲瞥了她一眼，又看了一眼江静白，脸沉下来，点头道：“行。”

两人很快进了另一个房间，余下三个人待在客厅里。

陈阿姨一脸担忧道：“她们会不会吵起来？”

这两人的性子一样，谁也不服谁。盛闲还好，久居高位，不会轻易动怒，但是鱼希就难说了。

“你想聊什么？”盛闲进屋后坐在沙发上，一副谈判的架势。

鱼希丝毫不惧，说：“就聊聊你打算做什么，是让我接受你们认为合适的安排，按部就班地过完一生？”

盛闲沉着冷静，没有回话，只是一直看着鱼希。

中午鱼希在厨房里笑得温柔，还会撒娇，隔那么远盛闲仿佛都能听到她的笑声，现在面对自己，她却一脸愤怒，眼里闪着火光。

盛闲垂着眼，启唇道：“希希……”

“叫我鱼希。”

盛闲立刻改口：“鱼希，我不会强迫你接受我和你爸的安排。”

鱼希嗤笑道：“那你现在是做什么？”

盛闲气定神闲道：“你有你的想法，我有我的想法，所以有些事情，我是不会轻易放手的。对于会因为其他事情伤害你的人，我更不可能相信。”

鱼希被气笑了，她之前说了那么多话，在盛闲看来，不过是小孩子闹脾气，盛闲根本就没有当真。

鱼希心里涌上悲伤，眼眶微热，在鱼家和盛闲面前，她不配拥有自我，也不配拥有想法。

“随你吧。”鱼希轻飘飘地说。

她一脸漠然，双眼微红，却哭不出来。

她对眼前这个人彻底死心了。

“如果我这次再识人不清，我会主动和鱼家、和你断绝关系。”鱼希咬着牙，一个字一个字地说，“老死不相往来！”

盛闲愣怔，说：“鱼希？”

鱼希已经平静下来，只是声音里透着寒意，她抬头道：“你不是喜欢赌吗，那我们就赌这一把。”

盛闲闻言，握紧双手，没吭声。

鱼希走出房间的时候神色如常，甚至脸上还挂着淡笑：“陈叔叔，陈阿姨，我和静白先走了，有空再来看你们。”

陈涯和陈阿姨互相看了一眼，连连点头，说：“好好好。”

鱼希看向江静白，说：“走吧。”

江静白什么都没问，和二老打过招呼就离开了。

依旧是鱼希开车，两人一路上都没说话。到酒店后，鱼希跟在江静白身后进了房间，坐在沙发上，低声道：“你知道我和她聊了什么吗？”

她眼角泛红，虽然尽力克制情绪，但身体还是气到发抖。

江静白安慰道：“不想说就不要说了。鱼希，累了就去睡一觉，我送你进去休息。”

门被打开，鱼希突然挣开江静白，往后退了两步，站在她身边，伸手关上了门。

江静白攥紧手，说：“鱼希。”

鱼希看向她，说：“我和她说，如果这次我再识人不清，就和鱼家、和她断绝关系。”

“鱼希！”江静白一脸愕然。

鱼希捂着脸，声音带着哭腔：“所以你不能辜负我的信任。”

江静白立刻安抚她：“好。”

听到这个字，鱼希安静下来。

过了许久，江静白走到窗边，拉上帘子，房间里顿时暗了下来。

鱼希怕黑，所以房间里留了一盏小灯，江静白低头就能看到鱼希的表情，有些郁结，看来下午的事情她还是放在心上了。

“鱼希。”江静白道，“所有的事情都会过去的，你别担心。”

她的声音虽然不大，但很沉稳，莫名让人安心，也让鱼希烦躁的心平静下来。

“早点儿睡吧，明天上午我们就要回去了。”

鱼希说：“可我不困，还想再玩一会儿。”

江静白妥协道：“随你吧。”

一夜无眠，第二天鱼希和江静白的精神都是难得的好，不过在飞机上，她们还是补眠了。为防止狗仔跟拍，回国后，鱼希和江静白分别离开机场。

钟晨跟在鱼希身后问："希希，我们是直接去片场吗？"

迟来的困意袭来，此时的鱼希就连手指都不想抬，熬夜果然要不得。她回道："不去片场了，回家休息。"

钟晨别过头看她一眼，"哦"了一声。

上车后，鱼希就开始睡觉。钟晨对她昨夜的行程十分好奇，到底是什么事能让她从上飞机睡到下飞机，再从机场睡到家门口？

她百思不得其解。送鱼希回家后，她问道："希希，你昨晚干什么去了？还困吗？"

鱼希点头道："困。"片刻后，她又道，"昨晚我没干什么，一直在睡觉。"

钟晨："……"

她很好骗吗？

鱼希见她不信，又道："你不相信，我可以给你示范一下我是怎么睡觉的。"

钟晨连忙道："不，不用了。"

鱼希看着钟晨飞速离开的样子，忍不住笑出声，笑着笑着她叹了一口气，坐在沙发上，拿出手机给江静白发消息：你回来了吗？

没两分钟，她收到回复：我回公司了，还有很多事情要处理。

鱼希问：你是铁人吗？

江静白看到这条消息，一时没反应过来，过了一会儿才回复：没有，你别担心，我有分寸。

鱼希回复两个字：好吧。

听这语气，江静白就知道她不高兴了。

江静白关掉手机，肖知秋还在汇报工作。

"江总，这些都是今天要处理的。"堆积的事情有点儿多，都等着江静白处理。

"放这儿吧。"江静白捏捏鼻梁，说，"你去泡杯咖啡，再打听一下提案的事情。"

肖知秋点头道："好的。"

没一会儿，她给江静白送来咖啡，然后又退出去了。整个上午江静白都在处理公司的事情，困极时就让她送来咖啡，到中午时，三杯咖啡已经下肚了。

午休是必然的。

江静白的休息室从来都是装饰用的，没想到有一天她会真正在里面休息。她把所有窗帘拉上，房间里暗了下来，她才躺在床上沉沉睡去。

她是被鱼希的电话吵醒的，鱼希告诉她，自己要去剧组了，她顺势坐起身，“嗯”了一声。

鱼希蹙眉道：“你在睡觉？”

江静白靠在床头，说：“我刚醒。你晚上几点收工？”

鱼希回道：“还不知道。”

两天没去剧组，她不知道戏拍到哪里了。虽然快要杀青了，她的戏份也所剩无几，但是会不会拖戏，她还真不确定。

江静白“嗯”了一声，说：“等晚上再说吧。要我过去探班吗？”

鱼希拒绝道：“你别来，公司的事情那么多，你就安心上班吧。”

两人聊了两句，就挂断了电话。

钟晨已经在楼下等着了，她见到鱼希出来，直接将鱼希拉上车去片场。

两人到剧组时看到了纪霖枫，他见到鱼希就挥动双手：“希姐！”

其他人看过去，也纷纷打招呼。赵导走过来，说：“你来了。”

鱼希笑道：“嗯。”

“你先去换衣服上妆吧。”

鱼希跟在钟晨身后，去了休息室，她再出来的时候，就见纪霖枫正捏着剧本坐在棚子里。他喊道：“希姐，下一场戏才轮到我们，我们先来对戏。”

鱼希坐在他身边，接过钟晨递来的剧本。他现在对演戏有了新的认知，也比较放得开，不像刚开始那样背着偶像包袱，束手束脚的。鱼希乐于见到他的转变，看着他慢慢成熟。

纪霖枫被夸了两句，不好意思地道：“希姐又打趣我。”

鱼希笑道：“我是认真的。”她说着，看向前面，“是欢欢的戏份？”

在这部剧里，莫宁欢是女三，虽然她的戏份不重，但角色讨喜，个人剧情线也不错。

纪霖枫顺着她的目光看过去，说：“嗯，是欢欢的。欢欢的进步也很大。”

刚进组时什么都不懂的丫头，现在站在镜头前也能很快进入角色，进步确实非常大。

每个人都在变得更好。

她也会变得更好。

机会不多就去争取，实在没有机会就创造机会，她之前对朱梓铭说的话一点儿都没错，树是死的，人是活的，树不会变通，人可以。

她要想和盛闲、鱼家抗衡，首先就要提高自己的实力，让自己站在更高的位置。

困扰她多时的问题在这一刻有了答案，她松了口气，对纪霖枫道："纪霖枫，谢谢你。"

纪霖枫冷不丁听到她道谢，蒙了几秒，挠挠头，他刚想问什么事，就听到赵导喊："准备了！"

两人起身走过去，和莫宁欢擦肩而过时，莫宁欢喊道："鱼老师，你回来啦？"

鱼希点头道："等会儿聊。"

莫宁欢道："好。"

鱼希走到镜头前，莫宁欢站在不远处看着她，满眼都是星星，崇拜之情都要溢出来了。

她身边的两个女孩正在聊天。

"这部剧杀青后你去哪里？"

"还没定呢，说是有部古装剧在招人，但是你知道的，这年头，谁还敢演古装剧啊。"

"也对，我经纪人的手里倒是有两部剧的资源，但是能不能轮到我就不好说了。"

"我真不想杀青啊。"

莫宁欢闻言，满眼的开心也不见了。她怎么忘了，这部剧就要杀青了，她和鱼希也要分道扬镳了，真舍不得啊。

鱼希拍完这场戏后，见莫宁欢一个人坐在旁边闷闷不乐，便笑着问："怎么了？"

对于鱼希的主动搭话，莫宁欢没表现出很欢悦的样子，而是垂头道："鱼老师，这部剧杀青了，我们就要分开了。"

鱼希笑道："没关系啊，以后有机会我们还会合作的。"

"你想和我合作吗？"莫宁欢听到这话便抬起头，"鱼老师会不会觉得我很烦？"

"当然不会。"鱼希认真地看着她说，"欢欢，你只是很热情而已，别多想。"

莫宁欢咬咬嘴唇，说："那如果有机会，我和鱼老师合作，你会介意吗？"

"当然不介意。"鱼希蹙眉道，"你怎么会这么问？"

莫宁欢笑道："我爸爸投资了你的新剧。"

鱼希："……"

吃过午饭，莫宁欢就拿到了一个女配的角色，她兴冲冲地告诉鱼希，又有点儿怕给鱼希造成困扰。鱼希拍了拍她的头，用鼓励小朋友的口吻道："你好好表现。"

莫宁欢见她没生气，郑重地点头："好。"

午休过后，鱼希便准备去上妆，纪霖枫对她道："希姐，你录制的综艺节目是《乐果》吗？"

鱼希停下脚步，说："对，怎么了？"

她走到他身边，看到他的手机屏幕上显示的新闻标题："爆料！当红女星柳玉瑶录制节目期间房里出现男人，两人疑似情人关系！"

柳玉瑶房间里出现的人，虽然没有放出正脸，但是从身形和穿着打扮上看完全是男人。有眼尖的网友认出那人的手上戴着一款限量款手表，根据批号可以查到购买者，由此鉴定：这个男人，应该很有钱。

网络上议论纷纷，下午还在传柳玉瑶是被人看上了，临近傍晚就有人查出男人的真实身份——星耀少当家，楚淮。

网上的争议越来越多，热衷抹黑柳玉瑶的人咬定她和楚淮关系匪浅，毕竟她刚获得梅导新戏的女主角，而梅导的新戏就是星耀投资的；真粉丝们则说他们在谈恋爱，这是被无良媒体拍到，恶意造谣。

两边人马争执不下，大有吵到天荒地老的地步。

鱼希下戏时看到网上的争议还在持续发酵，钟晨碎碎念道："活该，谁让她之前总是爆你的假料。恶有恶报。"

鱼希听到她的话笑了笑，就去换衣服卸妆。

陶倚彤姗姗来迟。这段时间她得了白姐的大部分资源，所以很忙，都是卡着点来拍戏。今晚她有夜戏，不需要和鱼希对戏，两个人在时间上错开了。

陶倚彤见到鱼希就笑道："希希。"语气和往日一样。

鱼希见到陶倚彤这样真是有点儿哭笑不得。

她能接受撕破脸之后的冷漠，也能接受吵架，但是不能接受陶倚彤这样的态度，好像她们之间所有的过往都是不足为道的小事。

她越发看不懂陶倚彤了，也更不爽了。

去公司的路上，鱼希接到白雨棠的电话，对方让她下戏后可以去公司一趟，把行程表拿回去。她一脸恍惚，原来一个月又快结束了。

她下车的时候想，距离她出事，居然已经快过去四个月了。其间，她只接到一部戏，粉丝量也很久没有涨过了，每天打开微博，热搜都是在讨论新晋的小花和流量小生。她有种要被淹没在时间的长河里，一直慢慢往下沉的感觉。她做了个深呼吸，悲观的情绪真是要不得。

迎面吹来一阵寒风，鱼希紧了紧衣服，打了个喷嚏，身边的钟晨问："希希，我们是直接去找江总吗？"

"先去找白姐吧。"鱼希回她，"去她的办公室。"

白雨棠的办公室灯开着，好几个人坐在一起，好像是在开会。白雨棠见鱼希进来，笑着喊道："希希。"

鱼希进去后和众人打招呼。她见到投屏上显示的名字——"陶倚彤"，垂下眼睛，说："我来拿行程表。"

"这儿。"白雨棠把行程表递给她，"我还给你接了一个广告，大概在下月中旬，然后月初进朱导的剧组，你回去好好看看，如果有什么变动，及时联系我。"

鱼希接过后点头："好。"

见鱼希接过后就要走，白雨棠喊道："希希。"

鱼希转头："嗯？"

白雨棠拉着鱼希走到办公桌旁边，小声说："柳玉瑶的新闻我看了，我们要不要趁机反击一把？"

鱼希想了几秒，说："看后续吧。"

白雨棠点头道："我也是这么想的，看后续再做定夺，其他的事情你别多想，专心演戏，有我呢。"

白雨棠见鱼希垂眼，拍拍她的肩膀，安慰道："希希，虽然我这段时间带倚彤比较多，但是你放心，有资源，我不会放弃你的。"

鱼希岂会不懂，启唇道："我明白的，白姐。你别担心我了，我没事。"

白雨棠松了一口气，说："我送你出去？"

鱼希摆手道："不用，我和钟晨还要上去一趟。"

"行。"白雨棠冲她挥挥手。

鱼希转头时见白雨棠已经回到沙发上开始新的会议了，她收回视线，跟在钟晨身后进了电梯。到总裁办时，她身边擦肩过去两个秘书，她们正在低头聊天。

"怎么罗小姐天天上来？"

"谁知道呢，我看到她就不想说话。"

"就是，趾高气扬的，她真当自己是大小姐。"

"嘘——别说了，快走。"

鱼希从二人身边走过，她低着头，长发遮住大半边脸颊，倒是没被人认出来。

走到肖知秋的办公室时，钟晨敲了敲门，喊道："肖助理？"

肖知秋抬起头，见到鱼希先是愣了一下，随即起身："鱼小姐，您怎么来了？"

鱼希看向她身后的办公室，问："肖助理，江总在吗？"

"在的。"肖知秋点头道，"我送您进去？"

鱼希笑道："不用，我自己进去吧。"

她说着往肖知秋的身后走，钟晨还想跟上，就被人拍了一下肩膀，钟晨转过头，肖知秋笑道："你坐在这儿陪我上班吧。"

钟晨："……"

旁边办公室的门打开又合上，鱼希走进去，见江静白站在落地窗前打电话，就没想去打扰她。可她像是有所察觉般转头看向鱼希，然后才对电话那端的人说："我记下了，明天去。好的，胡总再见。"

鱼希还愣怔于江静白的忽然回眸，江静白已收起手机，心情颇好道："你怎么过来了？我还说工作结束去剧组看看。"

鱼希敛神道："拍摄结束得早，我过来看看。刚刚你是和胡总打电话？"

江静白点头道："嗯，提案通过了，都是你的功劳。"

江静白没听到鱼希回话，觉得好奇，问："你在想什么呢？"

鱼希别过头，说："没什么。你忙完了没有？"

江静白看向办公桌，说："还有一点儿事情，晚饭你吃了吗？我们先出去吃晚饭？"

鱼希摇头道："等你忙完，我也不着急。"

江静白眨眨眼睛，低下头，凑过去问："你有心事？"

"没有。"鱼希推她，说，"快去工作。"

江静白看出鱼希并不想多说，只好道："那你等我半小时。"

"嗯。"

鱼希坐在沙发上时给钟晨发了消息，让她先回去，她回了"OK"。

鱼希看着手机，指腹往下滑，她看到姚青拉她们进的节目微信群，里面的聊天还停留在昨天，今天发生这么大的事情，一个说话的人都没有。

她想到刚刚白雨棠说的话——要不要趁柳玉瑶有状况时插刀？

鱼希想了好久也没答案，干脆放下手机，抬头看江静白。

江静白在办公桌前坐得端正，鱼希发现她不管做任何事情，都是全神贯注的姿态，以前上学的时候也是，给自己讲习题的时候也是，现在工作了，依旧如此。鱼希别开眼，打开手机胡乱地拨弄。

半晌，江静白站起身，走到鱼希身边问："饿不饿？"

鱼希别过头问："工作结束了？"

江静白点头道："结束了。你饿了吗？"鱼希收起手机，还没回就听到江静白继续说，"饿了的话，我们先吃点心垫垫肚子。"

点心？

鱼希在她这空旷的办公室看了好几眼，面带狐疑地问："你这儿还有点心？"瞧着江静白也不像是会吃点心的人。

江静白很认真地回答："有，这里。"说着，她打开了休息室的门。

钟晨已经回去了，肖知秋在外面独自坐着，她见二人出来，忙道：“江总，鱼小姐，是要回去了吗？我送你们？”

江静白别过头道：“先去吃晚饭吧。”

肖知秋道：“好的。”

她送江静白和鱼希到经常用餐的一家饭店后，就离开了。

江静白点了鱼希爱吃的菜肴，鱼希接过菜单后改了几个，上菜后多了几道清淡口味的，江静白一脸了然，也没说什么。

“提案通过了，就算定了吧？”鱼希问。

江静白给她夹菜，说：“嗯，定下了，后续就是投资方面的事，你别担心，你妈妈的手伸得还没这么长。”

鱼希闻言略略点头，她希望自己在陈阿姨家说的话盛闲能听进去。盛闲已经干涉过自己的生活八年，让自己尝到了什么是痛苦。如果这次盛闲还是执意干涉，那就鱼死网破吧，反正她也不在乎。

鱼希垂着眼。

嗯，她也不在乎。

她的心突然有些涩涩的，眼眶也微热，她吸了一口气，说：“吃饭吧。”

她的声音有些哽咽，江静白别过头看了一眼她，点头道：“吃饭。”

晚饭结束后，江静白开车，鱼希补眠。到了公寓楼下，昏暗的车里，她小声道：“鱼希，醒醒。”

鱼希睁开眼睛，依旧有些迷蒙。她实在是困极了，昨晚通宵，今早虽然补了眠，但远远不够。现在她是上眼皮和下眼皮打架，谁也不服谁。

到十七层后，江静白一直跟在鱼希身边，鱼希打开门后有些诧异地问：“你不回去吗？”

江静白拎着电脑包，说：“我先在你这里处理几份文件。”

鱼希轻轻蹙眉，问：“你为什么不回去处理？”

江静白神色淡然道：“我家停电了。”

鱼希：“……”

行吧，这理由哪天不成功她是不会放弃的。

鱼希移开身体，身后的江静白还没进来，鱼希冲她说：“要我请你吗？”

“那倒不用。”江静白轻笑着，进了屋子。鱼希也不似之前那般不自在，回了房间抱着睡衣就去洗漱，她出来的时候，见到江静白正坐在茶几边处理文件。

鱼希一边用干毛巾擦拭头发，一边走过去问："还要多久？"

"还要一会儿。"因为鱼希去了办公室，很多文件江静白都没处理，今晚她虽然不会通宵工作，但是也可能睡不到两小时。

她过来这边是因为今天鱼希情绪不稳定，她担心鱼希，才找了一个借口上门，她还以为鱼希会推她出去，没想到居然让她进来了。

江静白抬起头，说："你累了就早点儿睡。"

鱼希没辙，说："好吧。"她说着转过身，江静白跟着站起来，说："吹风机呢？"

鱼希笑道："在卫生间，我自己去就好。"

江静白神色如常，红唇轻启："还是我来吧。"

江静白带着鱼希进了卫生间，让鱼希坐在凳子上，帮鱼希吹长发。

卫生间里的吹风机嗡嗡嗡响个不停，鱼希却觉得很安心，烦躁的情绪无端地消失了。

这样的平淡生活，真好。

江静白给鱼希吹完长发后送她回房休息，她却抱着枕头，睁着眼睛看江静白，语气是难得的孩子气："你给我讲个故事吧，或者唱首歌？我睡不着。"

江静白知道她今晚心情不好，没说别的，点头道："那我就给你讲讲我在国外的事情。"

江静白清冽的嗓音一如既往，鱼希听着便有了倦意，慢慢地闭上了眼睛。

江静白絮絮叨叨地说了挺多事。她已经很久没有这样和别人聊天了，或者说，自打二人分别后，她就再也没有谁可以倾诉。想到这里，她低下头，鱼希已经睡着了，她俯身拉了拉被子，然后走了出去。

江静白离开后，床上的人动了动，鱼希别过头，眼角渗出泪水，枕巾很快就变得湿漉漉的。她死死地咬着牙齿，生怕自己发出一丝声响，身体也不由得蜷缩起来，紧绷着发抖。

江静白几乎一夜没睡，凌晨四五点她才关掉电脑。连续两个通宵令她的神经绷得很紧，冲了澡后她准备小歇一会儿，可她还没睡着就听到敲门声，鱼希这时候已经醒了，走出去道："我去吧，你再睡会儿。"

钟晨进门后放下早点，盯着鱼希的脸看了几秒，问："希希，你昨晚没睡好吗？"

"嗯？"鱼希摸摸脸颊，说，"怎么了？"

"气色不好。"

钟晨一句话让鱼希溜进卫生间里，果然在镜子里见到自己脸色微白，头发乱糟糟的，睡衣也胡乱地搭在身上，说得好听叫慵懒，说得难听叫邋里邋遢。她摇摇头，想到江静白看到她这副鬼样子还能面不改色，真是佩服。

鱼希匆匆洗漱后，重新整理好自己。她走出卫生间后，想到刚刚在卫生间里看到的场景，又走到江静白的床边，伸手揉江静白的长发，直到微乱她才松手，心情果然好很多了。

不能她一个人失态！

鱼希神清气爽地走出房间，钟晨正在摆放早点，见她过去，给她递了一双筷子，又说："希希，等会儿吃完早点，你先给白姐回个电话，她说有事找你。"

"什么事？"鱼希坐在饭桌边，吃了一口东西。

钟晨摇头道："她没说，但我猜和柳玉瑶有关。"

鱼希蹙眉问："她又怎么了？"

钟晨微怔，说："你没看微博吗？节目组昨晚出来辟谣了。"

话说完，她递上手机给鱼希，屏幕里正是两个热搜，一个是柳玉瑶的团队发的，另一个是乐果的官方发的，鱼希粗略地看了一眼，大致意思是楚淮只是在那个酒店附近谈生意，顺便找柳玉瑶签合同，并不是传闻中的男女关系，二人也并未在一起；而那天晚上柳玉瑶和张乐乐是睡在一个房间的，等节目出来大家都能知道，所以不存在留宿一宿的情况。

柳玉瑶的团队和节目组一唱一和，柳玉瑶的粉丝都高兴得找不到北了，顺便还骂放那张照片的人居心叵测，就想着陷害别人，希望节目组严查。

说到这里，就有人把鱼希引出来了，她们说鱼希和柳玉瑶之间有过节，是最可能放照片的人，而且她们的房间隔得近，完全有可能拍到。

鱼希看到这个猜测后扯唇笑笑。好在网友也不是傻子，或者说鱼希的粉丝战斗力没弱下来，立刻就有人反击，同时柳玉瑶的理智粉也上线引导评论，倒是没再有其他的争议出来。

钟晨见鱼希一直很平静，以往她看到这样诬蔑的话，肯定咬牙切齿地找小号骂回去，再不济也要埋汰专门抹黑她的人两句，但是现在她看完后只是神色冷淡地把手机递给自己。

“希希，你没事吧？”见她如此，钟晨都要担心了。

鱼希抬起头，眼底有错愕：“我没事，怎么了？”

钟晨张嘴：“嗯……那个……”

“对了，早点还不错，”鱼希吃完后说，“以后就定这家的。你等会儿出去再买一份回来，我给白姐打个电话。”

钟晨挠挠头，说：“你没吃饱吗？”

鱼希拿出手机，说：“吃饱了。”

“那怎么……”话还没说完，钟晨身后的房门“咔嚓”一声响了。她满脸诧异地回头，就见江静白顶着微乱的长发，穿着睡衣站在门口。

“我现在就去。”钟晨吃了一惊，说完拎起包就走。直到走到楼下，她还在震惊江总居然在希希家里留宿这件事。

江静白在钟晨欲言又止的状态下，慢条斯理地吃完了早点，神色如常。

“你不去剧组吗？”早点见底，江静白才开口。

鱼希瞥她一眼，她虽然气色不错，但是黑眼圈很重，妆容都遮不住。

“去。”鱼希道，“等你吃完送我。”

钟晨心一惊，希希这是明目张胆地让江总做司机，可能吗？

江静白应声：“好。”

还真有可能。

钟晨闭着嘴，尽量减少自己的存在感，当江静白回自己的房间换衣服时，她才忍不住喊道：“希希。”

鱼希歪头看她一眼，说：“怎么了？”

钟晨哭丧着脸说：“我怕。”

让公司老板给她当司机，这得多恐怖呀！

鱼希没好气地看她一眼，说：“没出息。”

钟晨：“……”

她也想有出息，可光是对上江静白的眼神她都腿软好吗？更别提之前她说了坏话还被江总听到。

钟晨一脸生无可恋。

鱼希还想说什么，电话声打断了她，是白姐打来的。

“我看到了。”鱼希接通电话就说，“暂时不处理吧。”

白雨棠愣了一下，问：“什么？”

白雨棠早上没接到鱼希的电话，刚刚看到未接来电才知道鱼希给自己打过电话了，立刻回过来，就得到这个回复。

“你确定不处理？”她问。

鱼希“嗯”了一声，说：“我看了，网上的争议大概率不会牵扯到我。”

“但是就这样放过柳玉瑶？”白雨棠问。

鱼希蹙眉道：“她既然不主动招惹我，我也没闲心和她计较，再过两天，这部剧就杀青了，我不想别人把目光放在我的私事上。”

白雨棠叹了一口气，道：“行吧，那我知道怎么做了。朱导那边我问过了，月初会开始宣传电视剧，大概卡上你上第三期节目，事情都交给我处理吧。”

鱼希点头道：“谢谢白姐。”

“行了，你正好这段时间多休息。”

鱼希挂了电话，才发现江静白已经在自己身后站了几分钟了，江静白问：“可以走了？”

鱼希笑道：“可以。”

江静白送鱼希去剧组后稍作停留就走了，钟晨屁颠颠地跟在鱼希身后，一同进了剧组。至此两边都忙碌起来，鱼希这边要赶着拍最后的戏份，江静白忙着公司投资，定策划案，也是恨不得把时间掰碎了用，两人偶尔见面还是午休或者晚上吃饭。

片场里。

“纪霖枫，你的头再歪过来一点儿，好，就这样！”

“鱼希靠近一点儿。”

“OK。”

“开始交流。”

鱼希盯着面前的男人，眼底藏着温柔，纪霖枫不自觉被带入戏中。

“我们成功了。”她靠近纪霖枫，笑道，“成功了。”

纪霖枫先是一愣，继而抱起她转圈圈，说：“太棒了！”

“OK！过！”

场记打了牌子，最后一场戏也安全地通过了，众人都松了一口气，赵导率先走到二人身边，说：“杀青了，你们有没有什么感想？”

鱼希和纪霖枫相视而笑，说：“挺棒的。”

“最重要的是，谢谢赵导给的机会。”纪霖枫的态度很真诚。他是真的谢谢有这么一个机会，让他和鱼希搭戏。都说和前辈搭戏就是最好的指导，和鱼希合作，他才知道这是什么意思。想到这儿，他转头说：“也谢谢希姐。”

“行了，别谢来谢去的了，杀青宴别忘了时间，七点半在酒店集合，大家听见了吗？”赵导提高声音。

众人回应他：“听到了！”

随后赵导的助理在群里发通知，告诉大家杀青宴的时间和地点。群里立刻讨论开，有推托说来不了的，也有说在外面拍戏的，各种理由都有，鱼希看了一眼统计的人数，除了工作人员，主演就她和纪霖枫有空，陶倚彤在国外，其他配角各有任务，群里冷冷清清，说完原因之后，就没人再愿意开口了。

鱼希收起手机，给江静白发消息，告诉她晚上杀青宴的事情。她回鱼希知道了，赵导邀请过她，不过她晚上才能回去，现在还在外地。

鱼希知道她这两天很忙，当即回复：我知道了，那你晚上还回来吗？

手机“嘀”的一声响，江静白回复：不一定，我尽量早点儿回来。

鱼希：没关系，也没有什么大事，你忙完再回来。

江静白看到她回复的消息，回了个“好”字。

她收起手机，肖知秋说：“江总，齐总还没来，我们再等一会儿。”

江静白点头道：“嗯。”

投资的事情比她想象中容易得多，之前她一直被盛闲打压，圈内没人敢给她资源，但是这次的提案陈先生帮了忙，风头立刻就不一样了。左右两边都是得罪不起的人，但是江静白这点儿要求，圈里其他人还是能满足的。

之前江静白设想的几种情况都没有发生，胡总也对江静白这次处理的事情十分满意，打了两个电话来夸她会做事。她听完只是垂眼笑笑，没放在心上。

她的思绪收回，人来了。齐总带着秘书直步走来，他见到江静白，主动伸手，带着歉意说："堵车，不好意思了，江总。"

"这个路段确实容易堵车，不过齐总下次还是提前点儿好。"江静白神色自若地起身，给齐总倒了一杯茶，声音清冽，直击人心，"毕竟这个机会和堵车不一样，错过就没有了。"

齐总听出她一语双关的话，立刻笑道："江总说的是。"

来之前，他还在想到底要不要给江静白牵线，毕竟是全球金融，谁不忌讳，但是看江静白这个样子，背后恐怕也有人。他听说她和国外的陈老有交情，盛闲和陈老，这两人他都不想招惹，所以只能睁一只眼闭一只眼。

肖知秋看着齐总的脸色变化，先是担忧，然后才缓缓地笑，她心道江总这招还是高明，现在圈内都在传言她背后之人是陈老，虽然也有很多人保持观望的态度，但现在她的态度如此强硬，没明着说背后有人，也让人不敢再放肆，果然齐总的气势陡然弱下来几分。

"先用餐吧。"齐总笑道，"这顿饭就当是我给江总赔罪了。"

江静白没客套，说："好。"

饭后，二人敲定了牵线的事情，肖知秋跟在江静白身后上车，说："江总，今晚您回去后早点儿休息吧，明天上午我们就直接去拜访吴先生。"

江静白听到她的话别过头道："你把包给我。"

肖知秋将包递给江静白，她打开包，拿出平板电脑，在肖知秋疑惑的目光中打开屏幕，见到推送的消息——鱼希新剧杀青。

热度不高不低，卡在热搜榜单第五位，前两位都和柳玉瑶有关。她的绯闻都过去好几天了，还霸占着热搜前排的位置。

江静白想了几秒才说："你先回去吧，明天再过来。"

肖知秋点头道："好的。"

上车后，江静白给鱼希发了消息：杀青宴结束了吗?

鱼希刚结束聚餐，赵导不知道是不是因为没几个主演来，心情不好，拉着她和纪霖枫喝了几杯。她没醉，只是有些上头，感觉脸上火辣辣的，她看见江静白的消息，退出微博回复：结束了，我快到家了，你呢？

没有新消息，鱼希以为江静白又开始工作，就把手机放回包里。上楼时钟晨要送鱼希，鱼希挥手道：“不用了。”钟晨只好送她到电梯口。

鱼希进电梯后，回想起刚刚微博上的新剧，鼻子一酸，做了两个深呼吸，眨眨眼睛，最后面带微笑地出了电梯。刚一出电梯门，她的笑容僵在脸上，几步之外，江静白正站在那里，拎着公文包，风尘仆仆，却对着她笑。

“你怎么回来了？”鱼希说完才发现自己的声音哑了。

“不回来，”江静白的声音透着沉稳，无端带着安定人心的作用，“我怕你一个人偷偷地哭。”

鱼希的眼睛还湿润着，笑道：“才不会。”

江静白点头道：“我会。”

鱼希抬起头，对上江静白的眼睛。她沉默半晌，启唇：“你家晚上停水吗？”

江静白不假思索道：“早就停了。”

鱼希蓦然笑开了。

REC

16:9 AUTO RAW

Chapter 9
春　归

ISO 300

00:03:20

鱼希睡着后，江静白联系了白雨棠，说了几句之后才挂断电话。

白雨棠没休息，还在公司里加班，她除了处理陶倚彤的事情外，也在给鱼希的新剧做宣传准备。

原本这样的事情是剧组安排的，但是公司不放款，剧组根本没多少钱宣传，能上微博热搜第五名就很不容易了。江静白打电话给她的意思是，暂时不用考虑钱的问题，先宣传，至于剧组那边，等项目定下后，她会再拨款。

听到这样的消息，白雨棠松了一口气。

柳玉瑶几天前的绯闻到现在一直霸占榜单前三，她的公司也特别会运营，原本白雨棠还担心这次新剧的宣传不成功，但是没料到江静白给了这颗定心丸。

这波宣传稳了。

白雨棠立刻操作起来，先是联系经常合作的几家公司，然后才给微博的负责人打电话。

电话没接通，助理端了杯咖啡进来，对白雨棠道："白姐，该休息了。"

白雨棠抬头看了一眼她，说："你来得正好，帮我给邵先生打电话，安排热搜的事情，电话通了告诉我。"

她说着给助理递上手机，自己则埋头上网。

夜深了，办公室里很安静，只有噼里啪啦的键盘声响起，助理见劝不了她，只好接过手机打电话。

"白姐，电话通了。"

助理一出声，白雨棠立刻接过电话："邵先生，没打扰你休息吧？"

他们这个工作的性质白雨棠再明白不过，只是客套话还是要说的，果然她听到电话那端的人清醒的声音："休息？今晚怕是又要熬夜了，白姐有什么事？”

白雨棠以前经常和对方合作，也算跟他混得熟，所以没隐瞒，将拜托的事情说了，他轻笑道：“白姐，你运气好。”

“怎么说？”白雨棠皱眉。

“刚有人撤了热搜，上面要找人替补。”

白雨棠听到这话当即道：“是柳玉瑶吗？”

柳玉瑶已经霸占热搜好几天，但是白雨棠不相信柳玉瑶的经纪人不知道今天鱼希新剧杀青的事情，按照以往的惯例，柳玉瑶就算没事也要弄两个热搜出来，最好把鱼希压下去，这次却主动撤热搜？

电话那端的人倒是没说是谁，不过默认了她的话。

白雨棠知道他们的规矩，当即道：“那就这么定了。”

“多谢了。”

“别客气，白姐。”

挂断电话之后，白雨棠松了一口气，半小时后，她看到热搜上的内容才放下心。

助理又来劝她休息，她想了一会儿，道：“你把休息室整理一下，晚上我睡那里。”

助理没辙，只好去整理休息室。

白雨棠碰到床铺已经是深夜三点多了，刚上床就收到鱼希的信息：谢谢白姐。

这个点？

白雨棠立刻发消息过去：你还没休息？

鱼希：我刚醒，上了一会儿网。

白雨棠：你别想多，我会处理好事情的。

过了几分钟，鱼希才回复：好。

凌晨三四点，网络上的讨论爆炸了，鱼希新剧杀青的消息在整个网络蔓延，有剧组剪辑的片花和不完整的片尾曲，除了白雨棠找的人在吹捧，鱼希的粉丝也激动不已。

四五个月了，鱼希终于出来一部剧。虽然说鱼希以前也是差不多半年才出来一部剧，但是那时候她时不时有消息传出来，没拍完的片花、广告，或者偶尔上的综艺节目，她都有露面，像这样将近半年没出现，还是头一次。

粉丝积压的想念瞬间就爆发了，在网上狂欢。

鱼希新剧的片花内容不多，前期有校园部分，在白雨棠的运作下，“年度最值得期待的青春偶像剧”噱头就打出来了。流量多的榜单基本都被霸占了位置，鱼希转发的剧组的宣传照，也被送上了热门话题。

“啊啊啊，希希，我看到剧照了，我上学要是遇到这样的学姐，别说了，我要抱回家！”

“年度最值得期待的青春偶像剧，你会和我一起追剧吗？”

“我爱鱼希！只爱鱼希！爱一辈子！”

“我是鱼希的颜值团粉丝，有没有报到的？”

“姐妹，我也是！”

当然，网上也并不全部是好的言论，除了粉丝，只有部分网友支持，更多的人表示观望。当然也有人不竭余力地抹黑她。

“鱼希怎么还不退出娱乐圈啊，不是说鱼希家很有钱吗？回去继承家产呗！”

“她还敢出来演戏？呵呵呵！”

“有人护着我还是要说，鱼希不要脸，又出来圈钱了！”

这些抹黑者的理由永远都不同，以前是攻击自己的家世，现在是攻击自己的人格，鱼希的手指在手机屏幕上滑动，屏蔽掉不好的言论，末了还是不泄气，忍不住去找留宿的江静白：“手机呢？”

江静白睡得迷迷糊糊，应了一声：“嗯？”

鱼希问：“用你手机可以吗？”

江静白想睁开眼，奈何这几天确实累了，她连眼皮都没睁开就说：“嗯。”

鱼希从床头拿起江静白的手机，打开微博，正准备进自己的微博和这些抹黑她的人亲切问候两句，就看到这个账号的名字，是自己熟悉的“WDYX”。

她点开这个账号的私信框，只有和自己的聊天记录，停留在很久很久之前。

鱼希突然就没了兴致，把微博关掉，手机放回去，又躺回自己床上。

六点多，江静白的闹钟响起。她伸手关掉闹钟，起身去喊鱼希。

“嗯？”鱼希迷糊地回应。

“我的时间快到了。”今天上午江静白还要去邻市，起码两个小时的车程，还得提前过去做准备。原本她昨晚是没打算回来的，但是鱼希的状态她比较担心。现在想想，还好她回来了。

这个点，肖知秋应该在楼下等她了。她轻声道：“你今天好好休息。我大概两天后就回来了。”

她说完话不等鱼希回应，就往卫生间走去，用冷水冲了脸后，简单地收拾了自己，又折回鱼希的卧室，看鱼希醒了，道：“还早呢，再睡会儿？”

鱼希坐起身问：“你等会儿是不是去K市？”

江静白点头道：“怎么了？”

“有个东西你帮我带过去。”

“什么？”江静白微顿，看向鱼希。

鱼希启唇：“你先回去换衣服吧，我也起来了。”

江静白见她执意要起床，道：“好，我先回去换身衣服。”

离开鱼希的公寓时，江静白收到肖知秋发来的消息。她就简短回复后进了屋子，换好衣服出来时没见到鱼希，倒是手机响了一下，是鱼希发来的消息：东西在车上。

江静白回她：好，送去哪边？给谁？你把详细地址发给我。

鱼希：你看到就知道了。

神神秘秘的，江静白都不知道多久没见到鱼希这个样子了。以前她给自己分享好东西时总会这样，嘴边说“马上可以看到”，手却慢慢捂住自己的双眼，到它面前才松开。

她到楼下时，肖知秋正站在车旁，见到她立刻迎上去，说：“江总。”

江静白点头道：“鱼希有送东西下来吗？”

肖知秋应道：“有。”

江静白边走边问：“是什么？”

肖知秋沉默了一瞬，说：“您见到就知道了。”

江静白别过头，扫了她一眼，一脸不解，却没多问。

肖知秋把后车座门打开，里面探出一个脑袋，江静白愣怔了几秒。

以前的记忆和现在重叠，五官轮廓也逐渐融合，面前人的笑脸一如八年前，鱼希道：“江总，一起去邻市吧？”

白雨棠给鱼希放了两天假，希望她在家里好好休息，哪料人家掉头就出门了，钟晨赶到公寓的时候一脸蒙，打电话才知道人已经在隔壁城市了，钟晨只得吩咐她别跑出去。

鱼希压根儿不可能出门，江静白一整天都在谈生意，连小休片刻的时间都没有，眼底的黑眼圈是越来越重，鱼希只能尽量不折腾她。可一个人出门玩也没什么意思，于是她还是在房里待着。

夜深了，气氛静谧，鱼希道：“我后天去节目组。”

江静白应道：“嗯，要我送你过去吗？”

鱼希摇头道：“不要。你这边工作结束还要多久？”

江静白说：“明天下午就可以回去了，投资的事情，没什么大问题。”

“我妈她……”

鱼希的话没说完就被江静白岔开：“鱼希，我们不提她了。”

鱼希默许，说：“好。”

二人说了几分钟其他的话题，鱼希就沉沉地睡去。

江静白好几分钟后才道一句晚安，随后也准备去休息，结果手机铃声突然响起，她怕吵醒鱼希，立刻接通电话。

“江总，您休息了吗？”肖知秋的声音有些迟疑。

江静白坐起身，小声问：“什么事？”

“投资出了点儿问题。”肖知秋听到她没带睡意的声音，直说，“毛董要撤资，刚刚他的助理联系我了。”

江静白用手指按着太阳穴，镇定地问：“还有呢？”

肖知秋又说：“盛总也过来了。”

江静白深吸一口气，说：“我马上过来。”

“鱼小姐……”

“你明早给鱼希照常安排，不要在她面前说其他的话。”

江静白的吩咐条理清晰，肖知秋应下：“好的，我知道了，我这就过来接您。”

江静白挂断电话半小时后，房门被敲响，江静白穿戴整齐地走出去，房间里又恢复了安静。

再醒来已是艳阳天，鱼希见屋里空荡荡的，便知江静白肯定又去工作了。

鱼希八点多才从床上爬起来，肖知秋已经推着早点进来了，笑容依旧，说："鱼小姐，这是江总吩咐给您订的早餐，您看看合不合口味。"

鱼希洗漱回来，坐在餐桌前，问："她人呢？"

肖助理垂眼道："江总有事，先走了，让我在这儿陪您，您有什么吩咐叫我就好。还有，江总让我把这个给您。"

鱼希看过去，肖知秋的手里正捏着一袋糖。鱼希回想起青葱往事，道："放桌上吧，没什么事，你先出去吧。"

"好的。"肖知秋低头走出去，神色自然。

鱼希吃完早点看向那袋糖，她还是没忍住，剥开一颗放在嘴里，酸酸甜甜的，香气在舌尖肆意蔓延。

酒店靠海边，她拿着一本书坐在飘窗边，头一歪就能看到窗外的景色。

树木不复繁茂，枯叶飘飞，眼前的景色有些萧条。

鱼希的手机"嘀"的一声响，她打开一看，是韩宜司发的消息："过年你有通告吗？"

过年？鱼希蹙着眉，看了一眼手机上的时间，恍惚几秒，心想都快过年了。

鱼希往常过年都会抽空和盛闲、鱼京涛吃一顿饭，但是这两个月发生的事情让她不太愿意见这两个人。所以她给韩宜司回道："应该没有。"

韩宜司一个电话打过来。

"你干什么呢？"韩宜司道，"我没打扰你吧？"

鱼希轻笑道："你觉得呢？"

韩宜司耸肩道："我可不知道你们这些忙人是什么样的，万一打扰了呢。"

听这话还有怨气在，鱼希把双腿放在飘窗上，声音柔和道："你还生气呢？"

"不敢。"韩宜司叹息一声，说，"我还能怎么生气呢，你都叛变我们了。"

鱼希的心里有个地方稍稍被拨了拨，疼了几秒。她道：“司司，其实不怪她，怪我妈妈。”

韩宜司轻咳一声，说：“行了，不管怪谁，你这八年受的伤害不是假的，你还是让她在我心里保持原来的样子吧，要不然，下次我可骂不出口了。”

鱼希被她逗笑，问：“行了，你今年不回去过年？”

“回不去，研究所不放长假，就大年三十和正月初一给我两天假，我坐飞机都来不及。你呢，是和我们过，还是和江静白过？”

鱼希说：“当然是一起过。我明天要录制节目，等我回来再说吧。”

她刚刚看了时间，下个月进朱导的剧组，就是年后二月份了。

韩宜司闻言点头，说：“那行吧，就这样，我先挂了。”

鱼希挂断电话后看到钟晨给她发的消息，问她什么时候回去，她回了时间之后便放下手机，顿了几秒又拿起来。

她的新剧杀青已经不在网上的热门话题榜单上了，但是她的微博下面依旧有很多人在讨论新剧，白雨棠要造势，剧还没播出就已经打出年度最佳偶像剧的噱头。

鱼希演的偶像剧其实非常少，五个手指头就数得过来，所以她这么一操作，效果还挺明显，虽然依旧有抹黑者捣乱，但是支持她的粉丝和路人不少。

白雨棠之前和她分析过，只要这部剧能进入观众的视线，那收视率就差不了。她相信白雨棠的判断，所以现在该做什么，她都非常配合。

临近年关，网上都忙碌起来，不是这个明星的机场照就是那个明星回家探亲，热搜两小时一次大换血，名字都不带重样的。

鱼希刷了一会儿微博，觉得无聊，正巧节目组的微信群热闹起来，估摸快录制第三期节目了，他们都在积极地讨论内容。

周晓：青姐，真的不能提前说一点点内容吗？你是不知道，我参加完上期节目整个人都废了！

姚青：我说了你还是要废。

王语春：就是，周晓，你别想打听了！

张乐乐：会不会还是爬山？

姚青：你猜！

鱼希点进去的时候，看到她们讨论得激烈，也忍不住回复：猜不到。

张乐乐：哇哇哇！希姐！你居然出来了！

王语春：希姐，恭喜你的电视剧杀青！

周晓：希姐，恭喜！

鱼希回复：谢谢。

聊了几句之后，门口传来动静，鱼希别过头看了一眼，江静白拎着公文包站在那里。

“工作结束了？”鱼希从飘窗上下来，将书放在茶几上。

江静白摇头道：“还没有。下午我让肖助理送你先回去，我这边还有点儿事。”

鱼希听后皱眉，问：“不好解决吗？”

江静白点头道：“费点儿时间而已。”

二人坐在沙发上，鱼希抬头就看到江静白眼底的黑眼圈，便让她平躺在沙发上，江静白照做。

鱼希开口问：“你过年回家吗？”

“过年？”带有疑惑的问话从江静白的唇瓣溢出。她想了几秒，说：“还有多久？”

鱼希回她：“十来天。你回家吗？”

江静白摇头道：“不确定。”

以往过年她都是在国外，今年她回国，过年不回家似乎于情于理都不合，鱼希点点头，说：“你回家过年吧。”

江静白没答反问：“你呢？要不要去我家？”

话问出口，二人都愣住了，以前鱼希经常会去江静白家找她玩，久而久之，鱼希和江静白的父母也算相熟。现在一别八年，不知道江静白的妈妈因为当年的事会怎么看她。

“你妈妈她……”鱼希有些犹豫。

江静白说：“你别担心，我已经和她说清楚了，她知道不是你的错。”

鱼希闻言鼻子一酸。良久，她才说：“还是不了，我去小静家过年。”

江静白没勉强她，说：“也好，你们也很久没见了。”

鱼希下午三点左右离开的房间，肖知秋见她一个人走出来有些诧异，问：

“江总呢？”

“她还在休息。”也不知道江静白今早到底几点起来的，一副困极的样子，鱼希离开前留了字条，没吵醒她。鱼希问肖知秋：“机票订好了？”

肖知秋的态度很恭敬：“都安排好了，上午江总就安排了。”

鱼希想到她那么忙还把自己的行程安排妥当，心里涌入暖流。她略微点头，道：“走吧。”

肖知秋从她手上接过行李箱，往车旁走去。

鱼希是一个人回的B市，钟晨过来接的机。她护着鱼希上车后，还疑惑道：“江总没和你一起回来吗？”

她的语气满是担心，鱼希别过头看她，轻笑道：“我也没有说要一起回来吧？”

钟晨被问蒙了，想了一下，觉得也对，没人规定两个人出去非要一起回来的。

她摇了摇头，甩开这个话题。

“希希，你这两天有上网吗？”钟晨的眼睛亮晶晶的，问，“你看微博了吗？白姐宣传的效果还不错。”

白雨棠的运作加上剧组的炒作，确实颇有效果，鱼希点头：“看了，我先给白姐回个电话。”

钟晨应下。她见鱼希给白雨棠打电话，便默默地垂头扒拉手机。

网上这部新剧的宣传力度确实在增加，话题度也在扩大，甚至官方很快就申请了电视剧的官方微博，鱼希在剧中的短视频也被各种剪辑推荐，不全的片尾曲被粉丝们天天追捧。网上现在对于鱼希不好的关注少了很多，虽然仍旧有人提，但很快就被压下去了。

也是，快半年了，网友的注意力早就转移到其他地方了。

钟晨这两天没事做，就一直关注网上的动态，她见到如此情景，自然高兴，等鱼希挂断电话，她就积极和她分享。

鱼希拍拍她的头，说：“行了，我都知道了，等会儿回去你把行李收拾一下。”

“收拾行李？”钟晨蒙了一秒，问，“你又要搬家？”

鱼希笑道："节目录制提前了，今晚进节目组。"

钟晨恍然道："好。"

刚说完，二人就到了公寓门口。钟晨扶着鱼希下车后就去收拾行李。鱼希进了房间，坐在沙发上给江静白发消息：我到家了。

鱼希本以为江静白还在睡觉，哪料几分钟后就收到她的回复：你怎么不叫醒我？

鱼希垂眼看着这几个字，沉默了一下才回复：我不想吵醒你。

江静白从卫生间洗漱回来，看到这句话的瞬间神色温和，肖知秋敲门进来的时候，看见她脸上褪去几分凛冽气势，便收回视线，低头道："江总，还过去吗？"

江静白顿了几秒，转身从茶几上拿了文件，说："过去吧。"

上车没多久，江静白给鱼希发消息：我先上班了。

鱼希回复完消息就把手机放在茶几上，抱着钟晨泡好的咖啡抿了一口，抬头说："你怎么给我泡咖啡了？真苦，去泡杯红茶。"

听到她这话的钟晨冲她眨眨眼，随后一脸笑，高兴地应下："好嘞！"

鱼希很久没有喝红茶了。她以前的口味偏甜，但是奶茶类的饮料又不能多喝，所以折中，每天喝一点儿红茶，不算甜腻，但也不是无滋无味。可自打前阵子剧组说要撤资的事情发生后，她就没再碰过红茶，开始喝咖啡。现在她突然要换回原来的口味，钟晨能不高兴吗，这说明以前的她回来了。

钟晨笑嘻嘻地给鱼希换了一杯红茶，鱼希喝完后，行李也收拾得差不多了。她看了一眼时间和群里的通知，对钟晨道："走吧。"

等到一切就绪，已经是一个小时之后的事情了。

节目组发的是临时通知，因为柳玉瑶两天后有个颁奖典礼要参加，所以节目要提前一天录制。节目组和其他人商量过，时间上不冲突，鱼希的新剧刚杀青，也没有通告，白雨棠就应下了。

集合的地点在电视台附近，鱼希到的时候，张乐乐和王语春已经到了，二人见到鱼希就挥手喊道："希姐！"

鱼希噙着笑走过去，说："其他人还没到？"

张乐乐摇头道："还没呢。"

她的话音刚落，周晓来了。他套着羽绒服飞跑进屋里，走到鱼希身边时脱了羽绒服，里面是一件黑色西装，显得笔挺有型。

张乐乐笑道：“你刚参加完节目？”

“嗯，你们怎么这么早？”

鱼希淡淡地笑，没接话，张乐乐又说：“哪里早，是你们忙，赵老师呢？”

周晓走到沙发边坐下，拿出手机看了一眼，说：“还有十分钟吧，他说堵车了。”他说着抬起头，道，“对了，节目组找你了？”

众人看向张乐乐，她耸肩道：“找了，你们呢？”

周晓摇头道：“没有。”

王语春也摇头，鱼希没参与他们的话题，张乐乐也不敢主动问她，话题到这儿戛然而止。王语春憋不住问：“找到人了吗？”

外人一直在说是她们节目组的人泄露了照片，但是事发几天，他们也没在群里看到消息，唯一和节目组有接触的就是张乐乐了。她叹息道：“不知道呢，那天青姐联系我之后，我照她说的做了，我也不知道是谁。”说到这儿，她抬起头小声道，“柳玉瑶还来吗？”

依照柳玉瑶的脾气，被放了这样的消息和照片出去，肯定非常生气，不来也很有可能。周晓和王语春对视了一眼，一致摇头。

三人又没了交流，休息室里很安静。鱼希拨弄手机，心想柳玉瑶那件事早就翻篇了，网上现在虽然对她和楚淮的关系有各种猜测，但是也不敢随意造谣，所以她的损失不算严重，不过这期节目来不来，还真没人能保证。

她还没细想，姚青和赵清平就一起来了。姚青还是老样子，脸上挂着招牌式笑容，见到他们之后挨个打招呼，又说：“你们还要做准备吗？都好了的话，我们可以上车了。”

周晓跟在姚青身后问：“这次去哪儿？”

姚青笑眯眯地说：“别问那么多，到了就知道了。”

周晓依旧蹭过去说：“这不是先做好准备嘛？”

姚青瞥他一眼，说：“你别套近乎。”

其他人都笑了出来。

所有人上车后，张乐乐看着姚青问：“青姐，不等玉瑶了吗？”

其他几个人听到这话，都提了一口气。这次的嘉宾里咖位最大的就是鱼希和柳玉瑶，虽然她们平时一直“女神女神”地叫鱼希，实际上都知道她的近况，所以柳玉瑶如果不来，这期节目就少了很多爆点。

姚青笑道："玉瑶先过去了，我们也直接过去。"

其他几个人听到她的话，纷纷松了一口气，鱼希也放下心。

涂抹乐果logo(标志)的车摇摇晃晃地开着，一个小时后他们到了目的地。

鱼希下车时才知道这期节目就在B市录制，另一辆车上的钟晨拖着行李箱过来，只听到姚青吩咐："照常行动，大家把手机和身上的物品交给助理，我们的节目录制到下午六点结束，都没意见吧？"

张乐乐朝左右张望，说："没意见。"

只是没看到柳玉瑶。

鱼希也将手机递给钟晨，她想了想，还是先给江静白发了一条消息：提前录制节目，六点结束。

江静白刚从别墅里出来，肖知秋站在她身后，说："江总，毛董那边还过去吗？"

"不去了。"事情已经成定局，她过去也意义不大，只能找下一个目标了。江静白说，"你回去后把昨天整理的资料发邮件给我。"

肖知秋点头道："好的，我明白了。"

二人说着往外走。上车后，肖知秋还是没忍住说："江总，盛总处处阻拦，是因为鱼小姐吗？"

江静白坐在后排的车位上，听到这话抬头看了一眼肖知秋，又垂眼继续看文件。当肖知秋以为她不会回复时，突然听到身后她的声音："不是因为鱼希，是因为我。"是因为她还不够强大，不够优秀。

肖知秋皱了皱秀眉，倒是没再问什么，只是神色认真地继续开车。

到酒店后，江静白刚准备打开电脑，就看见手机屏幕亮起，点开一看，是鱼希发来的消息。

鱼希：提前录制节目，六点结束。

江静白的手指在屏幕上摩挲了几秒，信息栏背景图正是那天鱼希的校园戏份杀青时，莫宁欢给她们拍的照片。那时候她们的关系显然不行，和现在截然不同。

江静白回想片刻，压力顷刻散去不少，她垂眸给鱼希回消息。

江静白：好，等你拍摄结束，我给你回电话。

鱼希发完消息后没把手机交出去，反而找借口上厕所，她在隔间里收到回复后才关了手机。出门后，她把手机递给钟晨，不远处响起嘈杂的声音，她看过去，发现柳玉瑶来了。

柳玉瑶还是和之前一样，端着高傲的架子，一副生人勿近的架势，眼神都不屑放在其他几个人身上，只是多看了鱼希两眼，又很快敛去视线。

其他人装作无事发生，都在嘻嘻哈哈地开着玩笑。

鱼希站在众人身后，听着姚青讲游戏规则。

下午的游戏是找拼图，一张图分成二十三份，能找到完整拼图，或者找到最多拼图碎片的人获胜。为了帮助大家找拼图，每个人都得到了关于拼图的线索，只是各不相同。规则简单，通俗易懂，就是这拼图不太好找。

四周有各种假山还有弯弯绕绕的建筑物，碎图只有巴掌大，线索也是模棱两可，六个人就像无头苍蝇一样乱找，鱼希盯着指示上的石头一脸无奈，这是要她地毯式搜索呢。

这次没分组，六个人各自有线索，规则内可以交换彼此的信息，也可以抢拼图碎片，时间到的时候，谁能凑齐，或者谁手上拥有最多拼图碎片，谁就能获胜。

刚开始的时候，众人找前两张拼图都特别容易——它们放在明显的地方，越到后面越难找。目前已经找出十一张拼图碎片，除了赵清平有三张以外，鱼希、柳玉瑶、王语春各两张，周晓和张乐乐只有一张。

游戏时间已经过了一半，再找不到拼图碎片，赵清平就是胜者，其他人都对他虎视眈眈，周晓正等待时间过去，想着游戏快结束时怎么把那些拼图套过来。

鱼希蹲在草丛旁边低头探索。周围有座小假山，刚刚她已经看过一遍了，没有拼图碎片。

另一边的张乐乐和王语春也爬上爬下四处找，偶尔瞥向鱼希和柳玉瑶。

这次节目录制的气氛是有些尴尬的。

按理说她们已经录制第三期节目了，也熟悉得差不多了，也都放得开，该聊什么不该聊什么，大家心里有数，气氛不该这么尴尬。可偏偏前不久出了柳玉瑶热搜那件事，把他们好不容易建立起来的塑料感情全部烧焦了，又回炉重造。

谁也不知道柳玉瑶是怎么想的，有没有怀疑的对象，所以众人神色各异，也不敢轻易和柳玉瑶搭话。

众人不和她交流，她也懒得和这些人沟通，索性自顾自地忙着收集拼图碎片。眼看就要和鱼希撞上一个地方了，她瞧鱼希手上的拼图碎片依旧是两张，脸色顿时缓和不少。

鱼希似乎察觉到她的目光，抬起头，面带浅笑道："玉瑶，你找到几张拼图碎片了？"

摄像机照过来，柳玉瑶的脸上挂着灿烂的笑容，她说："两张，你呢？"

她说着走到鱼希身边，鱼希下意识收起拼图碎片，说："和你一样。"

被看穿企图了，柳玉瑶放弃突袭，眉开眼笑道："走吧，我们去旁边看看。"

完全是好姐妹的架势。

另一边，张乐乐和王语春对视了一眼，也走过来，说："找不到了，青姐，真的有二十三份吗？我怀疑你们是骗我的！"

现场响起姚青的笑声，又道："当然有，那看你们这么辛苦，我剧透下，其他几份不是一份一张。"

她这句话一出，张乐乐和王语春对视了一眼，立刻听懂了。鱼希顿了几秒，也明白了其中的意思。

刚刚还站在一起的四个人瞬间就散开，还没走过来的周晓嘀咕："怎么了？"

赵清平在他旁边笑呵呵地说："你把碎片给我，我就告诉你怎么了。"

周晓的声音拔高："你想得美！"

六个人各站一边摸索，鱼希依旧蹲在刚刚那个草坪处。既然给她的线索是石头，那无非就是两处，石道，还有一座假山，只有这两处是有石头的。想到这里，她抬脚往假山那边走去。

时刻注意鱼希动向的柳玉瑶见她的身体动了，也立刻向她靠拢。

鱼希的余光瞥到柳玉瑶的身影却没说什么，只是抬头在假山上环视一周，然后双手一撑，爬上了假山的边缘。

柳玉瑶看着她的举动咬咬牙，也跟在她身后上了假山。

假山挺大，鱼希在前面查看，柳玉瑶一边看着后面，一边注意她的动向，随时做好抢她手上拼图碎片的准备。

连续两期节目都输了，这口气柳玉瑶实在咽不下去。自打第二期节目录制结束后，她心里就窝火，想到鱼希就来气，再联想到上期节目自己给鱼希拍手鼓掌，摇旗呐喊的样子，真恨不得拍死自己，所以第三期节目，她无论如何都不能让鱼希赢！

抱着这样的念头，从活动开始到现在，柳玉瑶的目光鲜少从鱼希身上挪开，一直密切关注着她的举动，生怕她在自己不知道的时候偷偷找到拼图碎片。

鱼希的目光在假山上游弋，手指都硌疼了，愣是再没找到一片拼图。她正准备下去的时候，余光突然瞄到假山的一条缝隙，里面已经长出草了，不过因为天气，原本青葱的嫩草已经枯黄。她盯着那块地方看了半晌，还是伸手准备去拨开枯草。

柳玉瑶抢先一步站在她身后，对着她刚刚注视的地方伸出手。

鱼希眼看她就要碰到那儿了，立刻拽住她的手。二人站在假山上，身体略微倾斜，好在立脚点比较稳，才没有摔倒。

柳玉瑶对鱼希扯了扯嘴角，趁她不注意，立刻挣脱手，往缝隙里伸去。

鱼希还想再拦着，但是以自己现在这个姿势再去争抢就要抱着柳玉瑶了。她咬咬牙，眼睁睁地看着柳玉瑶拨开那条缝隙上的枯草，随后——

“啊！”柳玉瑶猛地扔掉手上的枯草，吓得直接抱紧身边的人，手上仿佛还残留着冷冰冰的温度，吓得她直哆嗦。

鱼希的身体僵着，听着身后传来声音：“没事吧？怎么啦？”

姚青爬到二人身边，见柳玉瑶脸色煞白，依旧抱着鱼希不撒手。鱼希神色自然地对姚青笑笑，说：“没什么，她不小心碰到其他东西了。”

柳玉瑶整个身体都在抖，眼睛还瞄着刚刚那个地方，她往日张扬的脸此刻煞白，眼角微红，眼里有泪，很明显她被吓着了，还吓得不轻。

姚青当即走到柳玉瑶身边安抚她：“玉瑶，你怎么了？你看到什么了？”

谈话间，其他几个人也都走了过来，围在假山下面，姚青扶着柳玉瑶，让她慢慢走下去，随后用枯枝拨开鱼希目光所及之处。其他人也吸了一口气，居然是一条在冬眠的蛇！

“好了，好了，没事。”姚青把枯枝扔在一边，说，“你们继续。”

她说着跳下假山，走到柳玉瑶身边，道：“玉瑶，我陪你去旁边休息？”

柳玉瑶惊魂未定，连忙点头道：“好。”直到跟着姚青走到休息的地方，柳玉瑶仍觉得手上残留着刚刚触及蛇的感觉，她的胃里翻江倒海，差点儿吐出来。但是摄像机都对着这边呢，她硬是咬牙忍着。

柳玉瑶做了几个深呼吸，还没和姚青说准备好了，就见到不远处的鱼希走过来。她想到自己刚刚因为害怕而做出的丢人动作，暗自咬牙，别开眼。然而看着面前递过来的一小袋酸梅，她愣住了。

她抬头看向鱼希，鱼希神色如常，声音清脆利落：“拿着吧，你现在肯定反胃，吃一点儿会好很多。”

柳玉瑶看着鱼希递过来的话梅，又看她的脸色，显得有些犹豫。

鱼希拢起秀眉，清冷的气质有了变化。她说：“放心吃，我没下毒。”

“不用了。”柳玉瑶想推开话梅，可她的手臂刚伸出去，胃部就蠕动了一下。她忙捂着嘴，做深呼吸。

鱼希依旧站着，神色如常，姿态落落大方，只是瞧着她的目光添了锐利。

“拿着。”鱼希将袋子放在柳玉瑶的手上，转身就走。

柳玉瑶在她身后咬咬牙，喊住了她：“鱼希，你为什么要帮我？”

鱼希没转身，平静道：“柳小姐，别想太多，我不是帮你。”她转过头，眉目精致，话却冷淡，“我只是不想被队友拖后腿。

“还有，有害怕的东西也不是什么丢人的事情。”

柳玉瑶看着鱼希走回王语春旁边，开始寻找拼图碎片，又低头看了一眼手上的话梅，她倏地想到录制第一期节目时鱼希抓着自己强装镇定却眼角泛红的样子。

柳玉瑶拿着话梅，站在众人身后。她想了一会儿，还是打开袋子，从里面捏一颗话梅出来放在嘴里。酸酸甜甜的味道在口腔中蔓延，反胃的感觉顿时好转不少，她的脸色也慢慢恢复了。姚青过来询问情况时，她摇头道：“我没事了，继续录制节目吧。”

姚青见她的情况确实好转不少，就带着她继续录制节目，这次没再出任何事情。

下午的节目录制圆满结束，最后获胜的是赵清平，鱼希跟着众人鼓掌。

柳玉瑶盯着鱼希的侧脸看了几秒，嘴角微动，最后还是什么话都没说，只是移开了视线。

回酒店的时候，鱼希走在前面，柳玉瑶想了几秒后，快步走到鱼希身边，伸手将话梅袋子递给鱼希，依旧傲气地道："还给你。"

鱼希别过头，见袋子已经被打开过，声音清亮道："送你了。"

柳玉瑶抬头说："我不要。"

鱼希头也不回地说："那你就扔了吧。"

她的语气轻飘飘的，仿佛丝毫不在意这件事。

柳玉瑶看到她这副样子，压下去的火又冒了上来，快走几步，站在垃圾桶旁边，手举起两次，最后一咬牙，又将话梅放回口袋里。

鱼希跟着节目组回到酒店已经是八点多了，按照之前的规划，他们是要抽签决定同居室友的，但是节目组似乎觉得抽签用了两次已经过时，就想出来一个新的点子。六个人站在包间里，每个人的手上拿着一张写着长台词的便利贴。

鱼希看着便利贴问："背台词？"

姚青笑道："没错。我给你们三分钟的时间，计时开始。"

节目组还没等其他人确认游戏规则就立刻倒计时，不过这样的游戏想也知道，肯定是说错的人是输家，也许说错字最多的二人会是同居对象。

鱼希别的不行，记台词还是非常厉害的，或者说她对演戏方面有独特的天赋，台词看两遍就能记得差不多了。

第一个开口的是赵清平。他贴着耳麦说："愿我这辈子再难和你相遇……"话还没说完他就笑开了，台词上明明是"愿我这辈子不会再和你相遇"，于是他被工作人员拉到旁边。

接着是周晓。其实他和赵清平是固定室友，参加这个游戏意义不大，但是多一个人多一份乐趣，剪辑的时候素材也多，所以也让他们参与了。

周晓的台词背得中规中矩，只错了五个字。

接下来是王语春和张乐乐，她们的台词有些拗口，不太容易说，所以错得还挺多。

鱼希见状，松了一口气。她不能保证自己一个字不错，但比起她们的错字连串，她还是有信心赢的。

柳玉瑶是在鱼希前面站出来的，姚青亲自递上话筒。她做好准备，开口很有戏感，而且一个字都没错，把台词全部背下来了！周晓他们立刻拍手，高呼厉害。

鱼希是最后一个背台词的。她的嗓音清脆，咬字清晰，字字沉稳有力度。众人愣怔几秒，接着响起比刚刚更热烈的一阵掌声，张乐乐一边拍手一边难以置信地看着鱼希道："女神就是女神，真的好厉害。"其他人的赞美词也不绝于耳。

鱼希从台子上走下来，等着姚青宣布结果。

其实大家心知肚明，这次八成是张乐乐和王语春要做室友，二人互相使了个眼色，还没来得及收回视线，就听到姚青说："今晚的最佳室友就是——鱼希！柳玉瑶！恭喜！"

所有人都蒙了，张乐乐夸张的笑声打破了尴尬的气氛，接着周晓也笑得上气不接下气，一只手捂着肚子，另一只手竖起大拇指，说："青姐高明！"

鱼希也有些错愕，大家都以为是成绩最差的两个嘉宾同房，合着是反过来的？

虽然她早就猜到节目组不按常理出牌，但这也太……

柳玉瑶不像第一次那么咬牙切齿，但心里还是隐隐不高兴。节目组想要干什么在场的没有人不知道，但是撕破脸皮对大家都不好，现在听到这样的消息，她只能勉强维持笑容。

摄像机照了过来，姚青适时把话筒放在她面前，问："玉瑶，你有什么想对鱼希说的？"

柳玉瑶对着话筒道："晚上别踢被子。"

在场的人笑开了，鱼希点头，声音清脆道："彼此彼此。"

二人的目光交会几秒，很快各自移开。

分配好房间之后，姚青就带着他们去吃晚饭。一个小时后，大家都散场了。钟晨站在房间门口，还拖着箱子，她见到鱼希走过来忙招手："希希！"

鱼希走过去，从她手上拿过行李箱，听到她问："我给你单独开一间房？"

"不麻烦了。"鱼希摇头道，"就这样吧。"她上次在沙发上没睡好纯粹是个人原因，她就不信柳玉瑶还会故技重施，要关灯休息。

钟晨见劝不了鱼希，只好道："那成，你有什么事打电话给我。"

"对了——"她说到这里，看了一眼柳玉瑶，得到一个白眼。柳玉瑶进屋之后，她才道："江总让你给她回个电话。"

鱼希点头道："我知道了。"

进门后，鱼希将行李箱放在沙发旁，她听到卧室里面有动静，没一会儿柳玉瑶就拎着睡衣出来了。柳玉瑶看了她一眼，似乎有话要说，几秒后又移开视线。

鱼希的动作没停，她打开行李箱，从里面拿了两套衣服出来。

柳玉瑶进了卫生间，水流声哗哗地响起时，鱼希才坐在沙发上，从包里拿出手机，给江静白发消息：工作结束没？

消息刚发过去没一会儿，鱼希的手机铃声响起，电话接通后，江静白的声音传过来："节目录制结束了？"

鱼希笑着走到窗边，打开一条缝。凉风吹进来，她打了两个喷嚏，道："嗯，刚结束。"

"你在哪儿？"江静白放下文件，揉了揉眼皮，等到眼睛不那么酸涩之后，她才站起身。

鱼希合上窗户，回她："在酒店。你呢，工作结束了吗？"

鱼希想到自己离开前江静白累极的样子，多嘴道："也不用那么累。"

江静白淡笑道："还有一点儿活，我争取明天下午回来。"

鱼希声音温和道："你不要那么赶，如果累病了，就算工作顺利，那也是得不偿失。"

江静白倚在窗边，一只手举着手机，另一只手放在口袋里，她听到鱼希这句话，道："也没有很赶，我只是想快点儿结束而已。"

"嗯……"鱼希刚准备说什么，听到身后有动静，转头就见柳玉瑶穿着棉质睡衣走出来，包裹得严严实实。她轻咳一声，说："那我先挂了。"

江静白垂眼问："怎么了？"她顿了几秒，道，"房间有人？"

鱼希没料到她那么敏感，居然连这个都猜到了，当即道："嗯，节目组安排的。"她压低声音补充，"和柳玉瑶。你别担心，没事。"

电话那端的人没吭声，鱼希本想宽慰她放心，柳玉瑶再怎么搞小动作都不会怎么样，但察觉到柳玉瑶狐疑的目光，还是没有说下去，只低声道：

“那我先挂了。”

电话那端很久才传来声音：“嗯。”

挂了电话之后，鱼希没和柳玉瑶说话，径直抱着睡衣去洗漱。她洗完澡出来，感觉一阵冷风吹过来，便蹙眉看向风口，柳玉瑶正站在窗户那里抽烟。

她居然还抽烟？

这似乎和平时的认知有了出入，鱼希不由得多看柳玉瑶两眼，才收回目光。

柳玉瑶转过头，看到鱼希的长发湿漉漉的，散在身后，肩上还披着一条白色的干毛巾，她正从行李箱里拿出自己带的吹风机。

吹风机接通电源后发出嗡嗡嗡的声响，打破一室的安静。柳玉瑶深吸一口烟，再缓缓地吐出，眼前烟雾缭绕，人影晃动，看不真切——鱼希是完全当她不存在啊。

柳玉瑶想到这里，随手掐掉了烟，合上窗户，拢了拢睡衣，走到鱼希面前，坐下，似是要谈话。鱼希拿着吹风机的手微顿，抬头看她一眼，关掉了吹风机。

房间里陡然安静下来，没来得及消散的烟味正在肆意蔓延，鱼希启唇：“柳小姐有事？”

“你为什么帮我？”柳玉瑶神色认真地看着她。

鱼希拨着长发，神色自然道：“我说了，我只是不想队友……”

“我说的是热搜的事情。”柳玉瑶认真地看着鱼希。

照理，她当时出了那么大的事情，节目组虽然辟谣她和楚淮没有关系，但是鱼希若站出来反对节目组的辟谣，或者在微博发些模棱两可的话，那她可不会那么快从浑水里走出来。但是鱼希居然没有落井下石，真出乎她的意料，连她的经纪人都直呼不可思议，还以为二人在节目中变成了好朋友。

“好朋友。”柳玉瑶当时听到这个说辞差点儿把板子砸在经纪人的头上。她和鱼希做朋友？做梦还差不多！

鱼希和柳玉瑶对视着，神色平静，启唇：“那我可以先问一个问题吗？”

柳玉瑶说：“你问。”

“消息是你自己放出去的吧。”不是疑问句，鱼希是笃定的语气。

柳玉瑶微怔。她没想到鱼希居然能猜到消息是她放出去的。

她和楚淮在一起的时间并不长，当初不过是楚淮对她有意，她也不反感，就顺水推舟在一起了。哪料人家根本没把她当女友，只当她是一个伴儿。

柳玉瑶虽然地位不是很高，但被人这么轻视，心里自然不爽。碍着星耀的势力，她断不可能和楚淮主动提分手，但是节目帮了一个大忙，所以她才约了楚淮出来。

和她预想的没两样，楚淮果然在消息放出后就和她保持距离，虽然没断得干干净净，但也不会主动联系她了。但这一切只有她自己知道，她甚至连经纪人都瞒着，没想到现在被鱼希挑破。

“我不知道你在说什么。”柳玉瑶背靠沙发，对上鱼希的视线。

鱼希点头道：“那就没什么好聊的了，而且你也算帮我了，你后来撤热搜的事情，白姐告诉我了。”

柳玉瑶听到她的话皱眉，说：“我撤热搜只是不喜欢欠你人情，上次录制节目……”

鱼希打断她的话：“那就行了。两清吧，我们之间本来就用不上‘帮’这个字，更谈不上欠谁的。”

柳玉瑶盯着她看，见她一副“我们没关系，你别攀交情”的样子。明明自己心里也是这么想的，但是话从她嘴里说出来，怎么就那么让人不爽呢？

她窝着一肚子气，开口道：“行，你说的，我们两清，关系恢复到没参加节目前吧。”

鱼希闻言抬起头，说：“好。”

柳玉瑶见她一脸风轻云淡，火气更甚：“我以后可不会手下留情了！”

鱼希吐字清晰：“哦。”

哦，哦什么哦！

柳玉瑶发现自己一碰上鱼希就容易暴躁，脾气怎么压都压不住，半小时前她还想着好好谈话，现在谈什么，她只想和鱼希干一架！

她怎么想怎么生气，肺都要气炸了，回到房间里，她狠狠地关上房门，然后倒头睡在床上，磨着牙给经纪人发消息：你给我放点儿鱼希的黑料！

经纪人很快回她：怎么，她惹你了？

柳玉瑶把银牙咬得嘎吱响：惹了！你给我放点儿她的黑料出去！

经纪人只觉得她的怒火都要透过屏幕蔓延出来了，当即回复：好的，我看一下。

柳玉瑶看了一眼屏幕，没回复消息，把手机扔在床头柜上。她在床上翻了两个身后去摸手机，却摸到一个袋子。她转过头，看到是一小袋话梅。

半小时后，柳玉瑶的经纪人又收到消息：算了，别放她的黑料了。

经纪人一个电话打过来："小祖宗，到底怎么了？"

柳玉瑶褪去怒火，捏着袋子道："没事。"

"那黑料还放不放？"

柳玉瑶深吸一口气，说："不放了。"

经纪人还想说什么，柳玉瑶接着道："你就当我前面说的话是放屁。"

挂了电话后，柳玉瑶重新躺在床上，她不由得回想起和鱼希曾经接触的种种。

她在片场第一次被下了面子，资源也没了，因此沉寂了小半年，要不是当时她得到了一个导演的赏识，也不会这样翻身。

其实有时候想，鱼希说的话不是没有道理，她确实是抱着轻视的态度去看即将要演绎的女主的，这样作品出来的质量好不好不说，就是梅导那关都过不了。但是知道是一回事，她被抢了资源就是另外一回事。再加上后来几次鱼希领奖，她陪跑，圈内都在笑她是陪跑冠军，这就导致她对鱼希的怨恨越来越重。鱼希的很多黑料都是她杜撰出来的，但是鱼希也"回报"她更多，要论输赢，她们还真没有分出来。

她一直以为，她们会这样争下去，不死不休，但没想到有一天，鱼希会落下把柄。

她出道的时间比鱼希早得多，自然知道这样的"污点"对于一个艺人来说意味着什么。她当时兴奋至极，觉得终于有个能扳倒鱼希的机会了。但是她没想到，二人居然会参加同一档节目，她会认识到不一样的鱼希。

柳玉瑶捏着话梅靠在床头，她思忖了十来分钟后，起身打开房门。和上次一样，鱼希正拿着手机睡在沙发上，屏幕还是亮着的。

"进来睡吧。"柳玉瑶的脸上依旧带着愠怒，但是她的语气平和了很多。

鱼希听到房门口有动静，坐起身，看着她问："干什么？"

柳玉瑶凶巴巴地说："我让你进来睡觉！"

"不用。"鱼希抱着被子重新躺下，懒洋洋道，"我不习惯和别人睡一个房间。"

柳玉瑶呼吸急促，咬牙道：“冻死你算了！”

门又“砰”地关上。

鱼希继续躺在沙发上，抱着手机。她见江静白迟迟没有回复消息，忍不住又发了几条过去。

几分钟后，手机振动，鱼希拿起手机看了一眼，见到江静白回复的消息：嗯。

鱼希扬起嘴角，手指在屏幕上打字：你生气了？

江静白：没有。

啧，鱼希回复：那这样好不好，等你回来，我任你差遣半个小时？

江静白合上文件，拿起手机，心里涌上的复杂情绪顷刻被抚平。她回复：不好。

鱼希发了一个问号过来。

江静白垂着眼，回复：惩罚力度不够，翻倍。

鱼希陡然笑开，半晌后回她：好。

REC

16:9 AUTO RAW

Chapter 10
东　山

ISO 300

00:03:20

鱼希一夜好眠，次日天蒙蒙亮就醒了。她休息得好，昨天的困乏一扫而光，去卫生间洗漱时才发现门锁着，等了几分钟柳玉瑶才从里面出来。

柳玉瑶看着有些憔悴，眼下的黑眼圈明显。鱼希盯着她看了几秒，没有说什么，径直走进卫生间里。等鱼希再出来时，她已经不在房间里了。

鱼希一出门就被摄像机逮个正着，于是赶紧挂上笑脸。

今天的录制和之前并没有不同，节目组依旧设计了惊险刺激的环节。三期节目录制下来，鱼希对这个节目也算有了认知，再奇怪的要求都能坦然接受了。其他几个人也有相同认知，现在面对挑战都兴致勃勃。况且昨日半天的相处已经让他们之间的气氛缓和不少，姚青一直想拉着柳玉瑶参与到聊天中，这次颇有效果，柳玉瑶没抗拒，和众人打成一团。虽然没有预想中那么热闹，但好在不算太尴尬。

下午五点左右，节目录制结束。

柳玉瑶第二天有个颁奖典礼要参加，今天晚上要赶飞机。鱼希去卫生间时撞见柳玉瑶，二人都没开口，哪料准备擦肩而过时，身后传来声音："柳玉瑶是要去参加名雅的颁奖典礼吗？"

这声音听着有些耳熟，像是节目组里安排他们食宿的一位工作人员。

鱼希往里面靠了一点儿，柳玉瑶本来要出去的，脚步也下意识收回来，站在鱼希身边。

走廊上的声音还在继续。

"是的吧，微博上不是有消息吗？"

"哎，还是特邀嘉宾，我听说这个名额本来是鱼希的。"

"鱼希的？"

"你还不知道？鱼希拿奖的时候就有消息说名雅请她了，不出意外就是今年的特邀嘉宾，她上半年的成绩你又不是不知道，哪家不争着抢着要她去。”

“那她今年去哪家？”

“自个儿家吧。”

聊天声渐远，鱼希打开卫生间的门，柳玉瑶睨了鱼希一眼。以往她听到自己压了鱼希的风头，是最高兴的，现在她听到这些话，突然觉得索然无味，甚至连挖苦鱼希的兴致都没了。

她从鱼希身边走过，往长廊的另一头走去。

虽然节目是在本市录制的，但是回去依旧坐的是节目组的车，柳玉瑶的经纪人已经在电视台里面候着了，就等柳玉瑶下车带人走。

最前面的姚青正在说段子，众人哈哈大笑，唯独鱼希神色漠然。

车停在电视台附近，鱼希正等着后面拉助理的车过来，冷不丁瞄到有好几个挂着牌子的人向这边走过来。她面上微带诧异，还没皱眉就听到好几道声音响起：“他们来了！”

“柳小姐你好，请问有传言说你和楚总谈恋爱，是真的吗？”

“柳小姐，上次在酒店，请问您是和楚总在一起吗？”

“柳小姐……”

居然有记者在这里蹲守？真是过年了，开始抢业绩了。

姚青见到记者先是一愣，随后招呼人来拉开记者和艺人的距离，这里又不是只有柳玉瑶，还有其他艺人，万一出了事情，他们节目组可担待不起。

但是这些记者很是黏人，还不能硬赶，最关键的是这里不属于电视台范围，众艺人还在外面，所以即使姚青不想让他们采访，也不敢撂什么狠话，更不可能拉下脸赶人，只得两边赔笑，不断周旋。

“柳小姐，传言您和楚总早就在一起了，请问属实吗？”

“柳小姐，请你说句话。”

柳玉瑶听到这些问题莞尔一笑，没有答复。她的经纪人还没下楼，助理的车被卡在后面，所以周围只有姚青和节目组的工作人员在维持秩序。

“请让让。”姚青笑眯眯道，“各位媒体朋友，这里不是采访的场合，请大家保持安静。”

奈何记者就和闻到腥味的猫一样直往前面钻，鱼希原本站在柳玉瑶身边，被这么推搡着便往旁边走了两步。她刚站稳，就听到有人叫自己：“鱼小姐，听说您和柳小姐在节目里住在一起，请问您知道她有男友这件事吗？”

这一句话让现场的气氛陡然凝固了，所有人都在注视她们，姚青下意识地捏了一把冷汗。

这三期节目录制下来，鬼都知道鱼希和柳玉瑶不对盘，上次柳玉瑶热搜出事，他们还心惊胆战了半天，生怕鱼希出来搅浑水，直到事情平息了，她们才放下心里的石头。

这些记者真是哪壶不开提哪壶，或者说是故意的，柳玉瑶和鱼希不对付也不是什么新鲜事了，路人可能还会相信她们有姐妹情，但是这些见惯了艺人的媒体眼光毒辣，一眼就能瞧出端倪，这么问，无非就是想挑起事端。

鱼希没回话，现场所有人都转向她，都在等着她的答复。

记者的问话一贯有技巧，自己知道柳玉瑶有男友吗？知道或者不知道，都是在默认柳玉瑶和楚淮是有关系的，鱼希和记者打交道颇深，深知他们无中生有的本领，所以她扬唇轻笑，并没有开口。

仍旧有不死心的记者接着问：“鱼小姐，您不说话，是在默认吗？”

“鱼小姐，听说您第一期节目在现场哭是和柳小姐有关？”

问话越来越放肆，也越来越没有底线，柳玉瑶瞥了一眼问话的男人，刚准备开口就听到鱼希低沉清冷的声音：“这位记者先生，请问你昨天是左手用餐，还是右手用餐？”

鱼希的话通过话筒传到众人耳朵里，全场安静下来，就连柳玉瑶原本想往前的脚都顿住了。她站回原本的位置，看着鱼希精致的侧脸，透着熟悉的倨傲。这一刻的鱼希，忽然就和第一次在片场教训她的那个鱼希重叠了。

柳玉瑶恍惚了几秒，又听到鱼希沉稳的声音：“很难回答吗？”

被她问话的记者明显愣了一下，迟疑几秒后回她：“右手。”

鱼希点头，继续问：“那今天呢？”

那个记者猜不透她想问什么，但是周围所有人都看着他，他挠头道：“还是右手。”

鱼希笑道：“你是不是觉得我这两个问题很莫名其妙？”

她的面上虽然带着浅笑，但气势丝毫不弱，让现场的人都怔住了。

记者思考再三，决定放弃研究，跟着鱼希的节奏走。他点头道：“是的。”

鱼希的笑意加深，道："因为这两个问题，根本就没有关系，懂了吗？"

现场的记者一脸愕然，有反应快的人笑出了声。

问话的记者也明白了鱼希的意思，挠头笑了。另一边站着的记者干脆直接夸道："鱼小姐，您真的很风趣。"

这比之前中规中矩的采访有意思多了。

柳玉瑶的经纪人过来接人的时候，看到有记者围在这里，冷汗顿时往下掉，他生怕柳玉瑶说了什么不该说的，或者得罪媒体。直到走近了，他才看到媒体记者们不似以往饿虎扑食的样子，反而个个面带笑意地询问：

"鱼小姐，您方便谈谈最近的事业发展吗？"

"鱼小姐，我听说您即将要退出娱乐圈，有这回事吗？"

这些问话客气了很多，也没有围绕柳玉瑶打转，经纪人松了一口气，看向柳玉瑶，却见她正盯着鱼希，没有往日愤怒到不可抑制的模样，神色很冷静。

"瑶瑶。"经纪人喊了一声，又往里面走两步，对周围媒体道："抱歉抱歉，瑶瑶还有工作，有机会我们再会。"

记者们很好说话，让他带走了柳玉瑶。经纪人不免好奇，这群人什么时候这么好说话了，奈何他也不好问什么，只得护送柳玉瑶先上车。一直到车里，他才忍不住问："瑶瑶，发生什么事情了吗？"

柳玉瑶别过头，看向他身后，不远处的鱼希神色淡然，态度冷漠，抿着嘴唇，和刚刚轻笑着讽刺记者的样子判若两人。

柳玉瑶收回视线，道："没什么，走吧。"

经纪人点头，柳玉瑶随后想到什么又开口："你注意下今天的报道，有关这个节目的消息，全部掐掉。"

"掐掉？"经纪人会意，说，"你是说记者这边的采访和鱼希有关？"

柳玉瑶瞥向他，神情不悦。

经纪人笑道："其实也不用我们出手，我收到了一些有关鱼希的消息。"

"什么消息？"

经纪人道："昨天你让我放鱼希的黑料，我给几个合作人打电话，他们说内部有消息，但关于鱼希的事情，很多都被压下去了。会不会是她妈压下来的？"

柳玉瑶耸耸肩，神色恢复轻松，道："我怎么知道，开车吧。"

经纪人应下，车刚启动，助理乘坐的车也到现场了。

钟晨拖着行李箱赶过来，见鱼希身边围着记者，毫不迟疑地走过去，将鱼希护在身边，说："抱歉，鱼希还有行程，先走了。"

现场嘈杂，钟晨和工作人员护着鱼希上了保姆车。坐上车之后，钟晨才长吐一口气，问："希希，那些记者是怎么回事？"

鱼希瞥向窗外，说了句："年底了。"

钟晨面带不解，没听懂鱼希的话。鱼希也没和她解释，手机铃声适时响起。她看了一眼屏幕上显示的名字，敛起倨傲的神色。

"节目录制结束了吗？"电话那端，江静白开口问。

鱼希回她："嗯，你呢，回家没？"

"还没，还要一个多小时。"

似乎不需要过多的交流，二人的默契已经慢慢回来，鱼希道："那我先回去。"

江静白回她："嗯。"

寒流突袭，一天比一天冷，下车后，一阵冷风吹来，鱼希拢着衣服打了两个喷嚏。

钟晨拿着行李箱，鱼希接过后道："我自己上去，你早点儿回去吧。"

钟晨想到刚刚的电话，难得机灵了一次，点头道："好，那我先走了。"

鱼希目送保姆车离开，压低了帽檐，拖着行李箱走向电梯。

江静白到公寓下面已经是二十分钟之后的事情了。肖知秋送她到电梯门口，将文件递给她之后才道："江总，真的不需要我送您上去吗？"

"不用了。"江静白将文件夹放在行李箱上，道，"你回去吧，明天休息一天，这段时间你也很累了。"

肖知秋笑道："还是江总比较累，不过这次筹资圆满结束，也算是年前最好的消息了。"

江静白不咸不淡地"嗯"了一声。

肖知秋知道江静白素来不喜欢听吹捧的话，便道："胡总让您给他回个电话。"

“我知道。”江静白神色清冷，侧脸依旧绷着。

电梯“叮”的一声响，江静白踩着高跟鞋跨进去，她准备拿手机给鱼希打电话，正巧看到来电显示的胡总，便接通电话：“胡总……”

电梯门打开，信号也随之而来，电话那端的声音逐渐清晰：“静白，我下周回国一趟，你抽个时间，我们见一面。”

江静白顿住脚步，垂眸应下：“好的。”

她说话间抬头看了一眼鱼希公寓的门，又别过头看向自己的行李箱，想了几秒后，她打开自己家的门。

胡总还在说筹资的事情，江静白简单地汇报了进度，胡总很满意，也没再多说就道：“那就这样，我们见面聊。”

江静白挂了电话后，在沙发上坐了好几分钟，才转头看茶几上的镜子，镜中的自己面色憔悴，眼下的黑眼圈很重。她准备去房间补个妆，哪料打开房门就嗅到一阵香气。

江静白脱掉风衣，往里面走了几步，听到房里的卫生间传来哗啦啦的水声。她出声唤道：“鱼希。”

鱼希刚洗好头发，睁开眼睛正要拿毛巾，就发现江静白回来了。

鱼希困惑地眨眼，心道：说好的一个多小时，怎么半小时就回来了？

不过两天没见，鱼希却觉得她们好像很久没见过面了。

洗完澡后，二人各自裹着睡袍在房间里躺着。参加节目本就累，鱼希连手都不想抬，但是肚子传来咕噜声——她饿了。

江静白听到声音别过头，神情平和地说：“我去做饭。”

鱼希早就看到了江静白眼下的黑眼圈，江静白这么急着赶回来，肯定也没有好好休息。她拽住江静白的手臂，道：“点外卖吧。”明明是好意，但是话到嘴边变成，“你做的不好吃。”

江静白笑出了声，她点点头，坐起身，语气温和道：“好。我去点外卖。”

鱼希满意地在床上翻了个身。

江静白的居所有小小的改动，窗帘颜色由暗色改成亮色，房间给人的感觉不那么压抑，看着舒心了不少。

好吧，鱼希承认，是她此刻的心情不错，才看什么都顺眼。

鱼希忍不住蜷起身体，咬唇笑了笑。

不是她目光短浅，或者只顾享乐不去拼命找资源，而是白雨棠说得对，现在只有等风声过去，她才会有重新站起来的机会，多想其他的事情，无疑是庸人自扰。

与其把时间浪费在不相干的传闻或者自怨自艾上，不如多钻研演技，争取在朱梓铭的戏里有个好的表现。

江静白回房间时，鱼希都快睡着了，她低头喊道："鱼希，起来吃饭了。"

鱼希被打扰，有些不高兴。她翻了个身，手无意识地拍到江静白身上。她勉强睁开眼，困意浓重地问："外卖到了？"

江静白点头道："到了。"

鱼希抱着被子坐起身，长发凌乱地散在身后。她刚刚没有完全吹干头发，此刻头发呈现出诡异的弧度，看着颇为滑稽。

江静白笑出声，替她整理了一下头发。

鱼希完全清醒已经是十分钟后了。外卖还是熟悉的那家，她打开包装盒子，询问："你怎么知道我喜欢吃他们家的东西？"

江静白坐在她对面，给她递了一双筷子，神色如常道："我看钟助理买过几次。"

都是她算准了时间偶遇看到的。

鱼希轻咳一声，说："吃饭吧。"

江静白垂眼道："好。"

饭桌上，二人没有过多的交流，鱼希从小养成的习惯就是食不言，江静白又是闷葫芦，二人偶尔抬头对视一眼，然后笑笑，各自低头吃饭。

晚饭结束已经九点多了，鱼希去卫生间洗漱后回到沙发上，刚刚她眯了一小会儿，现在倒是没那么困了，人也精神不少。她见江静白把电脑放在茶几上，不由得讶异道："你还要工作？"

江静白打开电脑，指腹点在键盘上，娴熟地一边打字一边回她："我给胡总发封邮件，马上就好。"说完，江静白转头看着她，"我明天休息。"

鱼希听到她的话默默点头，将抱枕扯在怀里，歪头凑到她身边说："这么好，突然不忙了？"

江静白启唇："明天你不是有节目要播吗？"

鱼希微怔。明天乐果录制的第一期节目会放出来，这是她沉寂半年后第一次在观众面前露面，或者说，第一次参加这样的综艺节目。

虽然姚青一个劲儿地说她的表现非常好，但她没见到效果，担忧是不可避免的。昨天白雨棠就和她说了明天播第一期节目这件事，她没想到江静白居然会知道，并且还请了一天假陪她。

想到这里，鱼希说："我还没那么脆弱，你不用请一天假陪我。"

上次江静白忙成那样还抽空回来陪自己，就是担心自己会偷偷地哭。虽然她上次是真的忍不住想哭，但这次她已经想开不少，节目效果不好就慢慢来，总会有起色的。只要她不放弃，这个圈子，她迟早还是会站稳脚跟的。所以录制第三期节目的时候，她的心态已经平稳了，除了积极配合节目组的活动，并没有任何其他想法。

江静白发送完邮件就合上电脑，说："你就当我脆弱好了，我想你陪着我看，可以吗？"

鱼希轻笑出声，暗念一句："神经。"

二人在沙发上坐了一会儿，江静白要去洗漱了，鱼希也站起身往卧室走。到房间后，她看到手机屏幕亮着，是钟晨发的消息，她简单回复后关掉聊天页面，最上面的消息推送有个熟悉的名字。

鱼希顿了很久才点开那个推送链接，是柳玉瑶去参加名雅颁奖典礼的消息。

名雅有二十多个不同的奖项，每个奖项都是国内含金量最高的，从男女主角到男女配角，无一不是圈内人最想要的荣誉。鱼希上去过一次。去年她拿下最佳女主角时站在上面，满身荣誉。

今年她顺利斩获玉兰奖和白树奖时，名雅确实邀请过她参加颁奖典礼，给最佳女主角颁奖。白雨棠当时兴奋无比，和鱼希说，如果她颁奖成功，将会是名雅史上最年轻的颁奖人，白雨棠甚至连通告词都想好了。要是她再创一个纪录，达到别人没站过的巅峰，年末的闪光灯无疑是为她闪耀的。

可惜，世事难料。

鱼希点开链接后看到了柳玉瑶的侧脸。和在节目组全天绷着脸不同，她带着笑脸，态度谦逊有礼，身着大红色收腰曳地长裙，裙摆铺在红地毯上，随着她纤细的身形移动。她一边走一边和身边的人打招呼，现场气氛燃爆，粉丝的尖叫声几乎冲破了屏幕。

柳玉瑶走过之后，又上来好几个女星，个个盛装出席，鱼希还和她们打过几次照面，有两个还约好和她在名雅的晚会上见面。

鱼希垂着眼，靠在床头边，神色平静地看完整段视频，弹幕上留言频频，都是各种表白自家偶像的话，甚至还有提到她的。

鱼希有些哭笑不得，点开评论，看到自己的名字挂在热评上。

“不是说今年请鱼希当颁奖嘉宾吗？”

“名雅请的是瑶瑶，你不要随便带别人出场，OK？给你点儿脸，自己回去。”

“瑶瑶是什么鬼？有什么可以骄傲的？我听说人家请鱼希是给最佳女主颁奖，你家瑶瑶不就是给女配颁奖吗？真要是论咖位，柳玉瑶她配吗？”

“楼上是鱼希的粉丝吧？我劝你没事回去哄你自己的‘主子’，我忘了，今年你‘主子’没出来，哈哈哈。”

“柳玉瑶的粉丝是有问题吗？这是柳玉瑶的专场吗？人家提个问题怎么了？是你先凑上去的，难怪被人家骂！”

“清场清场！瑶瑶和希希的节目明天就播出了，希望大家不要理会上面的恶意言论，我们瑶粉非常期待两家合作，期待明天的《乐果》节目！”

鱼希没再接着看下去，将手机放在旁边。可过了一会儿，她还是没忍住拿起手机，点开和白雨棠的聊天页面。

她们的对话还停留在昨天，她和自己说乐果第一期节目要放出来的事情，除此之外，再没有其他的消息。

鱼希的指腹点在白雨棠的头像上，好几次放大又返回，犹豫不决。

江静白进屋后就看到鱼希靠在床边盯着手机，侧脸绷着，神色微冷，不似刚刚高兴的模样。她走过去喊道：“鱼希。”

鱼希抬起头，迅速将手机关掉放在床头柜上，问：“你洗好了？”

江静白点头道：“嗯。”说完，她又漫不经心道，“你看什么呢？”

鱼希说：“没什么，看点儿八卦。”她干笑着岔开话题，“你筹资怎么样了？”

鱼希回来后，还没问过江静白工作的事情。

江静白把空调温度调高，随口回她：“都定下了，合同签了，年后项目就可以开工。”

这也算一个好消息，鱼希刚刚还沉重的心情破开一个口子，有细碎的阳光照进去，慢慢点亮。她点头说：“那就好。”

江静白问：“节目是明天下午三点开播吗？”

鱼希觉得脖子处有些冷。她缩着肩膀，声音很低地应了一声：“嗯。”

江静白闻言，神色认真道：“那明天可以迟一点儿起床。”

次日，二人果然睡过头了，一直到中午才被手机铃声吵醒。

鱼希睁开眼睛的时候，江静白的手机还在不停响着，她却没有醒的迹象。她一向浅眠，现在手机吵了半天都没动静，看来是真的累极了。

鱼希拿起手机，看到屏幕上显示的名字是肖助理。

电话接通后，肖知秋明显愣了几秒，随后才道：“江总在吗？”

鱼希喊道：“江静白，你有电话。”

江静白睁开酸涩的双眼，迷糊地接过手机：“嗯。”

她慢慢地坐起身，将手机夹在耳朵和肩膀处，电话那端的人还在询问，她点头道：“合同？我看一下。”

说话间，江静白已经出了房间，鱼希只听到断断续续的聊天声。

鱼希起床洗漱。现在已经过了饭点，她的手机上也有钟晨发来的消息，问她早饭怎么安排，但是她没回复，钟晨也就没再问话。她正想着，钟晨的第二条消息发过来了：希希，醒了吗？午饭需要我送过去吗？

鱼希想了几秒回她：不用。

钟晨得到回复后从沙发上跳起来，立刻打字：希希，你终于醒了！我还以为你今天要睡到下午呢！你别太累了，才刚参加完节目。

鱼希看到这条关心的消息，言简意赅地回复：好。

鱼希打开房门走出去，看到江静白坐在沙发上，还打着电话：“找到了，在我这儿。”

“嗯，你过来拿吧。”

“好。”

江静白说完就挂了电话，鱼希坐在她身边道：“中午吃什么？”语气自然，熟稔得仿佛从前。

江静白捏着手机的动作微顿，开口：“等会儿肖助理会过来，我让她准备午餐了，你要不要再休息一会儿？”

“我休息什么。”鱼希嘟囔，“我又不累。”

江静白不免觉得好笑，说：“我先去洗漱。肖助理来了，你给她开下门。”

鱼希点头道：“我知道了。”

江静白回房后，先将房间收拾了一通，末了才拎着睡袍进卫生间洗漱。

客厅里，鱼希已经打开了电视。距离她的节目播出还有两个小时，她换了几个坐姿后，发现自己开始紧张了，便忍不住拿手机上网刷微博。

网上还没有节目组的消息，漫天的热搜都是关于昨晚的名雅晚会——这个造型惊艳，那个服装精致，还有网友问这个奖项有没有水分。

不过关于奖项的讨论并不多，因为今年获男女主角奖的都是老牌艺人，有威望有演技，网友们也觉得他们拿奖实至名归，微博很快就撤了这个话题，余下都是一些不起风浪的小吵小闹。

鱼希看了一会儿，刚准备关掉微博，手机就振动起来。她看了一眼屏幕，是白雨棠打来的电话。

“希希，等会儿节目组要宣传节目，你配合一下。”鱼希是自己管理微博，所以白雨棠接到消息就给鱼希发通知了。

鱼希点头道：“好，我知道了。”

“朱导那边，估计戏明年开拍，今年……”白雨棠有些犹豫地说。往常这个时候鱼希是最忙碌的，今年却停下了脚步。

白雨棠这两天其实很忙。陶倚彤的事业有了起色，她开始带着陶倚彤到处飞，但是越忙就越觉得对鱼希有歉疚。虽然这并不是她的错，但是她和鱼希多年相伴同行，要抛下私人感情处理她们的事情，她自认做不到。所以她道：“今年你就休息吧，我们明年再开始。”

鱼希哪里听不出她安慰的话，笑道：“我知道的，白姐，你好好工作吧。”

白雨棠又嘱咐两句才挂了电话，鱼希垂眼继续看手机。

在白雨棠发消息没十分钟后，乐果的官方微博发了宣传文案，还艾特了他们几个艺人。鱼希看了一眼，官博第一个提及的人是柳玉瑶。

很快其他艺人也开始转发微博和互动，柳玉瑶不似以往等着压轴出场，反而早早地发了消息，还顺便点名节目组全员。鱼希看着她的话，猜测这是她的经纪人发的，便没想太多，也转发并留下两句评论。

粉丝们蜂拥而至，在乐果的官方微博下面评论，其中绝大多数是柳玉瑶的粉丝——她昨天刚作为名雅的颁奖嘉宾出席了颁奖典礼，粉丝正兴奋着，现在她的节目播出，粉丝自然把注意力转移到这边了。

鱼希的评论被顶到了热评第二。相比而言，她的粉丝就冷静很多，规规矩矩地表白，一致说期待。以往她们还会拉柳玉瑶出来嘲笑两句，这次也乖巧地默不作声，没有任何人挑事。

鱼希正无聊地扒拉手机，就听到门铃响起，应该是肖知秋过来了。她踩着拖鞋，理了理秀发，走到门口，打开门的时候错愕了两秒，下意识地想要关上门。

好在鱼希的理智迅速回归，几秒后镇定地喊道："钱阿姨。"

钱彩霞见到鱼希，完全掩饰不住脸上惊愕的表情。她手上拎着三四个黑色袋子，穿着大棉衣。多年不见，她原本乌黑的秀发染了白色，额头的皱纹很深，宛如一道道沟壑，这张熟悉的脸庞也变得陌生起来。

"鱼……鱼希？"半晌，钱彩霞疑惑的声音响起。

鱼希听到她的话，心跳陡然快了几拍，点头道："是我，钱阿姨。"

"你怎么在这里？"钱彩霞慢慢地敛起惊愕的表情，但神情依旧不算好看。她盯着鱼希说，"这不是静白住的地方吗？"

"我……我们……"相隔八年，鱼希完全没料到会在这样的情形下和钱彩霞见面。她垂着眼，身上舒适的衣服仿佛长满了刺。伶牙俐齿在这刻倏地失去作用，她张嘴半天也没说出个所以然。

正尴尬时，鱼希的身后传来一道声音："妈，你怎么来了？"

鱼希转过头，见江静白长发微湿，正走过来。她见到钱彩霞后无奈地道："我不是让你在家休息，不用过来的吗？"

江静白说着，接过钱彩霞手上的袋子，转头对蒙了的鱼希道："希希，你帮我倒杯水过来。"

鱼希反应过来，点头道："好。"

二人刚起床，没有烧开的热水，鱼希站在厨房里，将水壶灌满水，按下开关，顿时厨房里响起烧水的声响。鱼希听了觉得有些刺耳，忍不住往后退了两步，站在厨房门口。

江静白清朗的声音响起："妈，你怎么过来了？"

钱彩霞从刚刚的震惊里回过神，沉着脸说："快过年了，我过来看看，有没有需要打扫的地方。"

江静白坐在沙发上，拒绝了她："不用，我自己会整理的。"语气谈不上生疏，但也不熟络。

钱彩霞知道自己和倚彤爸爸二婚后，这孩子一直抱着不悦的态度，再加上江静白在国外忙，她也不舍得打扰，所以二人的联系其实并不多。

江静白回国将近半年，也只回去过两次，还都是匆匆来去，最多吃了一顿饭。所以这次快要过年，钱彩霞琢磨着过来看看，没想到这一看，就看出事了。

"你和鱼希……"钱彩霞似乎不高兴提这个名字。

江静白抬起头，神色如常道："妈，我和鱼希和好了。"

"你！"钱彩霞顿时觉得有东西堵在嗓子眼。

八年前的事情她才搞清楚不久，虽然她知道鱼希是无辜的，但是突然让她放下长达几年的恨意，也不是容易的事情。

江静白看到钱彩霞难看的脸色，立刻起身坐在她身边，低头握住她的手，平和地启唇："妈，鱼希也是受害者，我知道你现在对她还有情绪，没关系，我可以等，等你放下。"

钱彩霞抽回手，不解地问："你一定要跟她来往吗？"

江静白沉默几秒后点头，眼神坚定。

"你这孩子！"钱彩霞的声音刚想拔高，就见鱼希端着两杯水走过来。她将话咽了回去，也没撕破脸，冷哼了一声。

鱼希捧着杯子喊道："阿姨，喝口水吧。"

钱彩霞当没听到，一动不动。

江静白从鱼希手上接过杯子，放在钱彩霞面前，软声道："妈，喝口水。"

她鲜少用这种语气和钱彩霞说话，自打成年后，她就没有示弱过，不管是在外人面前还是在自己这个母亲面前，她都很冷淡。

倒不是江静白摆架子或者她有多强势，她就是性子冷淡，又爱绷着脸，和谁都不亲近，所以她们的母女关系才会一直没有缓和的余地。现在她好不容易示弱，钱彩霞心里堵着也不知道说什么，最后接过杯子放在茶几上。

鱼希见状，看了一眼江静白，见她示意便坐下。鱼希坐下后，听到钱彩霞问："你们什么时候和好的？"

江静白沉默了一会儿，回她："一个多月前。"

"你居然不告诉我！"钱彩霞说着又来气，"你还把不把我当你妈？"

江静白垂眼道："我以为倚彤和你说了。"

"什么倚彤，你别扯别人，倚彤她……"钱彩霞顿住了，"倚彤她知道？"

江静白抬起头，无辜地说："她没和您说吗？她一直知道。"

鱼希看着她卖人的样子扯了扯嘴角，没吭声。

钱彩霞沉着脸，念叨了几句就要起身离开，江静白没勉强她留下。正巧肖知秋过来送午餐拿文件，江静白就让她送钱彩霞回去。鱼希觉得这样不太好，想开口，却被江静白拉住手。鱼希只好道："阿姨慢走。"

钱彩霞深深地叹了一口气，跨进电梯里。

电梯上的数字在变动，江静白道："我们回去吧。"

鱼希垂眼道："你妈就这样回去？"

江静白点头道："你别担心了，她会想清楚的。"

二人回到客厅里，面对面坐着，鱼希的手指拧在一起，一脸犹豫地问："如果她想不清楚呢？"

"不会的，"江静白抬起头，见到鱼希担忧的样子，伸手拍拍她的头，"她会想清楚的。"

鱼希闻言抬头，见江静白眸光清亮，一时哑口无言。

虽然江静白的话给了鱼希很大慰藉，但钱彩霞的态度她看在眼里，说完全不担心，她做不到。江静白也没勉强她一定要将自己的话听进去，只是刻意岔开话题。

吃完午餐后，鱼希就坐在房间的飘窗上看外面，双手环抱着膝盖，神色清冷。江静白端着果盘进房时，看到她的长发被风吹得扬起。

鱼希从前性格开朗，极少沉默，就像是阳光暖着身边每个人。

但是现在的鱼希和从前不同了。她开始沉默，隐藏心事。

江静白对鱼希的转变担心至极。但她现在能做的只是尽可能给鱼希更多的欢笑。

"鱼希。"江静白将果盘放在桌子上，给她递过去一个，"吃点儿？"

鱼希咬掉苹果块，有点儿甜，还有点儿酸。

江静白又给她挑起一块苹果，说：“节目快要开始了吧？”

鱼希这才想起节目的事情，垂眼道：“嗯。”

她说着就准备跳下飘窗，江静白拉住她，启唇：“我把电脑拿过来。”

鱼希的动作顿住，她看着又走出房间抱着电脑回来的江静白，眉梢的担忧褪去几分。行吧，有江静白在，她又有什么好担心的。

别人怎么以为，怎么想，又有什么关系。

鱼希的鼻子一酸，看着屏幕的双眼有些模糊。她让江静白抽了两张面纸，一边低头一边声音沙哑道：“天冷，我好像感冒了。”

于是江静白伸手合上窗户，道：“那你就别吹风了，生病就不好了。”

二人坐在飘窗边，鱼希擦拭掉眼泪后把面纸放在旁边，电脑放在她的双腿上，她看着屏幕里的时间渐渐走向整点。

三点刚到，屏幕里出现《乐果》节目开始的台词，弹幕突然变多，全是各家粉丝的表白，但还没到刷满屏的地步。

综艺节目一开始就是鱼希进场的画面，包间里的几人探出头，姚青笑道：“最后一名成员也到了！”

鱼希提着行李进去，和众人寒暄，气氛回暖，一旁的柳玉瑶却没什么表情，摄像机拍到她绷着脸。

“柳玉瑶怎么回事？摆架子呢？”

“她不想参加就别参加，摆一副别人欠她钱的样子做什么？”

“就是就是，我看到柳玉瑶就不爽，她仗着自己身价高摆谱呢。”

“楼上能闭嘴吗？瑶瑶那天有很多通告，肯定非常累，又不是故意摆着架子，你至于嘴巴这么恶毒吗？”

节目还没进入正题，弹幕上的粉丝们就吵了起来，大部分是柳玉瑶的粉丝在和网友吵架。但是综艺节目拍到第二天后，柳玉瑶的神情就缓和很多了，原因是给她的镜头变少了。再者她参加的综艺节目那么多，再不高兴也知道用什么表情面对镜头，所以节目播出二十分钟后，弹幕就开始转变风向。

“谁说瑶瑶摆谱的？她不是很积极参与游戏吗？”

“就是就是，瑶瑶小可爱冲呀！”

“柳玉瑶的状态虽然不对，但也没太过分，再看看吧。”

"鬼屋来了，哈哈哈，我还没看过鬼屋探险的，这期节目有点儿刺激！"

"我只想知道鱼希为什么哭。"

鱼希接着往下看，江静白还给她递了水果过来。她咬着苹果块，倏地想到自己之前在鬼屋哭过的事情，不知道节目组剪了多少进去，但是如果被江静白看到——她会多想吧？

趁着江静白去放空盘子，鱼希说："我还想吃，你再给我削个水果吧。"她的语气带着几分不自然。

江静白闻言，瞥她一眼，几秒后点头答应："好。"她说着端了空盘子出去。

鱼希看到节目已经进入众人进鬼屋的画面了，弹幕量已经比刚刚多了一倍，看来惊险刺激的画面始终能勾起人的兴趣。

江静白走之后，鱼希把声音调小了一点儿，眼睛频频看向门外，手随时放在鼠标上，等着"装作"不经意切换频道。

然而她预料失误，江静白一直没回来。

鱼希看向屏幕，已经播到自己进鬼屋的片段了。许是因为她在团队中起到调和的作用，所以给她的镜头意外地多。

鱼希的粉丝一直在弹幕上发话，大呼看得高兴。其他网友也没有反感之意，偶尔有两三个说她坏话的句子也很快被刷过去了，弹幕很和谐。

五分钟过去了，江静白还是没回来，鱼希握着鼠标的手出了汗。眼看节目就要播到自己害怕的那段了，她还是没忍住跳下飘窗。

鱼希赤脚走在地板上，没有发出一丝声响。她轻轻地打开房门，见到厨房里的江静白背对着自己正在削水果。

鱼希悄悄地放下心，刚准备收回目光，突然眼尖地瞄到江静白的动作有些怪异。她手上的水果削了一半，被她紧紧地捏着，身体看起来也很僵硬。

鱼希推开房门，慢慢地靠近江静白。

江静白没发现鱼希，还盯着手机屏幕看。她播放节目时没开弹幕，所以她清晰地看到了鱼希梨花带雨的脸，还有眼里的绝望。鱼希没有号啕大哭，但是情绪几近崩溃。

了解就像是一把刀插在江静白的身上。她有多了解鱼希，就有多清楚鱼希此刻的表情意味着什么，胸口的那把刀就能插多深。

刚刚鱼希的不自然让江静白猜到了她的心思，但是江静白没表达出来，想着她既然想避开自己，那自己就顺着她。

所以江静白来厨房后偷偷地观看节目，无声播放。

早在鱼希说自己进鬼屋哭过时，江静白就已经做好了心理准备，但是看到她面对镜头泣不成声时，江静白还是难以抑制心里的难过。

明明她当时靠鱼希那么近，可是她进不去，没办法给鱼希一个温暖的拥抱，告诉鱼希别怕。事后的再多温暖，也缓解不了鱼希当时的无助和绝望。

江静白突然想起几年前的事，那时候鱼希刚拍戏没多久。

那次剧组停电，鱼希崩溃大哭，大家都以为是因为满世界都在说她的谣言，她实在需要发泄。

只有江静白知道，鱼希怕黑。她那时候偷偷寻了机会赶回来，却只能在片场外远远地看一眼，一如现在。

江静白靠在流理台旁，苹果早滚到台边。她一只手撑着台面，另一只手握着水果刀，刀锋凌厉，透着冷光。

鱼希站在几步之外看着江静白，已经压下去的情绪又涌上来。她开口时声音哽咽："静白。"

江静白转过头，见到身后的鱼希，立刻放下水果刀，试图恢复风轻云淡的表情，说："你怎么出来了？等着急了吗？我马上……"

"就好"两个字江静白还没说出来，就被鱼希制止了。她想偷偷关掉手机，却被人按住，指腹不小心碰到了音量按钮，厨房里顿时响起哭泣声。

江静白神色微变，鱼希的哭泣声过后，节目里响起姚青的询问声："鱼希，你怎么了？"

鱼希抬起头，泪眼婆娑，声音不清晰道："怎么这么黑？"

姚青走到她身边蹲下，拍着她的肩膀问："你还好吗？怎么哭了？"

鱼希的手里握着手机，一脸茫然地说："我突然想不起来节目组的电话了。"

姚青没绷住笑场了。

房内的音效陡然就变了，刚刚还阴森森的音乐变得欢快起来，鱼希拉着姚青的衣服站起身，屏幕上出现两个大大的表情包，还有几行字——胆小无助又脆弱，女神沦为小哭包。

鱼希关掉视频，厨房里安静下来，江静白低头去捡苹果，反被鱼希抓住手。

“不吃了。”鱼希道，“我们去看节目吧。”

江静白只好点头说：“嗯。”

二人走出厨房，坐在沙发上。电视打开后，鱼希反而没有那种紧张的心情了，她坐在江静白身边，神色平静地看完了整期节目。

不得不说，节目后期是很强大的，原本柳玉瑶的气场和他们格格不入，但是后期剪好再配上各种表情包和流行语，画面也变得和谐起来。

鱼希看完第一期节目，觉得效果还是挺好的，至少超出她的预期很多，比她想象中更好。

节目刚播完，白雨棠就打电话过来了，但不是打到鱼希的手机上。

鱼希看着江静白的手机屏幕上出现白雨棠的名字，还以为她拨错电话号码了，但是显然她找的是江静白。

白雨棠是来询问鱼希宣传方面的事情，因为她刚刚在网上看完了第一期节目。就她观察而言，鱼希在综艺节目里无疑是中心人物，不管是和柳玉瑶的接触摩擦，还是和团队里的其他人交流，她都能起到桥梁的作用。她把所有人都奇妙地融合起来，组成一个团结的小队。所以节目播出后，白雨棠立刻打电话给江静白，询问是否顺水推舟开始宣传。

江静白深思几秒后回她：“先联系乐果。”

白雨棠愣了几秒才反问：“联系乐果？”随即她反应过来，“江总是想联合宣传？”把鱼希打造成第四期节目的领头人物？

江静白垂眼走到窗边，鱼希听到她用稍低的声音说：“嗯，所以你先联系乐果那边。”

白雨棠点头道：“江总，我明白您的意思，但是乐果那边可能会捧柳玉瑶。”

毕竟柳玉瑶昨天刚走红地毯，热度还没消退呢，今天弹幕上她的粉丝刷屏最多，所以乐果那边会选择谁，还真不好说。

江静白的声音稍冷：“你先联系再说吧。”

白雨棠不敢再多言，只是答复：“好的。”

白雨棠联系姚青的时候，开门见山地说了要求。果然不出她所料，姚青和她打起了马虎眼，就是不说正题，最后被她逼急了，只好道：“我先问下领导。”

啧，问领导。白雨棠明知道她是在找借口，也不能真的逼太紧，只好回道：“那我等姚小姐的好消息。”

姚青舒了一口气。选谁当节目的领头人物，站在她的私人角度，肯定更喜欢鱼希，毕竟鱼希又会接梗，又没有架子，还会调节气氛；但是于公而言，柳玉瑶现在如日中天，流量颇高，也不应放弃。

之前乐果是想炒二人不和，主推柳玉瑶。可现在三期节目录制下来，柳玉瑶明显不配合，所以选择谁挑起这个担子，姚青到现在还没定。

事实上，节目开播之前，姚青就想给柳玉瑶的经纪人打电话了，但她也想等节目出来看效果，所以才让白雨棠有乘虚而入的机会。如果她之前就联系了柳玉瑶的经纪人，那白雨棠刚刚那个电话她直接就可以回绝掉。

姚青是左右为难，想了很久都没有对策，正当她没主意的时候，柳玉瑶的经纪人打来电话了。她真是头疼，不用想也知道对方要说什么。

姚青做了一个深呼吸，接通电话。

“什么？！”柳玉瑶看到经纪人突然站起身，道，“你说谁？”

“鱼希？”经纪人哧笑道，“姚青，你是认真的吗？当初你背着我们私下签鱼希那件事还没说清楚呢，现在怎么着，让我们瑶瑶给她做配角？你不觉得很荒唐吗？”

电话那端的人一个劲安抚，经纪人的脸色却越来越难看，他冷哼道：“我不管，反正我们不同意，就这样吧！”

电话挂断之后，柳玉瑶的经纪人还不解气，拉着柳玉瑶说：“你说说这叫什么事,你现在红成这样,乐果居然还说让鱼希挑大梁,他们疯了吧？！”

柳玉瑶闻言神色如常，伸出手，仔细地瞧着手指上的指甲油道：“什么事？”

“还能有什么事。”经纪人将刚刚姚青说的话复述一遍，又愤恨道，“你说他们是不是脑子有问题？”

柳玉瑶坐在他旁边，听到解释后点头没吭声。不远处的摄影师喊道：“柳小姐，柳小姐，这边请过来一下。”

柳玉瑶抬起头，将手上的东西放在经纪人的手上，踩着高跟鞋就准备走。

她走了两步后神色略变，似是想到什么又折回来，站在经纪人面前道：“同意吧。”

经纪人一愣，说：“什么？”

柳玉瑶启唇：“我说，我同意，你和青姐打个电话，这期节目的主角就让给鱼希吧。”

“不是……”经纪人还想说话，柳玉瑶瞪他。经纪人挠挠头，挥手道：“行吧，行吧，我知道了。我真是不知道你们一个个怎么了。”

经纪人嘀咕的声音还在耳边打转，柳玉瑶踩着高跟鞋走到摄影师旁边，配合着摆了几个姿势。

拍摄结束后，柳玉瑶从台子上下来，问经纪人：“电话打了？”

经纪人的脸色依旧不是很好看，他点头说：“打过了。瑶瑶，你真不后悔？你以前不是恨鱼希的吗？”

柳玉瑶垂着眼，从经纪人的手上拿过手机。她想了一会儿，点进微信群里，找到鱼希的头像后点进去，她顿了几秒才给鱼希发消息：恭喜。

然后她又发：哦，你别多想，我只是还那天在电视台的人情。

鱼希收到柳玉瑶的消息一脸茫然。她认认真真反反复复地看着那个名字和头像，表情凝重。

江静白见状，问道：“怎么了？”

鱼希收起手机，淡笑道：“没事，有人发错消息了。”

鱼希接到白雨棠的电话已经是第二天上午了。

江静白去上班，鱼希窝在公寓里，钟晨正在查昨天节目的收视率，她紧张得频频和鱼希说话：“希希，我昨天看节目效果挺好的。”

鱼希懒洋洋地趴在沙发上，应道：“嗯。”

钟晨嘀咕：“而且昨晚微博上都疯了，你知道吧？他们把你的视频单独剪出来，编成各种段子 。”

这件事鱼希倒是知道，白雨棠安排了几个博主剪辑视频，没想到这几个视频突然火了，越来越多的人转发、跟风剪辑，现在微博热门还挂着粉丝为她剪辑的视频呢，也不知道网友那么大的脑洞从哪里来的。

除此之外，她在鬼屋哭的那件事也在昨晚被列进综艺圈十大名场面，大概是因为她的形象一直是清高倨傲的女神，没人想过她会怕黑，还哭成那样，实在太有反差萌了。

综艺节目里补充采访她为什么哭的那段，弹幕上密密麻麻都是“哈哈哈”，就连她的粉丝都哭笑不得地表示：“虽然我心疼希希，但是我想笑，哈哈哈。”

鱼希的微博粉丝量在昨天晚上像解冻了一般，开始增加。

眼看流量慢慢有了回暖，钟晨从昨夜就没有睡着。算起来，她们已经养精蓄锐快半年了，骨头都生锈了。

鱼希去朱导那里试镜那天，钟晨没能跟进去，只在车里体会忐忑的心情。事后她被告知鱼希的试镜通过了，虽然她很高兴，但始终欠缺一点儿什么，现在她才知道——是参与感。

眼看讨论话题楼一层层变多，流量一点点回暖，微博和论坛又重新涌现鱼希的名字，她如何不兴奋？

钟晨简直激动得要死。她一边用小号参与网上的讨论，一边频繁地刷手机，等着数据更新出来，她好第一时间和鱼希报喜。

鱼希原本紧张的心情与钟晨更紧张的举动一对比，顿时显得淡定很多。白雨棠的电话打过来时，她神色平静地接通：“白姐。”

“希希，我们和乐果商量过了，准备联合宣传。”

鱼希倏地坐直身体，说：“我？白姐，你确定是我？”

鱼希刚准备问“柳玉瑶居然同意了”，就倏地想到自己昨晚收到的消息。她恍然大悟，原来柳玉瑶不是发错消息，是真的在恭喜自己。

只是柳玉瑶居然会主动发消息给她，还主动让出核心人物的位置，真不可思议，完全不像柳玉瑶。

“希希？”白雨棠见电话那端迟迟没有回应，不由得问，“怎么了？”

鱼希回神：“没事。我知道了，白姐，需要做什么你通知我就好。”

白雨棠低头翻阅文件，一边看一边说：“我们打算趁着过年的时间和乐果那边商量重新塑造你在团队的形象，需要你配合的地方，我会再联系你。这段时间你的微博就不要再发其他内容了，保持好现在的状态就行。”

鱼希听着她的吩咐点头道：“好，我知道了。”

白雨棠见她如此合作，松了一口气。正事说完了，她想到私事，还是

JIANG JING BAI YU XI

行程表

腊月 December

廿六	廿七	廿八	廿九	三十
		和静白采购		闺蜜局

正月 Lunar January

初一	初二	初三	初四	初五
广告开拍		录制综艺		剧组开工

jiang yu

扫码 get “江·鱼贴贴” 互动涂色图，
@小美好杂志 并发博晒出你的创意，抽送小礼物~

忍不住嘀咕："你和柳玉瑶，到底怎么回事？"

她早上接到姚青的电话，说柳玉瑶主动让贤，不仅姚青被这消息炸蒙了，就连她都反复确认了两次。事出反常必有妖，柳玉瑶这么好心地让出机会，她反而起了疑心。

奈何鱼希现在也没什么值得算计的，所以白玉棠和江静白商量过后，决定接受柳玉瑶那边的"好意"。接下来只能等着破招了。

兵来将挡水来土掩，谁让这是她们目前唯一的机会呢。

鱼希闻言，垂眼[illegible]启唇："没什么，白姐就当她良心发现吧。"

[illegible]有良心？"

[illegible]还是给柳玉瑶发了消息：谢谢。

[illegible]，有种说不上来的诡异感萦绕在胸口。

她[illegible]钟晨给自己拿纸巾，就听到钟晨咆哮的声[illegible]率出来了！"

[illegible]态已经平和了，但是看着她递过来的手[illegible]下。

[illegible]《乐果》的消息，她就猜到收视率定然不[illegible]惊到了。

她[illegible]过乐果，这个综艺节目第一季最火爆的[illegible]季才刚放出第一期，收视率就达到了 2.3[illegible]真比她想象中好太多。

钟晨高[illegible]整张脸贴在屏幕上。她美滋滋地说："希希，你看，收视率 2.3，是昨天的收视冠军！我就说肯定没问题，肯定没问题，昨天网友都在夸你综艺感强，是天生的艺人。"

她瞬间化身小粉丝，滔滔不绝地夸了起来，鱼希看着她崇拜的表情，无奈地摇头笑笑。

钟晨一个人兴奋还不够，她立刻点开微博和论坛，果然看到有不少人在说昨天的收视冠军，但褒贬不一。

"乐果这么牛？第一期就登顶，收视冠军？"

"牛不牛不知道，反正昨天我身边都是讨论这个节目的人。我闺密是鱼希的铁粉，也就重复看了四五遍节目吧。”

“没人觉得鱼希很可爱吗？完全不像平时的样子，我一直觉得她特别高傲，没想到小姐姐这么可爱！啊啊啊，我爱死她了！”

“鱼希的夸赞评论超标了吧？怎么，现在她准备复出，开始炒作了？她的人设不是高端大气吗，现在走起小白兔的路线了？”

“楼上说话怎么这么毒呢？嫉妒疯了吧？”

“路人一枚，鱼希怎么你了，用复出这个词？你不觉得自己的眼睛很红吗？”

“没怎么，我就是觉得鱼希不配。”

以往钟晨看到这种言论都会用私人账号和她们骂八十个回合，但是这次却意外地滑过去了，就当没看到这样的评论。

这条评论下面依旧有不少攻击鱼希的网友，但比之以前已经少很多了，半年的时间，足够大部分网友忘记很多事情。

当然，除了鱼希的争议之外，也有很多话题是围绕柳玉瑶的，两家的粉丝围绕着节目内容开始讨论，半小时后，全是称赞的言辞，一片祥和，之前看到的不舒服言论被完全压下去了。

钟晨逐渐放下心，挑了几条优秀的吹捧评论给鱼希看，想给她打气。鱼希将她的小心思看得通透，也没说什么，只是点头道：“我看到了。”

她看上去并不是很高兴，钟晨问她：“希希，你怎么了？”

鱼希抿了一口奶茶，末了别过头，盯着钟晨的手机看。

评论里有一大半是柳玉瑶的粉丝在表白她，她想到这是白雨棠和乐果做的联合宣传。虽然她相信白雨棠的判断和能力，但是自己之前和柳玉瑶也算针尖对麦芒，现在柳玉瑶站在高位，节目组却强推自己，万一后面因为柳玉瑶和自己的矛盾导致收视率下跌，值不值得？

鱼希正在深思这个问题，她还没想明白，手机就振动起来。她放下钟晨的手机，转过头拿起自己的。她接通电话，江静白的声音随之传来：“你吃饭没有？”

江静白昨天休息一天，今早五点多就被肖知秋接走了，她那么忙还想着自己，鱼希便敛起担忧的表情，回道：“还没有，你呢？”

江静白那端声音有些嘈杂：“会议刚结束，需要我回来陪你吃饭吗？”

鱼希立刻拒绝：“不用，钟晨在这儿陪我呢。”

她说完咬住嘴唇，明显是有话想问，但电话那端却响起肖知秋急促的声音：“江总，乔部长已经去您的办公室了。”

鱼希只好道：“你先去忙。”

江静白应下，鱼希又道：“记得吃饭。”

“好。”

鱼希放下手机后，钟晨立刻问：“是江总吗？”

她到现在还是对鱼希和江总之间的事情云里雾里，每次想问都没个好时机，她只知道二人和好了，其他一概不知，所以她此刻见鱼希挂了电话，立刻凑过去。

鱼希见到钟晨谄媚的样子就知道她想问什么，用手指戳着她的额头，说：“行了，你去订午饭吧。”

钟晨偃旗息鼓，说：“好。”

鱼希见她起身，又道：“对了，过两天就过年了，你也别来这边了。”

钟晨立刻说：“那你怎么办？”

往常过年鱼希只有一天假期，钟晨把她送到胡小静的家门口，然后初一下午过来接她。这次放假的时间长了点儿，钟晨还想着多陪陪她。

鱼希没有迟疑，回她：“我去小静家。”

钟晨蹙眉问：“那初一下午呢，你还回来吗？”

鱼希很快回她：“回来。”

钟晨又想挨过去，说：“要不要我过来？”

鱼希摇头道：“不用。”

钟晨一脸疑惑，挠挠头说：“你真不要我过来吗？你的午饭不方便……”

鱼希打断她：“钟晨。”

“嗯？”

鱼希轻笑道：“你好啰唆。”

钟晨：“……”

REC

16:9 AUTO RAW

Chapter 11
面　具

ISO 300

00:03:20

《乐果》的高收视率，让后续关注节目的人越来越多，不难想象第二期节目出来会是什么样子。不过这个综艺节目是周播，一周后才会播第二期。

第一期节目的开门红让大家的心情十分愉悦，张乐乐甚至在小群里说想要大家出来聚一聚，周晓更是欢呼要姚青请客。但因为是年底，基本每个嘉宾都要出通告走红毯参加节目，所以并没有组织起来。王语春乐呵呵地说录完第四期节目一定要聚一下，庆祝成功。姚青也单独和鱼希谈过了，并告知了一些接下来的计划，具体事宜她还要和白雨棠商量。鱼希自然没异议，事情全权交给白雨棠处理。

江静白下班回到公寓，就听到厨房传来声音，还有钟晨在叫苦不迭："太咸了，希希，你是不是盐放多了？"

"希希！焦了焦了！"

"你再喊，我就把你的嘴巴贴在锅上！"鱼希凶巴巴地说。

钟晨瞪着眼睛，露出可怜兮兮的表情，委屈地控诉："希希，你变了，你以前舍不得凶我的！你变心了！"

鱼希别过头睨她一眼，却看到厨房外面站了一个人。她怔了几秒，启唇："你什么时候回来的？"

钟晨还以为鱼希在和自己说话，忙应下："我不是……"

结果身后传来江静白清冽干脆的声音："刚回来。"

钟晨差点儿被自己的口水呛到。她转过头，假笑到脸部僵硬："江总。"

江静白瞥了她一眼，稍稍点头，没开口。

钟晨对着江静白清冷的侧脸咽口水，她觉得气氛骤然变了，高气压瞬间袭来，她有些招架不住。她求救似的看向鱼希，奈何人家不理睬她，低头认真炒菜。

“希希。”钟晨嘀咕。

鱼希浑然不觉，低着头翻动铲子，表情认真。

钟晨憋不住了，往前探过身体，喊道：“希希。”

她就要凑到鱼希的耳边了，还没说话，就听到身后冷冷的声音：“钟助理。”

钟晨头皮发麻。那不轻不淡的声音，能让她的心猛地缩起来，身体发抖。

“江……江总。”钟晨一边喊一边用手捏着鱼希衣服的下摆，完全是“你再不救我，我就要死了”的样子。

鱼希被逗笑，眉梢挂上悦色，别过头道：“你去洗漱吧，等会儿吃晚饭。”

江静白点了点头，神色淡然，红唇微启：“钟助理，肖助理在楼下等你。”

钟晨蹙眉问：“等我干什么？”

江静白道：“你可以亲自问她。”

钟晨不算灵光的脑袋倏地灵光了。她用右手拍一下脑门，道：“我知道了！”她说完，立刻冲出厨房，三两下整理好自己的东西，连大衣扣子都没来得及扣上就说：“希希，江总，我先走了。”

鱼希的“再见”还没说完，就看到钟晨溜出去了，她转头看江静白，没好气地抱怨道：“你又吓她！”

江静白一脸无辜，摇头道：“我没有。”

鱼希瞧她这样，戳着她的脑门道：“洗手吃饭。”

江静白说：“好。”

洗漱过后，江静白擦干净手出来。她卸了妆，眼下还有淡淡的黑眼圈，气色却比前两日好很多。快要过年了，公司放假，很多项目都停了，所以她的休息时间才多了起来。

二人在饭桌前坐下，桌上几道菜都是鱼希亲手做的。她这几天迷上了做饭。一开始她做出来的东西比江静白的面条还难吃，红的炒成绿的，绿的炒成焦的，不过她这人就是有越挫越勇的精神，现在也能稍微炒些家常菜了。

鱼希看着江静白吃完半盘菜，开口道：“好吃吗？”

江静白抬头道：“挺好的。”

饭后，江静白坐在沙发上处理公务，鱼希去江静白的公寓拿了一些日用品回来。末了，她坐在沙发上，开口道：“白姐和你说宣传的事情了吗？”

“嗯？”江静白抬起头，深思几秒后道，“说了，怎么了？”

鱼希的双手拧着，她想说柳玉瑶那件事，但是想到江静白这两天的忙碌，又不想她分心，只好道：“没事，我就是想和你说说。”

江静白闻言，放下文件道：“你别胡思乱想，都会好起来的。”

鱼希放下心里的矛盾，点头道：“好，我先去洗漱，你忙吧！”

江静白听着卫生间里的流水声，收回思绪，开始工作。年前公司的很多项目都停了，但是她手上还有个大的项目没停，就是刚盘下的林氏。

现在资金已经全部筹齐了，星耀虽然从中打压，但是没什么效果，而且星耀的那点儿小计谋她完全看不上，但是盛闲，她不得不防着。

江静白思前想后还是觉得先做些准备比较好。她给肖知秋打了电话，还没吩咐完就有电话打进来，她看了一眼，是胡总。

鱼希洗完澡走出浴室，就看到江静白正举着手机打电话。

“好的，胡总，明天晚上七点？”

“我会把时间空出来。”

“好，详细情况见面聊。”

挂断电话之后，鱼希走到江静白身边，问：“胡总回来了？”

江静白点头道：“他刚到 B 市，约我明晚吃饭。”

鱼希“嗯”了一声以作回应。她岔开了话题：“你还要工作多久？”

江静白低头说：“最少一个小时，你呢？”

鱼希启唇：“我看会儿剧本。”

半晌，一个人忙着用电脑打字，一个人在看剧本。

鱼希这几天休息充分，但人就是很奇怪，睡得越久，就越是想睡觉。她昏昏欲睡，见到江静白起身才打起一点儿精神，问：“工作结束了？”

江静白蹲在她身边说：“你困了就去睡，好吗？”

鱼希拍拍自己的脸，说：“没有，我不困。”

见她如此，江静白没辙，只好道：“我去洗漱。”

鱼希趴在沙发上，眼前是密密麻麻的字，耳边是涓涓水流，原本她就没有清醒过来，这下彻底睡过去了。

当江静白擦着半湿的头发出来，就看到鱼希已经睡着了。

次日，鱼希还躺在床上不肯动，直到手机铃声响起，她才心不甘情不愿地动了一下手臂，伸出被子，又很快缩回来。

她接通电话，声音沙哑：“喂。”

白雨棠听到她这样的声音，看了一眼腕表，说：“九点了，你还没起床呢？”

知道手机那端的人是白雨棠，鱼希打了一个哈欠，恢复几分理智。她慢慢地睁开眼睛，有些刺疼。她说：“我马上就起床，怎么了？”

白雨棠的声音里透着高兴：“有个广告接洽，对方想见见你，你正好有空，晚上过来怎么样？”

鱼希刚刚还混沌的脑子霎时间清醒：“广告？什么广告？”

白雨棠笑道：“等会儿我把资料全部发给你，你好好看一遍。饭局定在下午五点，地点我一并发给你。”

鱼希听后说道：“我知道了。”

“希希。”白雨棠长叹一口气，说，“我们终于可以翻身了。”

被压制了这么久，猛然嗅到新鲜空气，这让她忍不住第一时间就来和鱼希分享。节目大爆，她借着节目的热度将鱼希“摔话筒”的监控复原视频发出来，鱼希被冤枉了那么久，一朝沉冤得雪，声誉挽回了不少。现在广告商也陆续找上门了，年后还有朱导的电视剧，再加上宣传，让鱼希站回原来的位置只是时间问题。

鱼希听出白雨棠声音里的雀跃，不由得笑道：“谢谢白姐。”

白雨棠说：“谢我……”

她的话没说完就被鱼希打断：“谢谢你从没放弃我。白姐，谢谢。”

白雨棠自然知道鱼希的脾气，鱼希是真的感谢她。她也没再说什么，知道自己的辛苦努力没有白费，现在她的心情舒畅得不得了，忙说：“好了，你别客套了，资料我发给你了，我等会儿要带倚彤出去一趟，晚上见。”

鱼希应下：“晚上见。”

挂了电话，鱼希靠在床头边，想第一时间和江静白分享这个好消息，但是一看时间，现在她八成在开会，还是算了吧。

鱼希放下手机，起床洗漱好后，一边吃早餐一边打开电脑。她点开白雨棠发来的邮件，见这次的拍摄邀请是国内一款高端化妆品的广告。

鱼希用过这个牌子，便继续往下看。她将文案看完后，发现这次的广告是两个人合作。这么说，除了她，还有一个人？

鱼希看完后给白雨棠发消息：合作的广告？

很快白雨棠就回复她：嗯，另一个艺人是傅天蓝。

傅天蓝？鱼希看到这个名字觉得眼熟，刚准备问白雨棠就收到她的消息：朱导古装剧的女主，你们也算提前合作。

傅天蓝是一个出道没多久的新人，拍了一部电视剧和一部电影，演技尚可。她参演的那部电影一直被圈内称赞，但是火了她饰演的角色，却没火她，所以鱼希刚看到这个名字，一时没反应过来。

想到这里，鱼希上网搜索傅天蓝，见这个女生挺漂亮，气质也好。鱼希没看过她的戏，但是能让朱导选中做女主角的，想来也不会太差。

鱼希关掉浏览器，又将白雨棠发过来的邮件仔细地看一遍，末了，她看到约定饭局的地点在市中心，便盯着屏幕琢磨下午要穿什么衣服出门。

还没理出思绪，门铃响起，鱼希瞥一眼电脑上的时间，这个点，多半是钟晨来了。鱼希打开门，果然见钟晨站在门口。她挥手道："希希。"

鱼希马上让钟晨去房间，看自己一套一套地试衣服。

钟晨看得云里雾里，问："怎么回事，你要出门？"

鱼希没想到白雨棠还没告诉钟晨拍广告的事情，她的眉梢扬得更高，点头道："去谈个广告。"

"广告啊……"钟晨原本看她试衣服都要睡着了，现在猛地坐正，一脸严肃，"广告？"

鱼希看她这么大反应，微微蹙眉："是广告。"

"广告！"钟晨跳起来，"终于又可以拍广告了！希希你太棒了！"

鱼希见她欢呼雀跃也不免高兴，点头轻咳后岔开话题："试衣服。"

钟晨高兴得找不着北，当下连连点头："试试试！我给你选吧。"

鱼希被安顿在床边，眼看着钟晨从柜子里拿出一套套衣服，又塞回去。最后她摇头说："要不然我们回你房子那里拿衣服吧，这些都不太适合。"

鱼希摇头道："行了，就那套吧。"

她的手指着旁边的一套衣服，是浅蓝色的大衣搭配同色系的线衫和半身裙，钟晨抱着衣服说："这个吗？"

这套衣服是去年的款式，按照以前鱼希对穿衣搭配的上心，断不会穿的。没想到鱼希听到她的话后，神色如常："没事，挺好的，你拿过来给我吧。"

钟晨悄悄地看她两眼，还是将衣服递给她了。

等鱼希试衣服的空当，钟晨想，她的变化真挺大的，似乎成熟了很多，很多事情一笑置之，心胸越来越宽广了。

鱼希还不知道钟晨在心里已经将自己夸了八百来回，她穿着衣服走出卫生间时摸了摸腰身，觉得自己胖了不少。果然人一懒惰，身形立刻就表现出来了，得减肥了。

她站在镜子前，钟晨凑上来夸奖："真好看，希希，你就像是仙子下凡，这身材，前凸后翘，这脸蛋，白里透红！反正就是好看！"

都说千穿万穿马屁不穿，鱼希刚刚还在介意自己身形略变，现在被这番马屁拍得舒舒服服。她转过头，高兴地问："真好看？"

钟晨非常肯定地点头，竖起大拇指，掷地有声道："两个字，漂亮！"

下午四点多出门时，鱼希已经打扮得很精致了。

钟晨负责开车，表情轻松地哼着歌。鱼希正在给江静白发消息。

中午吃饭的时候，二人其实通过电话，但当时江静白那边声音比较嘈杂，鱼希也就没说广告的事情，现在眼看快要下班了，她才给江静白发消息过去。

可消息发出去十来分钟都没接到回信，鱼希只当江静白在忙，也没在意，将手机放在包里，继续看窗外的风景。

新年将至，到处装点着红色，从树上的灯笼再到关门商家的对联，处处洋溢着活力，鱼希看着这些也不免面带笑意。

钟晨还以为她是因为等会儿要谈的事情高兴，不由得开口："希希，谈好合作后是年后拍广告吗？"

鱼希闻言别过头看她，几秒后才说："是的吧。"她又加了一句，"到了就知道了。"

钟晨点头，说："嗯。"

二人话音刚落，钟晨就将车开到酒店附近。

下车后，鱼希戴上墨镜和口罩，跟在钟晨的身后。快到酒店时，手机响起消息提示音，她拿起来看了一眼，是江静白发来的：和胡总吃饭，还要一会儿。

鱼希捧着手机，刚准备打字钟晨就扯了扯她的手臂，道："希希，那不是江总吗？"

鱼希抬起头，见江静白站在门口，身后跟着肖知秋。好巧，他们也在这个酒店吃饭？

鱼希揭开口罩，刚准备喊江静白，就听到旁边响起一道声音："江总。"

罗千茹迅速走到江静白身边，眼睛定定地看着江静白。她笑道："我舅舅已经到了，我们也进去吧。"

江静白微微地点头，"嗯"了一声，说罢便跟在罗千茹身后进去了。

鱼希又将口罩重新戴上，仿若无事发生。

酒店是奢华的欧式风格，包间内从头顶的水晶灯到脚下踩着的大理石，都透着贵气感。鱼希进包间的时候，沙发上坐着一个女人，她穿着无袖长裙，长发松松绾起，妆容精致。鱼希认出这人是她要合作的对象，傅天蓝。

傅天蓝的身边站着一个男人，那是她的经纪人吴潮。二人正在低头说话，声音很小，鱼希高跟鞋的声音一响起，经纪人便抬起头，傅天蓝也看过来。

"鱼小姐。"傅天蓝站起身，伸出手，"你好，我叫傅天蓝。"

她的笑容得体大方，态度温柔婉约，瞧着就是好脾气。鱼希稍稍点头，握住她的手说："你好，鱼希。"

"我知道。"傅天蓝低头笑着，露出几分羞赧，"我看过很多您的电视剧，特别喜欢您。我们下部剧还有合作，潮哥和我说的时候，我还激动好几天。"

她说着看向那个男人。吴潮见她看过来，也向鱼希伸手："你好，我是蓝蓝的经纪人，吴潮。"鱼希和他握了手，相互又客套两句，就落了座。

傅天蓝对鱼希的几部作品似乎都很了解，总是贴合鱼希以前的作品聊。鱼希时而点头附和，时而轻声回她。

钟晨见她和傅天蓝这么聊得来，也松了一口气。

从知道广告是双人合作起，她就有几分担心，怕对方嫌弃希希目前的形象不佳，但现在她们聊得这么投机，她也就慢慢地放下心了。

"我可以叫你鱼希姐吗？你大我两岁，我觉得总是叫鱼小姐比较生疏，所以……"

"可以。"鱼希点头，"那我就叫你天蓝吧。"

"谢谢鱼希姐。"傅天蓝笑道。她身后的经纪人看了一眼她，又看了一眼鱼希，默默垂眼，没吭声。

鱼希将他的神色尽收眼底，很快就跳过刚刚的话题，聊起了下一个。

白雨棠是和广告商张风一起到的，一共四五个人，白雨棠走在边上。打开门后，她笑着对鱼希道："你来了。"

鱼希起身点头："白姐。"

白雨棠笑眯眯地拍了两下鱼希的手背，说："路上堵车，我到酒店门口碰到张总，就一起过来了。"

鱼希会意，心想哪有这么巧的事情，白雨棠八成是先去打点了。她对张风笑道："张先生，您好，我是鱼希。"

张风点头道："好了，大家随意，别太拘束，今天我就是想提前约大家吃顿饭，看看怎么合作。"

"对对对，都是一起合作的，日后抬头不见低头见，大家都随便坐。"白雨棠说着，招呼起众人，末了，她走到张风身边道："张总，我早就听说您海量，今儿可算能见识到了。"

张风摆摆手，说："白小姐说的哪里话，我不胜酒力。"

他的话音落下，众人都笑开了，气氛轻松起来。吴潮瞥了白雨棠好几眼，几秒后，他低头坐在傅天蓝身边。

饭桌上的话题永远就那么几个，离不开酒，白雨棠熟知里面的门道。之前她一直没有机会推销鱼希，现在终于有机会了，岂会轻易放过，话题虽然几次被扯开，但又被她不经意带回来："那就这么说定了，张总刚刚都答应我了，合同的事情，我觉得行。"

"哎，白小姐……"

白雨棠耍赖："我不管，君子一言，驷马难追，张总是大丈夫，怎么能说话不算话呢！"

这话是明贬暗褒，实际上在来之前，她就已经和张总通过风了，对方也有几分这个意思，要不然她也不敢用这种方法。

张风笑道："白小姐这意思，我要是不答应，大丈夫都做不成了。"

他喝了不少酒，但看向鱼希的双眼有神，不见醉态。

他打量鱼希好久，白雨棠都没打扰他，只是递了一个眼神给鱼希。鱼希很适时地站起身，往前探身：“张总，我敬您一杯，谢谢您给我这个机会。”

靠得近了，张风更能瞧见鱼希的“天然去雕饰”。他端起杯子，和鱼希碰了杯：“鱼小姐能加入，是我们的荣幸。”这句话多少有几分真诚。毕竟要是半年前，别说请鱼希来拍广告，就是见她一面，估计都得排队两个月。

鱼希闻言笑道：“张总太客气了。”

几人坐下后，傅天蓝一脸喜色道：“鱼希姐，这事就算定下了吧？”

鱼希喝掉杯子里的酒，说：“要看张总的意思。”

傅天蓝握着杯子说：“张总对你很满意，我觉得这件事肯定成，能和鱼希姐合作，也是我的荣幸，我能敬你一杯吗？”

鱼希倒了酒和她轻轻碰杯：“当然可以。”

二人对饮后，张风又和吴潮聊了几句，白雨棠则去和张总的秘书商量合同的事情了，鱼希坐在凳子上，身边的傅天蓝偶尔冲她问话，她不咸不淡地回应。

良久，包里的手机振动，鱼希拿出来，看见江静白发来的消息：你睡了吗？我马上结束饭局了。

鱼希看到这条消息，没来由地胸闷，两小时前她看到罗千茹就隐约有担忧，刚才借着酒劲散去了忧虑，但是收到这条消息，那种气闷的感觉又涌上来了——这人倒是游刃有余，何必她去操心。

她看了好几眼消息，咬了咬牙，幼稚地想，就不回复！然后她将手机塞回包里。

江静白盯着手机看。胡总去卫生间了，所以她才空出时间给鱼希发了消息，奈何那边没回应，眼看胡总就要回来，她收起手机，端正了坐姿。

坐在江静白对面的罗千茹知道她舅舅回来约江静白吃饭，死活都要凑过来，此时她见江静白拿起手机，说：“江总好像很忙？”

江静白抬头看了她一眼，启唇：“还好。”

罗千茹知道江静白性子冷淡，不喜说话，刚刚她和舅舅沟通也是三言两语，但她越是这样，自己就越是好奇，想听她说更多的话。

思及此，罗千茹开始询问一些公司的事情，江静白不解其意，还是回答了。只是罗千茹问得很乱，可见她对公司事务并不熟悉，江静白不由得投来狐疑的目光。她见状，立刻低头，假装喝茶。

胡总回到包间时，二人正无话，一个垂眼看桌面，另一个闷头喝茶。他咳嗽两声，喊道：“静白。”

江静白抬起眼皮，听到他说：“今晚就到这儿吧，有事我会再给你打电话。我老了，身体也抗议了。”

江静白启唇：“那您早点儿回去休息，需要我送您吗？”

胡总摆手道：“不用。”

他的话音刚落，就听到罗千茹说：“江总方便送我吗？”见两道目光看过来，她笑道，“刚刚助理有事先回去了。”

胡总闻言点头：“那就麻烦静白了，这孩子整天给人添乱。”他说着，看向罗千茹：“你没事多去公司转转，和静白多学习。”

他已经没了罗启豪，可不想再没有另一个。虽然罗千茹爱耍大小姐脾气，但她到底是罗家人，也比罗启豪有分寸，以后公司交给她，也不是不行。

罗千茹完全不知道他的想法，只是应下：“好的，舅舅，我会经常去的。”

聊了两句，胡总就和司机一道离开了，罗千茹和江静白独处，直到肖知秋开着车过来。

“江总。”肖知秋下了车，站在江静白身后说，“车到了。”

江静白稍稍点头，启唇示意：“罗小姐，先上车吧。”

罗千茹应下：“那就麻烦江总了。”

肖知秋见她上车，有些莫名其妙，但也没敢多问。

罗千茹上车后，江静白关上车门，然后对肖知秋道：“送罗小姐回去。”

肖知秋一脸愕然：“那您呢？”

江静白顿了几秒，说：“我打车回去。”

肖知秋回她：“好的，那您回去的路上小心。”

二人站在车外聊天，车窗紧闭，罗千茹想打开车窗又觉得不妥，所以愣是没听到半句话。

几分钟后，肖知秋打开车门，坐在驾驶座上，刚启动引擎，身后的罗千茹就喊道：“等会儿！江总不上车吗？”

肖知秋从后视镜睨她一眼，态度疏离道：“江总和您不顺路，说打车回去。”说着，她一脚踩在油门上。

罗千茹重复她的话：“不顺路？她知道我住哪儿？”

肖知秋嘴角轻动："应该不知道。"

罗千茹盯着她的后脑勺说："那她怎么知道不顺路？"

肖知秋耸耸肩，说："我猜的。"

罗千茹：……

广告合同签下了，正月初一下午开拍。

傅天蓝乖巧地和鱼希道别，鱼希轻笑着，经过她身边上车了。

白雨棠没跟着，她还要回公司一趟。钟晨陪鱼希回去。路上，她频频看鱼希的神色，末了终于没忍住问道："希希，你怎么不高兴？"

刚刚签约十分顺利，对方和傅天蓝也对她很满意，不是吗？

鱼希摸了摸脸颊，问："很明显吗？"

钟晨先是点头，然后又摇头。也不算明显，但是她太熟悉鱼希了，熟悉到鱼希的一个眼神就能明白是什么意思，所以才会敏感地察觉鱼希的心情产生变化。

鱼希没兴趣解释，只道："开车吧。"

钟晨只好一脚踩在油门上，黑色保姆车疾驰而去。

鱼希的目光落在车窗外，透过黑色贴膜，外面的一切都模模糊糊，看不真切。她的脑海没来由地浮现出酒店门口江静白和罗千茹的样子。

罗千茹看向江静白的目光，似乎有些奇怪。

鱼希按着微疼的头，心想或许是自己想多了？

鱼希没理出思绪，手机铃声就突兀地响起。她拿起来看了一眼，居然是她妈妈。

二人自打上次吵过架后就再也没联系了，鱼希是不想，她妈妈——那肯定是忙。她的公司，她的事业，永远比鱼希这个女儿重要。

可就是这样，她居然还管自己，鱼希一时不知道该用什么心情接电话。

晚上到底喝了几杯薄酒，鱼希的态度也不似以往恭敬。她接通电话后，良久没有出声，盛闲似乎在等着她叫人，她愣是咬着嘴唇不说话，直到盛闲憋不住喊道："希希？"鱼希这才松开嘴角，声音稍低道："有事？"

鱼希的态度很冷淡，透着寒意的话语通过电流传到盛闲这边。她靠在办公椅上，合上文件，按着额头道："你休息了？"

鱼希不想话家常，干脆道：“直说吧，你什么事？如果是劝我的话，省省吧。”

盛闲听到她的话，有几秒没吭声，末了，盛闲跳过这个话题，直接道：“你爸后天回国，你要不要见一面？”

鱼希冷冷地回她：“不用了。”

盛闲不死心，继续说：“希希，我知道你不高兴，但是我们见面的机会不多……”

“那就不要见面了。”鱼希打断她的话，态度凉薄，“你们难道没想过，没有我这个女儿，你们会更自由吗？”

盛闲的心里隐隐有了怒火，说：“鱼希，你这是什么态度？”

鱼希深吸一口气，回她：“我想过。”

盛闲的声音里藏着愠怒：“你想过什么？”

鱼希垂眼道：“我想过，没有你们，我也许更快乐。”

“鱼……”声音戛然而止，鱼希挂断电话后将手机塞回包里。钟晨瞥了一眼她的神色，琢磨了半晌问她：“是盛总吗？”

鱼希别过头，眼圈微红，双眸亮晶晶的，像藏着水般。她愣了几秒，点头道：“嗯。”

钟晨见到她这个样子都心疼死了。车刚好开到公寓下面，钟晨立刻对她道：“希希，你不高兴别憋着，身体会出问题的。”

鱼希看到她紧张兮兮的样子倏地笑开，说：“行了，你真啰唆，我回去了。”

钟晨依旧不放心，说：“你这样回去没事吗？”

鱼希睨她一眼，说：“能有什么事情。”

钟晨说：“你不用发泄发泄吗？”

鱼希点头道：“当然需要。”说完，她不等钟晨开口，又继续道，“所以我现在赶紧回去。”

鱼希踩着高跟鞋踏出车子，钟晨小跑下车，刚准备扶着鱼希，身边突然探出一双手，钟晨别过头，只见江静白站在身边。

“江……江总？”钟晨一脸纳闷，“您怎么在这儿？”

江静白不答反问：“你喝酒了？”

鱼希抬头看她一眼，点头道：“喝了几杯。”

江静白应下："先回家吧。"

钟晨只好默默地站在二人身后，看着江静白和鱼希往里面走。

江静白垂眼看鱼希，见她脸上似有不悦。到公寓后，她就脱掉高跟鞋，赤脚走到沙发旁坐下，江静白走到她身边坐下，问道："你怎么了？"

鱼希闻声看着她，没隐瞒事情："刚刚我妈打电话给我了。她约我吃饭，我没同意。"

"你说她怎么这样，想我的时候打一个电话就让我过去，不要我了，就随便把我扔在角落里，我对她而言到底是什么？"

江静白唇瓣轻启，却没发出声音，她想回鱼希也不知道该回什么。

安慰她盛闲不是那样的人？江静白自认做不到帮盛闲说一句好话。虽然她嘴上说不恨，但那是她最痛苦的八年，让她帮刽子手解释，她做不到。

客厅里很安静，鱼希絮絮叨叨地说了几句话后也察觉到气氛不对，神思回笼几分，再开口时声音趋于平静："我先去洗澡。"

江静白抬头道："好。"

鱼希站起身，走到沙发边转头道："晚上你只是和胡总吃饭吗？"

话题转得太快，江静白一时没反应过来，点头道："对，怎么了？"

鱼希笑道："没什么，我去洗漱了。"

江静白盯着鱼希的背影看了几秒，然后给钟晨打了电话，挂断时，她刚好出来。江静白走到她身边，低头问："你在酒店看到我为什么不叫我？"

"叫你……"鱼希反应过来，"你怎么知道的？"

江静白晃了晃手机，说："我刚刚打电话给钟助理了。"

鱼希努努嘴，说："哦。"不咸不淡的态度，轻飘飘的语气，满是不高兴。

江静白诚实道："我没有接到通知罗小姐会去，到的时候才知道。她应该是临时起意去的，你别担心，好吗？"

"知道了。"鱼希小声回她。

江静白闻言问道："你的心情好点儿没有？"

鱼希索性大方道："没好怎么了？不能吗？"语气有些无赖。

江静白道："能，你怎么样都可以。"

江静白腊月二十七就放了假，她和胡总汇报过公司情况的次日，就把项目暂停了，随后全公司的人休息，她自然也窝在公寓里，跟鱼希一样。家里添了不少东西，除了少许年货，最明显的是酒柜，新添了一批红酒。

以往只是用来装饰的物品在鱼希的手指下，化腐朽为神奇，有了其他用途。她们喝酒的次数也多了，鱼希还微醺过两次。

二人玩乐了两天，鱼希才把注意力转移到剧本上。

剧组是正月初五开工，第四期节目的录制在正月初三，也就是她刚录制完综艺节目就要被拉进剧组了，时间卡得有点儿紧。好在她虽然半年没有在观众面前露面，但是演戏不曾落下，所以揣摩起角色来，也轻松很多。

当然——如果某人不和她捣乱，她会更轻松。

奈何一向话少的江静白主动请缨要陪她对戏。可她每次看着江静白一本正经地念着那些台词，总忍不住出戏。

江静白举着剧本，刚念完台词，就见鱼希低着头沉默，不由得喊道："鱼希？"

"啊？"鱼希错愕地抬头，见江静白一脸疑惑，轻声问，"怎么了？"

江静白看着剧本说："到你了。"

鱼希难得尴尬，说："嗯，好。"

江静白见她心不在焉，便放下剧本，问："等会儿钟助理就过来了吧？"

鱼希要去胡小静家，原本江静白想送鱼希过去，鱼希担心被人看到，所以没同意。

鱼希道："嗯。我去换衣服。"

鱼希换好衣服出房间时，正巧门口传来敲门声，不用想也知道是钟晨。鱼希想到她平时见到江静白就和老鼠见到猫一般，就没让她进来，对江静白道："我先走了。"

江静白点头道："好。"

鱼希转过身，打开门走出去。钟晨站在外面，见到鱼希出来不由得问："江总走了吗？"

上午她给鱼希发消息，听说江静白过年会回去，所以才这么问。

鱼希摇头道："还没呢，我们先走吧。"

上车后，鱼希给白雨棠发了庆贺新年的消息，随后又收到不少人的祝福，她回了几个熟人后便放下手机。

到胡小静家时，钟晨问鱼希晚上要不要来她接，鱼希想了一会儿拒绝了。今天是大年三十，让钟晨两边跑，鱼希心里也过意不去，所以干脆回道：“不用，你回去吧，我晚上可能就待在这边。”

钟晨点头道：“那好，我先回去了，你有事给我打电话。”

鱼希笑道：“好。”

临进电梯时，她的手机响起，屏幕上显示着熟悉的名字——妈妈。

鱼京涛前两天回国，盛闲又给她打了两个电话，甚至鱼京涛也给她打了一个电话，但她硬是咬着牙没去。

她想，自己早就应该这么做了。

她不是故意对他们绝情，只是想对自己好一点儿。

挂了电话后，鱼希走进电梯里。电梯里没信号，她也不知道盛闲有没有再给自己打电话，出电梯的时候，她怕自己心软接电话，干脆把手机调了静音。

到胡小静家门口时，鱼希已经整理好情绪了。鱼希敲开门，站在门口的是韩宜司，几个月没见，她瘦了点儿，一见到鱼希就说：“大忙人来了。”

鱼希笑着捶她：“我哪里忙了。”

韩宜司噘着嘴，哀怨地说：“你又是忙着拍戏又是忙着跟别人见面，还不是大忙人。平时你连个电话都不给我们打一个，唉……”

相比较而言，胡小静就沉稳多了，到底是有孩子的人，性格和以前也稍微不同，最后二人打趣几句就翻篇了。

顾鹤不在家，孩子也不在，鱼希刚觉得诧异，就听到韩宜司说：“顾鹤带着孩子走亲戚了，所以我们晚上可以不醉不归！”

鱼希摆手道：“明天我要拍广告呢。”

韩宜司又摆出幽怨的表情：“行吧，那我独饮吧。”

胡小静受不了她这样的说话方式，踢了她一脚，咬牙道：“你信不信，你再这样阴阳怪气的，我就把你踢出去！”

韩宜司立刻端正坐姿，笑得谄媚：“信，我信！”

三个人围着桌子吃晚饭，电视机里正放着春节联欢晚会，鱼希正低头吃饭，听到韩宜司说：“哎，这个男的好眼熟，希希，这个人是不是之前和你合作过？”

鱼希抬起头，见到一个男人站在舞台上唱歌，他确实是和她合作过《春暖花开》的男主角。她说了男人的名字后，韩宜司一拍手，道：“我就说嘛！眼熟！不过话说回来，我今年还以为你没办法和我们一起过年呢。”

鱼希看着韩宜司端起一罐酒，轻轻摇晃，不解道：“为什么？”

韩宜司转头看着她，好似她这话问得很奇怪：“当然是参加‘春晚’。你不知道，我几个同事都在猜你今年参加‘春晚’会是什么样子，你说……”

她的话还没说完，胡小静就从桌子下面踢了她一脚，还瞪她一眼。

韩宜司喝了几杯酒有些上头，话说完才觉得不对劲，当即道：“希希……”

鱼希笑道：“我没事。”她说着，端起桌上的酒和韩宜司的碰了一下，道，“这样也好，起码我能陪着你们。”

韩宜司看到她眼底一闪而过的失落，再次想抽自己的嘴巴。自己真是哪壶不开提哪壶。胡小静见韩宜司一脸懊悔，忙对鱼希道：“对，人生嘛，有得有失，又没有双全的办法，再说了，‘春晚’哪有我们有趣。把电视机给我关了！”

韩宜司立刻附和：“关了！”

鱼希看着她们唱双簧，笑道：“吃饭吧。”

半小时后，三个人酒足饭饱，窝在沙发上天马行空地聊天。韩宜司喝酒喝得最多，其次是胡小静，鱼希只喝了三罐。韩宜司盯着头上的灯看，末了道：“希希，你和江静白怎么样了？”

鱼希想了一会儿回她：“挺好的。”

曾经的恩怨横亘，那个人却始终如一。

韩宜司别过头，看到她这样的表情松了一口气。虽然她说她和江静白和好了，但是破碎的关系想要修复谈何容易，现在鱼希的脸上却重新露出开朗的笑容，和八年前如出一辙。韩宜司和胡小静对视一眼，彼此笑笑。

就在一室安静，鱼希快要睡着时，门被敲响，胡小静愣了几秒，立刻反应过来，小跑到门口，一开门就见顾鹤抱着孩子站在外面。她问：“你怎么回来了？”

孩子已经睡着了，顾鹤放下包，小声道：“小姨他们不在家，我怕打扰你们聚会，现在才回来。”

胡小静闻言，扑哧一声笑了，说：“你傻不傻，就在楼下等着？”

“鱼希她们呢？”顾鹤问。

胡小静指了指旁边的沙发，说：“还在呢。”随后她蹙眉，原本顾鹤不回来，房间刚好够她们分配，现在顾鹤带着孩子回来了，鱼希她们就没地方睡了。

鱼希听到二人聊天，忙接下话：“我晚上要回去。”她说着看向韩宜司，道，“我把司司带走吧。”

胡小静和顾鹤对视一眼，挽留她：“要不就睡这边吧。”

“不用。”鱼希笑道，“我们就别客气了。”

胡小静见状，也不好再说什么，只得道：“那我让顾鹤送你们回去。”不等鱼希拒绝，她又道，“其他人我也不放心。”

鱼希只好点头：“行。”

鱼希拖着韩宜司下楼，韩宜司还有些迷糊，走在鱼希身边时还不忘问：“希希，去哪儿？”

鱼希把她塞进车里，说：“去我家。”

韩宜司“嘿嘿”笑了两声，说：“好呀，去大明星的家。”

鱼希被她逗笑了，手指戳着她的脑门。

和鱼希喝醉会闹不同，韩宜司醉酒后就喜欢抱着人，还喜欢见人就表白。

鱼希记得有次过年，胡小静录下她和韩宜司喝醉酒的场景。视频里，她一个劲儿地对空气哭诉江静白的劣迹，旁边的韩宜司一个劲儿地表白，先是表白她，然后又去表白胡小静，情真意切，感天动地。这段黑历史让韩宜司被人足足笑了半年。

到楼下时，顾鹤问鱼希要不要送她们上去，鱼希回绝了，顾鹤只好折回车上，和她挥手道别。

鱼希扶着韩宜司进了电梯，到了家。门打开后，不似鱼希以为的一室黑暗，反而有盏灯亮着，发出昏黄的光。她有些不解，刚蹙眉，就见到从卧室里走出来的江静白。

鱼希问：“你怎么在这儿？”

江静白听到声音抬起头，神情略变，启唇：“你没收到我的消息吗？”

鱼希这才想起自己的手机早就调了静音，摇头道：“没有。”

她的话音刚落，韩宜司动了动身体。韩宜司原本是挂在她身上的，听到声音后直起身，看向她，又看向江静白，随后笑道：“希希，这大美女是谁啊？”

鱼希还没来得及说话，韩宜司已经自顾自地走上前，拉起江静白的双手，嘀咕：“瞧这小腰，够细；这皮肤，够白；这腿，够长！”

她说着凑到江静白面前，突然说：“这脸……怎么有点儿眼熟？”

鱼希立刻走到她身边，小声道：“司司，我先扶你坐下。”

韩宜司点头，被鱼希拖着往沙发边走。几秒后，她顿住不动，倏地转头，咬着牙恶狠狠道：“我想起来了，这不是江静白吗？”

鱼希：“……”

一室安静，气氛尴尬，鱼希刚想和江静白说话，便见她扬起嘴角，噙着一抹笑，鱼希没好气地说：“你笑什么？”

江静白抬起头，一脸悦色：“我笑你和韩宜司，还真是很像。”

鱼希：“……”

这话听着怎么这么不对劲呢？

“你没回家吗？”

鱼希将韩宜司安顿好后，走出房间，江静白听到声音，舒展眉头：“她休息了？”

鱼希点头道：“刚睡下。”

“你怎么回来了？”鱼希蹙眉问，“还是没回去？”

江静白走到沙发边坐下，说：“我吃了晚饭就回来了。”

鱼希一脸了然，动了动手臂：“我去洗个澡。”

江静白应下后，目送她走进卫生间里。

整个公寓只有水声和综艺节目的音乐声响着，江静白将鱼希第一期的综艺节目又看了一遍。手机铃声破坏了气氛，她瞥了一眼茶几上的手机，接通电话。

陶倚彤刚回家，就听到父母在谈话，细听才知道江静白刚刚回来过，他们因为当年的事情还闹了口角。趁着老两口去洗漱，她才给江静白打电话。

“喂。”江静白接通电话后，语气是一贯的冷淡。

陶倚彤知道她这时候心情铁定不好，但是有些话她还是要说。她启唇：

“你回来过了？”

江静白放下平板电脑，说：“嗯，你有事就说吧。”

陶倚彤苦笑道：“我还能有什么事，静白，你不觉得你太任性了吗？”

江静白听着手机那端的人长达十几分钟的埋怨，始终闷不吭声。末了，她听到卫生间有动静，开口道：“没什么事我就先挂了。”

陶倚彤没辙，叹气道：“算了，挂吧。”

电话断线后，江静白盯着手机看了半晌，随后将它放在茶几上。鱼希洗完澡出来见她还坐在沙发上，招呼她过来给自己吹头发。

江静白走到鱼希身后，见她坐在凳子上，把吹风机交给自己，动作熟练，这像极了以前她有什么不会做的题目，就立刻将题本放在自己面前。

江静白吹干鱼希的长发后，去厨房泡牛奶。鱼希披着浴袍走到沙发旁，想到之前江静白给自己发消息却没收到，便从包里拿出手机，果然屏幕上显示一个未接电话，还有两条未读短信，都是江静白的名字。

她刚准备放下手机，眼尖地瞥到茶几上的手机屏幕亮起，是江静白的手机。

鱼希喊道：“江……”

她没喊出接下来的两个字，因为看到屏幕上显示自己的名字，是陶倚彤发来的消息：静白，我知道你很想和鱼希重归于好，但是你能不能也考虑一下妈的身体？你得给她适应的时间，她不是你，没那么快能释怀过去，也没那么快能转移对鱼希的怨恨。

鱼希看着屏幕上连着发来的消息，抿起唇，余光瞄到江静白走出厨房，立刻放下手机，装作无事发生。

江静白把牛奶递给鱼希，说：“你喝完就睡觉吧。”

鱼希点点头，抿了一口牛奶，笑道：“你也赶紧回去睡觉吧，不早了。”

江静白点头道：“好。”

她说着站起身，鱼希喊她：“手机。”

江静白接过鱼希递来的手机，道：“晚安。”

鱼希道：“晚安。”

公寓的门打开又合上，鱼希坐在沙发上，觉得刚刚还香甜的牛奶失了味道，更添几分苦涩。她喝完牛奶后，关掉客厅的灯去客房休息。

一夜辗转，鱼希明知第二天要拍广告，但就是睡不着。磨蹭到下半夜，她干脆爬起来吃了一片安眠药，借着药力，她才沉沉入睡。

次日，鱼希是被敲门声拍醒的。她迷糊地睁开眼睛，听到外面传来韩宜司的声音。

“希希？”韩宜司嘀咕，“起床了吗？”

鱼希爬起来，喊道：“进来。”

韩宜司立刻推开门，赤着脚走进去，一脸惊吓道：“希希，你知道吗，我昨晚梦到江静白了。”

鱼希听到这话蓦然发笑：“你怎么梦到她了？”

韩宜司挠挠头，说：“我哪知道，我现在还觉得莫名其妙呢。而且我好像还调侃了她。”

鱼希抱着被子捂着肚子笑倒在床上，夸张无比。韩宜司有些摸不着头脑，戳着她的手臂道：“你干吗？我梦到的是江静白呀！”

韩宜司每说一句话，鱼希就乐得直不起腰，瞌睡一扫而空，捂着肚子直喊疼。韩宜司见状，忙凑到鱼希身边说：“你不会还没醒酒吧？”

鱼希一边笑一边说：“没醒酒的人是你！”

韩宜司皱着眉。鱼希也没多解释，只道：“你去洗个澡吧，一身酒味。”

韩宜司朝左右闻闻，确实有酒气。昨晚她和衣睡觉，一个梦把她吓醒了，到现在还没洗漱。她进卫生间后，鱼希收到钟晨的消息，问鱼希在哪儿，要是还在小静那边，自己就过去接人。

鱼希解释自己回来了，让钟晨下午来接人。她刚放下手机，门铃声就响起。

鱼希赶忙整理好衣摆和秀发，冲到卫生间里简单洗漱。正在淋浴的韩宜司听到外面的声音，咆哮道：“鱼希，你懂不懂隐私？我还在洗澡呢！”

“没关系。”鱼希头也不抬地回她，“你洗你的，我洗我的，而且我很快的。”

韩宜司：“……”

鱼希出卫生间后打开门，见江静白站在外面。

“韩宜司醒了吗？”江静白启唇。

鱼希回她：“醒了。”

江静白便说：“等会儿你过来吃早点吧，让韩宜司一起过来。”

鱼希一脸诧异道：“你还做早点了？”

江静白摇头道：“没有，肖助理送来的。”

鱼希只好道：“行，那我去叫她。”

江静白道：“那我在旁边等你们。”

鱼希知道她是怕韩宜司不自在，“嗯”了一声，合上门。

韩宜司走出来的时候，鱼希已经精心打扮完毕了。她穿着淡蓝色的长裙，墨黑秀发散在身后，眉目精细，一看就是化了妆。

“你一大早化妆干什么？”韩宜司走到她身边，打了一个哈欠，“你说今天拍广告，上午还是下午？”

鱼希别过头道：“下午。”说着，她给韩宜司递了衣服，“你换好衣服出来，我们去吃早饭。”

韩宜司笑道：“算你还有点儿良心。”

十分钟后，她站在鱼希家对门的门口，看着打开门的江静白咬牙切齿。

韩宜司跟在鱼希身后进了公寓，饭桌上满满当当地摆了将近二十个盘子。鱼希招呼韩宜司坐在自己身边。江静白坐在她们对面，她见韩宜司没动筷子，便招呼道：“吃吧。我不太知道你的口味，就多准备了一点儿。”

韩宜司咋舌，心想这哪是一点儿，这是把酒店的早点都搬过来了吧。所谓伸手不打笑脸人，她心情再不爽也不能摆在明面上，所以她也笑笑，说：“谢谢。”

江静白的嗓音一如既往清冽：“不客气。”

三个人围着饭桌吃饭，气氛谈不上多好，但也不算坏。韩宜司没想过自己还会和江静白这样对坐着吃早点，还是在正月初一，缘分真是玄妙！

韩宜司还没感慨完，就听到“砰”的一声响。她别过头看，只见窗外不知是谁在放烟花，还不是一个，是一个接一个。

韩宜司盯着不远处的烟花想，晚上它灿烂迷人，白天也别有风采。

思及此，韩宜司收回视线，瞥了一眼江静白，见她对鱼希态度温和，头一次觉得她也不是那么让人讨厌。

饭后，三个人在客厅里小坐了一会儿，鱼希怕韩宜司无聊，主动要陪她玩游戏，被拒绝之后，就陪着她看了一会儿电视。

韩宜司也没待多久，十点刚过，她就和鱼希说要回研究所了。鱼希挽留她吃过饭再走，她立刻摆手，没辙的鱼希只好送她到楼下。

江静白在不远处看着她们聊天，刻意保持距离。

韩宜司走出公寓的时候，和鱼希说："你不是说江静白回家了吗？"

刚刚她在江静白的公寓一直没机会问，现在出门了，她才问出来。

鱼希别过头，看了一眼不远处的江静白，启唇："回过家了。"

韩宜司点头道："她昨晚回来的？"

鱼希笑道："嗯。"

韩宜司突然想到之前做的那个梦，表情微变："我昨晚见到江静白了？"

鱼希见她反应过来，憋笑道："见到了。"

韩宜司的脸色很是难看，问："我做了什么？"

"也没什么，"鱼希云淡风轻地说，"就是哭着要抱她，还吵着要和她一起睡觉。我拉你，你还推开我。还有——"

"你别说了！"韩宜司咬着牙道，"再见！"

送走韩宜司后，鱼希和江静白一同回去。进公寓时，鱼希问江静白要不要回家吃午饭，江静白笑道："不回去了，下午我去公司一趟。"

鱼希听后也没说什么，"嗯"了一声。

二人进屋后，鱼希捧着剧本看，江静白收拾碗筷。早餐还剩很多，鱼希也不想浪费，让江静白中午吃这个凑合。

江静白头也没抬，回她："我知道了，你要不要回房休息一会儿？"

鱼希抬头道："不用。"

江静白见她眼下有淡淡的黑眼圈，没再说什么，只是低头继续收拾东西。

半小时后，她也坐在沙发上，盯着剧本道："需要我陪你对戏吗？"

鱼希笑道："不用，也没两页了。"

"你什么时候进剧组？"

"正月初五。"

"初三录制综艺节目？"

"嗯。"

江静白发现鱼希回话有些心不在焉，也许是因为在看剧本分析角色。

想到这儿，她就没再打扰鱼希，而是回房抱了笔记本电脑出来，开始工作。安静的氛围里，只有键盘的轻微声响和书页的翻动声。

鱼希再抬头已经是中午了。她动了动脖子，发现江静白不知何时不在了，她抬头四处看看，瞥见厨房里有身影晃动。

江静白穿着居家服，系着围裙，将菜倒在锅里热。似有油花炸出来，她往旁边挪两步，蹙着眉，似乎正在做什么艰难的事情。

厨房的门开了一条缝隙，鱼希能听到油烟机的声响。她放下剧本，走到厨房门口，双手抱胸，看着江静白的背影。江静白面对合同都游刃有余，却被简单的一道菜难住。鱼希轻笑出声，江静白听到声音别过头，舒展了眉头，轻声问："你怎么过来了？"

鱼希走进去，洗干净手，对江静白道："我来吧。"

江静白没给她铲子，坚持道："我来，马上就好了。"

鱼希轻笑道："算了，我还想活着出门。"

江静白听出她语气里的调侃，轻咳两声，将铲子递给她。

鱼希将江静白赶出厨房后才开始热菜。

就两个人，江静白却留了四五道菜，米饭倒是新鲜的，但是鱼希怕胖，愣是不吃米饭，吃几口菜就喊饱了。江静白知道她对身材的要求比较严格，也没勉强她。

吃完饭没多久，钟晨就到了。鱼希简单收拾好自己后，和江静白挥手道别，瞧她一个人坐在客厅的沙发上盯着自己，鱼希道："新年快乐。"

江静白也回道："新年快乐。"

鱼希想到门外钟晨还在等着，就没多停留。

鱼希到达拍摄场地时刚好下午一点，白雨棠正在和导演说话，见鱼希走过来，忙迎上去打了招呼。

第一天开工，导演意思意思给每个人都包了红包，鱼希自然也有份。红包里没多少钱，纯粹图个好彩头。

Chapter 12
恶　意

鱼希到后没半小时，傅天蓝也到了。她和经纪人疾步走过来，见到鱼希，她率先姿态亲昵地打招呼："鱼希姐！"

鱼希笑道："你来了。"

傅天蓝点头道："我是不是来迟了？"

"没有。"鱼希启唇，"是我们来早了。"

傅天蓝闻言笑道："鱼希姐，你真好。"

她刚说完就被经纪人叫过去，和导演、监制打了招呼，末了，她拿着红包走到鱼希身边。

导演见两个主演都到了，便吩咐化妆师给她们换衣服化妆。

化妆品的广告鱼希不是第一次拍，但是她头一次拍双人广告。好在没什么剧情，只有几句台词，也算不上难。

鱼希抬起头，任由化妆师在脸上涂抹东西，身边有工作人员小声道："鱼小姐，拍广告的时候要戴这款手表，您的镯子……"

鱼希闻言微怔，立刻回她："我换只手可以吗？"

工作人员面上有些为难，尴尬地笑笑，鱼希会意，说："好，我会拿掉的。"

"谢谢鱼小姐的配合。"工作人员赶紧道。

鱼希浅笑道："没关系。"

化完妆后，鱼希坐在凳子上想拿下镯子。哪料这只镯子戴的时候容易，拿下来比较难，只有借助洗手液了。她抬起头，对钟晨道："我去趟卫生间。"

钟晨立刻站起身，说："要我陪你去吗？"

鱼希摇头道："不用，我马上就回来。"

鱼希到卫生间时，里面没人。她挤了洗手液滴在手上，镯子顺滑地落下来。她洗干净镯子后将它放在包里，没做停顿就走出了卫生间。

卫生间外是一个条廊，直走就到拍摄场地，鱼希低着头走在长廊上，头一抬就看到吴潮正在打电话。

吴潮四处乱瞟，目光不经意和鱼希的对上，二人相视几秒，吴潮先笑笑，拿着手机从门口直接走到长廊外面，同时压低了声音。

鱼希也没在意，准备走过去时才听到房里传来声音，是她的名字。

鱼希怔住了，里面说话的人似乎情绪很激动，声音拔高："让我和鱼希拍广告？我真是服了，这是哪个脑子抽筋的人想出来的？"

"潮哥根本不知道，我还是前两天碰面才知道原来合作的对象是鱼希。"

"早知道是鱼希，我不要这个广告也不可能和她拍！"

"当然啦，多跌份，她现在什么行情啊，我可不想被染上晦气。"

"嘀，别提了，下部剧我居然还要和她合作！"

鱼希紧紧地捏着包，做了两个深呼吸，手已经放在门把手上了，但还是没有推门进去。良久，她才慢慢平复呼吸，离开房间门口。

吴潮打完电话回来，发现傅天蓝还在打电话抱怨。他知道傅天蓝在说什么，前两天他们还因为合作对象是鱼希，和广告商闹了些别扭，但是出钱的是大爷，再者他们连合同都签了，也不可能说不拍就不拍，但是傅天蓝不高兴，他也只能任由她和好友打电话发泄发泄。

"蓝蓝。"眼看时间快到了，吴潮说，"要开始了。"

傅天蓝这才不情不愿地对手机那端的人道："就这样，我挂电话了。"

挂断电话后，她还嘟囔了两句，吴潮跟在她身后安抚她的情绪，直到看到她走进拍摄场地时又变了一个人，他才松了一口气，扭头和旁边的工作人员聊天了。

傅天蓝走到鱼希身边，乖乖巧巧地喊道："鱼希姐，要开始了吗？"

鱼希别过头，深深地看了傅天蓝一眼，目光锋利如刃。她启唇："嗯。"

傅天蓝对鱼希突然的转变有些疑惑。她还没想出什么，一旁的工作人员就让她和鱼希做准备，先拍第一个镜头。她立刻走到鱼希身边，试图挽着鱼希的手臂，却被鱼希不动声色地移开了。她看向鱼希的侧脸，眉头微蹙。

"天蓝，表情不对。"

导演喊了名字，傅天蓝立刻恢复常态，脸上带着温柔的笑。旁边的鱼希也调整好状态，配合导演拍第一个镜头。

半小时后，第一个镜头终于过了。傅天蓝想邀请鱼希一起去旁边小歇，鱼希语气清冷道："不用了，我还有话要问导演。"

"那好。"傅天蓝盯着她的背影，眉头皱得更紧了。

吴潮走了过来，二人一并走到休息的地方，傅天蓝说："刚刚我打电话，门口有没有人过去？"

吴潮是她吩咐站在门口的，他知道傅天蓝的脾气，如果被她知晓自己离开了一小会儿，只怕又会吵闹，想到这儿，他摇头道："没有，那时候都快开拍了，谁去卫生间。"

傅天蓝别过头，说："真没有？"

吴潮态度强硬，说："我骗你干什么。"

傅天蓝这才放下心，转而又压低声音道："我让你联系朱导，你联系了吗？"她可不想再和鱼希有合作的机会，更不想自己的角色一分为二，让一半给鱼希。

吴潮点头道："刚刚联系了，对方说会给我回消息的。"就是因为刚刚在说鱼希的事情，他才会在见到鱼希时下意识心虚，离开了房门口。

傅天蓝闻言，脸上重新露出笑容。她从凳子上起身，慢慢走到鱼希身边，递给鱼希一罐饮料，温柔地喊道："鱼希姐，你和导演聊完了？"

鱼希看着她的举动和她脸上的浅笑，拒绝道："抱歉，我不能喝这些，你也少喝一点儿，不干净。"

傅天蓝盯着她凛冽的眉眼和紧绷的侧脸，几秒后才点头："好的，谢谢鱼希姐提醒。"

鱼希垂着眼，声音冷冰冰的："不客气。"

江静白下午去公司时在门口碰到了肖知秋，肖知秋先是一愣，然后才反应过来，立刻笑道："江总，过年好。"

"过年好。"江静白略显清冽的嗓音带着暖意。

肖知秋笑了笑，道："您怎么这个时间来公司了，是需要什么资料吗？您可以直接吩咐我的。"

肖知秋今年没回家过年江静白是知道的，要不然她这几天也不会频繁联系肖知秋。她闻言，浅笑道："我闲来无事，过来看看。你怎么也没回去？"

肖知秋站在她身边解释："我有份文件忘了带回去，想过来拿。"

江静白"嗯"了一声，和肖知秋一起进了电梯。

办公室里空荡荡的，肖知秋率先走进去，打开门后，她才微微低头。江静白从她面前经过，径直走向办公室。突然，江静白顿了几秒，转头道："肖助理，忙完早点儿回去，注意休息。还有，新年快乐。"

肖知秋一脸错愕，眨眼好几次都没回过神。

怎么一晚没见江总，她像是变了一个人，还会说新年快乐？

江静白不知道自己的两句话让肖知秋琢磨了好半天，因为她一进办公室就开始打电话。刚刚她和肖知秋说"闲来无事，过来看看"不过是谎话，昨天她就收到消息，盛闲出国去参加一个发布会，为期三天。

有些事，盛闲在的时候比较难办，她走了，就容易多了。

办公室的门紧闭，江静白连续打了三个电话，桌面上的文件放了七八份，每份上面都有修改的痕迹。电话还没挂断，她一边修改文件一边说："好的，这点劲鸥可以接受。不过我刚刚的提议，也希望杨总可以考虑。"

"晚上我会再联系您。"

"好的。"

挂断电话之后，江静白动了动脖子，她一直低着头，脖子很酸。办公室的门被敲响，她说："进来。"

肖知秋捧着咖啡站在门口，道："江总，我给您泡了一杯咖啡。"

"你还没回去呢？"江静白起身。

肖知秋将咖啡放在桌上，回话："还没呢，等会儿处理完事情我就走。"

江静白略微点头，说："给自己放假吧，别太累了。"

肖知秋笑道："好的，那您工作吧。"

江静白抿了一口咖啡，说："嗯。"

肖知秋往后退了两步，站定后，转头浅笑道："江总，新年快乐。"

江静白端着杯子，脸上露出淡笑。她没开口，目送肖知秋走出去。

门合上后，办公室里重新恢复安静，江静白走到落地窗前，看向楼下，目光灼灼。放在电脑旁的手机突兀地响起，她快走两步，回到办公桌前，接通电话。

"Carl……"

江静白听着手机里传来的声音，脸上还没敛起的淡笑加深，目光也柔和许多，声音添了温度：“当然，我不会忘的。”

“下次吧，上次比较匆忙。”

聊天维持了将近半小时，二人交流了近况后，又说了一些公事，最后Carl依旧想说服江静白回去，却被她拒绝了。

江静白笑道：“放心吧，有机会，我会让你还回来的。”

“当然不会客气。”

“那就这样，再见。”

聊完天后，江静白就看到有群消息提示。她只有一个群，所以只能是莫宁欢发的消息。江静白点进去，看到莫宁欢的消息：江总，新年快乐！

除了消息，她还配了鱼希的一个表情包，特别喜庆，江静白本就愉悦的心情更好了。她回复：新年快乐。

莫宁欢收到回复后咬咬牙，立刻打字：江总，新年到了，我给你发份新年礼物！独家珍藏版！

她说着分享了一个视频过来，是鱼希的个人秀，江静白一秒没落下地看完了。没多久，莫宁欢又发来消息：江总，看完视频了吗？

江静白打字：看完了，谢谢你的礼物。

莫宁欢打字的手都要颤抖了：那江总可以送我一个礼物吗？

江静白：什么？

莫宁欢：上次那张照片，可以分享给我看一下吗？

原来她打的是这个主意，江静白被莫宁欢拐弯抹角的方式逗笑了。她面上带笑，义正词严地回复：不可以。那张照片不太符合我的审美，我已经删掉了。

莫宁欢一连发了数个感叹号，在心中呐喊：我的爸爸！不符合你的审美，符合我的！再说，那样的照片还不符合你的审美，你不会是假粉丝吧？

莫宁欢深深地悲伤了。

江静白的心情很好，她关掉和莫宁欢的聊天页面，找到鱼希的聊天框，打字：广告拍摄结束了吗？

鱼希还没拍完广告，还有三个镜头才结束，导演正在和傅天蓝说该用什么姿势，傅天蓝连连应下，却做得不太好，导演正在亲身教学。

鱼希站在一边，钟晨递上手机，说："希希，有新消息。"

她接过手机看了一眼，是江静白发的信息：广告拍摄结束了吗？

她绷了半天的脸终于有了其他表情，她垂眼回复江静白：还没有，你在哪儿？

江静白：公司，要我过去接你吗？

鱼希想了一下，回复：不用，等我结束拍摄再说吧。

江静白回了一个"好"字。鱼希将手机还给钟晨，就听到旁边的导演说："笑容放开一点儿，再低一点儿，对。"

这个姿势比较夸张，所以傅天蓝一直放不开。她听到导演的话后皱眉，说："我想让鱼希姐给我示范一下，可以吗？"

导演没做多想，立刻看向鱼希，说："鱼希，过来一下。"

鱼希立刻提步走过去，导演对她说："天蓝这个姿势摆得不好，你给她示范一下。"他说着站在傅天蓝身边，做了一个姿势，"就像这样。"

傅天蓝看着鱼希，眼里有意味不明的笑意。

鱼希站在导演的身边，做了一个相同的姿势："这样吗？"

"对！"导演一拍手，说，"就是这样！就是这个姿势！非常好！"

他接连夸了两句，鱼希直起腰，听到傅天蓝说："鱼希姐，你真的好厉害！那么难的姿势你看一遍就学会了，而且效果还特别棒！刘导，不如这样吧，这个镜头我和鱼希姐换个位置，您觉得如何？"

刘导听到她的话没吭声。傅天蓝这个提议也不是不可以，再者鱼希的表情更为生动，等会儿念台词也不会觉得尴尬，但是傅天蓝就差远了，光是一个姿势都摆不好，更别说念台词，肯定干巴巴的没感情。

刘导左思右想，刚准备说好就听到鱼希说："当然不好。"

刘导一听，看向鱼希，只听她说："天蓝，拍广告的姿势也是非常有讲究的，刘导既然这样安排，说明刘导深思熟虑过，你看这个姿势，其实非常能体现你腿长的优点，我想刘导肯定也是这么认为的。刘导，我说得对吗？"

她这番话等于给刘导戴了一顶高帽子。他说不是，就显得他对这个广告不上心，想法不严谨，监制还在旁边看着呢，他怎么可能说不是。他笑呵呵地说："鱼希说得对，这个姿势还是天蓝来做比较好。我们再来一次。"

傅天蓝的眉毛如弯月，依旧浅笑道："好的。鱼希姐说得对，是我考虑不周。”

鱼希看着她的脸，微微扬起嘴角，似笑非笑。

白雨棠给鱼希递保温杯时见到她的表情，开口问：“怎么了？”

鱼希垂眼道：“没事，有人心术不正而已。”

白雨棠闻言，深深地看了眼傅天蓝的方向，沉默地喝了一口茶。

拍完整个广告天边已经擦黑，鱼希看了一眼时间，五点半，刘导一声收工，众人都忙碌起来。白雨棠问鱼希要不要去参加聚餐，鱼希拒绝了，白雨棠点头道：“那我代你去好了，你回去后早点儿休息。”

鱼希点头道：“好。”

二人在化妆室门口分别，鱼希卸妆后换上自己的衣服，从包里拿手机时见到了镯子，立刻抬头对钟晨道：“我去趟洗手间。”

钟晨紧跟其后，道：“我陪你。”

鱼希没拒绝。到门口的时候，她兀自走进去，钟晨站在门口等她出来。

没过几秒，傅天蓝走过来，见到钟晨便打招呼：“钟助理！”

钟晨点头回道：“傅小姐。”

“钟助理太客气了，叫我天蓝就好。你怎么在这儿？鱼希姐在里面？”

钟晨笑道：“对，希希在里面。”

傅天蓝眼里闪过异色，道：“那我先进去了。”

高跟鞋的踢踏声在身后响起，鱼希从包里拿出镯子，挤了点儿洗手液擦拭手背，润滑之后，她刚准备戴上镯子就听到有人说话，是傅天蓝。

她站在鱼希身边，道：“鱼希姐，干什么呢？”

鱼希别过头，神色如常：“没干什么。”

傅天蓝说：“在戴镯子呀。鱼希姐，这个镯子真的很漂亮。”

鱼希的嘴唇轻启：“谢谢。”

“实在太好看了！”傅天蓝伸出白皙的小手，“可以借我戴一下吗？”

她的脸上挂着温软的笑容，声音柔柔的。她自问这不是什么让人难以接受的要求，伸着手等鱼希递镯子过来，然后再假装不小心掉在地上。

刚才她被鱼希硌硬到了，怎么也要收点儿利息回来。

哪料鱼希没将镯子递给她，反而戴在自己的手腕上，还打开水龙头，洗干净之后才别过头道：“抱歉，天蓝，我这个镯子很认人。”她的嗓音清冷，透着寒意，目光如刃，看得傅天蓝不由得往后退了一步。她往前走一步，轻轻道：“最重要的是，我不想把这个镯子弄脏了，你能理解吧？”

傅天蓝沉默几秒后，咬唇道：“能。”

鱼希轻笑着从她身边走过，留下两个字：“谢谢。”

鱼希走出卫生间的时候，钟晨还守在外面，她见鱼希的脸绷着，纳闷地问：“希希，你怎么了？”

鱼希闻言，别过头看钟晨。刚刚她在里面看多了傅天蓝，现在对上钟晨担忧的小脸，心里瞬间舒畅不少。她端看几秒后，启唇：“钟晨。”

钟晨依旧是茫然的样子，说：“嗯？”

鱼希蹙眉道：“你过年是不是去整容了？”

钟晨：“……”

希希这是什么意思？夸她变好看了？

钟晨立刻神采飞扬，正准备说话，鱼希道：“我看错了，原来你是吃胖了。”

钟晨咬牙切齿。她就知道鱼希的嘴里说不出什么好话！她期待什么呢！

鱼希看着身边转换表情的钟晨，忍不住笑出声，眉眼弯弯，不悦了一天的心情有了好转的迹象。上车后，她还主动给江静白打电话：“你在哪儿？”

江静白还没忙完，此刻她接到鱼希的电话，不答反问：“拍完广告了？”

鱼希道：“嗯，你呢，还在公司？”

江静白揉了揉鼻梁，说：“你先回家，我等会儿回来。”

“我来接你吧，也不远。”

江静白说：“好。”

她刚挂断电话，办公室的门被敲响，肖知秋的声音随之响起：“江总。”

江静白放下手机，说：“进来。”

肖知秋打开门，询问：“晚饭需要我帮您订吗？”

“不用了。”

肖知秋点头道：“好的。那需要我送您回去吗？”

江静白扬起嘴角，说：“肖助理早点儿下班吧。”

肖知秋立刻会意。合上门之后，她简单地收拾好文件就进了电梯，却迎面撞到一个人。

“对不起，你没事吧？”林木森弯下腰收拾文件，抬头时愣了几秒，喊道，

“肖助理？”

“林先生。”肖知秋也很诧异，“你怎么过来了？”

罗千茹是被惯坏的大小姐脾气，林木森却没有仗势欺人过，好几次肖知秋都见到他指导新经纪人。她对林木森的印象还不错，所以才会搭话。

林木森挠挠头：“千千刚下飞机，正好顺路来公司拿新曲的带子，你呢？”

肖知秋指着文件说：“合同。”

“肖助理真敬业。”

“我敬业什么。”肖知秋笑道，“江总才敬业，到现在还没下班。”

林木森皱起剑眉，说：“江总？江总不是休息了吗？”

肖知秋摇头道：“不说了，我先走了，回聊。”

林木森道：“回聊。”

肖知秋离开公司时，正坐在车里的罗千茹见到她的身影，盯着看了好几秒，深思一会儿，还是没打开车门。

林木森拿了新曲带子回到车上，主动说：“千千，你猜我刚刚碰到谁了？”

罗千茹对他翻了一个白眼，说：“你很无聊吗？”

连着两天没好好休息，她已经忍到极致了。现在林木森在这儿卖关子，她一记冷眼扫过去，林木森立刻收音。

车子缓缓启动，往公司外驶去，罗千茹想到刚刚见到的肖知秋，又主动问话：“你碰到肖知秋了？”

她不喜欢肖知秋，在林木森面前，她从没规矩地叫过一声肖助理。

林木森低下头，也觉得自己之前的问话有些奇怪，他明知道她不喜欢肖知秋还问那个问题，难怪会被骂无聊。

“嗯，碰到了。”罗千茹的目光始终落在林木森身上，他硬着头皮道，“对不起，千千，我以后不会……”

“你们聊什么了？”罗千茹打断他的话。在她的印象里，那个女人古板到不可思议，她完全想象不到他们聊天的样子，哧笑一声，说：“工作？”

林木森摇摇头，说：“没有，她过来拿文件。”

罗千茹点点头，一脸“我就知道”的表情，说：“还有呢？”

林木森搬出阎王爷：“她还说江总也在公司。”

他这话的原意是想堵住罗千茹，让她别再问了，没想到他的话音刚落，就听到她变了调的声音："什么？你是说江总现在在公司？"

林木森不解她突然的转变，点头道："对，怎么了？"

罗千茹原本困顿的眼皮抬起，眼里露出精光，笑道："没事，车子掉头。"

林木森一脸错愕，说："什么？"

"我让你车子掉头！现在！"罗千茹别过头，看向窗外，又加了一句，"还是等一会儿，你下车去买点儿糕点。"

正月初一，下午有些店铺已经开门了，旁边就有个糕点房，正飘散香气出来，林木森十分不解，但还是照做了。他买了糕点和热饮回到车上，对罗千茹说："千千，你想做什么？"

罗千茹笑道："回公司吧。"

林木森的脑子突然转了弯，说："找江总？"

罗千茹点头道："上次我舅舅让我多和江总学习怎么经营公司，我这就去学习。"

林木森看着突然转变的罗千茹，迟疑地说："啊？"

罗千茹被他盯着看有些不舒服，立刻瞪他一眼，说："你别废话了，开车。"

林木森一直将车开到楼下，也没理顺逻辑。但是罗千茹一向是想一出是一出，他该习惯的。

这么安慰自己一番后，林木森释怀了。他见罗千茹下车后还不忘拎上糕点，也准备下车，却被罗千茹呵斥："你待在车上。"

罗千茹说完，又蹙眉道："算了，你还是回去吧。"

林木森问："那你怎么回去？"

罗千茹想了几秒，说："我自己开车回去。"

她在公司有两辆车。林木森没有怀疑什么，只道："好，那我先回去了。"

罗千茹连摆手的机会都没留给他，就径直进了公司。她提着糕点来到总裁办公室，敲门，里面传来江静白温和的声音："进来。"

罗千茹刚准备打开门，门就从里面打开了，江静白淡笑的脸出现在她面前。

待看清门外人的样貌后，江静白敛起神色，蹙眉道："罗小姐？"

罗千茹自动忽略她的神色变化，有点儿崇拜地看着她，小声道："江总。"

江静白还以为是鱼希过来了，打开门才发现不是。她的脸板起来，恢复严肃的气势："罗小姐有什么事吗？"

罗千茹说："没什么事，我听肖助理说你在加班，觉得你太辛苦了，就买了点儿糕点过来给你尝尝。"

江静白对她三番两次的示好有些疑惑，但没表现出来，只是点头道："谢谢罗小姐的好意，不过我要下班了，糕点罗小姐带回去吧，我不喜欢吃甜食。"

罗千茹愣了好几秒，才说："你不喜欢甜食？这儿还有热咖啡。"

江静白皱眉道："谢谢。"却没接过去。

罗千茹也知道自己主动送糕点这个举动有些怪异，她抬头道："江总，我方便进去吗？其实我今天来主要还有件事，是我舅舅让我转告你的。"

江静白低着头看她："胡总？"

罗千茹立刻点头道："我舅舅说那天约你见面，还有两个项目上的问题忘了问，所以才让我转告你。原本我今天回国还想约你见面，没想到这么巧，在公司碰上了。"

她给这场见面安排了一个合理的理由。

江静白点头道："什么问题？"

罗千茹举了举手，说："方便进去聊吗？我的手有点儿酸。"

江静白往后退半步，说："进来吧。"

罗千茹进去后，将糕点放在茶几上，仔细打量了一番江静白的办公室，只觉得这里的装修和她这个人一样，庄重、严肃、一丝不苟，让人备感压力。

"罗小姐。"江静白站在她身后说，"到底是什么事？"

罗千茹磨蹭道："先吃点儿东西再聊吧？"

江静白垂眼道："罗小姐，我很忙，等会儿还有个远程会议，如果你没有其他的事情，可以回去吃。"

罗千茹听她把话都说到这个份上了，立刻道："好吧，我舅舅就是想问你林氏投资的情况。"

"这个我已经和胡总汇报过了。"江静白道。

罗千茹挑出两个不算严重的问题，江静白闻言点头，从桌上抽出一份文件给她："具体事宜写在文件上，麻烦罗小姐将文件带给胡总，可以吗？"

罗千茹咽了咽口水，说："可以。"

江静白站在她面前，双手抱胸："罗小姐还有事？"

罗千茹忍住到嘴边的话，反正开年后自己就要开始学习管理公司了，届时她和江静白的接触机会还很多，何必急于一时呢。

这么一想，罗千茹心里豁然开朗，立刻点头："没事了，我不打扰江总上班了，回见。"

江静白沉默几秒，说："回见。"

罗千茹先回办公室，找到其他车的钥匙，然后坐电梯到车库。车库里没停几辆车，她的红色轿车停在那里分外显眼。

罗千茹按下车钥匙，车子"嘀"的一声响。她走过去，打开车门坐进去。

灰色保姆车刚停下，钟晨听到这道声音转过头，看了一眼，见是罗千茹，立刻皱眉："她怎么来公司了？"

鱼希抬头道："怎么了？"

钟晨努努嘴，说："没事，碰到一个晦气的。"

鱼希顺着钟晨的目光看过去，见罗千茹打开车门坐进去。她垂下眼。

钟晨对她道："走吧，希希，我们上去吧。"

鱼希转过头，道："你回去吧，我一个人上去。"

钟晨道："啊？你一个人？"但她随即想到现在公司也没其他人，上去确实也安全，便点头道，"好，那我先回去了。初三早上我直接去接你。"

鱼希点点头，声音里添了冷意："嗯。"

钟晨不疑有他，上保姆车后对她道："我走了。"

鱼希挥挥手，目送保姆车离开自己的视线。搭乘电梯后，她先按了总裁办那层的按钮，随后她想到刚刚见到的罗千茹，做了一个深呼吸，还是按下白雨棠办公室那层的按钮。到白雨棠的办公室后，她换了一件运动衣，开始已经停下很久的训练。

半小时后，手机铃声响起，鱼希气喘吁吁地看着屏幕上显示的"江静白"三个字，气息不稳地接通电话："喂。"

江静白看着楼下说："到哪儿了？"

鱼希喝了两口水，平复呼吸，道："路上堵车，还要半小时。"

江静白问："我在楼下等你？"

鱼希摇头道："不用，你就在办公室里等我吧。"

挂断电话后，鱼希又和沙包做了半小时的斗争，发泄得差不多后，她才去更衣室冲澡换衣服，一身清爽地走出来。她到总裁办的时候也没敲门，直接推门走进去，见到正坐在办公桌前的江静白。

她还在工作，鱼希脚下生风走到她面前，目光沉沉地看着她。

江静白对她这样的神色有些疑惑，开口道："鱼希，你怎么了？"

鱼希无声地张了张嘴，堵在嗓子眼的话是，罗千茹是不是来过了。但是她刚刚走到门口，看到放在门外的两杯咖啡和糕点，就已经知道答案了。

鱼希眼梢微红，摇了摇头。

江静白的秀眉蹙起，道："鱼希，到底怎么了？"

鱼希没辙，说："刚刚我在车上看了一部电影。"

江静白没说话，鱼希继续道："太感人了，我有点儿控制忍不住情绪。"

她的话让江静白发笑："怎么感人了？"

鱼希道："结局两个主角都死了。"

江静白没辙，无奈道："我们回家，好不好？"

鱼希摇头道："不好。"

江静白将手放在她的发梢上，果不其然，末梢湿漉漉的。江静白问："你什么时候来的？"

鱼希转头看着她，说："什么？"

江静白问："你什么时候到公司的？"

见瞒不了江静白，鱼希老实承认："罗千茹走的时候。"

"鱼希，罗小姐只是……"

鱼希打断她的话："我知道，我就是不爽她。"鱼希又说，"我不想现在就回去。"

江静白和她对视，见她有些不安，心开始动摇："我……"

这晚二人在公司休息。次日，两人回到公寓已经超过八点了，鱼希倒头就睡，其间江静白两次敲房门，被鱼希用枕头砸走了。

江静白看着饭也不吃只顾着睡觉的鱼希，实在没辙，只好将饭菜一直热在锅里，等着鱼希什么时候饿了再吃，结果鱼希一觉直接睡到次日天明。

江静白原本是靠在沙发上办公的，但她抵挡不住沉沉的睡意，就这么倚在沙发上睡着了。她被房间里的声音吵醒，动了动手臂，一阵酸疼。她到底也不是钢铁身体，只是"后遗症"现在才显现。

鱼希匆匆地从卧室里走出来，看到江静白靠在沙发边，面前还放着电脑。她顿住脚步，说："你在工作？这么早？"

江静白摇头道："你能过来一下吗？"

鱼希拢了拢长发，走到她身边问："怎么……"

"我的腿麻了，你送我去房间。"

鱼希盯着江静白看了几秒，终于忍不住笑出声。昨天中午她醒来一次，见江静白睡了，她也没多想，就继续睡了，谁料江静白会熬夜加班，还不上床睡觉。

鱼希念叨她："活该！你真当自己是铁人呢。"

江静白听到她的训斥，有些不好意思，坐在床边后才抬头道："你去忙吧，钟助理是不是要过来了？"

鱼希点头道："钟晨还有五分钟到，我去换衣服了。"

江静白靠在床头边，看着鱼希从衣柜里拿了自己的衣服，随后一溜烟跑到卫生间里，没过几分钟又出来，如此反复几次，江静白看了发笑。

当鱼希第四次打开卫生间的门时，江静白站在门口，说："你要什么？我帮你拿。"

鱼希看了一眼她的双腿，说："不麻了？"

江静白顺着她目光看去，说："好多了。"

鱼希一边点头一边道："你帮我把柜子上没开封的 HY 口红拿过来。"

江静白把口红递给她后，见她已经打扮完毕了，妆容比以往浓些，大波浪长发散在身后，一动便摇曳生姿。

钟晨已经守在门外了，她全部收拾好后准备出发，江静白问："你们在哪儿录制节目？"

鱼希拍拍她的肩膀，说："你老实待在家里休息。"

江静白被下达了命令，点头说"好"。

她看着鱼希携钟晨进电梯，耳边仿佛还能听到鱼希稍低的声音："几点了？是不是要迟到了？"

钟晨回她："没呢。"

电梯门缓缓地合上，钟晨问："这一期节目不知道在哪儿录制，会不会还是本市？"

鱼希启唇："不知道。"这个节目组就没有一次按照常理出牌的，能猜到录制地点，那她就是神仙了。

半小时后，她们到了电视台楼下。

有了上次的记者包围事件，姚青这次让她们在电视台里集合。鱼希到的时候，赵清平和周晓正在聊天，二人见到鱼希就起身打招呼："鱼希，过来领红包了。"

姚青手上捏着好几个红包，她见到鱼希和钟晨，就发了两个。

没多久，其他人也来了，张乐乐和王语春一起到，二人还很巧合地穿了同色系的衣服，周晓看到后笑道："哟，真喜庆。"

一句话把众人都逗笑了，张乐乐跑过去要踹周晓，二人你追我赶，玩得不亦乐乎。

很快柳玉瑶也到了。她来的时候不似以往两手空空，反而拖着行李箱，她的助理跟在她身后，手上拎着两大袋热饮。见众人看过去，她的助理笑眯了眼，说："新年好，大家都等着急了吧？来喝杯热的。"

助理说着，便给众人挨个发热饮，鱼希瞥了一眼柳玉瑶的方向，见她依旧是清高孤傲的样子。众人面面相觑，周晓率先说："谢谢你啊，玉瑶。"

张乐乐附和："我正好渴了，谢谢。"

柳玉瑶一直绷着的脸有些松动。她轻咳一声，装作满不在乎道："没事。"

鱼希看着她想融入进来又别别扭扭的样子，不禁觉得好笑。她低下头，抿了一口热饮，姚青递给她一个东西，还说："去吧，队长的工作交给你了。"

鱼希一脸疑惑，转头看了一眼姚青，没想到队长还要身兼数职。

鱼希走到柳玉瑶身边，喊道："柳小姐。"

柳玉瑶转过头，见到鱼希手上捧着的热饮，还以为她要把热饮退还给自己，当即道："你喝就喝，不喝就扔掉，别想还给我！"

鱼希被她的逻辑逗笑，伸出手，一个崭新的红包放在手心，说："你想多了，我只是帮青姐给你发红包。另外，饮料很好喝，谢谢请客。"

柳玉瑶盯着她的手看，又看了一眼四周，其他人都一脸灿笑地看着自己。周晓打趣道："玉瑶，快收下红包吧！"

张乐乐笑道："收了红包，我们就是好姐妹！"

柳玉瑶接过鱼希手上的红包，扯了扯嘴角："谢了。"

鱼希只是略微扬起嘴角，没吭声。

第四期节目比前三期好太多了，姚青有意让鱼希当领头，众人也不傻，很快会意，主动向鱼希提问题，俨然将鱼希当成队长。

至于柳玉瑶，她还是有些别扭，一路上也不和鱼希说话，但是她主动和赵清平搭话了。她的下部剧，赵清平会在里面客串一个角色。

二人说得兴起，车里的气氛非常惬意。姚青看着已经融为一个小集体的团队，很是欣慰，甚至有种这批最难带的学生终于懂事的微妙错觉。

车摇摇晃晃一直往前开，然后上了高速，张乐乐率先发现了什么，指着外面道："青姐，我们这次去哪儿录制节目？"

姚青依旧笑道："你猜。"

王语春拍拍张乐乐的肩膀，说："你别费劲了，每次都猜错。"

"我哪有！"

"你还不承认。"

二人的聊天声传到后面，鱼希别过头看窗外。

新年还没过去，凛风刮在车窗上发出呼啦啦的声响，听着就觉得冷。她拢了拢衣服，正在想这次的目的地会是哪儿，手机就有短信进来。她还以为是江静白，低头一看，是一个陌生号码，问：是鱼小姐吗？

鱼希盯着手机看了好几秒，回复：你是？

对方很快发来消息：我是静白的妈妈，你有空吗？我想和你聊聊。

鱼希呼吸微窒。身边是车内的欢声笑语，她却只听到寒风呜咽的声音，冷得她打了一个哆嗦。

钟晨一脸不解，问："希希，你冷了？要不要我给你拿条毯子？"

鱼希的声音沙哑："好。"

钟晨从身后的座椅上拿了毛毯，鱼希裹上后，给钱彩霞回消息：阿姨你好，我现在准备去录制节目，明天下午回来。

钱彩霞也没多说什么，只回复道：那我等你回来。

鱼希咬着嘴唇，回复：好。

收了手机后，鱼希拢了拢毯子，怎么都觉得冷。还好太阳慢慢升起，阳光从车窗外照进来，照在她身上，添了不少暖意。

钟晨见鱼希精神萎靡，忙让她休息，说到了地方自己再叫她。她闻言，顺从地靠在一边，头挨着椅背，眼睛看向窗外，没有焦点。

车子行驶了将近三个小时，到目的地的时候已经快十点了，姚青站在车上拍手道："到了到了！"

钟晨摇醒鱼希："到了，希希。"

鱼希睁开眼，见到一片陌生的景色。面前是一座不算很大的山，山头长满草，在这样的天气里它们也没枯萎。

张乐乐下车后，扭着脖子道："到了？这是哪儿？"

姚青指着不远处的一块牌子，鱼希看过去，牌子上写着"前山"。

王语春随后也发出疑惑："今天是爬山？"

她说着脱掉高跟鞋，接过助理递上来的平底鞋，余下几个人也收拾好东西，随时准备出发。姚青给她们每个人都配了一个小包，并且没收了他们的手机："不是爬山，是钻山洞，探险。"

六个人互相看了一眼，说："钻山洞？"

姚青点点头，戴着耳麦给他们说了规则。这和之前的冒险并没有什么不同，先到达终点者成功，会获得奖励。

随后，姚青将鱼希拉到一边询问："里面有段路是没有光的，要不要给你准备手电筒？"

这算是破例了，但是鱼希上次的表现众人都看到了，也不会说闲话。

鱼希反倒摇头，说："不用，路程不长的话，我可以试着接受。"

姚青松了一口气，说："那好吧。"

她说着看向其他人，说："这次是自由组队。"

她的话音刚落，王语春就扯着张乐乐，周晓也拉住赵清平，余下柳玉瑶干站在那里。

鱼希走到柳玉瑶面前，道："今天运气好不好？"

柳玉瑶睨着她，又别开视线，启唇："还行吧。"

鱼希和她拿上必备的工具，就往山洞里面走。

这次柳玉瑶不像之前那样，对鱼希或者节目组多有抱怨，也没有喋喋不休，一路上都很沉默，沉默到鱼希差点儿以为是自己一个人在探险。

山间杂草丛生，但是不高，也就到小腿肚左右，山洞倒是很多，光线很暗，有自然光，也有节目组安排的灯光。

鱼希和柳玉瑶走在山路上，还和周晓他们撞见过两次，周晓一副神算子的样子，指着洞口道："我猜是这里！"

柳玉瑶准备过去时，反被鱼希抓住了手。

"我们走这边。"鱼希说，"那边刚刚王语春她们走过了，不通。"

柳玉瑶闻言，缩回手，高冷地"嗯"了一声，语气却有软化的迹象。

二人继续往另一边走，很快鱼希就看到前面有条过道，和别处偶有灯光不同，这条路漆黑，她就知道这是刚刚姚青说的路了。应该要穿过去，她盯着黑漆漆的过道看，唇瓣抿直。

柳玉瑶有些不耐烦，道："走哪边？"

鱼希指着前面的过道说："这里，从这里出去，应该可以找到出口。"

柳玉瑶看着鱼希指的黑暗通道，皱眉问："你确定？"

前面这条路没灯，她实在不想走，万一又踩到不该踩的东西呢？上次她摸到冬眠的蛇之后，回去做了两天噩梦。

鱼希看着她有些害怕的神色，郑重地点头："就是这里，我确定。"

柳玉瑶咬着嘴唇，做了两个深呼吸，然后道："走吧。"

她说着率先往前走，鱼希身体轻抖，跟在她身后。她走在前面念叨："若这里出去不是出口，你就别带路了，你干脆……"

身后没有脚步声，柳玉瑶转头看去，只见鱼希站在过道口，脸色微白，目光灼灼。

"你站在那儿干什么？"柳玉瑶跺跺脚又折回去，看到鱼希的表情，倏地想到之前鱼希说自己怕黑。她伸出手说："你扶着我吧。"

鱼希抬头看着她，拒绝道："你走吧，从这条过道上去，再找找路就到出口了，我不过去了。"

柳玉瑶皱紧眉头，说："你说什么呢？我们是一个团队，你别拖我的后腿！快走！"她说着过来拽鱼希的手臂，鱼希纹丝未动，依旧站得笔直，只是身体略显僵硬。她定定地看着鱼希，说："你走不走？"

鱼希看着柳玉瑶，回想从录制节目开始到现在所认识到的不一样的柳玉瑶。她发现以前那个自己一直记恨的人现在也没那么讨厌了。她笑着低头，喊道："柳玉瑶，你不是一直讨厌我拿第一吗？现在我给你一个机会，让你拿冠军。”

柳玉瑶听到她这话，咬牙怒骂：“什么机会！你怕黑就直说，冠冕堂皇的理由谁不会找。你信不信我？你信我就扶着我，我们一起出去。你说的，团队合作，我一个人出去，算什么冠军。”

柳玉瑶说着伸出手，手心朝上。她纤细的手指上戴了两个戒指，在昏暗的空间里闪烁着微光。鱼希微微眯眼，颤抖的手举起两次，还是咬着牙握住了她的手。

黑暗中，鱼希的呼吸加重，手心出汗，柳玉瑶走得很慢，似乎怕鱼希跟不上自己的步伐。她用手臂挨着鱼希，两人并肩前行。

过道并不是很长，鱼希出来后却像是从水里被打捞出来一样，满脸的汗渍，身上也透着黏腻感。不过走出来了，她走出来了。

鱼希转头看的时候，还有些难以置信，自己居然克服恐惧走出来了？

鱼希刚想和身边的人道谢，就听到柳玉瑶的声音：“你看什么看，要再走一遍？”

柳玉瑶依旧是骄傲的姿态，鱼希却首次觉得不讨厌，点头道：“走吧，找出口。”

两人在山洞里又磨蹭了大半个小时才找到出口，柳玉瑶指着有阳光的地方笑道：“这里！”说着率先冲出去。

外面只有姚青戴着耳麦等待着。她看到最先出来的是柳玉瑶，立刻扬起嘴角道：“恭喜啊，玉瑶。”

随后鱼希也从洞口探出身体，走了出来。姚青给二人戴上有节目组标志的徽章，又安排她们在旁边休息。

寒风凛冽的天气，二人坐在山洞外，每人抱着一杯热茶。鱼希抿了一口茶后看向柳玉瑶，说：“谢了。”

柳玉瑶垂着眼，看着杯中摇晃的茶叶，轻启红唇：“鱼希，你知道我为什么不喜欢你吗？”

鱼希捧着杯子说：“为什么？”

柳玉瑶叹了一口气，道：“因为你抢了我的角色。”

鱼希：“……”

她还以为是什么新奇的理由呢，还是老掉牙的话题。

“柳——”

柳玉瑶打断她的话：“鱼希，快点儿爬起来吧。”她看着鱼希，严肃地开口，“快点儿爬起来，把欠我的角色还给我，我们的恩怨就一笔勾销了。”

鱼希闻言，深深地看了一眼她，又饮一口茶，才道：“好。”

柳玉瑶参加节目以来首次拿下第一，还是有点儿开心的。她拨弄手机给经纪人发了条微信，说自己在节目上表现不错，发完又撤回了。等到经纪人反问她发了什么时，她漫不经心地打字：没什么。

柳玉瑶刚收起手机，不远处的洞口出来两人，是周晓和赵清平，他们的脸上沾了些灰，不复进去时候的光鲜亮丽。

柳玉瑶看了一眼他们，又低下头看看自己，鞋子边脏兮兮的，甚至新穿的裤子也沾上了污渍，身边的鱼希也和自己一样狼狈，但是她一脸恬静。

柳玉瑶盯着鱼希的侧脸看了几秒，倏地想问她在想什么。

自己真的是疯了，柳玉瑶想。

为了防止自己真的说出什么奇怪的话，柳玉瑶主动和赵清平说话：“赵老师，来这边坐。”

赵清平和周晓互相看了一眼，迅速走过去：“你们好快啊，什么时候出来的？”

柳玉瑶给二人递了水，开口：“刚出来没多久，她们呢？”

周晓知道她问的是张乐乐和王语春，回她：“还在里面折腾呢。”

半小时后，张乐乐和王语春还没找到洞口，被工作人员带出来了。

第一轮游戏无疑是柳玉瑶和鱼希胜了，柳玉瑶拿着姚青递过来的奖品，转头看向鱼希，没料到鱼希看着自己笑了笑。

柳玉瑶扯动嘴角，刚露出一个笑容，鱼希就转过脸，收回目光了。

柳玉瑶咬咬牙，腹诽道：你多看一会儿会死吗？

众人在附近的饭店吃了午饭。下午，柳玉瑶一反常态，主动要求合作。姚青听到这个要求，简直求之不得，当即拨了张乐乐做柳玉瑶的队友。

张乐乐憋着一口气，敢怒不敢言，却时不时地向鱼希投来“救我”的目光。鱼希被她可怜兮兮的样子逗笑，回以无可奈何的目光。

当天节目的录制算是圆满结束。晚上节目组的车过来接他们时，他们都很累了。鱼希以为以这样的状态回去，冲个澡很快就能睡着，哪料她在床上翻来覆去就是睡不着。和江静白发的消息还停留在半小时前，她问自己结束拍摄没，自己没回答。鱼希想着，从床头柜上拿起手机，给江静白回消息：到酒店了。

江静白立刻打视频电话过来："你到酒店了？"

鱼希趴在床上，刚刚晚饭她都没吃两口，只想这么慵懒地躺着。因为她和柳玉瑶共同拿了第一，所以有特权，晚上不用参与抽奖，能一个人独享房间。

现在听到江静白这么问，鱼希笑道："你自己看。"她说着，将手机对准四周晃了晃，镜头很快掠过去。

江静白看到鱼希无精打采的样子，道："很累吧？"

鱼希道："是有点儿累，今天爬山了。"说完，她犹豫片刻，又喊道，"静白。"

江静白合上文件，从茶几上拿起手机，认真地看着鱼希。她一直等着鱼希说话，没料到鱼希叫了一声就没声音了，不由得反问："怎么了？"

鱼希道："没事。"她笑了笑，脸色有些发白，说，"我就是突然想到今天去一个山洞，没有灯。"

江静白捏着手机的指腹微疼，竭力平静地问："然后呢？"

鱼希的笑容加深，说："然后我走出来了。"

江静白松了一口气，说："嗯。"

鱼希见她如此紧张，不由得笑道："江总，我这么勇敢，你是不是该夸夸我？"

江静白鼓励道："鱼希，你很棒。"

鱼希第二天还要录制节目，江静白思索良久，和她聊了几句后还是结束了对话："不早了，该休息了，你明天还要录制节目。"

鱼希应下后挂断视频电话。她点进消息栏，见到那个名字时，刚刚喜悦的神色陡然不见，脸上只剩下担忧。

REC

16:9 AUTO RAW

Chapter 13

藏　心

ISO 300

00:03:20

一夜无眠，次日天没亮鱼希就醒了。她独自下楼去跑步，一直到手机铃声响起才停下，她气喘吁吁地接通电话。

“喂。”鱼希用白色毛巾擦拭脸颊上的细汗。她跑了一通，身体舒畅多了。

钟晨在手机那端说：“希希，你去哪儿了？我敲门没人应。”

鱼希对钟晨道：“我马上回来。”她说完，把手机塞回口袋里，又小跑回去。

鱼希上楼时，正碰上周晓和赵清平，二人看着朝气蓬勃的鱼希，不由得错愕几秒，赵清平问：“你跑步去了？”

周晓也感慨：“鱼希姐，你也太厉害了吧，这样的强度下还能保持运动。”

鱼希看着二人震惊的神色淡笑：“晨跑挺好的。”

周晓叹息道：“晨跑固然好，但睡觉更重要。”

赵清平一伸手打在他的头上，说：“就你会贫嘴。鱼希，我们先下去了。”

鱼希在过道和二人挥手，走到楼上时，钟晨还眼巴巴地蹲在门口。她的震惊程度不亚于周晓，哆嗦着手指道：“希希，你居然出去跑步了？你是受到什么刺激了？”

鱼希低头打开门进去，钟晨在她身后揉着眼睛，一副难以置信的表情，嘴里还嘀咕：“你是不是和江总吵架了？你要和我说，别一个人憋着，我和你说，很多病就是憋出来的，还有啊……”

鱼希顿住脚步，倏地转身，用毛巾圈住钟晨的脖子，恶声恶气道：“你再啰唆，我就真的把你的舌头割了！”

钟晨立刻用双手捂着嘴巴，但是眼睛依然忍不住乱瞟。

鱼希满足了，松开毛巾，拍了拍钟晨的肩膀，露出一个非常满意的笑容。

上午节目的录制还是在老地方，但是现场添了不少设备。

鱼希已经习惯节目组的出其不意了，再加上自己现在有单独的台本，所以面对各种问题更游刃有余，还能轻松地带领团队，让姚青省不少心。

节目录制完，最后的环节还是采访，这次大家相处的气氛已经不像初识时那样僵硬了，因为柳玉瑶这期的主动，再加上她刚参加名雅的颁奖典礼，所有人都把问题向她抛过去。她来者不拒，照单全收。

中午，姚青看气氛挺好，提议在这里用完餐再回去。

但现在还是过年期间，其他人的时间都是掰碎了用的，谁都没空，只留下姚青和鱼希大眼瞪小眼，最后鱼希道：“回去再吃吧。”

姚青没辙，说：“也好。”

车在路上颠簸几个小时，到电视台时，嘉宾和助理只剩鱼希和钟晨，姚青邀请鱼希一起吃午饭，鱼希拒绝了，推托说有饭局，不去不行，这样姚青才放人。

鱼希也没说谎，她确实约了人。她在快到电视台的时候打电话给钱彩霞，二人约在钱彩霞家附近的一个茶楼里见面。

鱼希站在茶楼外面，看了看这里的景致，心想这么多年过去，这里倒是和以前一样。

鱼希戴着口罩、墨镜和帽子，刻意压低帽檐，身边的钟晨也半武装。她们进去后，老板上上下下地打量好几眼，才给她们开了包间。

包间在二楼，服务员进来给鱼希斟茶，见鱼希挥手，她会意后就出去了。

和钱彩霞约的是三点半，但是鱼希三点就到了。她不想让钱彩霞等。哪料坐了十分钟，鱼希就接到了钱彩霞的电话。她说自己已经到了，并提醒鱼希不要着急，她先进去等。鱼希听后鼻子突然一酸，哑声道：“您进来吧。”

鱼希让钟晨去接人。

等到二人面对面坐着，已经是五分钟后的事情了。钟晨在二人的面前放了些点心和茶水，然后退出房间，站在门口。

钱彩霞看着鱼希，突然发现上次自己在公寓里因为太生气，根本没有好好看过一眼鱼希。现在细想，那是她们八年后第一次见面，她当时的表现有些失了长辈的风度。

有了这样的念头，钱彩霞再开口时语气便温和很多：“鱼小姐……”

鱼希抬头道：“钱阿姨叫我鱼希就好。”

一个称呼而已，钱彩霞没有抗拒，顺从道：“好，鱼希，这些年你过得还好吗？”

鱼希垂眼道：“挺好的，您呢？我听说叔叔他……”

钱彩霞点头道：“嗯，你叔叔生意上出了点儿问题，他的身体也不太好，走了好几年了。”

鱼希的眼睛雾蒙蒙的，低头应道：“嗯。”

包间里一时很安静，钱彩霞又问了两句不痛不痒的话才进入主题：“鱼希，阿姨知道有些话说出来很伤人，但是……八年前的事情，包括现在，阿姨还是觉得原因在你。”

鱼希听到进入正题反而将心了放回去，刚刚她提心吊胆了很久，现在突然有了踏实的感觉。她抬起头，双眼清亮璀璨。

钱彩霞的脸上没有笑意，严肃起来和江静白有两分相似，有几分威严，鱼希在她的注视下抬头，认真地开口：“钱阿姨，对不起。”

钱彩霞不似第一次那么生气，反而重重地叹息，沉声道：“你们之间的差距太大了，但静白想一直跟你做挚友，所以为了缩小这种差距，她就像机器一样努力。她原本可以享受自己的人生，可以不用这么辛苦，但她可以这样继续多久？再继续下去，她的身体会受不了的。

“她在国外几年，因为工作进了两次医院，都是胃出血。”

鱼希嘴唇微张，她完全不知道江静白有过这样的经历。她想到两人重逢那会儿自己还让江静白吃辣的食物，倏地眼眶温热，嗓子眼发紧，内疚得喘不上气来。

钱彩霞见鱼希脸色发白，继续说：“阿姨知道这些话你听了会不好受，但是我还是要说，静白在国外这几年，目标一直是取代你母亲，是不是很异想天开？你知道是因为什么吗？”

鱼希自然知道，当那些话从江静白嘴里说出来时，她就知道。

但是钱彩霞却用另一种方式解释给她听。

“八年前，静白和你母亲见了面，后来静白的爸爸生意上就突然出事了，静白一直以为是你母亲做的，她去你母亲的公司，蹲了好几天才见到一面，你母亲承认这件事和自己有关，并且和她说，如果她想利用你和鱼家，就让我们一无所有。我知道我的女儿不会做出这样的事情，但是你母亲不相信。

“静白不信邪，什么都瞒着你，甚至瞒着我，当时银行贷款迟迟不下来，静白的爸爸心脏病复发，先走了。

“后来静白送走她爸，去求别人打官司，在人家门前跪了半夜，最后被送回家我才知道事情的真相。静白又后悔又自责，她甚至想以命抵命，在被我拦住之后，她不吃不喝两天，最后说要出国。

“她这一出国，就是八年。”

钱彩霞的声音透着沧桑，还有些沙哑：“我不知道她这八年到底是怎么过来的，因为她不让我过去，但是我能想象到。鱼希，她这八年受够苦了，这本不是她应该承受的。以前她也有做得不对的地方，我这个当妈的在这儿替她道歉。”

钱彩霞说着站起身，双腿一弯，当即要跪下。

鱼希立刻伸手拦住她：“钱阿姨。”

鱼希声音哽咽，眼圈红透，可就是忍着没流下一滴泪。她咬着牙道：“您相信我，我会改变这一切的。”

钱彩霞直视她的眼睛，掷地有声：“你不会。鱼希，那是你母亲。”

鱼希听到这话，整个人都在发抖，她摇头道：“对不起……钱阿姨。”

她一个劲儿地摇头，被钱彩霞抓住的双手轻抖，整个身体都在打战，脸色苍白无比，眼里的水光摇摇欲坠。

钱彩霞别开眼，态度坚持道：“鱼希，我们是普通人，我只想让静白过普通人的生活，我希望她快乐，而不是当一部机器。她还三十岁不到，你看看她把自己逼成什么样了。”

鱼希听着钱彩霞的话，字字句句都扎在她心口最柔软的地方，疼得她全身绷紧，喘气都很困难。

钱彩霞还在说话：“静白能坚持多久？她的身体能扛多久？”

鱼希闻言没站稳。她往后退一步，等到胸口起伏逐渐平稳时，她才抬头看着钱彩霞，问：“钱阿姨，你真的想让静白快乐吗？”

钱彩霞看着她，点头道：“我想。”

鱼希低声道：“那你就不要再劝我了。八年前的错误不会再发生，我的母亲也不会永远固执己见地打压她，我希望您能放下顾虑，我会站在她这边帮她。”

钱彩霞听完鱼希的话，迟迟没吭声。

鱼希和钱彩霞的谈话不欢而散，谁也没说服谁，但也没撕破脸。分别的时候，钱彩霞重重地叹了一口气，摇了摇头便离开了。

钟晨进包间的时候，鱼希正独自坐在桌旁，微垂着头，双眼含着泪，鼻头有些红，神色也不是很好看。

“希希。”钟晨难得没有啰里啰唆，反而走到鱼希身边，伸手道，“难过你可以抱抱我。”

她说完才发现自己也眼睛酸疼，眨眨眼，仍旧有酸涩的感觉。

包间的隔音效果挺好，她没听到说话声，但看鱼希的表情就知道二人聊得并不愉快。她没有问鱼希什么，只想给鱼希一个温暖的怀抱。

鱼希抬起头，脸上露出鲜有的悲伤。她开口：“谢了。”

然后，钟晨的手腕就被她拽住了。她将钟晨拉近一点儿，埋头靠在钟晨怀里，先是小声哭泣，然后越哭越大声。

鱼希就像是一个孩子，委屈至极却没有发泄的出口，憋闷了太久，才终于可以放肆地哭一回。

钟晨的棉衣被泪水浸湿，她拍着鱼希的头，学着知心大姐姐的样子想要开导鱼希，奈何嘴笨，又怕说了让鱼希更伤心，干脆闭口不言，就这么任由鱼希独自发泄情绪。

鱼希没有哭很久。十几分钟后，她的声音渐渐转小，然后低头拿了包，道：“我去洗手间。”

钟晨立刻说：“我陪你去。”

鱼希摇头道：“你看着行李吧。”

钟晨张了张嘴，说：“好。”

鱼希从卫生间出来后，妆容浓了一点儿，许是为了遮挡她刚刚哭过的痕迹。她的神色恢复淡然，从钟晨的手上接过帽子和墨镜，道：“走吧。”

钟晨跟在她身后说：“直接回公寓吗？”

鱼希想了一会儿，说：“我打个电话。”

钟晨不用想也知道鱼希这个电话肯定是打给江总的，刻意让开半米的距离，她听鱼希对着手机那头的人道：“公司？现在还在？”

“我知道了，不用，我过来。”

鱼希说完挂了电话，对着手机沉默。

钟晨担心她又心情不好，赶紧说：“江总还在公司？”

鱼希不咸不淡地“嗯”了一声，钟晨用开玩笑的语气说：“江总真敬业。”

哪料鱼希听完垂下眼，沉声道：“钟晨，她不是敬业。”钟晨别过头看鱼希，见她有几分悲伤和无奈，又听到她继续说，“她只是别无选择。”

半晌，钟晨才挠挠头，说：“哦。”

鱼希也没再多解释什么。

两人上车之后直接去了公司。路上，钟晨刻意说了些好玩的事物想要逗笑鱼希，鱼希都兴致不高，一直到公司，鱼希都愁容不展。

钟晨看着鱼希的侧脸，恍惚了几秒，她突然意识到自己有多久没有看到鱼希这样的神色了，好像自打鱼希和江总和好后，她就没有这种神色了。现在鱼希的脸上又出现凛然的神色，总让她有种说不上来的感觉。

到公司之后，钟晨跟着一起下车，手上拖着行李箱。

鱼希看钟晨这样觉得不方便，就说：“我自己过去，你先回去吧。”

钟晨看着她，有些担忧道：“希希，你真的没事吗？”

鱼希抬头看着她，神情淡然无比，轻声道：“我没事，你回去吧。”

钟晨见她这么执着，也就点了头：“那我回去了。”

鱼希笑道：“嗯。”

两人在公司大门口分别，鱼希拖着行李箱进电梯，等按下到总裁办的按钮，她才想起自己还有衣服落在白雨棠的办公室，正好顺手去取了。她又按下另一个楼层的按钮，电梯缓缓地往上升。

鱼希到达白雨棠的办公室时，正巧收到江静白的消息，问她有没有回来。她简单回复两句后走出电梯。

整个办公室很安静，没有一丝声响，鱼希进办公室后将行李箱放好，便准备去休息室拿衣服。

休息室里摆满了器材，是以前鱼希用来锻炼的。她开门的时候听到里面有交谈声，握着门把的手一顿。

“罗小姐，您最近怎么了？”是陶倚彤的声音。

鱼希透过门缝往里面看，陶倚彤穿着运动服站在跑步机旁边。许是刚运动完，她脸上都是汗水。

鱼希还记得上次见陶倚彤是在偶像剧杀青前夕，后来就是从行程表上看到她的名字，或者从娱乐八卦里听到她的消息，她似乎真的像自己想的那样，开始冉冉升起，等待发光。

鱼希听钟晨说，陶倚彤最近又接下一部剧，是关于健身的，她饰演女主角。大概这就是她会出现在公司并运动的原因吧。

可为什么罗千茹也在？鱼希诧异到皱眉。

罗千茹的声音没有一贯的跋扈，反而温柔很多："倚彤，我们也见过几次面，算不算朋友？"

陶倚彤觉得莫名其妙，看着罗千茹。因为新戏，白雨棠推掉了她的所有行程，让她专心锻炼身体，贴合原著女主的身材，所以她年后才频繁往公司跑，谁料到罗千茹也经常往这里跑。

按理说这是私人办公室，也是私人锻炼室，以前是鱼希专用的地方，后来陶倚彤也被安排到这里来。一般艺人锻炼的地方都在楼下，罗千茹也在楼下锻炼，陶倚彤还和她打过两次照面，但是年后，她就开始往这边跑了，还美其名曰"一个人锻炼没意思，两个人一起还能说说话"。

她们能说什么话？陶倚彤对这个大小姐天生就没好感，但是现在她只能先招呼着，谁让罗千茹是劲鸥的大小姐呢。

所以陶倚彤深思几秒后开口："能和罗小姐成为朋友，是我的荣幸。"

罗千茹笑道："你也别罗小姐了，就叫我千千吧。"

陶倚彤呼吸微窒，用怪异的语气重复："千千？"

罗千茹一副没心没肺的样子，说："对，我朋友都这么叫我。"

陶倚彤抿了抿嘴唇，说："好。"

罗千茹见她同意，便从跑步机上下来，一边用毛巾擦拭额头，一边说："那倚彤，等会儿一起吃晚饭？对了，我听说江总也在公司，她不是你姐吗？叫上一起去吃吧。"

陶倚彤闻言，深深地看了一眼罗千茹，似乎明白了什么。

罗千茹在她的注视下，尴尬地扯出一个笑容，说："算了，晚上再约吧，我先回去冲个澡。"

罗千茹冲到办公室外面，鱼希侧过身体站在风景树后面，等到罗千茹离开后，她重新走到门口。她推开门的时候，听到陶倚彤一贯的嗓音，温温柔柔的："千千，还有事吗？"

身后没有声音，陶倚彤觉得诧异，回过头看，发现居然是鱼希。她的面部表情切换得很快，自然而然地笑了起来：“希希，你怎么来公司了？”

鱼希对上她的双眼，低头道：“我过来拿件衣服。”

陶倚彤点头道：“那我继续。”

她的身后传来声音：“陶小姐。”

陶倚彤背对着她，说：“嗯？”

鱼希张了张嘴，手机铃声突兀地响起，陶倚彤笑道：“你先忙吧，我去洗手间。”

她说着，步伐轻松地走出鱼希的视线，门“砰”的一声合上。鱼希盯着紧闭的门看了半晌。出了办公室，鱼希才接通电话：“嗯，我上楼了。”

鱼希上楼后，打开江静白办公室的门，她正在接电话。她的声音一如既往沉稳有力：“最迟后天给我消息。嗯，后天交不出合同，我们就不用再联系了。”

她听到门打开的声音，抬头看到鱼希走进来了，绷紧的侧脸缓缓松弛，露出一个笑脸，声音也温柔很多：“就这样吧，我先挂了。”

“你刚回来？”江静白放下手机，走到鱼希身边，接过她手上的行李箱，放在茶几旁边，然后让她坐下，又问，“累不累？想喝点儿什么？”

她说着就准备起身，鱼希却道：“别忙了，你陪我坐一会儿。”

江静白起身的动作顿住，顺从地坐下。

办公室里气氛静谧，良久，鱼希才道：“工作什么时候结束？”

江静白瞥了一眼办公桌，年前所有大项目暂停不假，但是林氏的项目没有停下，因为是刚盘下，又是刚筹资结束，至少需要三个月才能步入正轨。她已经想好了，如果这个项目做好，她会和胡总谈下一个条件——入股。

只要她握有劲鸥的股份，哪怕和胡总的合同到期，她也不会担心有换人的风险。以鱼希目前的情况，还是待在劲鸥最稳妥。

“你怎么不说话？”鱼希仰头看向江静白，将她深思的表情尽收眼底，问，“你在想什么？”

江静白笑道：“没什么，还要一会儿就结束了，你坐一会儿，想想我们晚饭吃什么。”

鱼希看着江静白眼下淡淡的黑眼圈和她用粉底都遮不住的疲倦，点头道："最多半小时，过时不候！"

江静白笑道："好。"

说好的半小时还是延长了，江静白在走之前接到合作对象的电话，重新坐在办公桌前，翻开合同和对方核实，在敲定方案后，她才松了一口气。当她再抬头时，鱼希已经趴在沙发上昏昏欲睡了。

江静白收起手机，面带歉意地走到鱼希身边，蹲下身体，轻声喊道："鱼希？鱼希？"

鱼希迷糊间听见有人叫自己，便睁开眼睛。

"几点了？"鱼希刚醒，声音沙哑中还带着几分软糯。

江静白看看腕表，说："五点半。"

鱼希没说什么，点点头，坐起身。

"你想好去哪儿吃饭了吗？"江静白推荐道，"楼下有几家店还不错。"

鱼希漫不经心道："我都行。"她说着站起身，动了动胳膊，拎起一旁的行李箱，道，"走吧。"

江静白接过她的行李箱，跟她一起并肩往外走。走了几步后，江静白打开门，突然启唇："我改变主意了，我们回家吃晚饭，晚上一起看电影。"

鱼希扬起嘴角，说："看我心情吧。"

"那你现在心情好吗？"

鱼希一脸傲娇道："不太好，江总，快点儿想办法吧。"

二人笑闹着走到电梯口。

她们刚离开没多久，走廊里走出来一个人，盯着电梯口看，眼里满是疑惑。

罗千茹在办公室里左思右想，最后决定慢慢来，自己不一定非要这样拉拢江静白。她考虑清楚后，决定上楼先探探口风，最好两人能晚上一起吃顿饭，哪料上来后她还没走到办公室，就见鱼希和江静白从走廊那头走过来。

罗千茹的眉头皱得很紧，她深深地看了一眼电梯口，还是拿起手机，打了一个电话："林哥，帮我查一件事，鱼希和江总是什么关系。"

电话那端的人有些诧异，也没敢多问，只是应下："好的。"

罗千茹收起手机，沉着脸离开走廊。

车里，鱼希正低头看着外卖单子，手指点在屏幕上，眉头轻皱，犹豫不决。

江静白转头看她，笑道：“很难选？”

鱼希没吭声，点了点头。

江静白打着方向盘，轻声道：“就‘谨记’吧，你不是爱吃他们家的饭菜吗？”

鱼希沉默了。谨记的饭菜符合她的口味是因为每道菜都微辣，在不知道江静白有胃病的时候她还能心安理得地吃，现在知道那些事，她怎么都吃不下去了。

她沉默几秒后说：“我以后不爱吃他们家的饭菜了。”她说完，抬头看着江静白，说，“你以后也不许点谨记，听到没有？”

江静白别过头，看了看鱼希，立刻笑道：“好，那我们换一家。”

最后鱼希决定吃家常菜。其实她前段时间手艺见长，但是刚录制完节目，她不想做饭，再者家里也没有新鲜的食材，超市她又懒得去，所以就点了外卖。

回到公寓后，鱼希趴在沙发上，江静白随手打开电视机。电视机里正在放着第二期《乐果》的预告片，鱼希听着里面熟悉的说话声，歪着头看，见偌大的屏幕上显示着——第二期惊现队长！

她还没来得及细看，手机屏幕就亮起，是白雨棠给她发的消息：希希，节目组让你转发最新的微博。

鱼希点进微博，突然意识到自己很久没上线了，甚至过年都忘了在微博上和粉丝说声新年快乐。私信和评论里是满屏幕的祝福。她心里高兴，点进《乐果》的官方微博，看到了最新微博：“第二期预告片准时送达，大家可以猜猜队长花落谁家！”

官微下面都是众人的猜测，鱼希粗略地扫了一眼，多半是在提名柳玉瑶。她现在风头正盛，又荣誉加身，所以被猜测是队长无可厚非；其次是鱼希，但是鱼希的粉丝完全不似半年前活跃，鱼希自己的话题也少了很多；其他四个人被提名的次数就平衡多了。

鱼希看了几眼后转发了微博，并在后面加了一句“新年快乐”。

粉丝蜂拥而至，立刻就围到她的微博下面评论：

“啊啊啊，希希，你终于发微博了！新年快乐！”

“我的小仙女鱼希，我真的想把你好好保护起来，不受任何伤害。”

“希希，对不起，是我们没保护好你。”

鱼希对他们突然的发言有些不解，直到粉丝的私信塞满整个微博，她才明白原来他们因为自己没有在过年的时候发微博而胡思乱想了。

想到这里，鱼希淡笑一声，又发了第二条微博：我很好，谢谢你们，还有——爱你们。

果然这话立刻让粉丝炸开锅了。

“爱爱爱！此生不悔爱鱼希！”

“女神，不管你做什么决定，我都支持！”

“最棒的鱼希！最美的鱼希！我爱鱼希！”

鱼希看着他们激动的话语双目微红，这样被粉丝暖到心窝的感觉，太久违了，久违到她忘了，曾经的自己是多么肆意张扬，光芒万丈。

江静白见鱼希一直盯着手机看，不解道：“你看什么呢？”

鱼希抬头，鼻尖微红，明眸璀璨，咬着嘴唇欲哭不哭。江静白怔了几秒，问：“怎么了？”

鱼希的声音低哑：“没什么。”她说着放下手机，继续道，“有他们真好。”

江静白看向鱼希放下的手机，屏幕上粉丝的留言还在增加。她放下心，拍了拍鱼希的后背。

片刻后，鱼希道：“外卖还有多久到？”

江静白刚刚看过时间，说：“半小时吧，怎么了？”

鱼希道：“那我想先吃点心，可以吗？”

江静白刚想劝她，就被她用手捂住嘴巴。

晚上，二人看完一部电影，鱼希就让江静白早点休息。

第二天，两人待在鱼希家里，直到中午，江静白才说要去公司一趟。

肖知秋看江静白从公寓出来，立刻迎上去，低头道：“江总。”

江静白别过头看她，问：“合同签了？”

肖知秋递上文件，说：“十点钟签的。”

果然盛闲不在，她们工作的效率提高不少。不过——肖知秋看了一眼江静白，低头道："江总，盛总下午回来了。"

回来了，可能又是新一轮的战场，谁也不知道盛闲什么时候会再出手，好在江静白有所准备。她点头道："我知道了，走吧，先去公司。"

肖知秋打开车门，让江静白先上去。

到公司后，江静白给鱼希发了消息，嘱咐她午饭别忘了吃。

鱼希醒后，没什么胃口，正准备熬粥。她收到消息，眉梢扬起：我知道了，啰唆！

消息刚发出去她就收到另一条，不是江静白发的，是盛闲发来的：鱼希，你在哪儿？我想见你一面。

鱼希既然已经狠下心拒绝一次，就会有第二次。她敛眉收起悦色，淡淡回复：抱歉，没空。

盛闲坐在办公桌前，她刚回国，还没来得及喘息就直奔公司，开完会后就给鱼希发消息了。虽然明知会被拒绝，她还是抱着试试的态度发出邀请。

果然被拒绝了。

她女儿的性格和她还真是像，要是做了决定，就丝毫不拖泥带水，果断又决绝。

盛闲盯着手机看了半晌，身后的助理小声提醒："盛总，您要注意休息。"

盛闲转头看着助理，声音里透着疲倦："你觉得我对鱼希如何？"

助理不明白她为什么突然这么问，就好像一直强大、勇往直前的人突然很迷茫，问起了路人。

助理张张嘴，想说什么又不敢，最后低头道："挺好的。"

盛闲轻笑一声。她以前也觉得自己对鱼希挺好的，虽然自己不能陪在鱼希身边，但是给了鱼希所有人享受不到的待遇。

她用权力和金钱打造了一座金字塔，让鱼希待在里面当公主。但直到前不久，她才发现鱼希需要的不是金字塔。

这个发现来得太迟了。

助理见盛闲有些伤感的样子，小声道："盛总，您为何不直接和鱼小姐聊聊呢？她会知道您的用心的。"

盛闲摇头道："我没什么用心。"

助理不解道："可是您……"

“好了。”盛闲打断她的话，脸上重新展露厉色，“这段时间，江静白怎么样了？”

助理低头打开文件夹，将它放在盛闲面前：“这是江总这几天的成绩，您过目。”说到这里，她多嘴一句，“盛总，有句话我不知该说还是不该说。”

盛闲别过头，声音低沉：“说。”

助理道：“我觉得江总很有韧性，我们是不是可以让她喘息一下？

“我调查过，她在国外因为工作胃出血两次，现在又是如此高强度的工作，身体要垮很容易……”

她的话没说完，盛闲道：“所以你想让我给她时间，对吗？”

就连自己的助理都开始为江静白求情，盛闲觉得好笑。但是她却摇了头，说：“可是我不能给，我也给不了。我没那么多时间了。”

盛闲的声音很低沉：“你先出去吧。”

助理闻言低下头，说：“好的，那江总那边……”

盛闲的脸沉下来，声音带着寒意：“照旧。”

助理的脸上出现复杂之色：“我知道了。”

助理离开之后，盛闲独自坐在办公室里。从前这个办公室就是她的天堂，可现在却是她的枷锁，将她困在这里，动弹不了。

盛闲抿了一口咖啡，咖啡早已经凉了，泛着苦味。她一口气喝了半杯，将杯子放在桌上，起身走到茶几旁，打开茶几上的备忘录，看到其中一个三点的行程，是鱼希的节目。

时间刚刚好，三点了。

电视机打开后，综艺节目伴着音乐播出了，鱼希浅笑的脸出现在眼前，盛闲恍惚觉得看到了年幼的鱼希，她跟在自己身后，喜欢贴着自己仰头喊：“妈妈。”

那是多久远的事情了，久到她忘了上次鱼希对自己笑是什么样子。

盛闲按着头想了一会儿，还是给鱼希发消息：晚上见一面吧。

鱼希正在等节目出来，看到手机上方跳出来的消息，没有点开，轻轻滑走，就当没看到。

她趴在床上，一只手举着手机，屏幕里正放着第二期节目的开场白。

和第一期节目不同，第二期彼此都熟悉了，见面也不显得尴尬，互相给个拥抱就开始了。

选队长的环节放在最后，鱼希心里其实还是紧张的。她不敢保证柳玉瑶的粉丝看到最后发现队长是她，会掀起什么样的波澜，所以她一直屏息等着那一幕出现，然后她就被带入剧情了。

不得不说，后期的剪辑简直妙手，柳玉瑶的戏份被剪掉不少，但是她和鱼希单独探险那里保留了有趣的部分，聊天也被剪得零零碎碎，偶尔配上时下流行的表情包，顿时整个画面都鲜活起来。

这个综艺节目的弹幕太密集，所以鱼希关掉了。但是当她看到自己背着柳玉瑶的时候，还是点开了弹幕，瞬间满屏幕的表白，都是在表白她。

“啊啊啊，我希希女友力爆棚！”

“鱼希也太帅气了吧！我的妈！”

“大家都别和我抢！”

“没人觉得鱼希和柳玉瑶站在一起显得很好看吗？”

这条弹幕在一众弹幕里很快就被淹没，但是这个粉丝不停地刷，还用特大号、红色的字体，显眼到让人想看不到都难，于是弹幕的风向很快就变了。

“看我们瑶瑶有流量就开始上来抱着了？某家还真是会蹭热度！”

“我们鱼希还需要一个花瓶衬托？什么柳玉瑶，我们不约！”

“谁才是陪衬啊？能不能别瞎讲？”

“肯定是鱼希的粉丝说的！”

“嗬，你怎么不说是喜欢抹黑柳玉瑶的人故意这么说的？”

大家在这里吵起来了，鱼希有些不高兴，关掉弹幕，继续看节目，却发现自己怎么都看不进去，于是将手机扔在床上，起身去卫生间冲澡。

她没看节目的这段时间，那条弹幕引发的“战争”就像雪球一样越滚越大，在选队长时雪球爆开了，一直到节目都放完了还没有消停。

鱼希从卫生间出来后，用干毛巾裹着长发，她想到刚刚的事情，还是颇为烦躁，于是换了一身运动装，下楼跑了一个多小时。

很快，钟晨的电话就打过来了。

昨晚她给鱼希打电话说，进剧组的日子往后延一天，还非常高兴鱼希可以多休息，现在却担忧地喊道：“希希。”

鱼希已经猜到了，轻声道：“节目出事了？”

钟晨尴尬地笑笑，说："也不是出事……就是有些舆论。"

鱼希点头道："还有呢？"

钟晨咬着嘴唇，小声道："白姐让你这两天别上网。"

"我知道了。"

挂断电话后，鱼希正准备关掉手机，却看到白雨棠发的消息：你进剧组的时间被延期了，你在哪儿呢？来公司一趟。

鱼希目光沉沉，半晌才回复：好。

鱼希收拾妥当去公司已经是半小时之后的事情了。

舆论发酵得比预估的更快，或者说有双无形的手一直在推动事情的发展，鱼希到公司的时候，娱乐八卦已经出来了。

"柳玉瑶和鱼希爱恨情仇一览。"

"鱼希、柳玉瑶相爱相杀！"

"鱼希成为《乐果》综艺第四期队长，柳玉瑶再次惨遭落选。"

前两条八卦出来的时候，粉丝还能保持理智，等到第三条八卦出来，粉丝才炸开锅，就连理智粉都端不住了。微博吵闹犹如过年，喧嚣非凡。鱼希和柳玉瑶的话题楼再添新话，两方粉丝不甘示弱开始了激烈的争执。

"有人以为这样吸我们瑶瑶的血就能起来？"

"柳玉瑶的粉丝不要太过分！你们家的没当上队长，怪我们希希吗？"

"呵呵，我们瑶瑶可没有鱼希那么强大的家世和背景，更没有鱼希不要脸的本事！"

"真的是什么人都来混娱乐圈，缺钱缺疯了？"

"鱼希缺钱？楼上你眼红也不用这么酸吧？鱼希要是回家继承家业，恐怕动动手指头就弄死你了，她要不是热爱演戏，会坚持下去吗？"

鱼希进白雨棠办公室的时候，听到她正在打电话，面前的两部电话铃声依旧响着，身后的助理还眼巴巴地看着她，举着手机，看出来很是忙碌。

"我知道，但是你们这样的报道有失偏颇，我随时可以起诉的。"

白雨棠说完就挂断电话，接通另一个电话："乐姐……"

鱼希很久没看到白雨棠这么忙碌的样子，还有些不习惯。

"尽量撤，压下去。"

白雨棠接连接了十个电话，脑子都成糨糊了。最后她把电话线一拔，把手机扔在助理那里，说：“半小时后你再把手机给我。”

助理有些犹豫，说：“那来电——”

白雨棠按着头说：“你处理。”

助理只好道：“好的。”

助理离开办公室后，白雨棠走到鱼希身边，二人在沙发上坐下。白雨棠看了鱼希半晌，掏出一个白色烟盒，从里面挑出一根烟，用纤细手指夹着，点燃，办公室里立刻升起袅袅白烟。

鱼希看着她吞云吐雾，有些错愕地问：“白姐，你什么时候学会抽烟的？”

白雨棠吸了一口烟，说：“最近才抽的，没事儿。别说我了，谈谈你。”

鱼希点头道：“你说吧。”

白雨棠又吸了一口烟，狠狠地吸进肺部，然后缓缓地吐出来，怒气似乎也跟着出来不少。她沉声道：“这件事应该是人为的，但是我们目前还没查到是谁做的，你觉得柳玉瑶……”

“可不可信”还没说出来，鱼希就打断道：“不是她。”

经过一个多月的相处，鱼希相信柳玉瑶现在对自己已经没有敌意了，就算要争个高下，柳玉瑶也不会用这种龌龊的手段。

白雨棠闻言皱眉道：“不是她吗？”

毕竟这次鱼希做队长，丢面子最大的是柳玉瑶，除了她，白雨棠还真的想不到会有谁这么处心积虑地针对鱼希。毕竟鱼希都沉寂半年多了，要想整她，为什么偏偏拖到现在？

鱼希道：“除了这件事，你说推迟进剧组是什么意思？”

白雨棠点头道：“是这样的，朱导那边也看到今天的消息了，他说要考虑下，把你进剧组的时间延期到一周后。

“鱼希，他就是想看你会怎么处理这次的危机，如果你的舆论太多，恐怕朱导那边还会换人。”

毕竟她们和朱导没什么交情，现在鱼希又被舆论缠身，虽然签了合同，但是依照目前的情况看，朱导要是以演员自身舆论要求换人，并不算违约。

就因为这个，白雨棠不仅不能对朱导说什么狠话，还得好声好气地巴结。

鱼希显然也想到了，细想了几秒才道：“我倒是有个怀疑的人。”

白雨棠看着她说：“谁？”

“傅天蓝。”鱼希说出这个名字，咬字清晰。

白雨棠倏地想到上次拍广告时鱼希说的话，沉思片刻，问：“你确定吗？”

“还不确定。”鱼希道，“不过白姐可以查一查。”

白雨棠应下：“好，那我们目前就先控制舆论。傅天蓝那边，等我查清楚再说。”

鱼希的神色清冷，说：“好。”

二人刚聊完，助理小跑进来，对着白雨棠道：“白姐，电话。”

白雨棠道：“我不是让你半小时后把手机给我吗？”

助理小心翼翼地看她一眼，更加小声道：“是江总。”

白雨棠抽烟的手顿住，立刻拿起手机：“江总。”

江静白清冽的声音透过电流传过来，带着特有的冷静和严肃：“上来。”

这简单的两个字让白雨棠深吸一口气，说：“好的。”

鱼希也跟着一起上去。

两人到总裁办时，肖知秋已经等在电梯口了，见到两人，她立刻恭敬道：“白小姐，鱼小姐，这边请。”

白雨棠跟在肖知秋身后，一路走到江静白的办公室门前。她长舒一口气，又整了整衣摆，末了才敲门，里面传来江静白的声音：“进来。”

鱼希和白雨棠一起走进去。

江静白正坐在办公桌前签文件，听到高跟鞋的声音，随意地抬头看了一眼，她看到鱼希的身影时微微蹙眉，然后又看向白雨棠。

不知道是不是白雨棠的错觉，她觉得江静白这个眼神像在谴责自己，这让她有些头皮发麻。她硬着头皮走到江静白的办公桌前，低声道：“江总，您找我？”

江静白合上笔，发出清脆的“啪嗒”声，她抬头时，脸上的表情不复刚开始那么漠然。

“坐。”她起身后，伸手往沙发边比画。

白雨棠点点头，顺从地走到沙发边坐下，鱼希也跟着坐下，从头至尾她都没吭声。

“网上的事情，你打算怎么做？”江静白走到沙发旁，给白雨棠斟茶。

白雨棠有些惶恐，立刻回复：“现在只能先撤热搜，等舆论热度降下去再推出宣传的事情。”

江静白点头道：“热搜可以先撤，至于舆论，我已经联系过柳小姐了，她愿意配合我们，你等会儿联系‘乐果’，知道该做什么吗？”

白雨棠微怔，说：“您联系过柳玉瑶了？”话出口她意识到自己冒犯了，立刻道歉，“抱歉，江总。”

“没关系。”江静白道，“柳小姐那边我联系过了，‘乐果’那边，还麻烦白小姐费心。”

白雨棠松了一口气，说：“我知道该怎么做。”

最大的舆论矛头都愿意配合她们，她再不会做，就是傻子了。

刚刚在楼下，白雨棠最担心的就是柳玉瑶的态度，她如果不掺和进来还好，就怕她掺和进来，反咬一口，那鱼希这关就难过了。

没想到江总已经提前联系柳玉瑶，并且拉对方站好队了，这就在无形中将难题解决了。至于鱼希刚刚说的傅天蓝，她会好好查实的。

但是因为没有证据证明事情是傅天蓝做的，所以白雨棠并没有汇报这个情况，只说会继续追查。

江静白没再多言，挥手道：“下去安排吧。”

白雨棠起身说：“好的，江总，那我们先下去了。”

一直当背景板的鱼希这次却没起身，反而坐在沙发上，抬头道：“白姐，你先下去吧，我有话要和江总说。”

白雨棠对她突然严肃的态度有些莫名其妙，在看了一眼江静白的神色后，点头说：“好。那江总，我先出去了。”

江静白稍稍点头，目送白雨棠离开后，她才坐在鱼希身边，问：“你怎么来公司了？”

鱼希解释：“白姐给我打电话，让我过来的。”她说完看着江静白，反问，“你什么时候联系的柳玉瑶？”

江静白在她锐利的目光下没有隐瞒，照实道：“准备和‘乐果’联合宣传的时候。”

那么久之前，鱼希咋舌。那段时间她每天都在烦恼自己做队长会引发的问题，甚至做好被柳玉瑶粉丝炮轰的准备，可是江静白主动联系了柳玉瑶，和柳玉瑶谈妥了，也不告诉自己？

鱼希的心里霎时涌上复杂的情绪。明明事情都解决了，她却高兴不起来，只是看着江静白道：“你到底还有多少事情是瞒着我的？”

江静白看她微微动怒，蹲下身体，看着她道：“鱼希，我不会瞒着你任何事，只要是你想知道的，我都会告诉你。”

鱼希握紧双手，说：“这件事怎么说？为什么我不知道？”

江静白轻声道：“因为你没有问过我。鱼希，一直藏着情绪的人是你；闭口不谈的人也是你，不是我。”

鱼希微启红唇，想说话，想解释，却不知道该说什么。她看着江静白清亮的眼睛，所有的话都梗在嗓子眼，说不出来。

江静白说联系过柳玉瑶，白雨棠就一直在公司里等着，对方做出回应，自己才好制定相应的对策。

八点刚过，助理敲门进来，声音稍扬，道：“白姐，柳玉瑶发微博了。”

白雨棠刷了一下午微博，都要刷吐了，现在听到这个消息，立刻重新点进去。

白雨棠以为柳玉瑶只是和江静白达成了合作，所以微博也不会多解释什么，至多说两句“我和鱼希的关系不是你们想的那样”，甚至已经想好了接下来的措辞，谁料她一打开微博就愣住了。

柳玉瑶：我刚下戏就看了自己的热闹，该哭还是该笑？我知道你们是因为关心我、爱我，不想我受到委屈，就和我喜欢大家的心一样，但是我想说，鱼希是我很敬重的演员，也是我很好的朋友，我们在节目组相处的时光非常愉快，没有任何娱乐报刊上说的那些矛盾。鱼希是队长，我是非常信服的，因为她是第一个能背起我跑两百米，回头还能在节目上把周晓和赵老师干趴下的人！这样的人不做队长，谁能胜任 @ 鱼希 @ 周晓 @ 张乐乐 @ 赵清平 @ 王语春。

这么真情实感的一篇小文章，完全不符合柳玉瑶平时高冷的人设，但不得不说，她这偶尔的示弱还是很有效果的，她微博下的评论风向立刻反转。

“瑶瑶看热闹看到自己了，哈哈哈，我就说瑶瑶和鱼希是好朋友！”

“某艺人真狠，不仅打粉丝的脸，连自己的脸也打，这份公告多少钱？”

“不是，瑶瑶都解释和鱼希是好友关系了，怎么有些人还揪着不放呢？

我知道了，在节目上刷弹幕的也是你们吧？故意挑事？”

“楼上这么一说，我想起来了，就是有人故意挑事！而且说不定还是喜欢抹黑瑶瑶和鱼希的人！”

“肯定是，阴沟里的老鼠，真恶心！”

“其实这条微博的重点不是后面吗？鱼希背着瑶瑶居然走了两百米！节目组居然剪掉这么多内容，我突然觉得鱼希的女友力爆棚！”

后面甚至有人开始盘点起鱼希和柳玉瑶的友情细节。

下午大家刚吵过架都忘了吗？突然赞成是怎么回事？白雨棠发现自己现在很难理解这些粉丝的脑回路，一个个不知道怎么想的。

不怪她理解不了，实际上上午就有人发这些内容了，甚至还有不知名的视频剪辑博主剪辑二人的有趣视频。在她积极处理负面舆论的同时，觉得柳玉瑶和鱼希相处很好玩的粉丝已经自动冒头了。

原本这只是一小部分人，夹在两方大队的粉丝里并不起眼，但是刚刚柳玉瑶发微博宣布自己和鱼希真的是好友，粉丝的各种想象就停不下来了。

白雨棠理解不了，也没空理解，反正是柳玉瑶的粉丝留言，怎么也不会吵到自己这边，所以她联系鱼希，让她回应一下柳玉瑶后就开始打电话。

八点刚过，江静白和鱼希回到公寓。鱼希准备去卫生间洗漱时接到白雨棠的电话，她走到阳台上，将手机放在耳边，说：“白姐。”

白雨棠简单吩咐了两句，鱼希心不在焉地听着，末了，白雨棠唤了两声她才回过神。

“你没事吧？”白雨棠对鱼希道，“你放心，网上的舆论不会起太大波折，最多今晚就能平息，明天我和‘乐果’推出联合宣传，然后再联系朱导那边，别担心了。”

鱼希听到她安慰的话，垂下眼：“嗯，我知道了。”

白雨棠这才放心地挂断电话。

鱼希捏着手机，神色淡淡的。微风扬起她的秀发，发丝在空中飞舞，盘旋，跳跃成不同的弧线。

江静白看到的鱼希就是这样的，捏着手机，在思索着什么。

下午两人的谈话无疾而终，鱼希显然有事瞒着江静白，但是她不想说，江静白也不敢逼她太紧。

江静白捏紧手上的衣服，喊道："鱼希。"鱼希转过头，江静白继续道，"外面冷，进来吧。"

"嗯，好。"鱼希对她露出一个笑脸。

江静白启唇："刚刚是白小姐打的电话？"

鱼希诚实地说："嗯，是白姐打的，她让我发条微博。"

江静白点头道："好。"

暂时就这样吧，她如果不想说，那就等到她觉得时机成熟了，再告诉自己。反正自己会一直待在这里，看她东山再起，看她光芒万丈。

"外卖一会儿到，你先去洗个澡？"江静白递上衣服。

鱼希接过衣服，放下手机，道："好。"

她看了一眼江静白，嘴角动了动，没说什么，进了卫生间。

鱼希将睡袍挂在架子上，背靠着门，听着门外细碎的声响。她知道江静白想问什么，但是她真的不想承认，江静白已经成熟到面对任何事都运筹帷幄，对还没发生的事情已经想好最佳的对策，而她仿佛还是一个没长大的孩子，每天因为一些琐事介怀，是不是她们真的道不同，难相谋了？

不，肯定不是。鱼希摇摇头，想甩掉钻进脑海里的想法。但那种念头犹如吐着信子的蛇般来势汹汹，占据她的脑海，让她无从辩解。

鱼希在卫生间里待了很久，出去已经是一个多小时后了。

外卖到了，江静白还没用餐，她坐在茶几旁，茶几上散落了很多文件。

鱼希走过去说："你还在工作呢？"嗓音带着不明显的沙哑，眼圈微红。

江静白闻言，收起文件，淡笑道："没有，我找份文件而已。"

鱼希低下头，看见她将写了一半的文件放进文件堆里。

吃晚饭的时候，鱼希登录了微博，柳玉瑶的微博已经挂上热搜了。节目组的其他人已经转发微博并且在评论区热热闹闹地聊了起来，她想了一会儿，也转发了一句：我觉得这话不太像是夸我。

她发了微博没多久，节目组的其他人纷纷到她微博下面留言，柳玉瑶也来了：你想多了，我还真的是在夸你。

评论一片"哈哈哈"，说柳家夸人法别出心裁，就连鱼希的粉丝都开始和柳玉瑶的粉丝攀谈起来。

鱼希看着微博下面其乐融融的场景，放下心，将手机放在桌上。

晚饭过后，江静白去洗漱，鱼希收拾了饭桌。她刚打扫好，白雨棠的消息就发来了：朱导联系我了，明天进剧组，有开机仪式。

鱼希：明天？

白雨棠：嗯，明天。对了，朱导问你是否跟剧组的人一起住酒店，我看过你的剧本，也就拍一个月左右，住在酒店讨论剧本比较方便，你觉得呢？

鱼希捏着手机，看了一眼卫生间，沉默良久后回复白雨棠：不用了。

如果她住在酒店，只怕江静白会没日没夜地工作。

白雨棠也没勉强她，很快回复：也行，反正影视城离你的公寓也不远。

鱼希：谢谢白姐。

鱼希不得不承认，柳玉瑶的影响力是有目共睹的，因为她的声明，网上呈现出一派和谐的景象。唯一的不和谐是，突然冒出来的二人共同的粉丝越来越多。她们连夜创了“希瑶”的超话，关注粉丝一夜之间就有四十几万，浏览量更是破了两个亿。

她粗略地看了几眼，粉丝们讨论的内容多数是她和柳玉瑶在节目上的互动，有部分互动明显是节目组想搞事，但是愣被粉丝剪成相亲相爱的场面。尤其是在船上猜字谜，周晓问柳玉瑶第一部剧的资源是不是被鱼希拿了时，柳玉瑶没吭声，是鱼希回答的，这明显就是节目组想放大冲突，却被粉丝认为鱼希看不得柳玉瑶被为难，主动解答。更别提每次她和柳玉瑶针锋相对的场景，也被剪成友爱对视。

鱼希有些哭笑不得，扯了扯嘴角，说了一句荒唐。

Chapter 14
邀约

鱼希早上接到白雨棠的电话，说宣传已经开始了，那些话题公司暂时不会压下去，他们还是希望借助柳玉瑶的流量。鱼希没吭声，听她说完才道：“嗯。”

挂断电话后，钟晨还拿着手机看，嘀咕：“白姐的电话吗？”

鱼希回她：“嗯，你看什么呢？”

钟晨举起手机，说：“等节目的收视率出来。我昨天光顾着生气去微博骂人了，都没有看节目效果，希希，你觉得第二期节目怎么样？”

鱼希想了一会儿，平心而论，自己在第二期节目的表现要比第一期时成熟许多，团员之间的气氛、互动环节都非常不错，但是她不敢说好，因为昨天能闹起来，是因为两家粉丝吵架，所以有多少人关注节目，她心里也没底。

钟晨见她沉默，拍拍她的肩膀，说：“没事，肯定不会比第一期差。”她说着故意岔开话题，“快到了吧？”

鱼希抬头看向窗外，说：“马上就到了。”

这次的开机仪式是在环山脚下办的，场面不算大，但周围早就围满了记者。鱼希一下车，就有无数闪光灯打在她身上，记者们争先恐后地往她这边挤过来，不时抛出尖锐的问题。

“鱼小姐，您在这部剧里是饰演女配角吗？”

“鱼小姐，可以谈谈您首次演女配角的感想吗？”

鱼希一脸淡然，被工作人员护送着往前走。

她一身红色长裙，显得前凸后翘，双腿修长，长裙是无袖款，双臂白皙似玉，皮肤光滑细腻。她的手上没有多余的装饰物，只戴了一只翠绿色的镯子，贴着手腕，把手腕衬得更加纤细。

她一脸漠然，目光从别人脸上扫过去，那些涌动的记者在她不算锐利的目光下，稍微往后退了一点儿，有两个甚至低下了头。

钟晨走在鱼希身边，感受到她从骨子里散发的倨傲和美丽，感觉肆意、张扬的她又回来了。

钟晨恍惚了几秒，赶紧跟着鱼希往里面走。

她们到得还算早，男女主都没有来，朱梓铭让助理带着鱼希先去休息室，钟晨跟在后面，二人还没有进休息室，就听到身后有声音。

“鱼老师！”是莫宁欢。

鱼希别过头，果然见到莫宁欢傻笑着站在那里。她露出淡笑：“欢欢。”

莫宁欢走到鱼希身边，嘴角咧开：“鱼老师，你怎么来这么早？他们说半小时后才开始呢。”

工作人员打开门，鱼希走进去，让莫宁欢一起进来，解释道：“我在家里没事，就先过来看看，你呢？”

莫宁欢傻笑道：“我也是。”

鱼希闻言瞥了她一眼，笑了笑，让钟晨出去买点儿热饮回来。

莫宁欢看着坐在沙发上说话的鱼希，举手投足间都散发着优雅和自信，那种美，任何语言都表达不出来。钟晨走后，她坐在鱼希对面，安抚好怦怦直跳的心脏，小声问：“鱼老师，我看微博了，需要我帮忙吗？”

鱼希的脸上露出浅笑，看向莫宁欢，看清了她眼底对自己的担忧。

从一开始，她就用赤诚的心对待自己，毫无隐瞒。鱼希在娱乐圈里也算是见过形形色色的人，但是不得不说，有时候还是会被她感动到。但是感动不代表就要接受，鱼希摇头道：“不用了。”

莫宁欢挠挠头，说：“那好，鱼老师，你有任何需要帮忙的都可以告诉我，我做不到的……”她迟疑几秒，道，“我做不到的，可以找我爸帮忙。”

鱼希被她逗笑，说：“好。”

二人刚聊完，钟晨就捧着两杯热饮进来了。她给莫宁欢递上一杯，神情愉悦。

鱼希一看她的表情就知道有好消息，开口：“怎么了？”

钟晨笑眯了眼，说：“希希，昨天节目的收视率出来了，你猜是多少？”

鱼希还没开口就听到莫宁欢的声音：“昨天的节目收视率吗？”

钟晨连连点头，说：“对！”

莫宁欢猜测："二点五？"

钟晨笑得神秘，摇摇头，直接将手机屏幕展现给鱼希看。看到收视率定格在三点零，鱼希的心里霎时涌上复杂的情绪，她抿着唇没说话。

钟晨兴奋得找不着北了，一个劲儿地念叨："昨天我就想说这个节目肯定爆火的！"

一条弹幕引发微博热搜，这样的流量有多恐怖？说不爆火，简直不可能。但是爆火成这样，还是让她们惊讶了。

去年整个娱乐综艺节目的单期收视率都没有破三，今年刚开年，《乐果》就创下佳绩，后面几期节目就算维持三点零的收视率，也能遥遥领先圈内一大批的综艺节目了。

但钟晨兴奋的点不仅仅是因为收视率破纪录，更因为这个收视率是鱼希的成绩单。那些不看好她的人，对她冷嘲热讽冷眼相待的人，甚至咒骂她退出娱乐圈的人，都要被这份漂亮的成绩单狠狠地打脸。

鱼希看到这样的消息自然也高兴，钟晨原本还想拉着她聊天，却被手机铃声打断。鱼希接通电话，是白雨棠打来的："白姐。"

白雨棠的声音里也添了喜悦："节目的收视率出来了，你看到了吗？"

鱼希笑着点头，说："看到了。"

"我就说你肯定行。"白雨棠笑道。

鱼希垂着眼，听到白雨棠说："对了，上部剧的档期下来了，五月份播出。"

节目还有四期，光出两期就已经火爆，"乐果"尝到了甜头，其他综艺节目肯定想要分一杯羹，所以综艺节目这块她已经不用愁了。况且鱼希现在进了朱梓铭的剧组，下部剧出来之前，她不信自己约不到资源。

再者现在鱼希的广告和流量都开始回暖，有可能用不了一年时间，鱼希就可以站回她曾经的位置，这次她再也没理由倒下了。

仿佛可以预见到鱼希的辉煌，白雨棠的声音里满是喜悦，连带鱼希的心情也难得放松。她听完白雨棠的话，才态度沉稳，落落大方道："好。"

钟晨和莫宁欢聊了几句后，手机响了，她起身去接电话，鱼希也在拨弄手机，莫宁欢一个人干坐着无聊，想把鱼希的这个好消息分享给群里的另一个粉丝。

莫宁欢点开群，没发消息，反而对鱼希道："鱼老师，我可以拍张你的照片吗？”

鱼希不解其意，说：“嗯？”

莫宁欢道：“之前我和你提过，我认识一个你的铁粉，你还记得吗？我还建了群的。”

鱼希倏地想起来，确实有这么回事，点头道：“可以。”

莫宁欢立刻起身，往左右看了两眼，找到最适合的角度，拍了两张照片后，笑眯眯地对鱼希道：“谢谢鱼老师，我这就分享照片给她。”

鱼希不以为意，浅浅一笑，看到她手机屏幕上的群名称：鱼希后援会。

莫宁欢捧着手机，高兴地发了照片过去。

江静白收到照片时正在开会，手机调了静音。她看了一眼信息，见到鱼希穿着长裙的照片，一时没反应过来，以为是鱼希发给自己的消息，点进去回复：你换衣服了？你早上不是穿蓝色那套吗？

莫宁欢盯着江静白回复的消息，百思不得其解。早上？蓝色衣服？什么意思？难道江总早上和鱼希见过？可是口吻也不像是上下级啊。

莫宁欢纠结得脸色都变了，看向鱼希，欲言又止。

鱼希被她盯得受不了，干脆道：“怎么了，欢欢？”

莫宁欢捏着手机，道：“鱼老师，我能问你一个问题吗？”

鱼希点头道：“你问。”

莫宁欢说：“你和江总是什么关系？”

鱼希听到这个问题稍稍皱眉，看向她的手机，笑着问：“你说的另一个铁粉是江总？”

莫宁欢一脸坦荡，说：“对！”

其实鱼希之前有猜到过，但是真的被证实，还是惊了几秒。末了，她才认真回答莫宁欢的问题：“她是我的挚友。”

“啪！”莫宁欢的手机砸在裸露在外的脚趾头上，疼得她的五官立刻扭曲了，心里一个劲儿地狂叫。

当江静白发现自己的消息发错时，已经是半小时之后的事情了。

直到会议结束，她都没有收到鱼希的回信，她还以为鱼希忙去了，刚准备给她发消息，就看到屏幕上显示的是群聊天，她的脸色陡然就变了。

散会后本想继续汇报工作的吴经理看到她这个表情，咽了一口口水，悄悄地对肖知秋打了招呼，就赶紧走了。

会议室里的其他人都走完了，肖知秋收拾好文件后，站在江静白身后，小声道："江总？"

江静白这才回过神，歪头看着她，说："嗯？"

肖知秋笑道："散会了。"

她"嗯"了一声后看着肖知秋，似乎有话想问，最后却只是低下头打字。

群里，江静白：抱歉，刚刚我在开会，发错消息了。

莫宁欢没回复信息，江静白也不清楚她到底有没有乱想。但是江静白不会自乱阵脚，所以一直坐在凳子上等回信。

半晌，手机信息提示音都没有响起。肖知秋看到她的表现，笑道："江总，您是在等鱼小姐的消息吗？"

江静白摇头道："不是。"

肖知秋一脸错愕，自己居然猜错了，江总竟然还会因为别人而露出焦急的神色？是何方神圣？

肖知秋当然不敢问。

她走在江静白身边，进电梯的时候，身后有声音响起："江总。"

江静白转过头，见罗千茹踩着高跟鞋走过来，秀眉蹙起："罗小姐？"

罗千茹走到她身边，面带笑意道："打扰了，我舅舅让我年后多跟着江总学习，方便的话，我能跟在你身边吗？"

罗千茹此话一出，肖知秋立刻看了她一眼，随后低下头。江静白毫不迟疑地按下电梯按钮，侧脸绷着，轻声道："不太方便。我等会儿回去还有两个远程会议要开，还要接待三个客户，罗小姐如果真的想学习，不如先跟着肖助理吧。"

听到江静白拒绝的话，罗千茹也没多说什么，只道："既然江总不方便，今天就算了，下次我约个江总方便的时间。"

电梯到了，江静白走进电梯。她对上罗千茹的双眼，轻启薄唇："抱歉，罗小姐，我一向很忙，都不太方便。"

她说完，电梯门缓缓地合上，罗千茹看着逐渐缩小的缝隙咬了咬牙，握紧手。从缝隙里看到罗千茹表情的肖知秋皱眉道："江总，罗小姐是想接管公司吗？”

江静白垂眼道：“这就要问胡总了。”

肖知秋识趣地闭上嘴，不再谈论罗千茹。

江静白回到办公室，拿起手机又看了一眼，莫宁欢还是没回复消息。

肖知秋递给她一份文件，说：“江总，这是林氏那边第一个客户的资料。”

江静白收起手机从她手上拿过文件，说：“人员都分配好了吗？”

肖知秋点头道：“大部分还是林氏的员工，核心成员全部换了，劲鸥调过去三个经理，其他都是新招的。”她说着递上另一份文件，“这是调过去的经理的资料，第一个客户就是陆经理的。”

江静白看向其中一个经理的名字，陆权。她见过几次，但印象不是很深刻。肖知秋见她盯着资料看，开口：“陆经理在劲鸥待了快十年了，是个信得过的。”

江静白迟疑几秒，道：“约好什么时候签合同？”

肖知秋回她：“陆经理说是初七签，客户现在不在国内。”

江静白一只手托着下巴，侧脸紧绷，目光灼灼地看着文件上的名字，又核实了一遍资料上的客户，最后道：“往后延几天。”

肖知秋立刻蹙眉：“还要延期吗？这是一个大单子。”

江静白点头道：“就因为是大单子才要延期。你打电话给陆权，让他说自己最近身体不适，拖几天。”

肖知秋细想几秒，说：“好的。”说完，她就出去办事了。

办公室里恢复安静，江静白坐在椅子上沉思了很久，还是决定先给莫宁欢发消息。

群里，江静白：欢欢？

莫宁欢被鱼希的消息炸得魂不守舍，一上午都过得如在梦里般，开机仪式什么时候结束的她都不知道。她被人推推搡搡，身边记者无数，似乎都在问她问题，可她不想回答！她深陷在一种江静白欺骗她的愤怒里！

她回想起这段时间自己每天有空就进群分享鱼希的动态，生怕少了这个铁粉和自己唠嗑，但是江静白一直没什么回应，自己还以为她忙着呢。

她忙什么？呸！忙着和鱼希一起玩儿呢！

莫宁欢回到休息室，心里的怒火熊熊燃烧！她打开手机，见到江静白发来的两条消息，回复：啢！

江静白收到这条消息一时愣住，回复：欢欢？

莫宁欢：你别叫我！鱼老师都告诉我了！你还想骗我到什么时候？你这个大骗子！

江静白看到“鱼老师都告诉我了”无端松了一口气，又觉得给鱼希带去麻烦而添了三分愧疚。她没再和莫宁欢聊天，而是直接拨通了鱼希的电话。

鱼希正在莫宁欢隔壁的休息室里。开机仪式刚结束，等会儿还要拍照，现在是个人采访时间，男女主站在台子上，没她什么事，所以她就和众人一起回来休息了。

接到江静白的电话，她丝毫不意外，很平静地喊道：“静白。”

江静白握紧手机，说：“莫宁欢知道了？”

鱼希笑道：“嗯，我也没想瞒她。”

江静白闻言略微点头，语带抱歉：“是我不好。”

鱼希的笑容加深，说：“挺好的，我本来还想着怎么和她开口呢。不过我很好奇，你们平时会聊什么？”

江静白听到她的话，倏地想到之前自己的举动，发一张相片又撤回，看着莫宁欢急得抓耳挠腮，声音里添了笑意：“没什么。”她岔开话题，“活动什么时候结束？要我过去接你吗？”

鱼希听着她有些变了调的声音，扬起嘴角说：“还要一会儿，我结束行程后直接去公司。”

江静白沉默几秒，才说：“好。”

办公室的门被敲响，肖知秋的声音传来，鱼希也听到敲门声，道：“你先工作吧，我挂了。”

鱼希挂了电话，心里依旧有些好奇，她特别想知道二人平时聊什么。

思及此，鱼希起身。她想，反正江静白不说，还有莫宁欢呢。

钟晨看着鱼希倏地站起来，也跟着站起来，问：“希希，你去哪儿？”

鱼希转头说：“串门。”

莫宁欢抱着手机坐在椅子上，低头看屏幕，她在思索江静白为什么不回复消息了，是自己这句话说得太严重了？可是自己也没说错，她就是大骗子，这么久都没告诉自己她和鱼老师的关系。

可是……她也没义务和自己汇报情况啊。

莫宁欢完全没发现自己正在替江静白找理由，这么一通分析下来，怒气反而少了很多。当鱼希敲门进来时，她已经平静下来了，只是对着鱼希依旧有些难受。

鱼希看到她无比纠结的样子，好笑地问："欢欢，你怎么了？还在介意吗？"

莫宁欢闻言抬起头，说："不是介意。"

她也说不清是什么感觉，伤心难过是有，但是鱼希如此坦荡直白地告诉自己，又让她多了种被信任，被当成自己人的微妙感觉。这两种感情冲击在一起，她现在不知道是伤心难过，还是高兴。

鱼希走到她身边，拍拍她的肩膀，轻声道："欢欢，我始终当你是自己的妹妹。"

莫宁欢猛地点头，说："我懂，我只是……"她的手比画两下，人蔫下去了，"我只是需要时间缓冲一下。"

鱼希看着她依旧清澈的眸子，不由得笑道："好。"

莫宁欢看她笑，也不由得跟着笑起来，那些积压在心头的烦闷一扫而空。

房间里安静下来，莫宁欢开口道："鱼老师，你过来是找我有事吗？"

鱼希听她这么问，才开口道："是有点儿事。你和江总，平时都会聊些什么？"

莫宁欢没心没肺地说："没什么，就是聊你，还有——"说到这里，她看向鱼希，笑道，"鱼老师，你想知道的话，不如进群吧。"

鱼希反问："我？"

莫宁欢点头道："嗯，进来吗？"

鱼希想了一会儿，点头说："好。"

莫宁欢咬着嘴唇，心里闪过嘚瑟，她邀请鱼希进了群。

正捏着手机想着怎么给莫宁欢解释的江静白看到屏幕上刷过一条消息，"群主莫宁欢邀请鱼希进入群聊"。

官方自带的欢迎字眼立刻出来了，江静白点下去，就看到另一条消息，"你已被群主禁言 72 小时"。

江静白："……"

鱼希进群之后，江静白看到莫宁欢和她聊得热火朝天，完全无视自己，甚至时不时还故意提到她一下，只觉得好气又好笑，最后她私信鱼希，说要上班，就放下手机了。

桌面上还摆放着刚刚肖知秋递过来的文件，江静白盯着客户的名字看了半天，才合上文件。

盛闲回国到现在都没有动作，林氏的一切周转正常，这和她预想的有出入。虽然如此，她也不敢冒险，现在最重要的就是稳妥，所以她才推迟陆权和客户的签约时间。

江静白坐在办公桌前，细想十多分钟，还是拿起手机打了一个电话。

直到中午，肖知秋才敲响办公室的门。正月初六，秘书室的人还没完全到岗，她要处理的事情也比较多，前两天都是搭配文件一起吃的午饭，她还以为今天也会是这样，没料到江总说要出去吃饭。

她站在门口问："出去吃饭吗？"

江静白看着她点头。

肖知秋笑道："好的，我马上订包间，是您和鱼小姐一起吃吗？"

江静白启唇："一起吧，你订个大一点儿的包间。"

肖知秋面露不解："一起？"

江静白点了点头，说："嗯，你联系下白小姐。"

"好的。"

肖知秋离开后，江静白打开电脑，看到鱼希那个剧组的开机仪式上了热搜，热度上升很快，眨眼就蹿到热搜前排了，应该是剧组那边操作的。她匆匆地看了两眼，就接到了鱼希的电话。

开机仪式已经结束，鱼希今天没有拍摄任务，正和钟晨往回赶。

江静白看了一眼手腕上的表，让鱼希先去酒店。鱼希没什么异议，在收到肖知秋发给自己的地址后，就让钟晨开去酒店。到酒店之后，她才发现白雨棠也在。肖知秋站在门边，见到她喊道："鱼小姐。"

鱼希走进去，蹙眉道："白姐，你怎么来了？"

白雨棠耸耸肩，说："是江总约的，我还觉得奇怪呢。"

她的声音压得很低，一脸不解。

鱼希看到江静白站在旁边，正和服务员说话。没一会儿，江静白走过来，低声道："都坐吧。"

钟晨看着众人都坐下，还没开口就被肖知秋一把拽住，按坐在旁边的凳子上。

开始上菜的时候，鱼希凑到江静白的耳边小声道："怎么了？是有什么事吗？"

难道今天是什么特别的日子？

鱼希想了半天也没想到，江静白见她一脸困扰，道："今天不是举行你的新剧的开机仪式吗？我们庆祝一下。"

她的话音落下，其他人才一脸了然，鱼希的呼吸乱了几秒。

以往她的新剧的开机仪式都是在剧组庆祝的，她是众星捧月的主角，鲜花礼物无数，周边都是艳羡的目光、赞美的话。她不是贪恋这些的人，但是不可否认，她已经习惯了站在众人敬仰的高度。

这次朱导的庆祝会她没有参加，一半原因是她不喜欢那些记者尖锐的问题，一半则是扎心的女配角色。她以为自己早就做好心理准备，可以和众人随意地闲聊，其实不是，她没有自己想的那么厉害，可以做到风轻云淡。

说到底她也是俗人，所以她推掉了朱导中午的庆祝会。

她还没来得及回去伤春悲秋，就被江静白这一着打得措手不及。

白雨棠轻咳一声，说："江总说得对，今天是希希的新剧开机的日子，让我们庆祝一下吧。"

肖知秋也端着杯子站起身，说："鱼小姐，恭喜，你会更好的。"

她和江静白的性格一样，都是不善多说话的人，但是为人真诚。

钟晨也站起来，端起杯子，想了半天道："希希，都会好的。"

鱼希看着白雨棠和钟晨，这两个不管何时都站在自己这边的好友，还有江静白，这个自己最大的后盾，心里不免有些动容。她起身和众人碰杯，点头道："都会好的。"

一顿饭吃得很温馨，结束的时候，服务员推进来一个八寸的小蛋糕，鱼希在众人带笑的目光中接过水果刀，将蛋糕切好分给众人，满室都是欢笑的声音。

江静白看着脸上重新挂上笑容的鱼希垂下眼，听到白雨棠道："江总，我们和'乐果'联合宣传的效果已经出来了，今天有几个综艺节目找我了。"

江静白吃了一口蛋糕，舌尖还有蛋糕的香甜气息，她回白雨棠："综艺节目不着急，还有四期的时间，月底前，你把目前较好的节目排行表发给我。"

白雨棠点头道："好的。"

二人聊完后，白雨棠出去接了一个电话。打完电话，她看到手机上新出来的公司排名。

近年来，娱乐公司一直在不断地涌入新面孔，一年内不知道倒下多少，又出现多少，但是前几名的排名很少会变动。

劲鸥经常是第三名或者第四名。第一名是娱乐圈的龙头光辉，其次是星耀。劲鸥上半年因为鱼希风光无限，年中爬到了第二名，但是下半年就不行了，虽然公司后续又主推了几个艺人出来，但是要和鱼希比，简直有天壤之别，所以年末盘点，劲鸥已经滑落到第四名了。

白雨棠对这个名次其实挺诧异的，鱼希倒下快半年，新人又不扛事，公司的业绩居然没有倒退多少，可见江静白是颇有能力的。她现在最大的愿望是鱼希五月份播的那部剧能爆火，这样不仅公司会转运，鱼希也会重上巅峰。

白雨棠胡思乱想半天才折回包间，钟晨和肖知秋已经不在了。她看向鱼希道："她们人呢？"

鱼希其实也喝得有些上头，但还没醉。她听到白雨棠的话，道："回去了。钟晨醉了，肖助理送她回去了。"

白雨棠闻言点头："那我们也回去吧。"

"要我送你……"她看向江静白，很有分寸道，"还是江总送你回去吧。"

鱼希站起身，身体晃了一下，挥手道："白姐路上小心。"

白雨棠看她醉态明显，别过头道："麻烦江总了。"

江静白虽然面色微红，但意识清明，点头道："不麻烦。"

三人一道出了酒店，司机已经在外面等着了。江静白扶鱼希上车后，问白雨棠去哪儿，要送她一程。她说："我还有公事要处理。"

江静白只好道："那我们先回去了。"

白雨棠替她关好车门，又嘱咐车里的鱼希两句，车子才启动，朝公寓开去。

下午是没办法办公了，江静白给秘书室的人打电话，通知下午的会议取消。

鱼希是被渴醒的。她不知道自己睡了多久，睁开眼时看到床头柜上有个水杯，她伸手碰到杯子边缘，没握住，杯子“啪”的一声摔在地上，杯子里的水也溅了出来，有些凉。

江静白听到声音，从客厅跑进去，见鱼希准备下床，忙道：“别动。”

鱼希闻言，坐在床边，一副似醒非醒的样子。她看着江静白走出房间，然后递了另一个水杯给自己。她喝了半杯水后，江静白又拿了抹布进来，将刚刚被她弄脏的地板打扫干净，忙里忙外，没有停歇。

江静白身上还穿着中午的那套工作装，鱼希透过半开的房门，见茶几上放了不少文件，想着她正在工作吧。

钱彩霞的话又在脑海里响起，鱼希见江静白扫完碎玻璃准备出去，不由得喊道：“静白。”

江静白放下垃圾，走到她身边，低头问：“你还需要什么？我拿给你。”

鱼希摇摇头，启唇道：“我想问你一个问题。”

江静白坐在床边，说：“什么问题？”

鱼希眨眨眼睛，启唇：“如果不帮我，你是不是就不用这么痛苦了？”

“鱼希……”

江静白刚开口就被鱼希打断：“你就当我喝醉了问的，是吗？”

江静白坐在她身边，侧脸绷着，道：“不是。”她对上鱼希的双眼，“你知道我最痛苦的是什么吗？不是工作，也不是你母亲给的压力。信念倒塌，那才是最痛苦的。”

次日一大早，鱼希就被钟晨接走拍戏了，江静白起床后，看见茶几上放了一张字条：“我去剧组了，你自己吃早饭吧。”

江静白将字条塞进抽屉里，去浴室洗漱。

七点半左右，肖知秋到楼下接江静白，等她坐上车后，她才汇报工作：

“江总，陆经理早上给我打电话，说想约您见面。”

江静白抬起头，说：“陆权？”

肖知秋一边开车一边点头：“对，您需要给他回电吗？”

江静白细想几秒，说：“不着急，到公司再说。”

到公司后，她们很神奇地又和罗小姐碰面了，不过这次罗千茹没有要求跟着江静白，她打了招呼就走了。肖知秋听到身后的同事说，她要去走红地毯，肖知秋心想她要是一直这么忙就好了，省得天天来公司添乱。

正月初七正式上班，第一件事就是开股东大会，肖知秋早早就做了准备。

江静白大刀阔斧，将劲鸥以前的旧规矩改掉，开始投资做精品电视剧和电影，目前已经有策划案出来。除此之外，林氏的项目也是大头，不少股东都想塞人进去，江静白看着那些着急的股东只是冷笑，解释内部人员全部安排妥当，暂且不需要人才。

那些股东百分之七十都和她有交易，自然不会有什么意见，所以她的话更像是下达指令，而且完全没有回旋的余地。

肖知秋站在江静白身后，看着面前的股东们，江静白刚上任时他们不屑的样子还历历在目，不过半年多的时间，他们就听从指令，反抗不了。她的嘴角勾起一抹笑，低下头。

“如果没有其他的事情，”江静白起身道，“今天的会议就到这儿，散会吧。”

有几个人相互看了一眼，从彼此的目光里看到对江静白的不满，可以前和他们统一战线的人多数都和她有交易了，所以他们现在也奈何不了她。

那几个都是劲鸥的老股东了，之前一直跟着胡总，做事相当保守，宁愿守着劲鸥，每月固定拿分红，也不愿意她搞什么精品方案。

事实上，从江静白来公司任职他们就非常不高兴了，这胡总走就走了，从董事会选个人出来管理公司不行吗，非要从外面聘请，而且请的还是金融圈的人才，会管理好劲鸥吗？真不知道他是不是老糊涂了！

他们几个平日里都是私下说，这次开大会江静白的方案出来后就坐不住了，还没出公司，其中一人就给远在国外的胡总打电话。

胡远刚准备歇下，看到是老友的电话便接通了。

“胡总，过年回来也不找我们聚聚？”客套的开场白。

胡远笑呵呵道：“我的身体不好，你们也不是不知道，这大过年的，我这个病鬼还不想给你们带去晦气。”

电话这端的人立刻道：“唉，胡总说的这是哪里话，我们都认识多少年了，什么时候忌讳过这个。”

胡远点头道：“公司出什么事了？”

这些老家伙都是无事不登三宝殿，能主动打电话问他，肯定是公司的事情。果然。他刚问，电话那端的人就道：“也没什么大事，胡总，我们就是担心。”

胡远皱起眉头，说：“担心？担心什么？”

电话那头的人说：“担心你回来，劲鸥就要改名了。”

胡远的眉头皱得更紧，心里咯噔一下，问：“什么意思？”

“胡总，我看再过不久，劲鸥就要改名成江氏了。

“江总次次都能推出新方案，我看现在公司上下对她都很信服，胡总，你是找人来管理公司的，不是让位……”

胡远听到他略带抱怨的话，打断他：“老振，你别想多了，静白的每个方案都是经过我同意的。”

“如果她阳奉阴违呢？胡总，别怪我没提醒你，这江总的手段我可是略有耳闻的，她会甘心一直给你打工吗？如果她动了什么心思，你人在国外，想回来补救恐怕都来不及！”

胡远笑道：“你真是越说越离谱了，好了，我这边还有个电话要打，有空聊。”

他说着就挂断电话，脸上的笑容逐渐消失。顿了几秒后，他还是给罗千茹打了电话：“千千，你在不在公司？”

罗千茹正准备走红地毯，接到舅舅的电话还愣了几秒，她道：“我在外面，怎么了？”

胡远沉着脸。江静白年后要做精品电视剧的事情确实和他报备过，但是刚刚老振的话还是让他心里有了个疙瘩。

原本他年后就让罗千茹多照看公司，名义上是跟着江静白学习，实际上是防止她有私心，现在听到罗千茹不在公司，当即道：“你没事少往外面跑，多去公司转转。”

罗千茹不以为意，道："公司里不是有江总吗？"

胡远想呵斥她又觉得自己多心了，只好道："千千，劲鸥以后是你的，你没事就跟着江总多学习，有任何不懂的地方可以来问我，静白也就在劲鸥待两年，你抓紧时间多和她学习怎么管理公司。"

罗千茹听完后，抓重点抓偏了："江总只签了两年合同吗？"

胡远"嗯"了一声。挂断电话后，罗千茹转头对林木森道："上次我让你查的事情，查到了吗？"

林木森正在低头看行程表，闻言抬起头，说："什么？"

罗千茹定定地看着他，他会意后说："还没有消息。"

"尽快查。"罗千茹眯起眼睛。她总觉得江静白和鱼希的关系不一般。

罗千茹上台之前对林木森道："你帮我约江总晚上吃饭。"

肖知秋接到林木森的邀约时已经是下午三点多了，她询问了江静白的意见后，推托说江静白有饭局。末了，她站在江静白的身后小声道："江总，陆经理打电话说客户回国了，但是明天又要出差，如果今天不签合同，客户就要找其他合作人了。"

江静白闻言，放下笔，道："明天出差？"

肖知秋点头道："对，所以陆经理很着急，想亲自过来汇报情况。"

"不用。"江静白想了几秒，道，"你去把陆权的合同送进来。"

肖知秋不知她要做什么，但还是顺从道："好的，您稍等。"

几分钟后，肖知秋送来合同。江静白打开后细看几秒，动笔改了几处。肖知秋看到她下笔的地方，错愕道："江总，您怀疑这是假客户？"

江静白垂眼道："我还不确定。"

肖知秋闻言，也没再说什么，拿着江静白刚改好的文件重新打印了一份，给陆权发过去。

陆权很快收到文件，看到上面新增的几条条款皱眉，想了一会儿还是先打电话确认："盛总，合同可能签不了了。"

电话那端的人声音依旧凛冽："出了什么问题？"

陆权盯着文件，道："江总改合同了。如果签下合同，您至少会赔……"

盛闲不耐烦道："赔什么？"

陆权叹气道：“至少赔四百万。”

盛闲想了几秒，说：“你把合同传过来。”

陆权连忙应下：“好的，那签约……”

“搁着吧。”

陆权挂断电话后，又给肖知秋回信息，声称客户不同意新合同。肖知秋跟江静白说了这个消息，江静白打字的手微顿，继而神色如常道：“我知道了。”

肖知秋站在她身后，说：“那陆经理？”

江静白看了她一眼，冷声道：“去年方案泄露，你不是找不到内鬼吗？去查一下陆权。”

肖知秋会意，说：“我明白了。”说完，她就从办公室离开。

江静白看了一眼屏幕上的时间，五点半，鱼希应该下戏了吧？她想到这儿给鱼希打了电话。

鱼希的戏份前期比较多，所以镜头也多，场场有她，之前开会耽误了不少时间，就注定今天晚上要拖戏了。她接到江静白的电话，也只是匆匆说了句“不用等我吃晚饭，我还要拍戏”，就被人喊走了，江静白听着电话那端的忙音很无奈。

晚饭江静白是在公司吃的，吃完还加了四小时的班。十点多，江静白让肖知秋先回去，自己开车到影视城附近，等着鱼希下戏。

公司距离影视城并不远，开车也就五六分钟的距离。停车场里没什么车，江静白把黑色轿车停在往里面一点儿的位置，她刚熄火打开半扇窗，就听到了男人的声音。

“我不是说了吗，我会联系你的，你没事不要打电话给我。”

“你怕什么，她还能查到你？就算查到了又怎样，还有我呢。”

“我警告你，别给我找麻烦，自乱阵脚！”

江静白透过半开的车窗，看到一个穿着西装的男人走到旁边的车上。他打开门，探身进去，拿了一个袋子后，又对电话那端的人道：“行了，行了，我知道了，会再给你转点儿钱过去。”

挂断电话后，男人“呸”了一声，江静白看着他拎着袋子渐行渐远。

鱼希下戏之前接到了江静白的电话，说自己在外面等她回去。她匆匆换了衣服，妆也没卸就冲出休息室。

钟晨一脸蒙，喊道："希希，你干什么去？"

鱼希转过头，从她手上拎过包，捏了一下她的脸颊，笑道："你让司机送你回去吧。"

钟晨说："那你呢？"

鱼希扬起唇角，说："她来接我了。"

钟晨心想：行吧！

鱼希上车后坐在副驾驶座上，车里没开灯，只有昏黄的路灯打进来。她转头道："你刚下班？"

江静白原本靠在座椅上补眠，听到她的问话直起身，说："不是，等了一小会儿。"

江静白那边的车窗是半开的，外面的声音很清晰地飘进来："你到底有没有和他说？"依旧是男人的声音，这次没有端着，反而伏低做小，"当然有啊，蓝蓝。但是这事急不来，你知道的，她最近的风头还不错。"

傅天蓝咬着牙，看着经纪人说："你是在提醒我吗？"

经纪人立刻低头，说："不是，我们上车聊吧。"

傅天蓝冷哼一声上了车，随后保姆车离开了车位。

鱼希盯着车窗外看了几秒，道："关窗户吧。"

江静白瞥了一眼她的神色，缓缓地合上窗户，然后若无其事道："你饿不饿？先去吃饭？"

鱼希转头看着江静白。她明明想问刚刚是怎么一回事，但是她闭口不谈，故意岔开话题，就像之前一样。

鱼希倏地发现，自己和江静白之间的谈话一直过于小心翼翼了，就好像二人之间搭建的是一座玻璃桥，谁也不知道什么时候会落下一个东西砸在上面，这座桥就会支离破碎。

鱼希有些头疼，也没了刚刚高兴的神色，皱眉道："回去吧，我还不饿。"

江静白别过头看她，发现她隐约不悦的神色，道："好。"

到公寓后，鱼希先收拾了行李箱，见江静白一脸疑惑，解释道："后天要去录制综艺节目。你先去洗澡吧。"

江静白的一句“要不要我帮忙”卡在嗓子眼，又咽下去，她拿着睡衣进了卫生间。半小时后，她洗漱出来，鱼希已经收拾妥当了。

鱼希见江静白出来后，示意她别出声，然后对电话那头的人说：“一起录制吗？”过了十几秒，又说，“好，我知道了。”

挂断电话后，鱼希打了一个哈欠，说：“王语春下周要出国开演唱会，时间来不及，所以两期节目会连着录制。”

江静白问：“在哪儿录制？”

鱼希说：“没说。”

江静白道：“你去洗澡吧，我给你泡杯牛奶。”

鱼希抬头道：“谢谢。”

她的话音刚落，江静白顿了一下，启唇：“没事，你等会儿喝完牛奶就去睡吧。”

鱼希起身进了卫生间，出来的时候见到茶几上有泡好的牛奶。她喝完牛奶，走进房间里。

鱼希次日没回片场，和朱导说要连录两期综艺节目，朱导让她先拍一场夜戏，之后他们才好开拍。于是鱼希拍了一夜的戏，第二天直接去了电视台。到电视台之后，她才知道这期节目录制的地点在国外，又是一阵忙碌，等到她下飞机，已经是八小时之后的事情了。

许是因为节目大爆，导致其他的赞助商也想来掺一脚，这期节目的赞助费很充足，拍摄地点选在国外颇有名望的小岛上，还是一人一个房间。

钟晨知道的时候不断咋舌，在鱼希耳边念叨这次节目组下了血本。

鱼希没好气地看着她：“那是赞助商下血本。”

“不管了，反正出钱就是爸爸，我们去和爸爸们打声招呼吧！”

和往期节目不同，这两期节目不是嘉宾一过来就录制，而是先进酒店陪赞助商吃饭，等结束了姚青才和众人说次日开始录制。

节目组说是包下半座岛，但实际只包下了他们需要活动的范围，来附近旅游的客人还是挺多的。

钟晨原本看鱼希心情不好想拉着她出来走走，被她拒绝了，她现在只想回去闷头大睡。钟晨耸耸肩，送她回房间休息。

鱼希倒在床上，连妆都没卸就直接睡觉了，直到半夜被风吹醒。

她摸出手机看了一眼，已经晚上十点多了，这个点，B 市应该是上午九点多，不知道江静白是不是在开会。

鱼希先发了消息过去，没几秒，江静白的电话打过来了。她正准备进卫生间洗漱，听到江静白清冽的嗓音不由得发笑：“我打扰你工作了？”

江静白垂着眼看文件，说：“没有。”她说着看向腕表，反问，“你不是应该在休息吗？”

鱼希坐在马桶上，说：“刚醒。”

“下午你录制节目了吗？”

“没有。”鱼希将到这边之后发生的事情和江静白说了。

二人絮絮叨叨聊了半个小时，鱼希的手机发烫了，她忙道：“我先挂了，手机要没电了。”

江静白启唇：“鱼希。”

鱼希握着手机，嘴角动了动，最后道：“嗯？”

江静白轻声道：“晚安。”

鱼希垂着眼道：“晚安。”

挂断电话后，鱼希冲了澡，她一直想着刚刚江静白的那声呼唤。江静白是有话想说吧？但是没有说出来。

不知从何时开始，她们之间的谈话仅限浅薄的日常，似乎深聊都是禁忌，而这些禁忌都来自她。江静白不知道哪些话能说，哪些问题可以问，她怕拿捏不了分寸，惹恼了鱼希，才一直憋着，假装无事发生。

鱼希躺在偌大的床上，想了一会儿，然后摸出手机，打开和江静白的聊天页面，输入了好几次，又一个字一个字地删掉，最终放下手机，起身走出房间。

十点多海边还不算冷清，到底是在国外，鱼希也没遮挡面孔，就这么披着风衣出来了。凉风习习，夹杂着海水的湿气，没有多少寒意，反而很凉爽，吹散她不少烦恼。

鱼希踩着拖鞋走在海边，不远处的大灯照过来，将海滩照得发亮。她择了一处有石头的地方坐下，听着海水拍打石头的声响，有几分恍惚。

此刻在这里听着风声，鱼希的内心逐渐平静了。这时，手机铃声突兀地响起，她看了一眼屏幕，居然是柳玉瑶给她发消息：你睡了没？

鱼希蹙着眉想了几秒，回她：没有。

柳玉瑶：开门，我有事和你说。

鱼希的眉头皱得更紧，回复：我在外面。

柳玉瑶就没有回复了，鱼希收起手机。没一会儿，她看到有个人往这边走来。她往柳玉瑶的方向走去，站定后问："柳小姐有什么事？"

柳玉瑶只在睡衣外加了一件薄外套，被风吹得瑟瑟发抖。她咬牙道："能回去说吗？冷死我了。你往外面跑什么？吃多了撑的吗？"

鱼希："……"

还真是熟悉的聊天方式。

事实上，鱼希还没习惯和柳玉瑶化敌为友的这种状态，今天在酒桌上，她们也没什么交流，不知道现在大半夜的柳玉瑶找她干什么。

一路上，两人不咸不淡地聊了几句。

直到柳玉瑶跟着鱼希走进房间，才从外套口袋里掏了一盒烟出来，吞云吐雾后开口："也没什么事，我就是想问你有部电影接不接。"

鱼希一脸狐疑地看着她，说："电影？"

柳玉瑶对上她的双眼，说："你别用那种眼神看着我，以前的事情我还没找你算账呢。"

鱼希心想，这人是神经病啊，大半夜的过来，又说接电影，又说算账。她顿了几秒才开口："你喝酒了？"

柳玉瑶嘀咕："我倒是想喝酒呢！"

要不是明天还要录制节目，她指定喝完酒再过来，丢死人了，让她主动问鱼希要不要接电影，要不是因为拜托她的人是她弟，她死都不会开这个口的。

"先说好，小电影，预算不多。"见鱼希依旧狐疑，她狠狠地吸了一口烟，"好吧，我直说，我弟特别喜欢你，他有个电影资源，想请你过去，你有没有空？有空我就让他把剧本发给你。"

自打前两天发了微博后，她就被她弟缠得不行。她有气没处撒，直接道："接不接？"

鱼希迟疑几秒，说："先看剧本吧。"她依旧是风轻云淡的态度，和柳玉瑶奓毛的样子形成鲜明对比，"你先让他把剧本发过来给我，我要给白姐看一下。”

柳玉瑶点头道：“行。”她说着，从口袋里抽出一张名片，“这是我弟的联系方式，你有问题直接联系他。”

鱼希接过名片后，启唇：“谢了。”

柳玉瑶原本还不爽的脸色陡然变了，她掐掉烟，空气中只留下淡淡的烟草味：“你谢我干什么，又不是我找你拍电影。”

鱼希看着她，认真道：“谢谢你前两天在微博上帮我说话。”

柳玉瑶说：“不用，各取所需罢了。”

鱼希闻言，看了她两眼，她被鱼希这么看着觉得怪异，说道：“有没有咖啡？我进来这么久都没有水喝，你就这么招待客人的？”

鱼希看她没话找话说，摇了摇头，然后走到后面的流理台边，倒了一杯水递给她：“晚上别喝咖啡了，容易失眠，况且你的肤质也不是很好。”

柳玉瑶接过杯子后，心想：自己不喜欢和鱼希聊天的毛病是改不了了！

想到这里，她睨了一眼鱼希，仰头喝水，结果被呛了几口，水打湿了外套。她放下杯子，咬牙骂了句脏话，然后脱掉外衣抖了两下。

鱼希看到她的举动，摇了摇头，从茶几上拿了面纸递给她。她别别扭扭地接过面纸，说：“谢了。”她也没什么事情了，就道，“我先回去了。”

她说着，还没忘记将烟盒藏在外套的口袋里，也没穿上外套，就这么拿在手上。鱼希看着她的身影说：“明天见。”

柳玉瑶冷哼一声，踩着拖鞋离开鱼希的房间。鱼希送她到门口，见她走出长廊才关上门。

门外不知何时有个摄像头，对着她们拍下了刚刚那一幕。

（本册完）